빛

김곰치 장편소설

빚

산지니

"리하르트 슈트라우스와 구스타프 말러의 음악은 상상력의 출발점에서 내게 많은 도움을 주었다. 그들의 음악은 나를 경악시키기에 충분했다. 인간의 '고통'과 '투쟁' 그리고 '허무'를 보여주었다. 인간이란 결국 인간 이상의 존재가 아니라는 것을 알기 위하여 몸부림쳐야 하는 것이다. 나의 경우에 몸부림이 시를 쓰는 것이었다. 시가 두려울 때가 있다. 그러나 그 잔이 달다면 즐겨 마시리라."

"오랜 세월 진화가 되어왔어도 인간의 정신에는 암흑지대가 남아 있으며, 이것을 인정할 뿐 아니라 소상히 알고 있어야 인간을 옳게 사랑할 수 있다."

"과학은 사랑의 전망대."

"사랑은 천하무적, 만병통치."

정영태 시인을 그리며.

차례

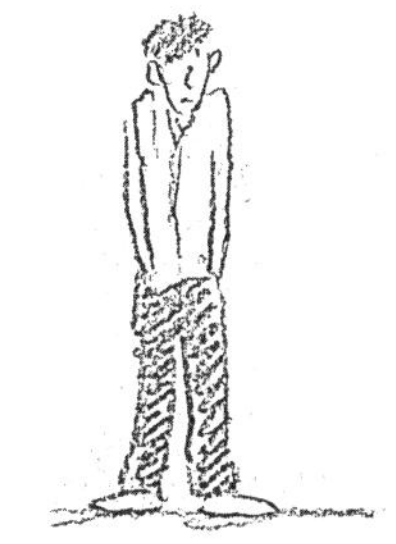

1. 馬蠪

너의 이름을 부른다, 馬蠪.

"마롱."

개는 책상과 벽 사이 좁은 공간에 있다.

"우리, 옥상 갈까?"

나는 내려다보고, 개는 올려다본다.

"……."

개는 자다 깼다. 주인이 더는 말이 없이 있으니까 잘못 들었나? 장판에 턱을 떨어뜨린다. 꿍 하면서.

나는 개한테서 눈을 떼고 글자로 메워지고 있는 컴퓨터 모니터로 돌아갔다. 첫 줄부터 다시 본다. 너의 이름을 부른다, 馬蠪, 그리고 기다렸다는 듯, 손끝에서 타다닥 튀어나와 모니터 화면에 찍힌, 찍히고 있는, 글자들. 예쁘다.

이제 당신, 이 책을 펼친 당신을 부릅니다. 독자라고 할 수 있지만, 당신이라고 나는 당신을 불러요.

우리는 같은 시간에 있지 않습니다. 2007년 11월 8일 목요일 오후 4시 11분에 지금 나는 있어요. 당신의 시간은 최소 6개월 후일 것입니다.

내가 결국은 다 쓰게 될 이 글은, 책이 될 운명을 지녔고, 그런데 책이 되기 위해선 내 마음에 흡족할 때까지 끝까지 다 써야 하고, 다 쓴 후 책을 만드는 사람들의 손을 거쳐야 하고, 또 책이 되고 나서도 서점 주인의 눈에 들어야 하고, 당신이 책의 존재를 알고 사서 읽어야겠다고 결심해야 하죠. 이 모든 과정에 시간이 꽤 걸립니다. 6년, 혹은 60년 후일지도 몰라요. 당신의 아버지·어머니 혹은 할아버지·할머니가 오래 전에 책을 읽었고, 읽고 어디 내다버리지 않고 집의 책장에 두었고, 아들·딸 또는 손자·손녀인 당신이 어른이 되어 용케 이 책을 펼치게 되었을 수도 있으니까요.

시간 차이는 저마다 다르겠지만, 신기한 일입니다. 지금, 보세요, 나의 '지금'과 당신의 '지금'이 합해지고 있잖아요. 책상 앞에 있는 나, 책의 1장, 도입부의 이 대목, 이 문장의 지금 이 단어를 입력하고 있는 나, '있는 나'라고 방금 썼던 나, 그런데 내가 쓰고 있는 책 안의 이 글을 어느 공간에선가 막 읽기 시작했고, 지금 여기, 방금 "지금 여기"라는 단어를 읽는, 읽었던 당신. 우리 사이가 이런 것 맞죠? 서로 다른 시간차의 '지금'이 합해지고 있는 것이 느껴집니까?

당신은 한 글자 한 글자로 바뀌어 나오고 있는 나의 지금 이 순간을 당신의 지금 이 순간에 되살려놓고 있어요. 지금 이 순간을 통과하자마자 죽을 수밖에 없는, 죽고 죽고 또 죽는 말들. 우리는 이 말들의 죽음, 그리고 부활 속에서 지금 만나 시시각각 지금 합해지고 있어요. 사람이 쓰는 말, 아니 글자가 된 말이란 실로 그래요.

복잡한가요. 좀더 설명을 해드릴게요. 오전에 나는 산책을 했거든요. 자동판매기에서 커피를 뽑고, 부산소방본부 뒤편 벤치에 앉았습니다. 산돌 화백에게 전화를 걸었죠. 저녁에 술이나 한 잔 하자고. 마감 시간이 되면 '통화 사절!' 이니까 전화기를 꺼놨더군요. 전화기를 닫고, 귀에서 뺐던 이어폰을 다시 꼈어요. 담배를 두 대 연속 피웠고, 커피를 다 마셨죠. 이제 집으로 가려 일어서는데, 그런데 옆 벤치에 신문이 있는 것이었어요. 아니 처음 벤치에 앉을 때, 누군가 두고 간 신문이 있는 것을 보았습니다. 신문이 놓인 벤치 옆의 벤치에 나는 앉았고, 음악을 들었고 전화를 걸었고 커피를 마셨고, 이제 떠나려 하는 거죠.

서너 걸음 떼어놓았습니다. 또 서너 걸음, 나는 벤치에서 4-5미터 멀어졌죠. 돌아보았습니다. 천천히 벤치로 다가갔어요. 동영상 카메라가 흔들리면서도 피사체를 놓치지 않듯이 신문만을 바라보면서.

반으로 접혀 1면 아래가 위로 나와 있어요. 광고가 있는 곳입니다. 나는 바로 했습니다. 신문의 얼굴이 나타났어요. '한국일보' 라는 제호를 보았습니다. 11월 7일, 어제 아침자 신문. 톱기사 제목을 읽었어요. 뇌물을 받아 처먹은 국세청장이 검찰에 구속되었다는 것입니다. 신문을 도로 엎고, 나는 벤치를 떠나 집으로 가기 시작했어요.

엎어져 있던 것, 그것이 '신문' 이라는 물건임은 누구나 알지요. 그런데 사람이 신문의 글자를 눈으로 읽지 않을 때, 그것은, 나무의 육체로부터 빠개지고 바스라져 가루가 된 후 또 접착제와 압착기의 조리돌림을 당하고 편편하게 되어 죽은 종잇장에 불과했어요. 벤치에 엎드려 끽소리 없는 '물(物)' 이었지요. 그런데 바로 놓고 사람의 눈길을 주니까 바로 와글거리는 것입니다. "현직 국세청장이 구속되기는 헌정사상 처음입니다. 양복 왼쪽 깃을 보세요, 국세청 배지가 아직도 있어요!"

이것 봐라? 나는 물이 갑자기 소리친다고 깨달았어요. 종이 위의 점(點)과 선(線), 즉 무심한 물질적 존재로 있던 것들이, 내가 눈길을 주어 읽는 순간, 손에 잡히는 실체라곤 없지만 저 홀로 빛을 내는 것처럼 '의미'라는 것이 스멀스멀, 와글와글 발생해버리는 것입니다. '문자'는, 읽으면, 그래요. 물질 상태로 있던 것이 의미라는 전혀 새로운 것으로 변전이 됩니다. 한마디로 살아버려요. 구약전서 창세기의 상당히 멋스런 구절처럼, 흙을 이겨 형체를 만들고 숨을 불어 생명이 있도록 하였다는 하느님의 행위와 우리의 '읽기'가 비슷하지 않나요.

6개월 혹은 6년, 아니 60년 후일지라도, 그 어느 때이든, 당신 인생의 지금 이 순간에 이 책을 읽고 있는 당신, 나는 당신이 읽고 있는 말 하나하나를 지금 산 채로 하나하나 쓰고 있어요. 그런데 나는 당장 말들의 죽음을 느껴요. 이미 써넣은, 아니 써넣는 순간 다음 말들을 향해 내 눈이 떠나야 하는 것, 즉 눈이 떠나는 순간, 사람 눈길을 받지 못하고 산 채로 쓴 문자가 바로 물질 존재가 되어버려요. 사람의 눈길을 받을 때만 살아 있고, 생명의 눈이 쏘는 빛을 벗는 순간, 죽어요. 문자는 참으로 예민한 것들이 아닌가요?

점들의 집합, 직선과 곡선의 교묘하고 질서 있는 조합, 즉 필연적으로 물질로 돌아가버리는 나의 말들이 쏟아져내리는 빛에 점과 선이 모습을 드러내고, 그 명료한 모습을 유지한 채 그야말로 빛의 속도로 당신 눈 속으로 돌진하고 있어요. 당신의 눈빛은 나의 말들의 하느님입니다. 나의 말들이 당신 인생을 향해 펄쩍펄쩍 뛰어들고 있다는 사실이 나는 너무 기뻐요. 지금 여기를 읽고 있는 당신, 축복이 있기를.

시작부터 딴말이 길었네요. 꼭 드리고 싶은 이야기여서 그래요. 자, 이제 편지를 잠깐 중단해야겠어요. 컴퓨터 책상과 벽 사이 좁은 공간에 있는 개한테 돌아갑니다. 이 장(章)의 주인공은 마롱이니까요. 1장의 제목도 '馬롱' 이죠? 이만 총총. 크게 숨 한 번 쉬고, 문단 나누고!

나는 모니터에서 눈을 뗐다. 자판에선 손을 뗐다.

"야, 마롱. 옥상에 가자니깐."

한 번 속았으면 됐다고 개는 기척 없다.

"도입부는 썼거든. 옥상에 가야 해. 마롱아. 마롱아?"

연달아 부르는 소리, 개는 그 따뜻한 유혹의 기운을 뿌리치지 못한다. 공간에서 기어나오더니 좁은 데 오래 있었다고 기지개까지 켜는 것이다. 앞발을 쭉 뻗고 뒷발을 또 뻗는다. 대가리와 몸을 차례로 떨어보이고 마지막엔 꼬리를 돌린다. 헬리콥터의 격렬한 날개처럼. 그러는 내내 개는 간절한 눈빛을 내 얼굴로 쏟아올리고 있었다.

"온종일 갇혀 있었지. 운동 해야지!"

개의 목을 감고 있는 줄의 끝은 둥근 고리로 매듭져 있는데, 문틀에 박은 못에 걸려 있었다. 못대가리에서 고리를 벗기는 내 동작을 보고 개가 흥분하기 시작했다. 갑자기 설치는 것이다. 가자고, 가자고! 밖으로!

개는 문을 향하여 달려가고, 내가 미처 따라가지 못해 줄이 팽팽해졌다. 캑캑거린다. 방문을 열었다. 현관 앞으로 개는 몸을 던져버린다. 공원! 공원!

“아냐, 옥상이라니깐.”

줄을 당겨 방향을 알려주자 공원? 공원……? 옥상……? 옥상! 옥상도 좋아! 하고 개는 옥상으로 오르는 실내계단 쪽으로 달려간다. 후다닥 뛰어오른다. 나는 거의 딸려간다. 계단 끝에는 새시 문이 있다. 옥상 입구다. 개를 진정시키고, 문을 열고, 줄을 풀었다. 총알같이 개가 간다.

옥상이여.

입구에 늘 두는 낡은 운동화를 신고 나도 나갔다. 옥상에 섰다. 주택가 아래 차도의 소음이 들리지 않았다. 자동차가 벌레처럼 꼬물거리고 있다. 옥상은 숨을 깊게 쉬게 하는 곳, 하늘바라기 하기 좋은 곳, 하늘과 사람 사이에 아무것도 없으니까. 빛과 직통이었다. 한밤에는 별과 달의 빛과 직통이다. 산 속에 들면 누구나 깊게 숨을 쉬는데, 산길을 오르는 때문이다. 옥상은 몸을 쓰지 않아도 하늘이 깊은 숨을 쉬게 한다. 하늘을 안겠다는 듯이 나도 모르게 팔이 벌어지고 상체가 내밀어진다. 숨이 파고든다. 이 행위의 주체는 내가 아닌 것 같다. 깊은 숨을 취하지 않을 수 없도록 하는 푸른 하늘이 내 동작의 주체인 것 같다. 나는 한껏 숨쉬었다.

이제 이 숨에…… 양념을 쳐볼까.

나는 라이터를 켰다. 88라이트에서 디스, 디스에서 레종, 레종에서 시즌, 그리고 언제부턴가 나는 원을 피우는 신세다. 흡연자는 갈수록 니코틴 함량이 적은 담배를 피우는 것으로 나이 표를 낸다. 올해 37살, 어찌어찌하여 결혼도 하지 못한 나는 딱한 노총각. 그렇지만 꽤나 씩씩한 노총각이라고 자부한다. 필터를 입으로 씹다가 까딱거리는 담배의 귀두에 불을 붙였다.

옥상, 옥상, 야호, 야호!

개는 혼자 잘 뛰어다닌다. 봄에 태어난 나뭇잎, 그 나름의 일생을 살고 가지에서 목을 꺾어버린 한 장의 잎이 바람을 타고 왔다. 시멘트바닥 위로 쓸리고, 마롱은 그 잎에 정신을 팔았다. 입을 대려하다가 펄쩍 물러선다. 바람결에 갑자기 살아 움직이는 것 같다. 바보!

"이리 와, 마롱."

개는 잎에 흥미를 잃고, 그런데 내 말은 들은 척 만 척하고 난간으로 간다. 뒷발로만 버티고 서더니, 짖는다. 건너편 집 옥상에 인기척이 있는 것이다. 개의 눈높이는 난간 벽보다 낮아 건너편이 보이지도 않는데, 빨래를 걸으러 나온 이웃집 아주머니를 왕성하게 견제했다.

"짖지 마! 이리 와!"

나는 손짓을 해보였다. 팔랑개비 같은 사람 손짓이 또 유혹적이다. 기대에 찬 눈빛을 하고 개가 가까이 왔을 때 이놈아! 하듯 연기를 뿜어주었다. 꽁초, 재떨이, 연기, 라이타의 불 등 담배와 관련된 것은 모두 싫어하는 개다.

고개를 돌리고 딴전을 피우는 녀석에게 나는 선심쓰듯 발 하나를 앞으로 뻗어주었다. 무게 5Kg, 길이 50cm의 개에게 적당한 높이다. 운동화 끈을 물겠다고 개는 앞발을 공중으로 들었다. 그러나 오래 취할 자세는 못 되고 개는 곧 개다운 안정된 네 다리로 돌아갔다.

무엇이 개를 부르는 것일까. 개는 불현듯 장독이 있는 곳으로 갔다. 나는 개를 따라갔다. 개는 등을 쭉 펴더니 하복부를 바닥 가까이 내려뻗는 자세를 취했다. 다리 사이로 물이 흘러나온다. 하늘이 밝고, 해가 빛을 내며 서편으로 넘어가고 있었다. 방광을 비운 개가 온다. 운동화 끈을 또 물겠다고.

"야, 저리 가."

나는 바닥을 발로 밟았다. 집 전체가 울리는 덩덩 소리. 쏟아지는 사람의 무서운 발을 피하면서 개는 틈을 노려 신발에 입을 대겠다고 발광이다. 개 입과 신발이 투투투 다투다가 어느 순간 나는 신발을 순순히 주었다. 개가 물고 당긴다. 나는 힘을 줄여주어 개가 원하는 대로 끌려가고, 개는 자기가 원하는 대로 사람을 끌고 있다고 용심을 더 낸다. 나는 참을성이 없다. 4-5초도 되지 않아 참았던 사람의 힘을 써서 당겨버렸다. 갑작스런 힘에 놀라 개는 엎드리고, 개의 네 발바닥과 옥상 사이 얼마 되지 않는 마찰력보다 약간 상회하는 힘으로 나는 당겼다. 개가 엎드린 채 질질 끌려온다. 이 꼴이 언제나 우습다. 옥상에 올라오면, 밀고 당기는 이 놀이를 우리는 언제나 한다. 그리고 언제나 그렇듯 이내 시들해졌다.

아, 옥상이다. 숨쉬기로 하늘과 내통하는 곳. 여기 와 있으면, 태백산 꼭대기가 아쉽지 않다고 감탄 많은 아버지가 말하곤 했다. 감탄이 많은 나는 아버지의 성질을 꼭 닮았다. 그 아버지에 그 아들이니까!

한켠에 뿔로 된 의자가 있고, 나는 거기 가 아버지처럼 앉았다. 뿔의자 옆에는 페인트 통이 있는데, 2년 전, 이 집에 처음 이사 왔을 때, 집의 벽을 도색하고 남은 통이다. 아버지가 계절마다 한 번씩 비우는 대형 재떨이. 생활용수를 저장하는 물탱크가 있고, 어머니의 장독대가 있고, 의자와 페인트 통, 물건은 이것들뿐이다. 이 외 옥상은 늘 빈 바닥. 하느님이시여.

당신이 늘 내려와 있네요.

개는 혼자 다시 뛰어다니고, 나는 의자에 앉은 채 개를 바라보았다. 설레이기 시작했다. 개의 몸 속으로 하늘이 들락거리고 있는 것이다. 내 마음은 신비로운 애정으로 차오르고, 이내 물결치기 시작했다.

나는 개의 배경그림이 되고 있는 하늘을 보았다. 한없이 팽창한 하느님의 푸른 성기를 감상하였다. 성기가 뿜어내었던 허연 구름덩어리가 점점 흩어지는 것을 보았다. 천공에서도 바람이 허하게 불고 있다. 내 몸의 꼭대기는 머리! 하늘 공기는 사람의 머리를 감싸고 사람의 뚫린 코와 입으로 쉴새없이 들락거린다. 내가 숨을 쉬는가. 공기가 폐를 펌프질한다! 그것이 사람의 숨이다. '창조'라고 불리는 순간, 하느님이 흙에 불어넣었다는 그 숨과 다를 게 없다. 단 한 번의 창조, 숨을 불어넣은 하느님의 그 행위가 지금 이 순간에도 반복되고 있는 것이다. 어느 신학자의 말처럼 "하느님은 지금도 창조 중"인 것이다.

일부분은 전체의 하나, 공기는 하늘의 일부분, 즉 하늘 자신의 하나인 공기다. 내가 숨을 쉰다는 것은 공기로 자기표현을 하고 있는 하늘을 흡입하여 내 몸 안에 들이는 일, 즉 하늘과 하나되는 일이다. 몸이라는 전체의 일부분, 즉, 폐, 더 정확히 말해 내 몸 속 수백만 개의 폐혈관 속을 흐르는 피에 하늘이 쉼없이 녹아드는 일이다. 공기와 피는 서로 늘 참을 수 없어 하는 굶주린 상태로 있다. 걷잡을 수 없이 합체해버린다. 나는 옥상 한켠 뿔의자에 앉아 머리 꼭대기를 휩싼 하늘 안에서 하늘을 바라보며 또 하늘을 몸에 들이며 푸른 하늘사람이 되어가고 있었다. 개도 이 하늘나라에 속한 채 털을 멋지게 날리며 놀고 있는 것이다.

정말 그렇잖아! 사람이 발 딛은 바닥에서부터 하늘은 바로 시작되지. 땅 위 10센티미터 높이의 짧은 허공도 하늘. 지하 땅굴 속에도 하늘은 고여들지. 숨쉬는 곳이면 다 하늘 속! 옥상은 하늘나라의 작은 운동장, 아아, 나는 이 운동장에서 개와 함께 보내는 이 짧은 시간을 거의 사랑하고 있는 것 같다.

잘 뛰던 개가 갑자기 종종걸음을 치기 시작했다. 나는 개의 상태가 달라진 것을 알아보았다. 아니, 개가 저렇게 되기를 기다리고 있었다. 이제 가장 매력적인 개의 모습을 보게 되는 것이다. 내가 옥상에 올라온 이유도 이 시간을 만나기 위해서가 아닌가.

개의 종종걸음은, 똥이 마려워진 때문이었다. 똥이 마려울 때의 신호가 그의 뱃속에서 발생한 것이다. 무슨 큰 걱정거리가 생긴 아이처럼 부리나케 왔다 갔다 하는 개의 꼴은, 몇 걸음 종종거리다가 획 돌아서 반대 방향으로 종종종, 마치 도돌이표가 있는 빠른 템포의 돌림노래 같다. 똥을 누는 것, 하루 한두 번은 늘상 치르게 되는 생명현상일 뿐인데, 개는 언제나 당혹스러워하는 것 같다. 불안과 초조에 급격히 빠져든다. 개가 안절부절못하고 있는 것은, 똥을 눌 마땅한 곳을 찾지 못해서가 아니다! 그러니까 개는 자신의 뒷구멍으로 빠져나오려고 하는 몸 속의 무엇, 그것의 느리디느린 움직임을 종종걸음으로 돕고 있는 것이다. 무엇인가에 쫓기면서 하는, 배변 직전의 상태에 몸이 이르도록 자신을 몰아가는 개의 안쓰런 노력이었다.

바닥에 코를 붙일 듯 대고, 큰일났다, 큰일났다! 부리나케 종종거리다가 이크! 하고 멈추고는 똥 눌 자세를 개는 번개같이 취한다. 때로 자세를 취했다가 아직 아니다! 종종걸음을 다시 하기도 한다. 그러다 이제 진짜다! 하고 개는 더 참을 수 없는 절박한 상태를 깨닫고 뒷다리를 굽혀 똥구멍을 바닥에 내린다. 오줌 눌 때는 등을 펴는데, 똥을 눌 때는 화살 겨눈 활처럼 등이 굽는다. 지금 내 앞에서 마롱이 그러고 있었다. 그리고 개의 뒷구멍으로…… 똥이 밀려나오기 시작했다.

입에서 잉태해 항문으로 탄생하는 게 똥이라고 누가 말했나. 벤치에 홀로 앉은 철학자처럼 개는 깊이 몰입한 표정이다.

한 동강의 똥이 떨어졌다. 마렵기만 한 급한 시간은 지나갔고, 본능이 명령한 잔뜩 웅송거리는 자세를 취하고 있으며, 지금 그것이 살살 그리고 팽팽하게 빠져나오고 있는 이상한 시간, 이 이상한 느낌도 곧 지나갈 것이고, 조금만 더 이 자세로 있으면 된다고, 매일 한두 번 몸에서 빠져나와야만 하는 그것으로 인해 불편하고 곤란한, 그렇지만 이내 깨끗한 해방이 선사되는, 이 생명의 사건을, 개는 얼마나 알고 있을까. '큰일났다, 또 이상한 느낌이다!' 하고 전전긍긍하면서도 최선을 다해 똥의 길을 열어주려고 본능과 불안한 앎을 바쳐 노력하는, 우리가 사는 이 세상 어느 생명체가 저리 예쁘게, 귀엽게…… 가엽게…… 똥을 눌까.

한 동강의 똥이 더 떨어졌다.

다 눴다.

두 동강의 똥을 눈 강아지는 몸이 한껏 가벼워져 옥상을 발랄하게 돌더니 방금 눈 똥한테 딱 한 번 돌아갔다. 코를 대어 냄새를 맡고 '이상 무!' 하고 다시는 똥 근처에 얼씬도 않는다.

나는 개의 똥 누는 모습에 뻥갔다. 저 개는 정말 하늘나라 개다. 그렇지 않고서야 어찌 저리 멋지고 예쁘고 귀엽고…… 가여울 수 있단 말인가. 마롱, 니가 십 몇 년을 살다가 죽는단 말이지? 나는 앞으로 삼사십 년을 살다가 죽을 거고. 지금 이 아름다운 하늘나라에서 우리가 없어진다고? 정말? 여기 말고 갈 데가 어디란 말이야? 이 좋은 데를 놔두고 우리가 어떻게 영원히 사라질 수가 있지?

개는 나한테 와 꼬리를 살랑거렸다. 그런 생각일랑 말고 자기랑 놀자고. 나는 개의 머리를 손으로 쓰다듬었다.

"마롱아. 어쩌다가 니가 우리집에 왔노. 흙마당이 있는 시골집에 갔더라면, 아니 우리가 그런 데 살았더라면, 온종일 니 마음대로 놀 텐데. 짝도 찾아줘서 새끼를 낳았을 텐데! 너도 한 생명으로 태어났으니 새끼 보는 기쁨을 맛봐야 할 거 아이가. 마롱아, 그런데 우리 어머니는 너 하나는 어쩔 수 없이 집안에 들였지만, 새끼 낳는 것은 죽어도 못 본단다. 너 때문에 마당 너른 집으로 이사갈 수도 없고, 우짜겠노, 그냥 이렇게 살아야지."

개는 사람 손의 부드러움에 넋을 잃고 고개조차 들지 않았다.

"야, 너는 니가 마롱이란 것은 아냐? 내가 왜 너를 마롱이라고 한 줄 아냐. 말이고 개미고 두꺼비고 도마뱀이란 말이다, 너는! 그러면서도…… 말이나 개미, 두꺼비, 도마뱀이 아니라 마롱이지. 마롱! 너는 내가 지금 무슨 소리를 하는지 하나도 모르지! 인마, 내가 니 이름 하나는 정말 잘 지었어!"

지인의 개가 새끼 몇을 낳았고, 난 지 보름도 안 된 강아지를 얻었고, 암컷이라 아롱이라고 했다가 딱 드는 느낌이, 내 평생 처음이자 마지막으로 키워보는 개일 것 같은데, 그렇다면 수컷은 키워보지도 못하네? 하는 아쉬움에 '아' 를 '마' 라고 해 암컷 같기도 하고 수컷 같기도 한 중성적인 이름이 된 것이다. 주먹만 한 게 오금도 못 떼던 것이 방 안을 돌아다닐 때쯤, 그때 재작년 여름 어느 날, 윗통을 벗고 낮잠을 자는데, 아기 마롱이 내 젖꼭지를 혀로 핥을 때, 나는 이루 말할 수 없는 안쓰러움을 느꼈지.

마롱에게 정이 든 후, 그런데 나는 놀라운 경험을 했었다. 두 눈을 가진 생명체를 보면, 집에 있는 개부터 떠오르는 것이다. 얼룩말의 눈을 봐도 어, 마롱이랑 닮았네! 도룡뇽 사진을 봐도, 동물원의 호랑이를 봐도, 참새를 봐도 그렇고, 심지어 서울에 갔다가 대학 문학동아리 후배의 신혼아파트에 묵게 되었는데, 거실 어항에서 놀고 있는 손톱만 한 크기의 새우를 보았고, 그 새우도 눈이 있었고, 눈을 보자마자 마롱이 생각이 났던 것이다. '롱'으로 음이 나는 한자를 찾아보았고, 마롱은 정말 필연적인 이름이 되었다. 마는 '馬', 롱은 '蠪'인 것이다. 개미, 두꺼비, 도마뱀 등의 뜻을 가진 蠪, 나는 정말 개미의 눈을 보더래도 너를 떠올릴 것이야!

사람도 눈을 가지고 있지만, 사람을 보고 마롱을 떠올린 적은 한 번도 없었다. 다른 생명체는 죄를 짓지 않고 사람만이 죄를 짓고 살아서 그런지 모른다. 짐승 눈의 순박성을 사람은 잃어버린 것이다.

"자, 이제 내려가자."

개의 목에 줄을 걸고 계단을 내려왔다. 그리고 나는 책상 방으로 가서 문틀의 못에 줄을 걸었다. 개는 밥그릇에 담아놓은 물을 허겁지겁 핥아먹었다. 나는 책상에 다시 착석했다.

당신, 집에 개를 키우고 있다면, 개를 묘사한 글만 읽어도 약간 흥분이 되지 않나요? 텔레비전에 나오는 개를 보다가도 괜히 자기 집 개한테 가서 머리를 쓰다듬게 되지 않나요? 섭섭하겠지만, 이제 이 글에서 마롱은 빠집니다. 이 책의 맨 마지막에야 다시 등장할 것 같아요. 많은 시간, 나는 책상에 앉아 당신에게 편지를 쓸 것인데, 그때마다 개가 칭얼댈 것이고, 편지쓰기에 방해가 될 것 같아요.

미국 작가 중 노먼 메일러라는 사람이 있는데, 아시나요? 나는 그의 작품을 읽은 적이 한 번도 없었는데, 신문사에 근무하는 친구 녀석이 어느 잡지에 발표한 내 글을 읽었고, 그 글에 예수와 관련된 이야기가 많았고, 그러자 '한 번 읽어보라'며 건네준 책이 노먼 메일러의 『예수의 일기』라는 상편소설이었어요. 그런데 슬슬 뒤져보다가 나는 깜짝 놀랐죠. 왜냐하면, 나는 4대 복음을 이미 읽어본 적이 있고, 솔직히 감동했고, 그런데 예수의 인생에 한 번 감동한 사람은 예수 생각을 정말 깨끗이는 잊을 수 없으며, 예수와 관련된 이야기가 들려올 때면 귀를 기울이게 되어 이런저런 지식도 갖게 되는데, 『예수의 일기』는 4대 복음을 바탕으로 상상을 가미해 조금 상세하게 풀어쓴 것에 불과했기 때문입니다. 사실상 복음서 그대로였어요. 이렇게 밋밋하고 심심한 예수 이야기라니, 그런데 어떻게 이런 게 미국에서 베스트셀러가 되었지?

의아했는데, 아무래도 내 생각은 이래요. 과학교과서에 '창조론'과 '진화론'이 나란히 나올 정도로 기독교가 강한 나라지만, 정작 미국 백성들은 교회에 부지런히 나가긴 해도 4대 복음을 제대로 통독한 사람이 거의 없구나, 하는 것입니다. 그러지 않고서야 어떻게 복음서 내용 그대로의 『예수의 일기』가 베스트셀러가 된단 말입니까. 어려운 복음서를 왜 읽어? 노먼 메일러 책 읽어, 그럼 돼, 이랬던 모양이에요.

그런데요, 책의 '머리말'에…… 꽤 재미난 대목이 딱 하나 있긴 했어요. 예수가 직접 '머리말'을 쓰거든요. 지금부터 내게 벌어지는 일들을 들려주겠다, 2천 년 전에 죽은 내가 어떻게 이럴 수 있냐고? 하고 묻습니다. 자답해요. 앞으로 벌어질 일들에 비하면, 정말 아무것도 아닌, 작은 기적 하나라고 해두자.

내가 쓰는 이 글, 이 책도 그래요. 당신에게 편지를 쓰는 중 내게 계속 자잘한 사건이 일어날 것입니다. 편지 내용에 맞춰 사건이 어찌 이리 딱딱 맞아떨어지게 일어나냐고 항변하고 싶어질지 모르겠어요. 나는 이렇게 말해야겠어요. 우리 인생에 흔하디흔한, 기적도 아닌, 너그러운 우연이라고.

개가 등장만 했다가 사라지는 것은, 그리고 책의 맨 나중에 시침 뚝 떼고 등장하게 되는 것은…… 기적도 우연도 아니고 나의 작은 '게으름'이라고 해두겠습니다. 특히 개를 사랑하는 분들이 양해해 주시기를.

편지는 계속됩니다.

2. 어머니와 마태복음…1

　　어제 내가 부산소방본부 벤치에 앉아 잠깐 전화를 걸어봤다고 했잖아요. 산돌 화백에게 말예요. 산돌은 나보다 7살이 많은데요, 일찌감치 스물두세 살에 결혼하여 지금 딸 하나 아들 둘이 있는, 자식들 밑을 닦느라 등뼈가 휘는 우리 시대 고달픈 가장이에요. 큰딸이 서울의 한 사립대학 무용학과 1학년입니다. 지난 봄, 납부기한을 이삼 일 남겨놓고 대학 등록금을 구하느라 은행을 쫓아다녔지만 대출과 연체 이력이 화려해 족족 거절당한 뒤 형편이 좀 되는 지인들에게 전화질을 하느라 머리 빠개지는 줄 알았다고…… 내 앞에서 울던 그가 생각나요.

　　그날, 형의 머리는 하루 새 파뿌리가 돼버렸죠. 술을 따라주며 물었습니다. "돈은 다 구했어요?" "아직 백만 원이 모자라." "형, 내가 보태줄까?" 뜨악하니 나를 보아요. "야, 니가 뭔 돈이 있나." "십만 원쯤이라도……." 산돌은 정말 심각한 마음 상태였던 모양이에요. 헝헝 울고 말더군요. 너한테까지 손 벌려야 하는 신세냐,

서러워하는 것 같았어요. 나는 기분이 안 좋았죠. 조크라고 한 말이었는데. 그는 눈물을 거두고 "직장 다니는 사람이, 응? 일 년에 두 번 몇백만 원씩 팍팍 밀어넣게 현금 뭉치를 가지고 사는 사람이 어딨냐? 다들 빚내서 대학공부 시킨다고……" 하더니 절규했어요.

"대학 등록금! 이건 정말 국가가 나서서 해결해줘야 해!"

왜 그런 비싼 사립대학, 비싼 학과에 딸을 보냈어요? 나는 속으로 생각하고 말았어요. 대놓고 말하기에 가혹했지요. "오늘 술값은…… 니가 내라. 나중에 택시비도 좀 주고." 그가 말했어요.

매일 오전 12시까지 손바닥만 한 크기의 그림을 그려 신문에 싣는 것으로 밥벌이 하는 산돌 화백, 소위 '시사만평가'라고 하죠. 그런데 그의 딸이 유명 사립대학에 입학해 무용을 배운다……? 나는 찜찜했어요. 왜냐하면 산돌은 십 몇 년 동안 가난한 사람들의 삶과 투쟁을 서늘하게 묘파하는 그림을 많이 그렸고, 특히 신문 그림에서는 거물 정치인과 재벌을 족치고 노동자, 농민 편을 드는 데 선수였기 때문입니다. 형의 그림을 좋아하는 독자들이 꽤 있는데, 자식을 사립대학에 보내는 것은 꿈도 못 꾸는 가난한 사람들도 있지 않겠어요. 산돌의 그림에 감동한 만큼 배신감을 느끼지 않을까요. 늘 우리 편을 들지만, 이 사람, 우리랑 다른 사람이구나.

형수와 아이들 셋은 서울 인근 지역에 살고, 4년 전인가 지역신문사에 자리를 얻어 부산에 내려온 산돌은 혼자 자취를 합니다. 나는 언젠가 형의 딸을 딱 한 번 봤어요. 무용을 하겠다고 한다면 영혼을 팔아서라도 무용을 시키게 생겼더라구요. 몸매가 너무 예쁘고 또 얼굴이 귀여운 형의 딸이 훌륭한 무용가가 되기를 나는 진심으로 바랍니다.

이제, 산돌 형 기타 얘기를 해야겠어요. 대학시절에 하숙을 할

때, 옆방 형이 노래패에서 노래를 하고 작곡을 하는 사람이었는데
요, 그가 방에 없을 때 살짝씩 그의 기타를 만져본 게 나의 유일한
기타 경험입니다. 작년 가을, '악기 하나 할 줄도 모르다가 이 세상
을 뜬다는 것은 억울하다, 지금도 늦지 않다!' 하고 깨달았어요.
"그러냐? 내 기타 가져가" 해서 산돌의 자취방에서 먼지를 뒤집어
쓰고 있는 기타를 받아왔어요. 형이 이름 하나를 알려주며 인터넷
에서 검색을 해보라고 했는데, 〈동아일보〉 인터뷰 기사에 수제기
타 작가의 사진이 나왔어요. 그 작가의 기타 가격이…… 와우, 깜짝
놀랐습니다. 작가는 산돌 형의 각별한 후배였다는 것이고, 기타 바
디의 장식 하나가 잘못 되었을 뿐인 사실상 온전한 기타를 형에게
선물로 주었다고 하네요. 형의 손에서 몇 년 잘 놀았던 그 비싼 기
타가 내게 온 것입니다. "난 안 친 지 꽤 됐다. 치겠다는 사람한테
가 있어야지." 이럴 만치 산돌은 이 동생을 사랑하나 봐요. 히히히.

하루 30분씩, 한 달 정도 뚱땅거리자 우리집에 있는 유일한 악보
책, 『노래를 찾는 사람들1』에 수록된 곡의 절반을 기타 치며 노래
할 수 있게 되었죠. 어느 날 오후, 나는 안방에 갔어요. 어머니는 빨
래를 개고 있었어요. '그루터기', '땅의 사람들', '산하', '코카콜
라', '못생긴 얼굴' 을 불러드렸어요. 일흔이 되어가는 늙은 어머니
앞에서 난생 처음 노래하였던 그 시간을 나는 오래도록 잊지 못할
거예요.

자, 편지를 중단해야 합니다. "경태야, 밥 무라" 하는 소리가 좀
전에 났습니다. 점심을 먹고 나는 또 안방에 가보려고 해요. 오늘은
기타를 연주하러 가는 것은 아닙니다. 책상을 떠납니다!

어머니가 차려놓은 상이 주방 탁자에 있었다. 오후 2시 반, 나는
늦은 점심을 먹었다. 사각사각 씹히는 물김치! 식후 비타민 씨 두

알을 먹고, 양치했다. 그리고 마루를 지나 안방 앞에 서서 노크했
고, "오옹" 하는 소리를 듣고 "어머니, 뭐 하십니까?" 하며 문을 열
었을 때, 방 안은 어둑했다. 창의 커튼을 치고 안대를 한 채 어머니
는 이불 속에 들어가 있었다.

"주무시려고 하셨어요?"

안대 한쪽만 벗어보인다.

"잘까 했다. 와?"

"말씀드렸잖아요, 내가 예수 이야기 해드린다고."

어머니 앞에 앉았다.

"아, 그래. 해봐라."

"일어나실 것까진 없고요, 누워 계세요. 듣기만 하세요."

"아들이 공짜로 존거 가르킨다는데, 예의가 아니지."

"참, 엄마. 예수는 예수고요" 하고 손에 들었던 성경책을 나는
장판 위에 내려놓았다. "물김치 설명 좀 해주세요."

"물김치는 와?"

"오늘 물김치, 진짜 예술입니다!"

"그러냐."

정말 내 평생 먹어본 물김치 중 최고였다.

"국물이 진짜 시원하던데, 식초를 얼마나 넣었어요?"

"이 무식아. 무시에서 배어나와 저절로 맛이 나는 거지 식초를
왜 넣어?"

싸한 국물이 죽여주었기에 식초를 아주 약간이라도 넣은 줄 알
았다. 물김치도 엄연한 발효식품! '무식아' 소리는 언짢지만, 그래
도 다른 누구 아닌 어머니 앞에서 무식이 탄로난 것은 다행스럽다.

"언제 담으셨어요? 난 담는지도 몰랐네."

"아직 쫌 덜 익었을 끼다. 발효가 돼 거품이 뽀글뽀글 일어나야 한다. 날이 추워놔서 모레쯤이나 익을라나? 무시는 겨울 동삼이라 꼬, 내가 이번 겨울 내내 해주끄마."

어머니는 초등학교 문턱도 넘지 못한 불행한 여인이었다. 큰이모 둘은 중학교까지 다녔고, 막내이모는 초등학교를 다니다 중퇴했다고 하는데, 일찍 외할머니가 세상을 뜨고 할아버지는 살림을 챙기는 솜씨가 제일 낫다고 어머니 7살 때부터 집안일을 도맡아 시켰다고 한다. 언니들과 동생이 학교에 가고 오전 10시쯤, 집안이 괴괴한데 혼자 부엌에 앉았을 작은 여자아이는 얼마나 속이 상했을까. 결혼하고 난 뒤 아버지한테서 어머니는 한글을 습득했고, 요즘은 『금강경』을 떠듬떠듬 읽기도 한다. 뜻은 하나도 모르면서. 그런데 그런 어머니가 방금 '醱酵'라는 쉽지 않은 한자말을 정확하게 사용했다. 누가 가르쳐주었을까. 텔레비전을 보다가 배운 말일까.

"어머니, 물김치 담을 때 뭐뭐 넣어요?"

"무시 썰어서 소금에 절이고, 물을 팔팔 끓여 밀가루 한 숟가락 정도 개어서 풀고."

"밀가루는 왜 넣죠?"

참내, 그것도 모르나, 하는 표정이 되어 어머니는,

"더 시원하라꼬! 어떤 사람은 쌀을 뽀아놨다가 풀로 만들어 넣던데, 보통은 밀가루를 넣는다. 밀가루 물을 식혀갖고 마늘 좀 썰어넣고, 간 맞추고, 그라면 끝이지. 이번 것은 무시가 많이 들어가서 내일이나 모레는 더 맛있을 끼다."

"작년에는 이렇게 맛있지 않았어요! 내 입이 변했나? 올해 물김치가 이렇게 특별히 맛있게 된 이유가 뭡니까? 엄마가 생각하기에."

"글쎄다. 무시 자체가 좋았다. 싱싱했다. 그라고…… 무시를 다른 물로 빨면 안 돼. 소금에 재려놓으면 무시에서 물이 짤박하게 생기거든. 그 물을 그대로 써야지."

"아, 그러니까 소금이 무에서 물을……."

소금이 무를 자극하고 흥분시킨다! 배추와 무, 즉 김치 재료가 발효와 부패 중 발효의 길로 가게 하는 최초의 길잡이는 소금이었다. 그런데 무와 소금…… 둘의 사이가 썩 좋은 것은 아니었다.

"너무 오래 재려놓으면 무시가 쭈그러져갖고 파삭파삭한 기운이 없어지고, 적당히……."

무가 일방적으로 져버리면 안 된다. 소금과 잘 겨뤄야 한다. 둘이 꼭 사랑 같다.

"보통 얼마나 재려놓아요?"

"한 시간쯤 있어도 되고, 한 시간 반? 두 시간까지는 괜찮다."

"오늘 내가 엄마한테 물김치 교육 잘 받았습니다."

"결혼해서 니 여자한테 얻어먹으면 되지, 평생 혼자 살 생각이가? 김치 배워서 혼자 담가먹으면서 잘 한 번 살아볼라꼬?"

"무슨 그런 악담을……. 그냥 말씀 듣다 보니 재밌어서."

"니는 별게 다 재밌단다."

마태복음은 언제 읽어드릴 건가? 싶다. 그런데 걱정이다. 어머니의 물김치 이야기만큼 마태복음이 재미있을 수 있을까? 또 마태복음이 그 정도 가치가 있을까? 어쩌면 예수 이야기가 재미없는 것이 아니라 내가 재밌게 읽어줄 수 있을지, 낭독자의 솜씨 문제인지 모른다. 아무려나, 교회도 학교처럼 문턱을 넘어본 적 없는 어머니 앞에 나는 왜 성경책을 들고 와 있는가. 게다가 어머니는 한 달에 한 번 이상 절에 가는 불교 신자가 아닌가.

내가 이러고 앉게 된 것은, 두어 달 전 어머니와 식탁에 앉아 이야기를 나누다가 충격을 받았기 때문이다. 같이 식사할 때 이것저것 떠들기 마련인데, 어쩌다 나는 태양계(太陽系)를 설명하게 되었다. 지구가 자전, 공전을 하고 있다고 말했고, 지구 안쪽의 수성과 금성, 바깥쪽의 화성, 목성, 토성, 천왕성, 해왕성, 명왕성의 존재를 알려주었다. "이 숟가락이 태양이라면" 하고는 숟가락에 붙은 밥알 하나를 떼어 손가락에 붙여 빛나는 숟가락 주위를 빙 돌리면서 "이 밥알이 지구거든요" 하는 식이었다. 태양계 전체가 우주의 어느 상대적인 한 중심을 놓고 통째로 공전하고 있다는 것도 말했다. 요즘 중학생 아니 초등학생도 알고 있는 내용이다. 그런데 어머니의 반응이 놀라웠다. 어머니 연령대의 여인이 학교 교육을 받지 않았다는 것은 한글을 잘 못 읽는다, 겨우겨우 읽는다, 이런 정도가 아닌 것이다. 어머니는 태양계 이야기를 난생 처음 들어본 것이다.

"니는 와 그런 이야기를 책으로 안 쓰노? 노동자나 농민 이야기 하지 말고, 방금 이야기를 쓰면, 책 많이 팔리겠다."

일흔 살이 다 되어가는데, '태양계' 가 어떻게 존재하고 또 어떻게 움직이고 있는지를 모르도록 어머니를 내버려뒀다는 것이…… 엄청난 불효 같았다.

성경책을 들고 온 것도 비슷하다. 약 보름 전, 역시 식탁에서였는데, 예수가 죽을 때, 로마 병사들이 십자가 모양의 나무 형틀에 그를 묶고 양 손과 양 발에 쇠못을 박아넣었다고 말하니까 어머니가 어이없다는 표정을 짓는 것이었다. "사람을 우찌 그리 끔찍하게 죽일 수 있노? 니는 그 이야기를 믿나?" 예수가 물 위를 걸었다든지 십자가에서 죽은 뒤 육체를 가진 채 사흘 만에 부활했다는 것 따위가 아니라 생사람의 손발에 못을 박아넣었던 당시의 사형제 자체를 믿지 못하겠다는 것이다. 예수쟁이들이 지어낸 거짓말이라는 거다. 성경의 사실과 비사실에 대한 지식이 어쩜 이리도 깨끗이 없을 수 있을까. 적어도 성경에 관한 한 그 무엇으로도 오염되지 않은 순수지식 상태의 현신인 듯한 늙은 여인네가 나는 그저 놀라웠다. 나는 바로 말해주었다.

"옛날 중국에서는 능지처참이란 게 있었어요. 양 손 양 발에 밧줄을 묶고, 네 마리 말에 줄을 매달아 사방으로 달리게 하고요, 그러니까…… 사람의 몸을 네 조각으로 찢어버렸어요. 끔찍하기 이를 데 없는 그런 사형제가 있었는데, 예수가 살았던 시절에는 죄인을 큰 나무십자가에 못 박아 죽였던 것이고, 어머니, 이건 틀림없는 역사적 사실이에요."

그리고 나는 약속했던 것이다. 예수라는 사람이 어떻게 살다가 어떻게 죽었는지, 그 이야기를 들려주겠다고.

"물김치 얘기는 잘 들었고, 자, 이제 시작해볼까요."

나는 성경책을 펼쳤다. 그런데 본론에 들어가기 전 너스레는 에피타이저라고 할까.

"서울 사위들이 용돈 많이 부쳐주시지요? 셋째사위는 저번에 금강산 여행티켓을 끊어줬고요. 그것도 효도지만, 우리 땅에 태어난 조상은 아니래도, 예수같이 훌륭한 외국사람을 소개해주는 것도 효도예요. 어머니, 내가 지금 큰 효도 하는 겁니다."

아이에게 동화책을 읽어주는 엄마처럼, 노총각 아들이 늙은 어머니에게 성경책을 읽어준다, 생각하건대 참말로 멋진 일이 아닌가.

"책이 좀 두꺼운데, 예수 이야기는 앞에 4개가 있어요. 이 중 하나를 읽으면, 네다섯 시간이나 될까, 하루 한 시간씩, 일주일마다 하루씩, 한 날이면 되겠네요. 천천히 해요, 우리. 자, 어머니, 책 제목은 신약전서……, '우리들의 주(主)요 구세주(救世主)이신 예수 그리스도의 신약전서'라고 맨 첫 장에 써 있는데, 이런 말은…… 크게 신경쓸 필요 없고요. 마태복음, 마가복음, 누가복음, 요한복음……. 마태, 마가, 누가, 요한이란 사람이 각각 썼다는 거고요, 복음은, 들으면 복이 있는 소리, 기쁜 소식, 이런 뜻이에요. 제일 앞에 있는 마태복음만 봐요. 내용이 다 비슷비슷하거든요."

"비슷한 얘기를 뭐 할라꼬 다 실어놨노? 종이 아깝게."

"아, 어머니, 좋은 질문이에요. 왜 그러냐, 조금씩 이야기가 다르거든요. '대전블루스'를 김연자도 부르고 조용필도 부르고 문희옥도 부르잖아요. 맛이 다 다르잖아요. 비슷한 이치라고 보면 돼요. 자, 시작합니다. 마태복음, 제1장, 아브라함과 다윗의 자손 예수 그리스도의 세계라. 아브라함이 이삭을 낳고, 이삭은 야곱을 낳고, 야곱은 유다와 그의 형제를 낳고, 유다는 다말에게서 베레스와 세라를 낳고, 베레스는……"

외국사람 이름 수백 개가 한 페이지 가득이다. 나는 당장 중단했다.

"와 안 하노?"

"별 쓸데없는 예수 족보가 앞에 쭉 있어서……"

일방적인 읽기만을 한다면, 수백 권 독서를 해왔던 나도 지루하기도 한 대목이 복음서에 곧잘 나오는데, 어머니가 귀로 유심히 듣기란 불가능할 것 같았다. 골라 읽는 것이 필요했다. 그러기 위해선 꼭 읽어야 하는 대목의 내용과, 내용 사이의 흐름, 인과관계를 숙지해야 했다. 나는 준비 없이 충동적으로 안방에 왔다는 것을 마태복음 1장에서 바로 깨달았다. 끙 소리가 나왔다. 아무리 어머니와 자식 사이라 해도 쪽팔리는 느낌이 드는 것이다. 그때, 전화벨 소리가 미미하게 들렸다.

"잠깐, 전화 좀 받고 올게요."

"무슨 전화?"

"지금 내 방에 전화 오고 있어요."

나는 안방을 나와 마루를 달려가 책상 방의 문을 열었다. 벨 소리가 딱 그쳤다. 전화기는 '부재중 1통'이란 메시지를 띄운 채다. 찍혀 있는 전화번호는…… 내가 모르는 번호다. 모르는 번호란, 내 전화기에 입력돼 있는 지인들의 번호가 아니란 말이다. 재발신버튼을 눌러 '방금 전화 하셨는데, 누구세요?' 하는 것은 괜히 사람이 싸게 보이는 짓이다. 중한 용건이면 다시 하겠지, 하고 전화기를 닫았다.

방을 나와 안방으로 돌아가는데, 그런데, 방금 확인한 전화번호의 잔상이 허공에 새로 떠올랐다. 총 11자리 중 마지막 4자리. 3491.

거꾸로 하면 1943.

어, 이거, 아는 번호야. 내가 한때 결연하게 전화기에서 삭제했었던…….

회오리가 이는 것 같았다. 1943, 아니 3491, 이 번호가 내 전화기에 찍혔다는 것이…… 내 인생에 상당히 중요한 일이라는 것을 남자의 본능이 알고 있었다. 이 세상에 3491로 끝나는 번호는 수천 개 이상 있겠지만, 방금 내 전화기를 두드리고 간 3491은…… 그 여자의 것임에 틀림없다! 왠지, 왠지…….

나는 문을 열고, 얼굴만 빼꼼 했다.

"처음부터 끝까지 다 읽어드릴 수는 없고, 내용을 요약해야겠어요. 그러려면 준비를 해야 해요. 어머니, 다음에 해요."

"그래라. 근데 너 무슨 좋은 일 있냐?"

계단 올라오는 발소리만 듣고도 내가 어떤 기분인지를 안다고 하는 어머니가 아닌가. 내 마음의 어떤 변화를 목소리에서 귀신같이 알아맞히는 것이다.

"좋은 일은 무슨 좋은 일."

나는 문을 닫았다. 한때 내가 그토록 간절히 기다렸지만 여자한테는 연락이 없었고, 그런데 자그마치 다섯 달 만에……. 이 여자, 참 뜬금없다! 어머니의 말처럼, 좋은 일일까? 내 마음이 다시 고통의 격랑에 빠지게 되는 검은 신호탄은 아닐까?

3. 그 방에 불이 켜졌다

　어떤 이유로든 전화기에 입력된 특정 전화번호를 삭제할 때 말에요, 스스로 걸지 않게 되지만 누구한테 온 전화인지 알 필요가 있을 때, 4자리라도 애써 외우게 되더군요. 3491을 거꾸로 읽으면 1943이 된다는 것을 삭제 직전에 알았죠. 고등학교 때 유행했던 전투기 슈팅게임이 '혈전(血戰) 1943' 이었다! 하고 따로 기억을 해둔 것입니다.

　지난 5월, 몇 사람들과 어울린 자리에서 3491을 처음 만났어요. 그 자리의 유일한 처녀 총각이라고 유부남, 유부녀들이 강권하여 전화번호를 교환하게 됐고, 그런데 그날 밤 그야말로 '실수(失手)'가 있었고, 덕분에 이틀 뒤 다시 만날 수 있었습니다. 그리고 또 사흘 뒤 우리는 만났어요.

　단 둘이 만난 것은 두 번뿐이었지만, 그녀를 생각하면, 우선 세련된 옷차림이 생생하게 떠오르네요. 그리고 몸에 배인 듯한 조심스러운 행동거지…… 데이트라고 해야겠지요? 과년한 남녀가 용건 없이 만나 몇 시간을 함께 보내는 것이 데이트가 아니면 무엇이 겠습니까.

아, 어떤 옷을 어떻게 입느냐, 하는 것이 사람됨을 드러내는 데 얼마나 강력한지 나는 거의 처음 경험하였어요. 목에 두른 하늘하늘한 스카프가 생각납니다. 파랑 바탕에 물방울 무늬였어요. 스카프가 "청(靑)!" 하고 계속 소리치는 것 같았어요. 얇은 숄도 두르고 나왔다가 벗어 손에 들던데, 어두운 색인데도 무거워 보이지 않았어요. 하의는 바지였는데…… 잘 기억나지 않네요.

그녀의 옷가지는 사치스럽지 않지만, 고급스러워 보였어요. 백화점에서 산 옷이 아니고 그렇다고 재래시장이나 할인매장에서 산 것도 아니고, 그러니까 재래시장에서 백화점 옷을 찾아내는 그녀만의 특별한 안목이라도 있는 것 같았어요. 뽐을 내면서도 알뜰해 보였죠. 옷을 잘 입는 것, 이 세계의 구성요소를 '사람, 자연, 물건'이라고 할 때, 물건을 잘 다룰 줄 아는 중요한 재능의 증거라고 봤습니다.

키가 작지 않고, 날씬했어요. 동성이든 이성이든 사람이 만나 나누는 것은 이야기이고, 내가 꽤 값있는 이야기를 했던 모양이에요. 경성대학교 앞 번화가를 어깨를 부딪치며 걸어갈 때, 열심히 떠들던 내 입이 잠시 묵묵해진 때가 있었습니다. "무슨 생각하세요? 혼자서만 좋은 생각 마시고, 머릿속에 떠오르는 것, 떠오르는 대로 들려주세요. 뭐든 좋아요. 저한테 도움이 되어요." 찻집에서 2시간 정도 시간을 함께 보낸 뒤였는데, 그러니까 2시간 동안 내 입에서 나왔던 것들의 값을 그녀가 굉장히 높게 매겼다는 것이 아닙니까.

밤 10시쯤 그녀를 배웅한 뒤, 오늘 몇 시간 같이 있었지? 셈해보았습니다. 7시간이나 있었다! 조금도 지루하지 않았다! 흥분을 참을 수 없어 산돌에게 바로 전화했던 게 기억납니다.

"형, 어디야?"

― 회사야. 금요일이잖아.

"언제 퇴근해?"

― 금요일이잖아.

"나랑 술 한 잔 해!"

― 야, 금요일이라니깐!

매일, 아니 월요일부터 금요일까지 손바닥 크기의 신문 만평을 그리고, 또 일주일에 한 번은 〈프레시안〉이란 인터넷신문에 만평의 다섯 배쯤 되는 크기의 그림을 그리는 산돌입니다. 프레시안 그림은 금요일마다 밤샘 작업으로 형은 처리해오고 있었어요. 전화도 얼른 끊고 싶어하는 듯한 형이 그래도 물어주었습니다.

― 뭔 일 있냐?

나는 여자에 대해 한참 질질거리듯이 말했어요. 말 중간을 형이 잘랐습니다. "아휴, 시끄러워" 하더니 시사만평가답게 한마디 말로 핵심을 찌르더군요.

― 예쁘냐?

"길을 가다가 술집에 들어갔는데, 아가씨 세 명이 앉아 있는 테이블이 있는 거야. 딱 보면, 예쁜 애, 적당히 생긴 애, 못생긴 애, 구분이 되잖아. 형, 그런 테이블을 다섯 번 본다고 해봐. 여자들이 다 다른데, 오늘 만난 여자는 자리마다 있는 거야. 다섯 번 중 네 번은 오늘 아가씨가 퀸이야. 한 번 정도는 더 예쁜 여자가 있을 것 같고."

산돌이 짜증을 냈어요.

― 뭘 그리 복잡하게 설명하냐. 꽤 예쁘다는 소리네. 오늘 처음 만났다고? 실은 두 번째? 야, 좀 진척시키고 보고해. 끊엇!

그녀는 과일로 치면 껍질의 반짝임을 잃고 내부에서 자연발효가 시작되고 있는 나이였죠. 나랑 동갑이라니까. 그런데 20대 후반, 30대 초반으로 보인다는 것입니다. 속은 익고, 밖은 싱싱하고, 흠······.

물론, 아무리 그래도 서른일곱 살 노처녀가 예뻐봤댔자 얼마나 예쁘겠어요. 또 '예쁘다'고 한들, 그게 뭐 중요할까요. 외모에 혹할 수 있어도 그것이 남녀 사랑의 가장 큰 이유는 되지 못한다는 것을 나도 어느 정도는 아는 나이에요. 아니 알아도 별 소용이 없을 때가 많지만, 어쨌거나 명심은 하고 살자고 늘 다짐하는 나이입니다.

여성의 예쁜 외모란 그래요. 내 컴퓨터 하드디스크에는 스칼렛 요한슨 사진이 160장 정도 있거든요. 스칼렛 요한슨이 그녀보다야 천 배 만 배 예쁘지요. 그런데······ 세계적인 스타 스칼렛 요한슨도 예뻐봤자입니다. '사진 속의 떡'이란 소리가 아니고요, 나는 사나흘마다 160장 중 한 장을 골라 컴퓨터 바탕화면에 깔아놓는데, 컴퓨터를 부팅할 때, 또 〈프레시안〉에서 기사를 읽거나 '한메일'에서 메일을 쓰거나 '인터파크'에서 쇼핑을 하다가 모니터에 띄워놓은 웹사이트를 다 지울 때가 있잖아요. 컴퓨터 바탕화면이 드러나면서 '이 사진을 깔아놓았지' 하고 문득 요한슨을 보게 될 때가 있습니다. 까맣게 잊고 있다가 문득 볼 때, 그녀가 참 예쁩니다. 아기도 미녀와 추녀 중 미녀 쪽으로 기어간다고 하고, 원숭이와 얼룩말도 미녀가 손에 든 바나나와 당근을 먹더라는 실험 결과가 있었습니다. 문득 요한슨의 미태를 보게 될 때, '햐, 예쁜걸' 하고 깨끗이 기분이 좋아지는 그저 본능적인 2-3초를 나도 물론 즐깁니다.

그런데 사나흘이 지나면, 문득 볼 때의 '문득 효과'도 사라지고, 아무 느낌 없는 요한슨이 되어버려요. 사나흘 동안 수십 차례 요한슨을 보면서 그녀의 매력을 깡그리 소비해버린 것입니다. 그러면 나는 160장 중 다른 사진을 골라 바탕화면을 꾸미죠.

눈으로 보기에 예쁘다는 것은 이 정도입니다. 눈만큼 싫증을 잘 내는 것도 없어요. 즉, 천하의 외모라고 할지라도 외모를 넘어서는, 아니 외모에서 자유로운 무엇이 있어야 여성의 진정한 매력, 아니 사람의 매력이라는 것이죠. 스칼렛 요한슨도 잊고 지내면서 문득 문득 봤기에 사나흘은 볼 만하다는 것이지 1-2분만 뚫어져라 봐도 사진 한 장이 품은 미태에는 곧 질려버려요.

'3491'의 예쁨은, 산돌이 '꽤 예쁘다'라고 정확히 추측했듯이 구석구석 보면 어색한 부위가 있었습니다. 턱이 그래요. 길어요. 전체적으로 얼굴이 길다 싶어요. 코도 메부리코가 되기 직전이에요. 날카롭고 사나워 보일 수 있는데, 전체적인 인상이 그렇지 않은 까닭은? 눈 때문 같아요. 참 반짝거려요. 총명함이 아니라, 조용하고 깊은 우물 같아요. 그렇기는 해도 내가 그녀에게 반한 것은 '예쁨'이 아니라 그것을 넘어서는 무엇 때문인 것 같았어요. 즉, 내 '실수'를 처리하는 그녀의 마음씀씀이가 특히 감동적이었지요.

첫 데이트를 마치고 집에 와 나는, 정말 예쁘냐? '그렇다'고 답할 수는 없다, 생김새만 따진다면 약간 흠이 있어 더욱 질리지 않을 얼굴이다, 하고 결론을 내렸죠. '진짜 예쁜 여자'라면 쓸데없이 골치 아플 일도 많을 거고, 적당히 예쁜 그녀가 그래서 더욱 마음에 든다는 것이죠. 잘해봐야겠다, 하고 결심했습니다. 그러니까 그녀에게 몰입할 준비를 끝낸 것입니다.

그런데 바로 다음 만남에서…… 외모를 넘어서는 것이 얼마나 중요한지 나는 뼈저리게 알게 됩니다. 외모는 사람의 밖, 그런데 안의 중요한 무엇은 반드시 밖과 결합해 나옵니다. '예쁜, 적당히 생긴, 못생긴' 이란 헌걸찬 삼분법도 소용없고, 안에서 나와 밖을 움직여 보이는 것…… 여성, 아니 사람의 가장 강력한 그것은…… 표정이라는 것이었어요.

여성이 탐이 나면 남자는 급해지기 마련인데, 혹 딴 놈이 채 갈까봐 말예요. 사흘 뒤 바로 두 번째 데이트를 진행했죠. 그녀의 집, 아니 원룸 방에서 멀지 않다는 역시 경성대학교 일대였어요. 돌솥비빔밥으로 점심을 먹고, 레스토랑에서 차를 마셨고, 소주방에 갔었죠. 그리고 40분쯤 앉았나요. 사랑의 감정이, 100을 만(滿)으로 친다면 소주방에 갈 때는 99 수준이었는데, 그만 1로 추락하고 말았어요. 살다살다 그런 감정 추락은 처음이었습니다. 그녀의 표정이…… 아, 끔찍하더군요. 술집을 나와 '잘 가시라' 했습니다. 그리고 혼자 거리를 걸으며 나는 그녀의 전화번호를 삭제해버렸던 것입니다.

전화번호를 삭제한 것은 그날 밤 당장의 행위였고, 하룻밤만 지나도 그 행동이 바른 것이었나 하고 돌아볼 수밖에 없습니다. 남녀 사이는 불가해한 면이 많은데, 하룻밤 새 미련이 생겨나버린 것입니다. 나는 편지를 쓰기 시작했어요. 한 통을 써서 보냈는데, 다 쓰지 못한 말들이 생겨나 또 한 통을 써야 했습니다. 그런데 못 다 쓴 말들이 또 생겨났어요. 세 통째 써서 보냈습니다. 간절히 기다리는데, 짧은 답장이 왔어요. 그녀라는 사람에 대해 좀더 알 수 있었어요. 마지막 승부를 걸겠다고 나는 결심했습니다. 무서운 내용의 답장을 썼어요. '바울로' 라는 인간이 얼마나 이기적인 악한인가, 저주하는 내용이었죠. 답장이 오지 않더군요. 기다렸지만, 결국 오지 않았습니다.

마음의 불은 거의 한 달이나 괴롭게 뒤채이다가 시나브로 사위어갔습니다. 미미한 연기를 내며 꺼진 자리, 뒤처리도 하지 않아 지저분했고 흉터 같았지만, 결국에는 대수롭지 않게 되었습니다. 여자들과의 사랑에서 줄기차게 실패해왔는데, 그런 흉터가 내 마음자리 한두 군데라야 말이죠.

아, 그런데 장장 다섯 달 만에 그녀가 자기 전화번호를 살짝 남겨놓았을 뿐이지만, 내 마음에 막바로 회오리가 일어버렸습니다. 어떤 이유에선지 모르지만…… 무엇인가가 새로 시작되려 한다는 예감이 자꾸 들어요.

지금 이 순간, 이미 나는 이런 생각을 하고 있거든요. 사람은 만 가지 표정을 짓는다, 아니, 다른 사람의 얼굴에서 만 가지 표정을 알아보는 능력을 사람은 가지고 있다, 만 가지 중 최선·최고의 표정과 최악의 표정, 이런 게 있다면, 최악의 것마저 사랑할 수 있을 때가 진정한 사랑이 아닐까, 내가 본 그녀의 참 싫었던 표정은 만 가지 중 한두 개일 뿐…….

그런데…… 지금 벨이 울려요!

3491.

편지를 중단합니다!

전화를 받았다. 그녀, 맞았다.

어색한 인사가 오갔고, 그녀가 용건을 말했고, 나는 약간 고민하는 척하다가 수락했다. 통화를 마치고 묘한 감회에 젖어 나는 천장을 올려다보았다. 천장은, 천장이었다. 아무것도 없었다. 고개를 내리니까 벽이 보였고, 벽에 걸린 시계가 보였다. 8시 20분을 가리키고 있다.

이렇게 다시 시작하는가!

외친 뒤, 나는 옷을 갈아입고 집을 나섰다. 소방본부 앞에서 버

스를 탔고, 버스가 20여 분 달려가자 서면전철역 앞이었고, 하차했
다. 신호등을 건너 영광도서 앞까지 빠르게 걸었다. 밤 9시, 그녀를
기다리고 있자니 가슴이 제법 떨린다!

　서점은 셔터를 내렸고, 주위는 어두웠다. 전화기가 몸을 흔들었
다. 어디예요? 그녀다. 서점 앞에 와 있다고 말했다. 자동차를 타고
있다고, 차가 좀 밀린다고, 조금만 기다려달라고 그녀가 말했다. 전
화를 끊고 나는 또 생각했다. 정말 이렇게도 다시 만나는구나! 기대
와 희망을 가지지 않기란 참 어렵구나! 심장이 내는 둥둥 소리가 몸
속 깊이서 계속 울리는 것이다.

　서점 앞은 6차선 도로인데, 신문에 두세 차례 보도가 된 적 있는
유명한 도로였다. 주차, 보행, 차량 진행 모두 엉망이라고. 도로 건
너편에는 남해횟집과 개성삼계탕이 있고, 시간당 2만 원짜리 아가
씨들이 노래 부르며 같이 놀아주는 실버벨노래방이 있고, 약국이
있고, 24시간 편의점이 있고, 고래고기와 꼼장어를 파는 포장마차
가 있었다. 모두 성업 중이다. 6차선 도로로 차량이 계속 오갔다.

　그냥 지나가는가 싶었던 승용차 한 대가 끽 멈췄다. 그리고 뒷좌
석의 유리창이 내려갔다. 한 여자가 팔을 내밀더니 흔들어보였다.
나를 향해! 어째야 할까? 내가 자동차로 가야 하나? 그때, 여자의 옆
에 앉은 다른 여자가 여자의 어깨를 툭 쳤다. 소리가 들리지 않지
만, '애, 앉아서 부르는 거야? 예의가 아니지. 니가 가서 데려와야
지.' 이러는 것 같다. '아, 그렇지' 하듯 여자는 자기 머리를 자기
손으로 쥐어박더니 차에서 내렸다. 승용차가 천천히 움직인다. 잠
시 길가에 주차하려고 하는 것 같다.

　그녀가 어느새 앞에 와서 활짝 웃었다.

　"오랜만이에요."

"그러네요. 자, 어디로 갈까요?"

"아니요, 차에 타세요. 여긴 복잡하고 답답하잖아요."

그녀가 시동을 끄지 않은 채 부릉거리고 있는 승용차를 향해 먼저 걸었다. 나는 두세 걸음 뒤에서 따랐다.

그녀의 윗도리는…… 검은 자켓이었는데, 길이가 짧아 등허리가 드러났다. 허리를 감싸고 있는 안의 옷은 연두색 스웨트였다. 아랫도리는…… 츄리닝이 아닌가! '스판'이라고 하나. 남자들이 저런 재질의 츄리닝을 입는 것을 본 적이 없다. 바지 옆선에 노란 줄이 도드라졌는데, 지하철이나 버스에서 저런 츄리닝을 입고 있는 젊은 여성들은 더러 보았다. 간단하게 외출할 때 요즘 여자들은 저런 것을 입는가 보다. 엉덩이의 육감이 드러나도록 찰싹 달라붙는 옷이고, 앞서 걷는 그녀의 움직이는 엉덩이를 순식간에 보았다. 나는 얼른 시선을 자켓으로 올렸지만, 잔상이 또렷했다. 적당히 컸고, 적당히 작았다. 자켓 주머니에 양 손을 찔러넣고 그녀는 경쾌하게 걸어가 승용차 앞에 이르렀고, 안에는 아까 전화에서 일러주었던 그녀의 '아는 언니'가 있었고, 운전대를 잡고 있는 40대 중반의 남자가 있었다. 둘은 창 쪽으로 몸을 기울여 서점 앞에서부터 승용차까지의 우리 움직임를 주시하고 있었다. 그녀가 뒷좌석에 올라탔다. 나는 운전자 보조석에 앉았다.

차가 출발했다.

"어디로 가세요?"

사내에게 물었는데, 뒤에서 흥겨운 목소리가 나왔다.

"조경태 씨, 꼭 한 번 뵙고 싶었어요. 내가 연경이한테 전화 해보라고 했는데, 실례가 아닌지. 괜찮으신 거죠?"

"예, 괜찮습니다."

좀 난데없이 연락을 드렸는데요, 아는 언니가 한 분 계세요. 언니가 하는 말을 그대로 옮기면요, '이유 불문하고, 조경태 씨를, 꼭 한 번 보고 싶다……' 이렇거든요. 다섯 달 만에 연락을 한 그녀의 용건이었다. 그녀의 '아는 언니'라는 여인은 40대 후반이었고, 흥에 겨운 목소리가…… 약간 술에 취한 것 같았다. 3시쯤 내게 처음 전화했고, 8시 반에 다시 전화하는 새, 같이 낮술이라도 마신 것일까. 그런데 운전대를 잡고 있는 이 남자는 누구일까. 통화에서는 언니와 단 둘이 있다고 하지 않았나. 나는 다시 사내에게 물었다.

"어디 정해놓고 가시는 겁니까?"

차는 서면 교차로로 들어섰다.

"누님, 바닷가로 갈까요?"

여인은 사내의 말에 답하지 않고 "조경태 씨, 특별히 좋아하는 것 있어요? 바닷가로 가서 소주에다 회 어때요?" 물었고, 내 답을 듣지도 않고 "연경아. 넌 뭐 먹고 싶니? 맥주, 소주?" 했다.

'3491', 그러니까 정연경, 그녀는 우물쭈물. 다섯 달 만에 재회했어도 정연경은 내가 아는 사람이지만, 나머지 둘은 오늘 처음 본다. 모르는 사람들과 휘말린 채 멀리까지 가기 싫었다.

"바다는 너무 멀어요. 사람끼리 만나 이야기 나누는 데 장소가 뭐 중요합니까. 이 근처 아무데나 들어가죠?"

차가 교차로를 빠져나갔다.

"누님, 어떡할까요?"

'바다는 너무 멀다'고 내가 꽤 단호하게 말했던 것 같다.

"근처에 주차부터 하지. 맥주홀이야 쌔고 쌨지."

차는 도로 위에서 골목길로 꺾어들었다. 상가가 시작되었는데, 주차할 곳을 찾으려고 계속 들어가니까 휑한 벌판이 나왔다. 도심한복판에 난데없는 벌판……까지는 아니고, 함석 담장을 군데군데 두른 아파트 공사장이었다. 남자가 한적한 곳에 차를 세웠다. 우리는 내렸고, 차가 금방 지나왔던 상가 쪽으로 다시 걸어가야 했다. 내가 맨 앞, 정연경과 여인이 나란히 걸었고, 사내가 맨 뒤였다. 맥주집이 보였다. 건물 2층에 있었다. 1층 계단 앞에서 '이 집 어때요?' 하고 걸어오는 셋에게 손짓으로 물었다. "올라가세요!" 여인이 외쳤고, "걷는 게 무척 빠르네요. 같이 좀 가요!" 하고 여인이 이어 외쳤다. 나는 무시하고 먼저 올라가버렸다.

술집 구석자리에 잠깐 혼자 앉았다. 그리고 내 마음 상태를 빠르게 점검했다. 서점 앞에서는 잔뜩 설레였는데, 왜 지금은 기분이 별로지?

시간차를 두고 한 사람씩 들어와 착석했다. 옆에 사내가 앉고, 내 앞에 정연경이 앉고, 그 옆에 여인이 앉았다. 어두운 서점 앞에서나 승용차 안에서 보지 못한 것들이 보였다. 왠지 정연경은 얼굴이 더 길어 보였다. 여인은 엷은 빛이 도는 선글라스를 끼고 있었고, 양복을 입은 사내는 눈썹이 짙고 콧대가 성성했다. 한마디로 잘생긴 얼굴이었다. 아는 언니랑 둘이 있다고 하였는데, 이 남자가 끼어들었다고 기분이 안 좋아진 것일까.

사내는 소주를, 여자들은 맥주를 찾았다. 안주는 불닭과 사요리. 나는 사내에게 소주부터 한 잔 받았다. 정연경이 사요리를 가위로 잘랐다. 잘라낸 조각을 내가 집어먹었다. 그리고 눈이 마주쳤다. 진짜 오랜만이에요, 정연경 씨. 처음 했던 인사를 나는 다시 말없이 했다. 알아들은 듯이 그녀가 씨익 웃었다. 씨익 웃는 것은 정연경의 매력 중 하나지만, 이상하게 별로 예뻐 보이지 않았다. 목욕탕을 다녀온 여자의 얼굴이 말갛게 보이기도 하지만 머리가 부스스하고 어딘지 부어 보일 때가 있다. 정연경이 지금 꼭 그런 것이다.

오늘 이 자리가 어떻게 이루어지게 되었는지 무용담처럼 나왔다. 정연경과 여인은 오후 5시에 만났고, 차를 마시고 저녁을 먹었다고 한다. 어쩌다 내 이야기가 나왔고, 여인이 '그 사람 글을 읽은 적이 있어' 이렇게 말했다는 것이고, 정연경이 그 사람을 안다고 했고, 니가 그 사람을 어떻게 아니, 하며 여인이 놀랐다는 것이고, 당장 전화를 걸어보라고 했고, 그렇지 않아도 오랜만에 낮에 전화를 해봤는데 받지 않았고, 전화가 온 줄 알 텐데 연락이 없는 것을 보면 내 전화가 싫은 모양이라고 정연경이 말했다는 것이고, 여인은, 두 번 전화하기는 싫다는 정연경을 강권하다시피 하여 전화를 걸게 하였다는 것이다.

여차하여 통화가 되어 나를 만나러 가는 길. 아는 후배의 전화를 받았다는 것이고, 누구 만나러 가는데, 술 한 잔 할 거거든, 너도 올래, 해서 후배가 차를 몰고 왔고, 중간에 얻어타서 같이 오게 됐다는 것이다. 사내는 여인의 후배라는 것이고, 정연경과 사내는 오늘 처음 본다고 했다.

이 이야기를 나보고 믿으라구?

연결은 되는데, 어쩐지 실감나지 않았다. 사소한 이야기라고 해도 우연을 섞어 대충 눙치고 넘어가는 것이 버릇이 된, 정신적으로 게으른 인간들을 나는 좀 아는데, 그런 냄새가 딱 났다.

"연경아, 우리도 참 오랜만에 본다 그치? 작년 겨울에 보고 처음인가? 통 연락이 없더니 오늘 무슨 바람이 불었니." 군대 면회를 간 부모가 자식 얼굴을 살펴보듯이 여인은 정연경을 보며 "아휴, 그새 더 예뻐졌다" 하고 말했다. 바람잡이 같았다. 조경태 씨도 동감하지요? 마치 나 들으라는 듯이. 정연경은 배실배실 웃으며 "언니도,

참" 하며 겸연쩍어했고, 여인은 그런 정연경의 머리칼을 손으로 쓸어주었다. 나는 팔짱을 끼고 둘이 하는 짓을 잠깐 봐주다가 눈을 돌렸다. 이상하게 자꾸 이 사람들을 불신하는 마음이 되어가는 것이다. 그런데 여인이 문득 내게 물었다.

"조경태 씨, 하나 궁금해요. 우리 연경이랑 어떤 사이에요?"

들어 알 테지만, 나한테서 무슨 소리가 나오나, 싶어서일 것이다. 어떻게 하면 핵심만 말할 수 있을까?

"지난 5월에…… 처음 봤을 거예요. 좋은 친구가 되려나 했는데, 세계관이 너무 달라서……. 사람의 인생에 중요한 것이 많지만, 세계관이 목숨처럼 소중한 사람들도 있잖아요."

갑자기 나를 불러낸 그들의 정황이 실감나지 않았듯이 나의 대답이 여인에게 실감이 나지 않는 것 같았다. "아, 예" 하고 자기 머릿속에 있는 다른 화제를 급히 찾는 얼굴이었다. 그리고는 잡다한 소리. 나는 건성으로 듣기 시작했다.

이야기는 오고 가는 게 있어야 하는데, '목숨처럼 소중한 세계관'이라고 말했는데, 그 무거운 말이 그대로 미끄러져버렸다. 여인의 관심사에 걸려들지 않는지, 아니 정연경과 나 사이 꽤나 곤란했던 한 문제를 가리키는 것을 알 테지만, 오늘 이 자리를 만든 자기 계획에 별 도움이 되지 않는지 거의 의도적으로 회피하는 것이다. 여인은, 오늘 낮에 집 근처 산에서 본 가을 풍경, 5월만큼 아름다운 11월, 어쩌구저쩌구 떠들더니 나를 쓰윽 보며 그런데 무척 놀라운 말을 해왔다.

"오늘 처음 조경태 씨를 보지만, 가만히 보니까요, 선이 참 좋네요. 사람을 볼 때 나는, 코와 턱, 어깨, 팔의 선을 보거든요. 사람은 선이 정말 중요해요. 사람은 결코 살덩어리가 아니에요. 선으로 되어 있거든요."

오, 멋진 말이다. 살다 보면, 이 비슷한 멋진 말이 있다. 한 번 들으면, 듣는 순간, 깨닫는다. 이 말, 내가 평생 기억하겠구나. 사람의 정신 안에는 방금 들었던 것과 같은 기똥찬 말이 들려오기를 기다리며 몇 년, 아니 수십 년, 아니 태어날 때부터 비워두고 있는 특별한 말의 방이 있는지 모른다. 여인의 입에서 나온 말도 '내 방 어딨어? 들어간다!' 하고 내 정신의 빈 방 하나를 찾아 '내 방이야!' 하고 바로 들어와버리는, 그런 말이었다. 자신의 방에 들어앉은 채 24시간 늘 대기하다가 삶의 어느 순간 자기가 필요할 때가 생기면 순식간에 방에서 뛰쳐나와 입 밖의 표현이 되어주면서 생각의 흐름이나 인생의 어떤 중요한 선택을 결정적으로 돕게 되는, 조금 과장해 말한다면, 오래 전부터 내 인생에 꼭 필요했었던, 뼈가 되고 살이 되는, 그런 말이다. 어떤 게 그런 말인지 평소에는 모르지만, 듣는 순간 내게 꼭 필요했던 말임을 번개같이 알아차리게 되는, 그래서 쾌감과 희열을 맛보게 되는, '사람은 살덩어리가 아니라 선으로 되어 있다' 라는 말도 바로 그런 말이다.

말은 방에 안착했고, 방이 말로 채워졌다. 말이 빛을 내기 시작했다. 그 방에 불이 켜졌다. 나는 놀란 채 여인을 다시 보았다.

"방금 멋진 말씀을 하셨는데…… 아, 진짜 좋은 말을 들었네요. 아, 감사합니다."

깨끗하게 감사를 표했다. 그런데 동시에, 방금 이 말의 의미를 여인이 과연 얼마나 알고 한 것일까, 의심이 들었다. 직접 생각한 거냐, 어디서 읽은 거냐, 묻지는 않았다. 어디서 읽은 것이라고 하여도 어떤 상황에서 즉각적으로 또 실감나게 쓸 수 있는 말은 그 사람의 말이라고 인정해주어야 한다. '사람은 선으로 되어 있다' 고

했다면 의심할 만하지만, 사람은 살덩어리가 아니라 선으로 되어 있다고 했고, 살덩어리가 아니라, 이게 중간에 들어가면서 여인의 말이 단숨에 살아버렸다.

"언니는 미대를 나왔어요."

정연경이 말했다.

"지금도 그림 그리세요?"

내가 물었다. 여인이 자리에서 일어났다.

"이런 데다 그려요."

손으로 펼쳐보인다. 굵고 가는 붓으로 풀 몇 포기를 치마에 그렸다. 주렁주렁한 치마를 손으로 펼쳐보이는 여인이 40대 후반이 아니라 2-30대라면 대단히 매력적으로 보일 것이다. 성적인 자극도 있는 포즈다.

"좋죠?"

"좋네요."

감탄할 만한 솜씨는 아니지만, 수준급이다. 여인이 득의양양한 표정을 하고 앉았다. 다시, 사람은 살덩어리가 아니라 선이다, 이 말을 어떻게 술자리의 안주로 요리해볼까, 궁리하는데, 갑자기 사내가 나섰다. 이야기의 흐름에 아랑곳없이 정연경에게 관심을 보이기 시작하는 것이다. 연경 씨, 예전부터 누님한테 말씀은 들었습니다만, 오늘에야 뵙게 되네요. 사시는 곳이 어디예요? 그는 착석한 이후 듣기만 했고, 어떻게든 말을 좀 해야겠다고 결심한 것이다. 대화가 단번에 흐려졌다. 저 입을 어떻게 막을까, 정연경이 뭐라고 답을 하자마자 내가 끼어들었다. 당신이 데려왔으니 당신이 책임지란 식으로 여인을 바라보며.

"이 분은…… 누구세요?"

"아, 명함 한 장 드리죠."

사내의 명함을 받았다. 〈월간 사람〉이라는 잡지의 편집장이다. 나는 명함을 0.5초 보고 바지주머니에 넣었다. 그리고 물었다.

"직장이 있으니 결혼은 하셨겠고, 아이도 있겠네요?"

사내가 우하하, 껄껄껄 했다.

"왜 웃으세요?"

"참 오랜만에 들어보네요. 사회생활하는 데 그런 질문은 별로 예의가 아니더라구요."

"나이 차면 결혼하고, 결혼하면 아이 낳고, 당연한 일 같지만, 때로 생각해보면 진짜 대단한 일 같아서요. 대단한 일을 묻는데, 왜 예의가 아니죠?"

나는 솔직하게 되물었다.

"결혼하고, 애 있고, 그게 뭐 중요합니까. 우리 중요한 얘기 합시다."

그러나 그의 입에서 중요한 이야기는 도대체가 나오지 않았다. 매달 잡지를 내는 일, 마감의 압박, 스트레스를 술로 풀게 되는 일, 누님을 알게 되면서 차를 마시기 시작했다는 것, 오늘 오랜만에 소주를 마신다는 것, 이런 이야기를 하는 것이다. 가소롭다.

나는 〈월간 사람〉이란 잡지를 안다! 앞표지를 장식한 인물이 가나다백화점 사장이라면, 잡지 뒷장에 가나다백화점 전면광고가 실리는, 칠팔 년 전 어딘가 굴러다니는 잡지를 본 적 있고 하도 꼴이 한심해 아직도 기억하고 있다. 한심한 편집장이 한심한 잡지를 만든다. 이런 사내를 후배로 둔 여인이라면, 사람은 살덩어리가 아니라 선이라고 했지만, 그 의미가 뭔지도 모르고 한 말이 아닌가, 다시 의심스러워질 지경이었다.

　사내와 여인은 둘만 아는 지난 교류의 경험을 괜히 재확인하는 이야기를 나누기 시작했고, 정연경은 거기 귀를 기울이고 있었고, 나는 그런 정연경을 몇 번 정시했다. 아무래도 예뻐 보이지 않았다. 잡지가 한심했고, 잡지를 만드는 사람이 한심하고, 그를 후배로 둔 여인이 한심하고, 여인을 언니라고 하는 정연경이 한심해 보이는 것이다. 어쩌다 여기 끼여 소주는 딱 한 잔 마시고 맥주를 석 잔째 마시고 있는 나 자신도 한심해졌다.

　너는 꿈도 못 꾸는 값비싼 물건만 판다고 백화점이 싫냐? 이 나라와 세계 곳곳에서 만든 귀한 물건을 한곳에 모아놓고 사람들이 사갈 수 있도록 하는 백화점이 어때서? 그 사장이 어때서? 재래시장의 한 점포에서 출발해 도매업에 진출하고, 유통업체를 세우고, 승승장구하다가 부도난 지역백화점을 용감하게 인수하고 회생시켜 지역 사람들에게 성공 비전을 제시한 그를 이 달의 자랑스러운 인물로 내세운 것이 어때서? 노력을 알아줘서 고맙다고, 지역의 인물 발굴에 애써온 귀사의 노력을 오래 전부터 알고 있다고, 응원하고 싶다고, 우리 백화점이 신관을 증축했다는 것을 널리 알리고 싶은 이번의 전면광고는 진심이라고, 하여 잡지 앞뒤를 백화점으로 채우게 된 게 어때서? 그런 잡지의 편집장 자리, 결혼도 하게 하고 아이를 낳을 수 있도록 한 고귀한 일자리잖아. 그러나! 아무 생각 없이 처음 펼쳤을 때…… 편집이 너무 후졌어! 재능과 솜씨와 자질도 아니고, 책의 편집은, 정성이야!

　이런 생각을 하는 동안에도 사내와 여인의 대화는 산만하게 이어졌다. 끝없이 이어지는 시덥잖은 이야기가 시간을 파먹었고, 세상에, 어느덧 11시가 되어버렸다. 시간은 최악의 핑계, 그러나 어쩔 수 없다. 나는 기분이 계속 언짢기만 했던 것이다. 그만 일어나야

죠? 내일 출근하셔야 하잖아요, 아, 토요일이라서 쉬시나? 하고 사
내를 보고 내가 말했다. 여인이 말했다.

"아쉬운데요. 우리가 너무 늦게 만났죠?"

"나도 새벽까지 술 마실 때도 있지만, 내일 일이 좀 있어서요."

자리에서 일어나자 여인이 따라 일어났다. 사내는 엉덩이를 들
어 내가 나갈 통로만 열어주었다. 그리고 "누님, 잠깐 좀 앉으세요"
한다. 나는 혼자 성큼성큼 계산대 쪽으로 걸어갔다. 정연경이라도
따라나올 줄 알았는데, 사내가 새로 시작한 이야기에 귀를 기울이
고 앉아 있었다.

계산대 앞에서 나는 그들의 이야기가 끝나기를 어색하게 기다
리고 서 있어야 했다. 술집 밖에서 기다릴 수도 있지만, 그건 그들
을 너무 촉박하게 몰아대는 짓 같았다. 또 밖에서 1분 이상 기다려
야 한다면, 인사도 없이 그대로 집에 가고 싶은 충동을 이기지 못할
것 같았다. 가만히 서 있는 내가 또 한심했다. 뭐라도 행동을 해야
할 것 같았다. 화장실을 다녀올 수 있지만, 내 입에서 문득 딴소리
가 나왔다. 주인에게 "얼마예요?"라고 해버린 것이다. 주인이 가격
을 말했고, 나는 비로소 행동할 수 있었다. 지갑을 꺼내고, 지폐를
세고, 주인에게 건네고, 거스름돈을 받고, 지폐는 지갑에 동전은 바
지주머니에 넣었다. 행동을 끝내고 그들 쪽을 보았다. 계속 이야기
를 나누고 있다면, 혼자 술집을 나갈 작정이었다. 그들이 일어서고
있었다. 정연경이 눈치 없이 밝게 웃으며 말했다.

"우리는 언니 집에서 2차를 할 거예요. 같이 가실래요?"

나는 머리를 가로저었고, "계산은 내가 했어요" 하고 말했다. 그
러시면 안 되죠, 우리가 불러냈는데! 이렇게 말할 줄 알았다. 그런
데 정연경은, 먼저 일어나시더니 계산도 하셨구나, 하는 듯이 범상

스럽게 받아들이는 표정을 짓는 것이다. 나는 술집 계단을 내려갔다. 그들도 줄줄이 따랐다.

"우리집은 신평 쪽에 있어요. 같이 안 갈래요?"

술집 밖에서 여인이 말했다. 나는 또 고개를 저었다. 그러지 말고 같이 가자고 여인이 또 말했다. 나는 또 사절했다. 사내가 정연경과 여인에게 승용차로 가자고 재촉했다. 차가 주차된 쪽과 무조건 반대방향으로, 먼저 가겠다고 하고 나는 휙 돌아서버렸다. 당황했는지 그들은 잘 가라는 인사도 없었다.

적당히 멀어졌다 싶을 때, 나는 딱 한 번 돌아보았다. 그들은 이미 잘 걷고 있었다. 사내가 중간, 양 옆에 여인과 정연경. 그런데 여인이 사내의 팔짱을 꼈다. 잠시 후 정연경도…… 사내의 팔짱을 꼈다! 그리고 여인이 갑자기 뒤를 돌아보았다. 10미터쯤 떨어져 있어 내가 그들을 보고 있다는 것을 여인도 알았다. "잘 가세요, 다음에 또 뵈어요!" 여인이 외칠 때, 나는 황급히 몸을 돌려버렸다.

골목을 두 번 꺾자 대로의 소음이 확실히 들리기 시작했다. 몇 잔 오물짝거린 술이 발흥하는 것 같았다. 내일 일이 있다는 것은 물론 거짓말이다. 나는 전화기를 꺼냈고, ㅅ, ㄷ을 눌러 검색했다. 검색된 번호로 발신버튼을 눌렀다. 뚜르르, 신호음이 가는 중에 오늘이 금요일이라는 것을 알았다. 산돌이 한참 만에 전화를 받았고, 인생상담 좀 받고 싶다고 나는 말했다. 뭔가 억울한 일을 당했다는 듯이. 진심이었다.

4. 스칼렛 요한슨이 십자가에 달렸다면

한밤에 신문사 편집국은 처음 와본다. 기자들은 낮에 사용하였던 뇌를 책상에 헤쳐놓고 퇴근했다. 백 개쯤 되는 사방의 책상 위에서 뇌들이 끙끙 앓는 신음을 내고 있었다. 밤새 충전해온 뇌를 '엥꼬' 내기까지 퇴근이 안 되는 곳이 신문사 편집국이다. 기자들은 과도한 노동강도에 적응하느라 꾀를 내기 시작했다. 퇴근 후 조금이라도 뇌를 사용하게 될까봐, 뇌를 꺼내 책상 플러그에 끼워놓고 무뇌 상태로 퇴근하기 시작한 것이다! 이런 환각이 들 만큼 신문사 편집국은 기가 센 곳이다.

비상구를 가리키는 알림불이 무릎 높이로 벽에 붙어서 빛을 냈다. 천장에도 색깔 있는 갓으로 조도를 줄인 등이 몇 개 달려 있었다. 명백히 불을 밝힌 곳은 화백실이 유일하다.

"형, 왔어."

"잠깐만."

산돌은 나를 흘깃 보고 모니터에 눈을 되박았다. 드러눕는 의자가 구석에 있었다. 나는 거기에 앉았다. 등을 반쯤 펴고 누웠다. 완전히 눕는 의자는 아니다.

"조금만 기다려라. 다 됐거든."

"응, 천천히 해요."

나는 산돌이 작업하는 모습을 입을 닫고 지켜보았다. 그는 숨을 이상하게 쉬고 있었다. 손의 움직임을 따라 숨을 쉬는 것이다. 산돌의 손은 마우스를 쥐고 있고, 마우스는 모니터 위의 붓과 전자적으로 연결되어 있었다. 붓은 선을 흘리거나 지우개를 달고 모니터 위를 떠다녔다. 원화(原畵)는 실제 종이에다 펜과 붓으로 책상 위에서 이미 그렸고, 스캔을 받아 컴퓨터로 옮긴 뒤 최종 수정작업을 프로그래밍된 붓으로 하는 것이다. 그림의 한 부위에 목적한 선이 그어져야, 또는 불필요한 선을 지워내야 산돌은 손을 멈추고 참았던 숨을 후욱 쉬었다. 지금 형의 숨을 관할하는 것은 그러니까 선이었다.

40대 중반인 산돌은 평소 참 형편없었다. 두상이 컸고, 머리는 산발이고, 배가 나왔고, 하체는 빈약하기 짝이 없었다. 발을 질질 끄는 듯한 성적 매력 제로의 무거운 걸음걸이를 그는 가지고 있었다. 그런데 그림 작업의 막바지에 이르러 최강으로 집중하고 있는 형에게 평소 느껴보지 못한 생명력이 뿜어져 나왔다. 모니터 앞에 바짝 앉은 그의 등은 날카로운 일직선이다. 아, 개판인 몸매가 저리 빳빳한 판대기가 되다니.

이십 년 넘게 그림을 그리면서 결혼도 하고 애를 셋이나 낳고 빚을 내서라도 큰딸을 대학까지 보낸 인간이다. 술자리에서 만날 때는 흐물거리지만, 적어도 이 공간에서는 저리 칼날 같은 기운을 뿜어야지, 그렇고 말고.

산돌이 갑자기 "우와와!" 하고 괴성을 질렀다. 그리고 바퀴가 달린 의자를 세차게 굴리며 모니터에서 떨어져 나왔다. 괴성이 아니라 환성이었다.

"다 했다!"

형의 의자가 내가 앉은 의자까지 굴러왔다.

"야, 비켜라. 좀 눕자. 아아, 다 했다."

굴려온 의자에 내가 앉아 역시 바퀴를 굴려 모니터 앞으로 갔다. 완성했다는 그림을 보았다.

"어떠냐. 5시간 동안 뭐 빠지게 그렸다."

불이 난 집에, 아니 불이 나고 깨끗이 꺼진 집에 아이가 앉아 있었다. 그런데 아이가 초를 켜고 있다. 그림 밑에는 '불타버린 집과 아이' 라고 심심한 제목이 적혀 있었다.

"사실화(事實畵)가 아니잖아."

"불난 집은 직접 사진 찍어서 그렸고, 아이가 초 켜고 있는 것은 만들어 넣은 거고."

부모가 일 나가고 혼자 집에 있던 아이가 불장난을 하다가 집을 홀라당 태워먹는 사건은 해마다 수차 벌어지고 있었고, 경향 각지의 신문 사회면을 빠짐없이 채웠다. 형이 그린 것은 지난 월요일 낮에 있었던 사건이라는데, 인명이 희생된 것은 아니지만 신문에 보도가 된 후 성금들이 답지하고 있다는 것이다.

"형, 5시간 뭣 빠지게 그려서 5만 원 받아? 그림만 달랑 그리는 것도 아니고, 사람을 찾아가서 인터뷰도 해야 하고, 이런 연재를 왜 해?"

"인터넷신문이 무슨 돈이 있냐. 이건 계약이 아니라 우정으로 그리는 거야. 나는 돈 안 받고도 그려준다."

‘화첩 인물인터뷰’ 라는 이름으로 산돌의 그림이 연재되고 있는 〈프레시안〉 멤버들 몇이 한때 언론민주화투쟁의 선봉에 섰던 작자들이고, 형이 존경하는 선배들이라는 것이다. 얼어죽을 존경, 싶지만, 산돌은 1980년대 민주화운동 시대에 형성된 삶의 가치관이 여전히 중요한 사람이다. 나도 산돌의 그 변치 않는 오래된 신념을 좋아한다.

“지금까지 늘 실제로 만난 사람을 인터뷰하고 초상화처럼 그렸잖아. 이번은 집이 주인공이야? 아이를 상상으로 그려넣고. 평소와 많이 다르네?”

“인터뷰를 못 했어. 야, 애를 붙들고 물어보겠냐, 애 아버지한테 이야기를 들어보겠냐. 집만 찍고 나왔지. 어쨌든 힘들다. 1년이나 했으니 이 달까지 하고 그만둬도 뭐라 하지는 않을 것 같은데.”

그림 속의 집은 망후촌에 있다고 한다. 가난한 동네라는데, 단전이 잦았고, 아이는 홀아버지 밑에서 자라고 있었고, 애 엄마는 가출한 지 오래고.

“홀딱 샌다고 하더니, 오늘은 일찍 끝났네? 형, 술 먹으러 가자.”

산돌이 머리카락에 손을 쑤셔넣으며 “아, 아, 아” 했다.

“이제부터 글 써야 돼.”

“그거야 후딱 쓰면 되지.”

“야, 난 기본 세 시간이야.”

“열 몇 줄짜리를 세 시간씩이나?”

“난 그렇게 걸려. 그림보다 글 쓴다고 밤새는 거지. 야, 섭섭하다. 열 몇 줄이라니. 스물 줄 넘을 때도 있다.”

열 몇 줄이나 스물 몇 줄이나, 하는데, 산돌의 눈이 갑자기 빛났다.

"니가 한번 써봐라. 술 사달라며? 내가 글 다 쓸 때까지 기다리다간 날 샌다. 그럼 우리 언제 술 먹냐?"

"글만 쓰면, 바로 술 먹으러 가는 거야?"

"그럼, 그럼."

나는 산돌의 그림을 구석구석 뒤져보았다. 3시간짜리 글짐에서 풀려나게 되었다고 산돌은 신이 나서 커피까지 타왔다. 나는 모니터에 '한글' 화면을 띄워올렸다. 그리고 쓰기 시작했다. 집을 화자(話者)로 삼았는데, 글이 줄줄 나왔다. 그림이나 사진에 글을 붙이는 것만큼 쉬운 글쓰기가 있을까.

아이야. 내가 네게

초를 주었고 불을 주었다.

세상에 보여주고 싶은 내가 있었단다.

너는 초와 불로 나를 보여주었다.

한순간 나는 터무니없이 밝아졌고

그건 참혹한 황홀이었다.

너는 내가 무서워

달렸고 피했고 넘었다.

나는 이내 사그라졌다.

검게 되었다. 조용해졌다.

모든 것을 나는 이렇게 남겼다.

단전(斷電)된 망후촌 마을에서

나는 큰 불이 되었고

사람들이 짖도록 하였단다.

울도록 하였단다. 그리고 너는 살아주었다.

가난과 노동의 홀아버지 살림살이를
세상에 내보였다.
재가 된 지금의 내가 사회적 가난의 본질이다.
세차장에 일 나간 아버지가 달려오고
너는 또 초를 들었다.

　잘 풀리던 글이 딱 막혔다. 서너 줄 더 붙어야 할 것 같은데…….
나는 글을 첫 줄부터 다시 읽으며 단어 몇 개를 갈아주고, 행갈이를
달리 했다. 지금의 내가 사회적 가난의 본질이다, 이 문장이 거슬렸
으나, 한 번씩 사용되는 개념어는 독자의 읽기를 방해하지 않고 외
려 묵직한 느낌을 줄 것이다. 건드리지 않고 표현을 허락하였다.
　문제는 역시 아이였다. 불 꺼진 집에 아이가 다시 초를 켜고 앉
을 수가 없다. 아버지한테 두들겨 맞고 있어야지. 산돌이 그려넣은
이 비사실(非事實)을 어떻게 해석해줘야 할까. 형의 의도가 있었을
것이다. 아마 아이가 불을 냈다는 사건 정보를 글이 아닌 그림으로
먼저 제시하고 싶었을 것이다. 돌아보니, 형은 눈을 감고 있고, 잠
이 든 것은 아니고 이마에 손을 얹고 얼굴을 찡그린 채 손가락으로
이마빡을 빠르게 두드리고 있었다. 집중적으로 쉴 때 형 나름의 괴
상한 포즈인 것 같다. 나는 왜 아이를 집어넣었느냐고 묻지 않았다.
그의 의도 이상으로 표현하여 놀라게 해주고 싶다. 다시 첫 줄부터
막힌 지점까지 나는 굉장히 빠른 속도로 읽어내렸다. 이 읽기의 내
달리는 속도와 관성력이 막힌 지점을 뚫어줄 것이다. 그래, 재가 된
집은 사회적 가난의 본질이야, 아버지가 달려오고, 아이야, 너는 초
를 들어야 했지! 거센 '읽기'가 막힌 지점을 뚫었다. 세 줄이 새로
붙어버리는 것이다.

아직 다 보여주지 못한 나의 뒷모습마저

세상에 보이려고.

아이야. 너는 죄가 없다.

나는 놀랐다. 정영태 시인을 느꼈기 때문이다.

"형, 다 썼어. 아. 아."

"잉! 벌써?"

"출력해줄게."

프린터기가 종이를 뱉어내는 동안, 나는 계속 "아. 아." 소리를 냈다. 산돌이 입을 삐쭉했다.

"왜, 니가 생각하기에도 너무 잘 썼냐?"

"형은 몰라. 이해 못 해. 내가 왜 이러는지. 아."

출력된 종이를 산돌에게 건넸다. 이 대목이 어떻고, 이 단어가 어떻고, 까탈스럽게 굴 것이다. 너무 빨리 썼다고 의심부터 할 테니까. 그런데 아니었다.

"야, 잘 썼다!"

"그래? 정말?"

산돌이 "우와" 하고 감탄사를 발했다.

"난 세 시간 걸리는데, 너는 십 분도 안 돼서!"

"걸리는 대목이 있으면 말해요. 고쳐줄게."

"아냐, 딱 마음에 들어."

산돌은 다시 한 번 읽더니 또 "우와" 했다. 꼭 어린애 같다. 어른 하나를 단번에 아이로 만들어놨으니, 가볍게 지은 글 하나로 나는 얼마나 값진 일을 한 것인가.

"형, 줘봐."

산돌이 종이를 건넸다. 내가 여러 번 "아" 소리를 낸 이유를 설명해주었다.

"아버지가 달려오고, 너는 또 초를 들었다, 여기서 한 번 막혔거든. 두세 번 되풀이 읽다가 뒷말이 떠올랐는데…… 아, 형은 이해 못 할 거야. 막힌 다음 줄, 아직 다 보여주지 못한 나의 뒷모습마저 세상에 보이려고, 이거, 이 말투! 완전히 정영태 선생님 말투거든. 아니 말투가 아니라 선생님 시에 이런 문답이 자주 나와. 질문이나 질문이 은근히 담긴 문장을 써놓고, 다음 줄에서 쓰윽 답을 하는……. 너 왜 초를 들었지? 응, 뒷모습까지 보이려고, 이렇게. 다른 시인들 시에서는 거의 본 적 없고, 정 선생님 시에만 이런 게 곧잘 나와. 쓰면서 깜짝 놀랐어. 방금 이 대목을 선생님이 나랑 같이 쓴다고 느꼈거든. 아, 형은 몰라. 이건 글쟁이들만 아는 거야. 아니, 선생님하고 나만 알아. 내가 자주 써묵는 방법을 베껴 쓰네? 지금 선생님이 킥킥거리며 이러시는 것 같아."

정영태 시인은 4년 전, 폭설이 내리던 이른 봄날, 병원 응급실로 달리는 구급차 안에서 심장마비로 숨을 거두었다. 산돌은 생전의 시인을 한 번도 만난 적 없지만, 이름과 그의 면모는 제법 안다. 내가 선생님과의 추억을 열정적으로 이야기해주었기 때문이다.

"너무 그러지 마라. 무슨 말인지 나도 알아. 우리도 다른 선배들 그림 기억했다가 몇 가지 소품은 베껴 쓴다. 어쨌든 너, 진짜 빨리 썼다."

"형, 이상해. 옛날에 월간지 회사에 몇 개월 다닐 때도 그랬는데, 사진이나 그림에 글 붙이는 것이 제일 쉬워. 건방진 말이 아니라, 식은 죽 먹기야. 왜 그럴까?"

산돌이 생각했다. 그러나 뭐라 답하지 않고 〈프레시안〉 편집부로 원고를 발송했고, 책상 정리를 했고, 커다란 가방을 멨다.

"나가자. 술 사줄게."

화백실 불을 껐을 때, 편집국이 좀더 어두워졌다. 국제부 기자라도 기필코 책상을 지켜야 하지 않을까.

"우리가 나가면 진짜 아무도 없는 거야?"

"당직실에 기자 있어."

신문사를 나와 택시를 탔다. 눕다시피 등받이에 몸을 기대고 산돌이 말했다.

"그림은…… 그리워서 그리는 거거든. 오래오래 진하게 그리워한 것을 그릴수록 좋은 게 나와. 글도 마찬가지 아니냐. 그리워하는 사람 또는 장면을 떠올리고, 그걸 너는 그림으로 그릴 수 없으니까 글로 쓰는 거잖아. 니가 그림에 글을 붙일 때는, 이미 누가 그리움 하나를 그림으로 그려놓았고, 그림 안에 글로 표현되기를 원하는 그리움이 확실히 있으니까, 그걸 채뜨려 쓰니까, 글 붙이기가 쉬운 거야."

"오, 그럴싸한 말인데?"

오늘 그림은 그리움, 이런 것은 아닌 것 같지만.

택시는 경성대 앞에 우리를 내려놓았다. 산돌의 방이 이 근처에 있다. 정확한 위치는 모르지만…… 마을버스로 5분 거리 안에 정연경의 방도 있다. 새벽 1시, 신평 쪽에 있다는 그 여인의 집에서 오늘은 자는 것일까. 산돌은 글값 대신이라며 비싼 것을 사주겠다고 양곱창 집에 나를 데리고 갔다. 소주를 따르고, 지글지글.

"오랜만에 폭탄 할까?"

산돌이 맥주를 추가시켰고, 곧 잔에 붓고 소주잔을 투하하여 폭탄을 말아냈다.

"건배."

에잇, 원샷이다.

"형, 며칠 전에 〈세계일보〉에 신경림 시인 인터뷰 나왔던데, 봤어?"

"아니."

"어떤 말씀을 하셨냐 하면, 신경림 선생은 시를 쓸 때 착상이 떠오르면 메모 같은 건 하지 않고 머릿속에서 계속 굴린다는 거야. 거의 암송할 정도가 될 때까지. 그리고 막상 쓸 때는 순식간에 쓴다고 해. 새벽에, 가장 머리가 맑을 때 쓴다는데, 근데 인터뷰에서 아주 죽이는 말씀이…… 시 쓰기를 작정하면 이삼일 전부터 설레서 잠도 잘 안 온다는 거야. 40년, 50년 시를 써온 양반이 지금도 그렇다는 거야."

"햐, 좋은 이야기다."

"형, 정영태 시인도 그러셨거든. 자기는, 아니 당신은, 시 쓰는 게 너무너무 재미있다고. 시 쓰기가 고통스럽다는 사람, 당최 이해가 안 된다고. 대체 어떤 식으로 재밌습니까? 물어봤는데, 뭐라 하셨냐 하면, 한 줄 쓰고, 야, 한 줄 썼다! 좋아하고, 다음 줄은 뭐 쓸까? 어떤 말을 붙일까? 생각하는 재미, 그러다 딱 떠오르면, 이거다! 하고 또 한 줄 쓰고, 한 줄이 두 줄 되는 재미, 환자 진료 보는 틈틈이 이런 식으로 한 줄 한 줄 쓰다 보면 제목이 떠오르고, 큼직하게 제목을 적어넣고, 제목 멋지다! 좋아하고, 제목 힘을 받아서 나머지 몇 줄을 더 쓰고, 그러다 보면 어느새 마지막 줄을 쓰고 있고, 오늘도 시 한 편 썼다, 한 잔 하러 가자! 병원 문 닫고 택시 타고 중앙동 술집 '계림'에 가고. 형, 시 쓰기가 고통스럽다고 하소연하는 시인

들 많잖아요. 시인이란 사람이 시 쓰기가 고통스럽다면 시인 그만
둬야지, 선생님은 늘 그러셨거든."

산돌은 별 감흥이 없어 보였다.

"예전에 너한테 들었던 이야기다. 한 이야기는 하지 말고."

"아, 한 이야기야? 형, 그럼…… 시 쓰기가 너무 재밌는데, 살다
보니 그것보다 더 재밌는 것도 있더라, 이 이야기도 했어, 내가?"

"그건 안 한 거 같다. 해봐라."

"종합병원에 근무할 때는 월급을 받잖아. 근데 개인병원을 열고
나서…… '정영태내과의원' 이었는데, 6시 땡 치면 간호사 퇴근시
키고, 병원 문 닫고, 금고 열고, 오늘 얼마 벌었나, 침 묻혀가며 돈
세는 게 시 쓰는 것보다 훨씬 재밌더라는 거야."

"시인이 돈을 좋아하는 건 좀……"

"아, 형, 아니야. 우리 엄마가 옛날에 지물점 장사하실 때, 목돈
이 들어올 때가 있거든. 그럼 엄마가 돈다발을 세서. 나도 저걸 세
어보고 싶다, 엄마, 한 번 세어봐도 돼? 막 졸랐지. 애한테 줄까, 말
까, 고민하다가 내가 너무 세어보고 싶어하니까 엄마가 돈다발을
주서. 어른처럼 야무지게 돈다발을 들고 세었거든. 정 선생님이, 돈
세는 게 시 쓰기보다 재밌더라, 다른 사람한테 말하지 말고 니만 알
고 있어라, 이러시면서 킥킥거리는 게 꼭 아이 같은 거야. 남의 돈
도 아니고 당신이 직접 번 돈이니 얼마나 좋겠어. 그때 선생님 모습
이 조금도 세속적이지 않고, 그냥 귀엽고 사랑스럽게 보였거든."

"너는 몇 년 진하게 정 선생님을 만났고, 나는 니 이야기만 들었
고, 아까 글 쓰다가 정 선생님을 느꼈다, 솔직히 너무 미묘한 이야
기고, 암튼 정 선생님 이야기는 됐다. 오늘 있었던 일 얘기해봐라.
그러려고 보자고 한 거 아냐? 인생상담까지는 아니고, 조언이라면

조언, 해볼게. 그 여자를 다시 만났는데, 어쨌다는 거야?"

처음부터 끝까지 쭉 하여야 할까? 세상에, 다섯 달 만에 연락을 한 핑계가 '아는 언니가 이유 불문하고 한 번 보자 한다' 였고, 만나보니까 별로 예뻐 보이지 않았고, 형, 딱 봤을 때 예뻐 보이는지 그렇지 않은지, 이거 중요하잖아요? 강조한 뒤, 술자리에서 그 언니라는 사람이 '사람은 살덩이가 아니라 선으로 되어 있어요', 이런 멋진 말을 했고, 그 말은 진짜 마음에 들었고, 아, 후진 잡지를 만드는 편집장, 얼굴이 잘 생긴 유부남인데, 처녀한테 관심 가지는 것 보니까 뭔가 태도가 불량했고…… 그러다 술값 계산도 형, 내가 했다! 자그마치 3만 4천 원! 잠깐 격앙되어 외쳤고, 헤어질 때, 저희끼리 걸어가다가……! 이야기는 이렇게 어수선했다. 산돌이 얼마나 새겨 듣는지 의심스럽다. 반응이 시원찮아 보여 나는 얼른 내 이야기를 허물어버렸다.

"지금까지 한 얘기는, 형, 다 쓸데없고, 결론은 이거야. 솔직히 나, 지금 기분 나쁘지 않거든. 아니 후련해. 내가 왜 그 자리에 갔을 거 같애요? 예전에 내가 그 여자를 제대로 봤나, 지금도 혹시 걔를 좋아하는 마음이 있나? 확인하려고 간 거야. 만나보니까 이제는 안 좋아하는 게 진짜! 확실해. 특히 그 남자 팔짱 끼는 행동, 그게 술 취해서 한 행동이 아니거든. 걔, 거의 안 마셨거든. 유부남 팔짱을 척 끼면서…… 나보고 질투 좀 하라는 건지. 아후, 유치해."

나는 머리를 거칠게 흔들었다. 산돌은 혼자 북 치고 장구 치는 나를 거의 구경한다는 듯한 얼굴이었다.

"형…… 내가 걔를 별로 좋아하지 않는구나, 이 확인을 했다고 왜 기분이 좋을까? 걔를 다시는 안 좋아하겠다고 결심했었고, 그 결심대로 되어서?"

산돌이 "어휴" 하며 머리를 흔들었다.

"뭘 그리 복잡하게 생각하냐. 들어봐. 내 느낌은 이렇다. 넌 지금 좀 흥분상태고, 니 이성은 안 좋아한다 하지만, 감정은 이미 흔들리기 시작한 것 같은데? 그리고…… 너는 무엇보다 질투가 심해. 예전에 그 여자랑 파토난 이야기를 들었을 때도, 그 여자하고 너 사이 문제의 핵심이 나는 질투라고 봤거든."

산돌은 스스로 폭탄을 말더니 원샷했다.

"한 번 바꿔서 생각해보자."

"뭘?"

"2천 년 전에 예루살렘에서 한 여자아이가 태어난 거야. 그런데 서른 살이 되도록 결혼도 하지 않고, 처녀 몸으로 득도를 하고, 세상을 구원하겠다고 선언했지. 그 아가씨 이름을…… 니가 좋아한다는 누구? 진짜 예쁘다고 나한테 사진까지 보내줬잖아."

"스칼렛 요한슨."

"그래, 2천 년 전 그 여자가 스칼렛 요한슨이라고 하자. 스칼렛 요한슨이 이마에 손만 대면, 병자들의 병이 깨끗이 나아. 요한슨은 물 위를 걸었다고도 해. 하는 말마다 너무 옳고 똑소리가 나. 추종자들이 생겨나지. 타락한 기존 종교를 거침없이 비판하고, 하나의 세력을 형성해. 권력자나 종교 지도자의 미움을 받다가 요한슨은 결국 십자가에서 처형을 당해. 그런데 사흘 뒤 부활했다고 해. 그러다가 마침내 요한슨교도 생겨난 거야. 그 후 2천 년 세월이 흐르는 동안, 그 종교가 세계적으로 전파가 되고, 한국 땅에도 스칼렛 요한슨을 믿는 사람들이 생겨나기 시작하지. 요한슨이 하느님의 오직 하나뿐인 딸이었다고, 특히 남자들이 열광이야. 하느님 딸이라 해도 요한슨은 젊은 여자의 형상을 하고 있잖아. 신비스러우면서도 이상한 매력을 풍기는 요한슨 그림을 떡하니 집에 걸어놓고 살아. 요한슨이 생전에 무슨 말을 했고 어떻게 행동했고 어떻게 죽어갔나를 기록한 책을 매일 읽어. 일마다 요한슨 이름을 들먹이고, 나는 요한슨님이 좋아요, 요한슨님이 내 삶을 구원하셨어요, 외쳐대. 죽으면 요한슨 품속에 갈 거라고 해. 애새끼도 있고 마누라도 있는 멀쩡한 남자 새끼들이 그러고 사는 거야. 생각해봐라. 아가씨 몸으로 십자가에 못 박혀 죽은 하느님 딸, 아무리 2천 년 전 여자라 해도, 그렇게 생생하게 그리워하고 사랑한다고 하는데, 남자 새끼들이 아주 지랄들을 하는데, 그런 남자, 그런 남편을 세상에 어떤 여자가, 어떤 마누라가 좋게 보겠냐. 아마 우리나라 속 좁은 여자들은 분통이 터져 미쳐버릴 걸? 너도 지금, 아니 다섯 달 전에 꼭 그랬던 거야. 예수와 그 여자 사이를 질투한 거야."

"형, 방금 얘기는 저번에 나한테 다 했어요. 그때는 스칼렛 요한슨이 아니고 브룩 쉴즈라고 했어."

"아, 그러냐? 야! 진작에 한 이야기라고 하지!"

"이번에는 버전이나 결론이 좀 다를 줄 알았지."

"입 아프게시리. 암튼 니가 오늘 만난 아가씨, 이름이…… 뭐랬지?"

"이름까진 알 것 없고."

예전에도 산돌에게 가르쳐주지 않았다. '개' '그 여자' '교회 아가씨' 등으로 칭했다. 이름을 가르쳐주지 않는다고 삐치지도 않고 산돌은 씩씩하게 단언했다.

"아무튼! 니 스스로 인정하든 안 하든, 예수를 질투해서 저번에 파토가 났던 거고, 오늘은 어쩌다 다시 만났는데, 잘생긴 유부남 팔짱을 꼈다고 또 성질을 내고 있는 거야. 너는 언제나 질투가 문제야."

　사랑이 거하는 땅에 지혜나무가 죽으면 질투란 놈이 번성한다. 산돌은 나보다 인생을 더 많이 산 자의 경험이 우위에 있다. 우위에 있다고 그는 믿고 있다. 그게 없다면 형, 동생 사이도 아니다. 그는 계속 기운차게 충고하는 것이다.

　"너하고 내가 우연히 어느 술자리에서 처음 만나 서로 알고 지낸 지 2년밖에 안 됐지만, 오늘 이 자리까지 얼마나 많은 술을 마셨냐. 니가 필름 끊긴 채 별거 아닌 일로 꼬장부리는 것도 봤고, 길거리에다 무단방뇨를 해서 파출소로 끌려간 것을 내가 새벽 4시에 신문사 이름 팔아 구출한 적도 있지?"

　"그건 기억 안 나."

　"내가 너를 좀 안다고 생각하거든. 자존심 세고, 왕자병이 있는 니가 예수를 사랑하는 아가씨와 연애를 한다? 사랑하고 결혼한다? 절대 불가능하다고 보거든. 미안한 말이지만, 미련 접어라. 애시당초 사귀질 말아라. 인생 선배로서 충고하는 거다. 연애가 막 시작되는데, 제일 맛있는 시간인데, 예수라는 천하의 강적이 나타나서…… 너도 참 안되긴 했다. 그러나 니가 예수를 이길 수 있겠냐? 절대! 못 이긴다. 다시 말하지만, 자존심 세고, 왕자병 있고, 넌 질투가 심해서 안 돼. 관둬라."

　산돌이 또 원샷했다. 술은 나보다 두 배는 더 잘 먹는 인간이다.

　"형, 내가 왕자병이야?"

　"자뻑 잘하잖아."

　"형도 자뻑 잘하잖아."

　"누가 뭐래. 예술 하는 놈들은 다 왕자병이지."

　"형, 예수는 왕자병 아니었나?"

"왕자병의 대가였지. 하나님이 지를 사랑한다고 철두철미 믿었으니까."

비기독교인들의 대화란 이렇다. 예수를 철저히 '한 사람'으로 놓고 아는 체를 한다. 2천 년 전에 죽은 예수를 진짜 제대로 아는 사람은 사실 아무도 없다. 예수뿐 아니라 생명으로 살다가 죽은 모든 자들은 영원히 풀 수 없는 미스터리를 얼마간 남기기 때문이다. 그런데 어쩌면 그 미스터리 때문에 사랑하고 집착한다. 다 알아버리면, 대상을 넘어가버린다. 내 마음도 모를 때가 많은데, 어떻게 남을 죄다 안다는 것이 가능할까. 그런데 바울로, 그 사람, '나는 예수를 안다, 예수가 나를 택했다'는 엄청난 착각에 빠지고 말았지. 심지어 자기가 엄마 태중에 있을 때부터 예수가 지를 택했다고!

아무려나 산돌이 말한 문제의 핵심이라는 질투, 언뜻 솔깃하지만, 아니 나도 5개월 전에는 질투 감정에 휩싸이기도 했지만, 지금은 산돌의 말에 동의하지 않는다. 질투도 있었지만, 뭔가 훨씬 웅장한 정신적인 충격이 있었다. 질투가 아니라고 해도 산돌은 동의하지 않겠지. 자존심 때문에 내가 애써 부정한다고 할 것이다.

산돌은 '오늘 기분이 나쁘지 않다'고 말한 것에 대해서는 꽤 적실히 분석해보였다. 이러는 것이다.

"니 평생 가장 길게 쓴 편지를 개한테 보내고, 답장이 왔나, 안 왔나, 매일 아침마다 컴퓨터를 두드렸다고 했잖아, 다섯 달 전에."

"형, 그건 과장이었어. 그보다 더 길게 썼던 편지도 있었어."

"암튼 거의 한 달이나 기다리다가 마음 접었다고 했잖아. 다시 연락 와도 이젠 니 스스로 절대 안 좋아한다, 이랬잖아."

"그랬지."

"오늘 니가 기분이 별로 나쁘지 않는 이유는…… 간단해. 아무리 니가 그렇게 말했어도, 어쨌거나 개가 연락을 해왔기 때문이야. 너는 가만 있는데, 개가 연락을 해왔다, 이게 만족스러울 거야. 또 오늘 어떻게 헤어졌든, 연락이 재개되었다는 안도감도 있을 거야. 지금 니 마음은 우왕좌왕일 텐데, 오늘 밤 자고, 내일 아침 눈을 딱 떴을 때, 개를 떠올리면서 생겨나는 첫 감정, 그게 진짜야. 이성이 나 논리를 작동시키지 말고 눈 뜨자마자 어떤 감정 상태인가, 확인 해보라구."

폭탄주는 한 잔만 마시고, 맥주를 계속 마셨던 나도 어느새 폭탄을 제조해 연거푸 원샷했다. 세상에서 제일 맛있는 술이 소주 맥주를 섞은 술이다. 이 술을 처음 가르쳐준 사람이 산돌이다. 폭탄을 마신 날은 언제나 필름이 끊겼다. 아니, 폭탄이 아니래도 언제부턴가 나는 술만 마셨다 하면 필름이 끊긴다. 가랑비에 옷 젖고 매에 장사가 없다고 하지만, 술에 녹지 않는 기억의 필름도 없다. 내 인생의 언제쯤 '여기까지가 딱 좋아' 하고 오는 술잔을 스스로 막는 훌륭한 술꾼이 될 수 있을까. 간의 혈관이 너덜너덜해진 사진을 보여주며 의사가 '올해 안에 죽고 싶소? 십 년쯤은 더 살고 싶소?' 이래야 이놈의 술을 자제할 수 있게 될까. 폭탄을 넉 잔째 혼자 마시고 나는 이내 필름이 끊겼다.

눈을 떴을 때, 사방은 어두웠다. 공간이 좁았고 등이 서늘했다. 어디지? 옷장 안이었다. 옷장 나무바닥에 등이 대여 서늘했던 것이다. 왜 여기 들어와 잠을 잤을까? 이런 적은 처음이었다. 새우처럼 꼬부라졌다가 옷장의 문을 열고 나오니, 방 안이 환했다. 컴퓨터도 켜져 있다. 스칼렛 요한슨이 나를 보고 있었다. 지난밤에 떨어졌던 필름 몇 군데가 붙었다. 아…… 생각난다.

산돌과 어떻게 헤어졌는지는 모르겠고, 나는 택시를 탔을 것이고…… 그래, 어느새 집에 와 나는 책상 컴퓨터를 켰고, 인터넷에서 동영상을 검색하기 시작했다. 노골적인 제목의 동영상이 걸려들었고, 다운로드했고, 플레이 버튼을 눌렀다. 일본 여자가 나왔다. 공항에서 남자를 만나 데이트를 하더니 둘은 호텔로 갔고, 소파에 앉아 키스했고, 옷들을 벗기 시작했다. 남자는 여자의 몸을 만졌고, 여자의 몸은 곧 액을 흘렸고, 남자 성기가 힘차게 발기했다. 나도 그쯤에서 바지를 내렸다. 갓 태어난 나의 꼴값을 보고 부모님이 지어준 이름, 조경태, 그러나 나는 조경태가 아니었다. 조경태는 성기를 손으로 잡았고, 나는 조경태에게서 빠져나와 옷장 안으로 들어갔다. 그리고 책상에 앉아 성기를 손으로 붙든 그를 보았다. 내가 아니었다. 조경태였다. 나는 사실상 이름도 없는, 그냥 나였다. 누가 저 녀석, 장가 좀 보내! 하고 나는 외쳤다. 사나흘에 한 번씩 저 지랄 하는 거 안 보겠다고 옷장에 들어갔지만, 그러나 다 보였다.

옷장 안에서 나는 마음을 돌리고 곧 애틋하게 탄식했다. 어쩌면 참 신비로운 일이야. 일본 남자가 일본 여자를 애무하고 몸을 합쳐 격렬히 움직이다가 일본 남자가 사정을 하는데, 그것을 엽서만 한 크기의 동영상으로 보고 있는 한국 남자가 일본 남자와 거의 동시에 자신의 성기에서 정액을 뿜어낼 수 있다니. 남자들은 어쩜 이리 감정이입을 잘할까. 자위하는 세상의 남자들은 감정이입의 천재들이 아닐까.

남녀가 발가벗고 하는 짓이 너무 아름다워서 그래. 얼마나 아름다우면 애새끼고 늙은이고 눈 벌개가지고 코를 박고 보겠냐구. 사람이 하는 짓 중 가장 아름다운 짓이라서 그래.

이 놀라운 말은 누가 내게 했더라?

섹스비디오 감독 출신, 부산귀농학교 사무국장이었지.

왜 우리는 매일 저녁마다 발을 씻어야 하나? 나는 의문에 빠진 적이 있었다. 일주일에 한 번, 열흘에 한 번쯤 씻으면 안 되나? 부모는 자식들이 우애 있게 지내는 모습을 볼 때, 가장 기분이 좋단다, 어머니가 말한 적이 있었다. 어느 저녁, 발을 씻다가 나는 깨달았다. 이것 봐라, 손과 발이 몸의 자식이라면, 이 자식, 손이 이 자식, 발을 씻겨주고 있네. 오늘도 수고했다고, 너는 구두와 양말 속에서 고생했지, 나는 너에 비해 많이 자유롭다고. 발을 씻겨주는 손이 예뻤고, 손에 씻기고 있는 발이 착해 보였다. 나는 우애로운 자식들을 바라보는 부모 마음으로 손과 발을 보았다. 그 후, 발을 씻는 일이 훨씬 즐거워졌다.

사람 몸 차별하지 마. 손이 성기를 잡아주는 것이 어때서! 손이 발 씻어주는 것과 뭐가 달라서!

그렇다면 왜 너는 저 녀석을 홀로 두고 옷장에 들어와 있는 거야?

주위에 아무도 없을 때 저래도 되지만, 그래도 안 하면 더 좋은데, 하고 옷장 속에서 내가 대답했지. 부모님이 저 모습을 본다면, 얼마나 마음이 아프겠어.

술에 과하게 취해 장장 30분을 씨름한 뒤 정액을 분출시키고 조경태가 옷장 안으로 들어왔다. 그리고 조경태는, 나는 서로를 껴안고 잠이 든 것이다.

나는 컴퓨터를 끄고, 방의 불을 끄고, 화장실에 가 새벽의 흔적이 남은 손과 성기를 씻고, 침대 방으로 갔다. 아쿠, 하고 몸을 엎는데, 산돌이 말했던 것처럼 정연경 생각이 딱 났다. 아니 지난밤 그녀와 헤어질 때의 마지막 장면이 떠올랐다. 셋이 걸어가고 있고, 여인이 사내의 팔짱을 끼고 있다. 그런데 여인이 정연경에게 말하고

있었다. 얘, 얼른 팔짱 껴라, 약이 오를 거야. 왜 나는 여인이 정연
경의 사촌언니쯤 되고, 사내가 정연경의 사촌오빠쯤 될 것이라는
의심이 들까. 상상을 초월하는 상상이지만, 나는 이 상상에 자꾸만
마음이 끌렸다.

　그러니 적어도 그 장면에서는 내가 질투를 느낀 것이 아니다. 실
망했을 뿐이다. 어떤 이유에서든 그런 식으로 나를 자극할 수 있다
고 판단한 그들의 수준이 싫었다. 세계관이 목숨 같은 사람, 이 말
을 나 또한 책임질 자신이 없다고 해도, 실로 그랬던 사람들이 역사
상 수없이 많았고, 지금 이 세상에도 있을 것이며, 나는 그런 사람
들 중 하나가 되고 싶었다. 질투도 있었지만, 세계관의 결정적 차
이, 나로선 이렇게 표현할 수밖에 없는 어떤 막막한 벽에 부딪쳐 정
연경을 다섯 달 전 내 마음에서 결정적으로 쫓아냈었던 것이라고
나는 믿고 싶었다. 답장이 안 와서가 아니라!

　정연경이 사내의 팔짱을 낀 것이 나를 자극하려 한 것이 아니었
다고 해도, 이 세상 어딘가에서 남자의 본능을 자극해서라도 소기
의 목적을 달성하려고 하는 얄은 수작들이 수없이 많다는 사실이
나는 확실히 싫었다. 불쾌했다. 공명정대하게, 정신과 정신으로, 사
랑하고 싶다. 때깔 좋은 여자라면 물론 좋다. 그러나 정신에서 힘이
세차게 뿜어져 나오는 여성, 아니 사람, 그런 매력과 감동이 있다.
오래도록 질리지 않는 것이 사람의 정신이다. 눈의 총기와 세계를
사랑하는 마음이다. 사람의 강렬하고도 위험한 본능에서 비롯되는
약점을 건드리는 짓은 비열하고, 거기 발이 걸려 넘어가는 것은, 남
자들이 의외로 약하기 때문이다. 내가 약한 존재라는 것을 알기 때
문에 나는 나 자신이 못마땅하고, 어제의 그 장면을 떠올리며 불쾌
해하는 것도 나 자신이 그런 약점에서 전혀 자유롭지 않기 때문일

것이다. 그래서 실제로 정연경이 그런 의도가 아니었다 하더라도, 나는 그렇게 보고 싶었다. 그렇게 볼 때, 정연경이란 사람이 실감나게 유치했고, 나는 이 확실성이 좋았고, 이것이 약한 나를 결정적으로 안심시켰다.

그 장면의 의미를 서둘러 이리 규정지어버리고 싶어하는 나의 조급함, 이것은 두려움 때문일까. 다시 연락이 된 정연경을 새로 사랑하고 싶은 마음이 내 속에 있는 것일까. 또 앞뒤 없이 사랑하게 될 것 같은 예감이 두려운 것일까. 그녀를 떳떳하게 사랑할 수 있게 해달라고 빌고 싶은 것일까. 딱 떠오른 첫 감정?

형, 그건 짜증이라구!

5. 기분은 마음의 거품

12시까지 푹 잤습니다. 정영태 시인, 아니 내과의사 정영태는 어느 날 내게 이렇게 말했어요. "숙취를 푸는 데는 따뜻한 샤워와 물마시기가 최고"라고. "그리고 잘 수 있는 한, 허리가 아프도록 자는 거야. 아무 일 안 하고 무조건 쉬는 거지. 사람들은 그렇게 하고 싶어도 그럴 수가 없잖아. 출근들을 해야 하니까. 숙취를 푸는 억지스런 비방도 그래서 나오거든. 너는 걱정할 게 뭐 있어. 작가가 어딜 출근해. 술 마신 다음날은 이렇게 돌아다니지 말고, 방에 시체처럼 쓰러져 있으면 되지."

그 어느 날의 전날 밤에도 술을 과하게 마셨지만, 집을 나설 때는 괜찮았는데 버스를 두 번 갈아타고 정영태내과의원까지 가는 중에 머리가 지끈거리고 속이 울렁거리기 시작했어요. 항변했습니다.

"선생님이 저를 부르셨잖습니까."

"나 말고 너한테 술 사주는 사람이 있는 모양이지? 니가 어제 술을 마셨는지 몰랐지." 당뇨병을 앓으면서 식사는 조절했지만 술 담배만은 양껏 하셨던 시인입니다.

"술을 사랑하는 사람은 술이 깰 때의 고통도 사랑한다. 이튿날 술을 원망하는 사람은 진정한 술꾼이 아니다!"

요즘 같은 가을 겨울 환절기에는 "돌아라, 독감아!" 하면서 킥킥거리곤 하셨어요. 병원의 대목인 것입니다. 환자가 물밀 듯이 오는데, 어떤 개인병원은 하루 이삼천만 원의 매출을 올린다는 기사를 신문에서 읽은 적도 있습니다.

"병원 주사나 감기약은 치료제가 아니잖아요. 선생님, 감기는 치료제가 없잖아요."

"너, 잘 아는구나."

"그런 설명은 해주시고 주사 맞히십니까?"

"그럼 되는가."

킥킥 하고는,

"젊은 사람들은 병원 올 필요 없다. 쉬기만 하면 감기는 낫는다. 아이나 노인들은 합병증이 올까, 겁을 내고 오는 거고. 어디 가서 감기는 치료제가 없다더라, 의사가 그러더라, 소문내지 말아라. 내과의사들 밥 굶는다. 의사들이 독감 돌기만 기다리더라, 이런 말도 어디 가서 하지 말거래이."

시인은 당뇨 합병증으로 뇌졸중이 먼저 왔고, 그 후 7년 가까이 반신이 마비된 채 지내다가 두 번째 합병증이 심장 혈관 쪽에 왔고, 그 길로……. 부축 없이 잘 걷지도 못하는 절망적인 신체 상태에서도 어찌 그리 웃음이 많았는지, 나는 선생님이 킥킥거릴 때마다 그가 존경스러웠어요.

부산대학병원 영안실에 갔을 때, 솔직히 말했죠.

"선생님을 떠올리면, 이상해요. 늘 웃고 계세요. 돌아가셨다는 소식 듣고 놀랐지만, 선생님 떠올리면 웃고만 계시니까 나도 웃을 수밖에요. 슬퍼할 수가 없어요. 사모님, 이래도 되는 걸까요?”

“그이를 그렇게 기억해줘서 고마워요” 하고 사모님이 눈시울을 붉히더군요.

“밥 먹어라” 하는 소리가 들리네요.

편지를 중단해야 합니다. 밥 먹고 올게요.

밥 먹고 왔어요. 커피도 한 잔 해야겠죠? 어제 산돌 형과 마신 술의 숙취는 그다지 심하지 않네요. 담배맛도 나쁘지 않아요.

시인과 나눈 수많은 대화 중 또 한 토막. 우리 어머니가 이런 말을 한 적 있어요. “감기 걸리면, 병원 가지 말고 약도 사묵지 말고, 손님이 오셨구나, 일주일 정도 있다가 가시겠구나, 이러면 된다. 평소와 좀 다르게 손님 눈치도 보고 지내다가, 가실 때가 되면, 가시는구나, 감기는 이러면 돼.” 이 이야기를 전해드렸더니 “학교를 안 다녔어도 니 어머니가 시인이다!” 하셨습니다.

“너는 비록 소설가지만, 시인의 아들이다! 자부심을 가져라!”

아, 얼마나 기분 좋아지는 말씀이던지요.

아, 지금 전화벨이 울려요.

3491.

받을까요? 말까요?

받는다면, 나는 어떤 작심의 말을 해야 할까요.

……받겠습니다.

통화를 마쳤습니다. 나는 신경질을 내고 말았어요. 통화 내내 신랄하게 대꾸했는데, 어쩔 수 없었어요. 사람 기분이 이리저리 방향 전환을 자유로이 할 수 있는 건 아니잖아요.

통화는 이리 시작되었죠.

─ 정연경이에요.

노처녀 특유의 씩씩한 말씨였어요. 무슨 일을 하고 있는 중에 전
화를 받았다는 듯이 "아, 예, 잠깐만요……" 하고 약간 '텀'을 둔
뒤 "예, 말씀하시죠" 나는 말했습니다.

─ 어제요, 미안했어요. 일방적으로 불러내고, 또 그렇게 혼자
가시게 하고, 마음이 어째 좀 그렇더라구요. 술값 계산도 하셨죠?
우리가 내야 하는 건데, 미안해서 어쩌죠? 경태 씨, 점심은 먹었어
요?

지금 내게 밥을 사겠다는 건가? 나는 마지막 말을 못 들은 척했
습니다. 산돌과 억병으로 마셨지만, 거짓말이 술술 나왔어요.

"미안해하실 것 없어요. 나는 집에 잘 왔습니다. 2차까지 따라갔
으면, 엄청 취했을 텐데, 오늘 기분이 얼마나 안 좋겠어요. 덕분에
일찍 집에 왔고, 일찍 일어났고요."

─ 그러면 다행이고요…….

정연경의 목소리가 움츠러들었습니다.

─ 그런데요…… 궁금한 게 있어요. 어제 같이 만났던 분들 있잖
아요.

"예."

─ 어땠어요?

"어땠다니요?"

─ 사람을 보면, 이렇구나, 저렇구나, 느낌이 있잖아요. 언니하
고 편집장 하시는 분, 경태 씨한테는 어떻게 보이던가요?

이상한 질문이었습니다.

"정연경 씨랑 아는 분들인데, 내가 뭐라 하겠어요? 훨씬 잘 아실
텐데요."

— 어떻게 보셨는지 궁금해요. 말 가리지 마시고, 느낀 대로 솔직히 말씀해주시면 안 되나요?

그 사람들이 괜찮았다면, 자주 그런 자리를 가지자구?

"정말 솔직히요?"

— 예.

"언니라는 분 말예요, 이런 말씀 하셨죠. 사람은 살덩어리가 아니라 선으로 되어 있다고. 좋은 말씀이었고, 그런 말씀을 하시는 것 보니까 보통 분이 아니신 것 같은데, 그렇지만 전반적으로 산만해 보였어요. 그리고 잡지 만드신다는 분은…… 긴 말 안 할게요. 한심하다고 생각했어요."

지독한 평이었지만, 정연경은 당황하지 않았습니다.

— 그러셨구나. 술값 계산도 하고 가서서, 경태 씨가 정말 쿨하다, 다들 칭찬하던데……. 어제 속으로는 계속 불편하셨구나. 이거, 진짜 미안해서 어쩌죠?

정연경은 계속 자신이 미안한 입장에 있다는 것을 강조하려고 하는 것 같았습니다. 그래서 어쩌겠다고? 점심은 먹었어요? 그 말이 다시 떠올랐어요.

"이런 사람, 저런 사람 만나는 게 인생이죠. 그리고 이미 흘러가버린 하루잖아요. 오늘 완전히 새로운 하루가 시작되었는데, 흘러간 것을 왜 생각해요? 신경쓰지 마세요."

— 그래도요. 얻어먹은 것은 갚아야겠다, 싶어 전화했어요.

점심 먹었어요? 이렇게 이어지기 직전입니다.

"미안해하실 것 없다니까요. 어제는 어제로 됐고, 하늘에서 뚝 떨어진 오늘이 나는 좋거든요. 그냥, 오늘 하루를 잘 지내는 게 훨씬 중요해요. 그분들에 대해 한 말은, 해보라고 해서 생각 없이 지

껄인 거니까 조금도 신경쓰지 마세요. 잘 지내세요. 나는 일 좀 봐
야겠어요.”

한 호흡도 되지 않는 짧은 침묵이 흘렀고, 그녀가 “예……” 했
고, 나는 마무리짓는 인사말도 듣지 않고 “끊겠습니다” 하고 전화
기를 닫아버렸습니다.

나는 매몰찼습니다. 한때 내가 정연경의 연락을 얼마나 간절히
기다렸던가요. 그런데 지금 나는 그녀를 무시합니다! 이런 역전이
어떻게 가능하게 되었을까요! 정체불명의 미소가 입가에 떠오르고
말아요.

전화기를 다시 열어봅니다. 통화 시간은 ‘4분 10초’ 입니다. 전
파를 이용한 4분 10초라는 말의 시간, 나를 지배한 것은 무엇이었
을까요. 세계관이었을까요. 신경질적인 성격일까요. 남자의 자존
심일까요. 사람 관계에서 언제나 칼자루 쪽을 쥐겠다는 권력의지
였을까요. 글쎄요, 아무래도 그냥 ‘기분’ 이었던 것 같아요. 오가는
말, 꼬리를 잇는 말, 어긋나는 말, 이 모든 말들을 이끄는 선두에는
‘기분’ 이 있었을 뿐이에요.

아니, 기분 이전에 상황이 있었어요. 어제 우리는 다섯 달 만에
재회했지만, ‘다시 만나고 싶다’ 는 분명한 욕구가 내게 생겼다면,
혹시 전화가 올까? 하는 생각을 했을 것이고, 전화를 해볼까? 이런
생각도 하지 않았겠어요. 그랬다면 결코 방금처럼 통화하지 않았
겠죠. 어디서 주무셨어요? 언니 집에서 잤어요? 술 많이 드셨어요?
몸은 괜찮으세요? 식사는 하셨어요? 내가 먼저 물었을 것입니다.

그러나 전화가 올까? 해볼까? 나는 이런 생각을 전혀 하지 않았
고, 어제 일을 깨끗이 제쳐두고 오랜만에 정영태 시인 생각을 하고
있었죠. 그런데 전화가 왔고, 마음의 준비를 할 시간도 없었습니다.

유부남과 팔짱을 끼고 가던 정연경의 의뭉스런 뒷모습마저 잊어버렸어요. 이런 상황, 무정형 상태의 기분이었는데, 그런데 어느 순간 틀어져버렸던 거예요. 이 전화, 내쳐야겠다고 기분이 명령하고 있었어요. 언제 틀어졌을까요.

점심은 드셨어요? 아무래도 여기부터였던 것 같아요.

아니, '정연경이에요' 하는 첫인사부터 마음에 들지 않았어요. 이유를 몰랐는데, 그녀가 '점심은 먹었어요?' 라고 하는 순간, 첫인사의 씩씩함이 마음에 들지 않았던 까닭도 알 수 있었습니다. 그대가 점심 전이라면, 점심 먹자, 내가 사겠다, 혹 점심을 먹었더라도 내가 먹자고 하는데, 너는 나를 만나고 싶어할 것이기 때문에 먹은 점심도 안 먹었다고 할 것이다, 그러니까 그대가 점심 전이든 후이든 '점심 먹자' 라는 나의 요구를 받아들일 것이다, '점심 먹었어요?' 란 말만 슬쩍 꺼내놓아도 '연경 씨도 안 드셨으면, 같이 먹을까요?' 그대 스스로 말하게 될 것이다, 이런 자신감이 '정연경이에요' 하는 첫인사의 씩씩함에 이미 있었던 것 같아요.

한때 내가 써 보냈던 거칠고 열정적인 편지들, 거기 담겼던 안타깝고 불 같았던 남자의 마음이 지금도 변함없을 것이라고 어째서 여자는 안이하게 판단하고 있는 것일까요. 점심 먹자고 하면 얼씨구, 하고 나올 것이라고, 내가 여전히 목매달고 있을 거라고 착각하고 있는 것 같아요. 행여 네다섯 달 동안 내 마음이 식었다고 할지라도 어제 자기의 예쁜 낯을 보았으니 다시 불붙었을 것이라고. 그러나 다시 말하지만 어제 나는 여자에게 실망했을 뿐입니다. '정연경이에요' 하는 여자의 자신감이 가소로왔고, 통화 내내 조금의 틈도 보이지 않고 그녀의 말들을 미끄러뜨린 것은 한 번 튕겨주겠다, 이런 때문은 전혀 아니었어요.

틀어진 기분은 그렇다 치고, 내 마음은, 어떤 상태로 있는 것일까요. 기분은 마음의 거품, 변덕을 부리는 것은 기분과 감정이지 마음이 아니잖아요. 마음은 나 자신도 알 수 없는 상태라고 할 수밖에 없습니다. 내가 정연경이란 사람을 두고 마지막 판단에 이르렀다면, 관계에 벽을 치기로 하였다면, 즉 목소리를 섞는 것조차 불쾌했다면, 미안하지만, 앞으로 전화 같은 거 하지 마세요, 이렇게까지 말했을 거예요. 그런데 통화 말미에 '잘 지내세요, 나는 일 좀 봐야겠어요' 했거든요. 아주 조금 여지를 남겨둔 것 같지 않나요? 방금 전화는 내쳤지만, 우리 사이가 어떻게 될지 나는 몰라요.

이상한 예감은 있습니다. 며칠 뒤 또 전화가 올 것이다! 그러나 그때는 방금처럼 매몰차게 대하지 못할 것이다. 그렇다고 다정하게? 모르겠습니다. 그건 그때 기분에 따라야 합니다. 방금 전화 이후 다시는 정연경에게 연락이 안 온다면, 그것은 그것대로 팽개쳐두겠습니다!

그러나…… 아, 사랑의 감정이 신비롭게 살아난다면, 구태여 거부할 일은 아니지요. 하느님이 주시는 축복을 왜 마다합니까! 사랑은 마음의 혁명, 그런 축복감이라면, 정연경이 화상으로 얼굴이 뭉개져도 반신불수가 되어도 나는 사랑할 수 있어요!

너무 나간 이야기였습니다만, 불편한 감정은 좀 가라앉습니다. 마음이 무엇을 원하는지 나도 궁금하네요. 똑똑. 노크 소리.

어머니에요. 문이 열립니다.

"아들아, 뭐 하노?"

"아, 일하고 있었어요."

"무슨 일?"

"그냥……"

"너, 나한테 예수 이야기를 진짜로 해줄 끼가?"

"그래야죠. 약속했는데."

"시간 내서 괜히 그 공부 하고 있는 거가?"

"그건 아니고요."

"나 때문에 쓸데없이 예수공부 하고 그러지 마라. 너 바쁜데, 난 그런 거 안 들어도 된다."

"아뇨. 다음주에는 꼭 할 거예요."

어머니는 아들과 함께 있는 시간을 좋아합니다. 그렇지만 나는 내 방 책상에 자주 있어야지 안방에 주구장창 있을 수는 없습니다. 낮에 아버지라도 어머니와 많은 시간을 보내면 좋은데, 이 양반은 계절을 번갈아 바둑 바람이 불면 정신을 못 차립니다. 근처 아파트에 사는 홀아비 하나가 당신보다 바둑 고수라는데, 둘이서 라면으로 점심을 때우며 하루 종일 거기 가 있습니다. 노인이 바둑이나 화투를 즐기면 치매가 오지 않는다고 하는데, 그러나 저렇게 하루 열 시간 이상 바둑을 둔다고 뇌를 혹사하면 치매가 일찍 오지 않을까, 걱정이 될 정도입니다. 아무튼 예수 이야기 안 하나? 어머니의 적적함이 느껴지는 것입니다.

해야죠, 예수한테 혼을 판 아가씨가 어머니 며느리가 될지 모르는데, 어머니도 준비를 하셔야죠. 예수를 잘 알아야 결정적인 순간에 아들 편을 들 수 있지 않겠어요? 내 방을 떠난 어머니의 발소리가 데시벨을 줄이며 안방 쪽으로 갑니다.

술을 많이 마시긴 했어요. 이제야 머리가 띵합니다. 오늘 편지는 이만 줄여야 해요.

6. 톨스토이 선생님

1993년 6월 어느 날입니다.

하하, 기억납니다. 논산훈련소에서 맞은 첫날밤! 침상에 누운 서른여 명의 훈련병들은, 잘 자라, 힘들겠지만 앞으로 잘해보자, 이런 격려의 말 한마디 없이 그저 침통했지요. 오늘 하루만 해도 너무너무 끔찍했다! 아, 이럴 수가…… 이 하루도 아직 다 지나가지 않았다! 앞으로 팔백여 일! 여기저기서 천장이 무너져라 한숨만 쏟아올리는 것이었죠.

그리고 이튿날 아침이에요. 훈련병들은 막사 앞에 줄을 섰고, 선임중사가 애국가를 부르라고 했어요. 누구 하나가 동해물과…… 하니까 모두 합세했지요. 나는 깜짝 놀랐습니다. 동해물과 백두산이 마르고 닳도록, 하느님이 보우하사 우리나라 만세, 하는데, 애국가를 무슨 장송곡처럼 부르는 것입니다. 팔팔한 젊은 놈들의 목소리에 기운이 하나도 없고 곡의 높낮이도 느껴지지 않았어요. 잠이 덜 깼다, 이런 게 아니었어요. 훈련병 번호를 외치거나 점호 보고를 하는 소리는 기운찼거든요. 중사가 불호령을 내릴 것 같았는데, 끝까지 장송곡 풍인데 우리를 가만 내버려두는 것이었어요.

훈련소를 나와 강원도 어느 부대에 배치를 받고, 일병, 상병, 병장 진급을 하고 제대하는 날 아침까지, 단 하루도 빠짐없이 애국가를 불렀는데, 놀랍게도 우리가 부른 팔백 몇 번의 애국가는 언제나 장송곡이었어요. 왜 이리 비통하게 부르냐는 야단을 누구에게도 들은 적이 없었습니다. 나는 거의 확신합니다. 이 땅의 수천수만 막사 앞의 아침 점호 애국가는 늘 이런 식이다…….

오고 싶어서 온 사람은 한 명도 없는, 한국의 의무징집 군대. 머리 깎고, 군복 입고, 계급장 달고, 상관에게 경례하고, 산과 들을 뛰어다니며 훈련받고, 어떤 불만이 있다 해도 단식투쟁 같은 건 하지 않고, 주는 대로 짬밥 잘 처먹고, 살찌우고, 근육 키우고, 이렇게 겉으로 '국방의 의무'를 다하는 충직한 군인인 것 같지만, 이놈들 봐라, 아침마다 이 나라를 장사(葬事)지내버리는구나.

당시로 쳐, 분단 이후 45년이란 시간이 주어졌는데 남한 북한 분단체제를 처리하지 못하고 젊은이들 불러 군복을 입히고 생고생시키는 이놈의 국가는, 정말, 좆이었지요. 애국가를 등골 서늘하게 부르는 것이 우리 젊은이들의 마지막 자존심은 아니었을까요.

이제 신약전서 이야기를 할게요. 논산훈련소에서는 책을 개인적으로 소지할 수 없었어요. '진중문고'라고 팻말이 붙은 책꽂이가 내무반에 있었어요. 훈련병이 된 후 2주쯤 지나니 하루 30분 정도 독서할 시간이 나더군요. 집어든 것이 오영수의 중단편선집이었어요. 「갯마을」은 단편소설이고, 중학생 때 이미 읽어본 것이었지만, 다시 읽어도 좋았어요. 「메아리」는 중편소설이고, 처음 읽어봤는데, 아, 정말 좋았어요.

훈련 3주째가 되니까 하루 1시간 정도 책을 읽을 수 있게 되었고, 주말에는 종일 독서를 할 수도 있었어요. 군대에서 읽는 책맛이 얼마나 좋은지는 경험해본 사람만이 압니다. 오영수 책을 완독하고, 두 번째 집어든 것이 손바닥만 한 크기의 『신약전서』였어요.

당시 나는 나 자신을 유물론자라고 생각하고 있었거든요. 대학에서 변증법적 유물론을 선후배들과 어울려 공부했고, 역사적 유물론도 탐구하지 않았겠어요. 민주화투쟁의 열기가 식지 않았을 때라 1980년대 후반 학번들은 거의 다 그랬어요. 사회주의자가 될 자신은 없지만, 유물론자는 될 수 있겠다, 나는 이런 좀 이상한 개인적인 결의를 하고 있었어요.

어릴 때 시골에서 자라며 마을 교회에 가기도 했고, 고등학교 때 5천 명 가까이 모였던 한 도시의 부활절 새벽예배도 가본 적이 있었어요. 그런데 대학생이 되어 '유물론'이 맞다는 판단이 생겼고, 나는 무종교주의자가 되었죠. 그래도 신약전서는 한 번 읽어보고 싶은 마음이 늘 있었습니다. 물론 실제 완독해보겠다고 한 것은 군대에 있으니까 가능한 결심이었겠죠. 지금 읽지 않으면 평생 못 읽는다, 싶었어요.

이왕 읽기로 했으니 웬만하면 호의적이고 싶었습니다. 예수가 일으켰다는 이적들, 즉 중력의 법칙, 질량보존의 법칙 등에 위배되는 대목을 눈에 쌍심지를 켜고 탓하고 싶지 않았어요. 입으로 먹은 음식물이 소화가 되어 내려가 장이 청탁분별을 하여 흡수할 것은 흡수하고 똥으로 보낼 것은 보내듯 신약전서 안의 좋은 것만 취하자고 생각했어요. 좋은 것은 분명 있어요. 세계역사상 제1의 베스트셀러에 좋은 것이 하나도 없다는 것은 말이 되지 않죠.

대학 문학동아리에서 활동했고 작가가 되겠다는 소망을 품고 있었던 내게 그런데 신약전서를 읽는 최고의 방법은 '이건 무슨무슨 복음이 아니라 서사시다!' 하는 것이었어요. 내가 읽어본 장편 서사시는 신동엽 시인의 『금강』과 신경림 시인의 『남한강』, 두 권입니다. 비슷한 것이다, 마태 시인이 썼고, 마가, 누가, 요한 시인이 시기를 달리 하여 집필한 장편서사시! 나는 신약전서에 수록된 대로 '마태 서사시' 부터 읽기 시작했지요.

훈련 4주차였던 어느 토요일 오후를 나는 지금도 잊지 못해요. 중식 후 훈련병들은 연병장에서 공을 차기도 하고 내무반에서 텔레비전을 보기도 하고 PX에서 삶은 닭다리를 전자레인지에 돌려 먹기도 했어요. 나는 막사 외곽계단 옆에 조그맣게 있었던 휴게공간의 벤치에 앉아 마태 서사시를 읽었죠. 주중에 틈틈이 읽었는데, 솔직히 기대 이상이었어요. 오, 재미있는데? 흥미진진한데? 어쩔 수 없이 지루한 대목도 있지만, 맥락 없이 영 엉뚱한 소리는 거의 하지 않네? 이 사람, 마태 보게나, 글을 아주 잘 쓰네? 이런 너그러운 감탄을 해주며 마태 서사시는 오늘 완독하겠다고 읽기의 박차를 가했어요. 총 28장으로 되어 있는데, 27장을 읽다가 나는 특별한 감동을 경험하였습니다.

수많은 병자들의 병을 고쳐주고, 달관에 이른 비판의식으로 세상의 정신상태를 흔들어놓고, 가난한 사람들과 어울린 참 좋은 삶을 살던 예수가 권력자에게 붙잡혀 취조를 당하고 십자가에 못이 박혀 죽는 장면이 27장에 나오죠. 몇 일에 걸쳐 예수의 일대기를 읽으며 어쨌거나 예수라는 사람에게 인간적인 정이 좀 들어버렸는데, 그런데 27장 뒷부분에 이르러 누구나 이런 대목을 보게 됩니다. 제 9시 즈음에 십자가에 달린 예수가 크게 소리 지르되 "엘리 엘리 라마 사박다니!" 하니, 나의 하느님, 어찌하여 나를 버리셨나이까,

이런 뜻이었구나, 이렇게 나오죠. 지켜보는 이들 중 하나가 "저 사람이 지금 엘리야를 부른다"라고 하고, 그러니까 그 사람은 예수의 하느님 '엘리'를 구약의 예언자 '엘리야'로 잘못 들은 것인데, 또 한 사람이 갯솜에 시어빠진 포도주를 적셔 갈대에 꿰어 예수에게 마실 수 있도록 하였는데, 사람들이 "놔둬라, 엘리야가 와서 저 사람을 구원하나 보자"라고 하고, 그런데 바로 다음 구절이 이래요.

예수께서 다시 크게 소리지르시고
영혼이 떠나시다.

눈이 그 구절을 받아먹고, 다음 문단에서 '그러자 성소 휘장이 찢어지고 땅이 진동하더니 바위가 터지고, 무덤들이 열리며 자던 성도들의 몸이 일어나니' 하는 허접스런 묘사가 나오는 것을 확인한 뒤, 나는 얼른 책을 덮고 고개를 들었어요. 깜짝 놀랐기 때문입니다. 와우, 숨이 아슬아슬하게 붙어 있는 예수가 숨 놓는 장면을 단 한 줄로 처리해버렸단 말이지. 고개가 어떻게 떨어졌는지, 손가락 발가락의 꿈틀거림은 어떻게 멈췄는지, 흐르던 피는 어떻게 말라갔는지, 이런 묘사는 하나도 없이!

나는 마태의 행갈이에 감탄한 것입니다.

고개를 든 내 눈 가득 푸른 하늘이 덮쳐왔어요. 아, 하는 탄성이 깊은 데서 올라났지요. 내 몸 속에 있는 수천 개의 방, 마태의 그 구절이 꼭 들어와야만 했던 어두운 방 하나에 불이 켜졌다고 할까요.

신동엽의 『금강』, 신경림의 『남한강』이 주었던 감동과 달랐어요. 오직 마태의 서사시만이 줄 수 있는 독특한 감동이었습니다. 신동엽과 신경림은 이삼십 년 안쪽의 시인인데, 마태의 언어는 약 2

천 년을 훌쩍 넘고 나를 직통시켰으니 시간차를 염두에 두면 가히 전율스러운 일이 아닌가요.

논산훈련소의 신병 양육 기간은 6주였는데, 마가, 누가, 요한 서사시까지 다 읽고, 사도행전을 읽고, 로마서의 반쯤까지 읽으니까 퇴소할 때가 되었습니다. 마태 서사시가 제일 좋았고, 감동은 갈수록 줄어들대요. 배가 오래 고팠다가 처음 먹는 빵과 두 번째 빵의 만족도가 같을 수 없잖아요. 한계효용체감의 법칙이 예수 이야기의 감동에도 정확히 적용되는 것이었어요.

그런데요, '4대 복음'은 역시 '4대 복음'이라고 생각하기도 했어요. '사도행전'부터 갑자기 산만해지는 것을 느꼈거든요. '4대 복음'의 감동을 뒤에서 훼손하고 있는 것 같았죠. '로마서'는 중간쯤까지 읽었는데, 이건 뭐 조리도 논리도 없고…… 짜증이 나더군요. 억지로 읽을 필요 없다, 마태, 마가, 누가, 요한 시인을 알게 된 것만도 어디냐, 하고 훈련소를 퇴소하면서 나는 신약전서를 깨끗이 덮어버렸습니다.

자, 그때로부터 15년 세월이 흘렀습니다. 그제 토요일, 나는 책상에 있다가 숙취로 띵해오는 머리를 데리고 침대 방에 가서 누웠죠. 그리고 마태 서사시를 펼쳤습니다. 밤 10시까지 누운 채 읽었습니다. 어제는 아침 7시부터 읽기 시작해 마가, 누가를 읽고 새벽 3시에는 요한 서사시까지 독파했습니다. 놀랐습니다. 15년 만에 읽는데, 옛날의 느낌이 고스란히 되살아나는 것입니다.

마태의 그 구절은 이번에도 독특한 감동이었어요. 나는 새삼 확신합니다. 나의 하느님, 어찌하여 나를 버리셨나이까, 외친 뒤, 예수가 크게 소리지르고 영혼이 떠나다, 이 27장 50절과 함께 모든 게 종결되었어야 했다! 그랬다면, 이 구절이 품은 사실의 무게가 우리 마음을 몇십 배 더 크게 울렸을 것이다!

　그러니까 부활을 예고하는 말들과, 마지막 28장의 부활 장면, 그리고 '부활 예수'가 "하늘과 땅의 모든 권세를 내게 주셨으니 그러므로 너희는 가서 모든 족속으로 제자를 삼아, 아버지와 아들과 성령의 이름으로 세례를 주고……" 운운하는 대목은 예수의 죽음이 가진 충격적인 파괴력을 내리누르고, 실감나는 죽음에서 오는 독자의 정당한 슬픔과 불안을 제거해버리는 효과를 냅니다. 마태가 진정한 시인이었다면, 27장 50절에서 모든 것을 끝냈을 것입니다. 아니 그는 실제로 그렇게 썼는지 모르죠. 지금과 같은 허황된 부활 이야기를 추가하려는 세력이 있었고, 시인이라면 저항했을 것이지만, 그러나 시인이 죽고 난 뒤 원본 서사시를 노략질하는 것을 어떻게 막을 수 있었겠어요.

　그런데 이번의 '4대 복음' 읽기에서 예상치 못한 가장 큰 개인적인 소득은, 사실은 요한 서사시의 재발견입니다. 처형되기 전날 밤, 예수는 시간이 얼마 남지 않았다는 것을 알았고, 제자들에게 하늘나라 이야기를 그야말로 시간에 쫓기며 혼신의 힘을 다해 들려주는 장면이 나와요. 압권이었습니다. 처형 전날의 이야기가 가장 풍성하게 나와 있는 것이 요한 서사시였어요. 왜 논산훈련소에서는 이걸 느끼지 못했을까! 새벽 3시, 내 방에서 몇 번의 탄성이 터졌습니다. 죽는 장면은 마태가 잘 썼고, 죽기 전날 밤은 요한이 잘 썼다!

　오늘 오전에 사도행전을 애써 읽어보려고 했는데, 역시 현격하게 산만하더군요. 사도 베드로와 바울로의 활약을 다루고 있는데, 바울로라는 인간을 도무지 믿지 못하는 평소 생각 때문이기도 하지만, 하나의 책으로 봐도 4편의 복음과 사도행전 사이에 단절이 있는 것 같았어요. 쓰기의 집중력 자체가 다르다는 느낌이에요. 15년 만의 신약전서 읽기도 이쯤에서 멈추게 될 것 같아요. 이번에도 완독하지 못하였다고 나는 조금도 아쉽지 않습니다. 다시 만난 마태, 마가, 누가, 요한, 이 네 명으로 족합니다. 이들 모두 열두 사도에 속했지만, 삶을 얼마 남겨두지 않고 저마다 예수 이야기를 쓸 때는 시인이었습니다. 진정한 시인이라면 단 한 명이라 해도 평생 마음의 벗이 되는데, 나는 넷이나 되지 않습니까.

자, 그런데…… 이제 나는 무엇을 하면 좋을까요. 아니 '4대 복음'을 감동적으로 읽은 사람은, 읽은 후, 무슨 일을 하면 어울릴까요. 약속한 대로 어머니한테 가야 할까요. 그러나 지금은 아닙니다. 시인의 말들이 몸 안에서 일렁이고 있는데, 시간을 두고 조금 가라앉혀야 할 것 같아요.

몸 안에서 일렁이는 것들…… 일렁이면서 당연히 몸을 들썩이게 하네요. 오랜만에 뒷산을 오르자 싶습니다. 생각을 정리하고, 또 생각을 새로 버는 데에 걷기만한 것이 없어요. 발이 하는 일이 걷기인데, 머리에서 가장 먼 게 발이고, 걷는다는 것은 뇌를 발바닥까지 내려보내는 일입니다. 뇌가 발바닥까지 내려오면서 온몸을 통과하는, 즉 뇌가 온몸이 되는 일인데, 사실인즉, 뇌와 심장 사이로 오가는 짧은 회로 속의 피가 걷기에 의해서는 발바닥까지 내려가 지기(地氣)를 받고 뇌로 돌아가게 되는데, 어떤 까닭인지 모르지만, 심장만 돌고 올라온 피에 비해 발바닥까지 갔다가 온 피는, 즉 피가 온몸 구석구석 돌고 왔다는 것인데, 경험 많은 자가 지혜가 많듯이, 풍성한 아이디어와 감정을 뇌에 담뿍 선사하는 것이었어요. 생각을 버는 데 걷기가 최고라는 것은 이런 뜻입니다.

0.5리터 생수병에 보리차를 담았습니다. 산에서 듣기에 어울리

는 음악을 컴퓨터에서 골라내어 엠피쓰리로 옮깁니다. '어쿠스틱 알케미'를 선택했습니다. 기타소리가 청명하지요. 이제 컴퓨터를 꺼야 합니다.

그런데 아, 벨소리. 3491.

전화가 올 거라고 내가 말했죠! 예상했지만, 예상보다 빨리…….이유 불문하고 아는 언니가 보자 한다…… 술값 계산을 했더라, 미안하다, 내가 밥을 사고 싶다, 이런 핑계들을 가지고 두 번 전화를 했던 그녀인데, 오늘은 어떤 이유를 댈까요. 전화, 받겠습니다.

통화를 마쳤습니다. 흠, 연락이 끊겼던 다섯 달 동안 니가 내 생각을 많이 했구나, 나랑 얽히기로 작정을 했구나, 이런 생각이 다 듭니다. 정연경이에요, 역시 씩씩한 그녀의 인사로 통화는 시작되었어요.

— 경태 씨, 지금 어디세요?

그녀의 목소리 뒤로 소음이 들려왔어요.

"집입니다."

— 뭐 하세요?

잠깐 고민하다가,

"책 읽고 있었어요."

— 무슨 책요?

4대 복음을 읽었고 사도행전을 읽다 덮었다, 내가 이렇게 말해줄 리 없습니다. 이 남자, 내 마음에 들겠다고 성경까지 읽는다! 이런 거대한 착각에 빠지도록 할 수는 없는 일이잖아요.

"톨스토이, 안나 카레니나요."

— 아, 예.

"읽어보신 적 있어요?"

— 아뇨.

『안나 카레니나』를 완독한 여자, 요즘에는 백에 하나라고 할까요.

"나는 두 번째 읽는 거예요."

— 그만큼 좋은 책인가 보죠?

답하지 않고, 물었습니다.

"무슨 일로 전화하셨어요?"

정연경이 말했습니다. 일이 있어 서면에 나왔다, 일은 다 봤다, 날씨가 너무 좋다, 그냥 집에 갈 수 있지만, 억울하다, 경태 씨 생각이 났다, 나올 수 있느냐. 가을 날씨에 진짜 감동받은 모양인지 목소리가 발랄했습니다. 내가 어떻게 나오든 오늘은 발랄한 목소리를 들려주기로 작정을 했는지 모릅니다.

— 진짜 시원한 날씨예요. 이런 날, 집에서 책만 보고 있어요? 창문 한 번 열어보세요.

"꼭 밖에 나가야 날씨를 만끽합니까? 말대로 창문만 열어도 하늘이 다 들어오는데. 암튼 오늘은 서면까지 가기 싫고요, 정연경 씨가 우리 동네 쪽으로 오시든지요."

말은 이리 했지만 내 목소리가 왠지 부드러워졌어요. 여자가 이 변화를 간파하지 못할 리 없습니다. 농기를 실어 말합니다.

— 아휴, 비싸게 나오시네요. 잘 알고 있어요, 비싼 분인 줄. 내가 어디로 가면 되죠?

3시 10분. 가까운 전철역은 연산역, 그런데 그 근처는 부산에서 제일 심각한 상태의 유흥가입니다. 꺼림칙했습니다. 다음 역이 '교대'입니다.

"교대역으로 오세요. 4시까지."

정연경이 있다는 서면에서 교대까지 전철을 타면 10분 정도 걸립니다. 그런데 나는 50분 뒤에 보자고 한 것입니다. 이거야말로 팅기는 짓이죠. 팅기자마자 약간 미안해졌습니다.

"영광도서에서 시간을 좀 보내다가 오시든지……. 갑자기 나가려고 하니까, 책상 앞 일을 정리할 게 있어서요."

— 알았어요. 4시, 교대역에서 다시 통화해요.

"참, 오늘도 다른 사람들이랑 있어요?"

— 아뇨, 혼자예요.

통화는 이렇게 끝났어요. 결국 단 둘이 만나게 되는군요. 솔직히, 약간 기대가 됩니다. 여자 목소리의 발랄함에 마음이 약해진 때문이에요. 나는 병의 물을 주전자에 다시 붓고, 옷을 갈아입고, 양치질을 새로 하고, 가방을 챙겼습니다. 이제 컴퓨터 앞을 벗어나야 합니다!

집에서 부산소방본부 앞 정류장까지 걸어서 7분, 87번 버스를 타고 연산역까지 또 7-8분, 버스를 갈아타고 교대 앞까지는 2-3분. 나는 교대역 지하보도를 횡단하여 국제신문사 앞으로 갔다. 3시 50분. 10분 정도 시간을 보내는 일이야 쉬웠다. 엠피쓰리 음악파일 두 개만 들으면 된다. 4시 정각, 나는 정연경에게 문자를 보냈다.

8번 출구로 오세요.

나는 정연경이 미리 도착해 있을 줄 짐작했다. 그런데 5분이 지나도 8번 출구로 그녀가 나타나지 않았다. 문자도 없다. 사람을 기다릴 때, 시계가 있는 이상, 시간을 자주 확인하게 된다. 4시 11분에야 전화가 왔다. 그런데 그녀가 개떡 같은 소리를 하는 것이다.

— 아, 나는요, 아까 전화에서 경태 씨가 4시에 집에서 출발한다, 이렇게 들었거든요. 근데 8번 출구로 오라는 문자를 보니까, 4시에 교대역에 도착하겠다, 이런 말이었네요.

그래서?

지금이라도 냉큼 오면 될 일이 아닌가.

— 일이 좀 복잡해졌어요. 지하철을 타려고 했는데, 교통카드 잔액이 간당간당해서 충전을 하려고 했거든요. 근데 수중에 만 원짜리 신권밖에 없어요. 충전기가 자꾸 뱉어내는 거예요. 구권만 먹어요. 기기 교체를 안 한 모양이에요.

그렇다면 방법은 간단하다. 유인매표소로 가서 전철 종이티켓을 사면 된다. 아니면 시간에 늦었기에 택시를 타야 한다. 그런데 여자는 또 개떡 같은 소리를 하는 것이다.

— 우왕좌왕하다 보니 시간만 흘러가고, 제가 아직 서면에 있거든요. 경태 씨가 여기로 오면 안 돼요? 그게 더 빠를 것 같은데요.

이 여자, 아이큐에 문제 있는 거 아냐. 나는 여자가 뇌까린 소리가 이해가 안 됐다. 나는 쥐어짜듯 억지스럽게 말했다.

"서면은…… 멀어요. 아니, 멀지 않지만, 우리집에서 교대가 가까운 데 비해 서면은 멀다, 이런 뜻이에요. 오늘은 우리집에서 멀리 가기 싫어요. 정연경 씨가 오세요, 늦었으니까 택시 타고 와요."

여자는 잠깐 말이 없더니 나를 서면으로 오게 할 다른 말이 떠오르지 않는지 결국 말했다.

— 알겠어요. 택시를 타든 티켓을 사든 출발해볼게요.

나는 전화기를 꽉 닫았다. 닫힌 전화기를 보며 순간 폭발해버렸다. 이년, 완전히 시발년이네.

이 말을 하고 나는 스스로 깜짝 놀랐다. '시발년'은…… 아무리

화가 났다 해도 과했다. 아니 이 말을 하자마자 나 자신이 한심하기 이를 데 없었다. 시발년이라면, 너는 왜 시발년을 만나겠다고 여기까지 기어나왔냐.

왜? 왜!

4시에 교대역에서 통화하기로 했는데, 자기 입으로 그렇게 말해놓고 내가 집에서 4시에 출발한다는 것으로 잘못 들었다니. 약속은 장소와 그 장소의 시각으로 정하지 집에서 출발하는 시간을 특정하는 일은 없다. 왜 이 여자는 약속한 시간에 내가 약속 장소에 있게 하고 자기는 그 장소에 없는 상황을 만들려고 했을까? 엿 좀 먹어보라고?

왜?

여자인 자기가 남자인 내게 '만나자'고 계속 전화하게 되었고, 그런데 남자가 감히 여자한테 집 근처로 오라고 해서? 나는 왜 그랬나. 우리집 근처까지 올 정도로 적극적으로 니가 만남을 원한다면, 나가줄 수는 있다, 이런 체를 하고 싶어서?

첫 통화 이후 약속시간까지 50분이란 시간이 있었는데, 통화를 할 때는 '4시, 교대'라고 해놓고 통화를 마친 뒤 그래, '팥죽 끓듯 여자의 변덕'이라더니 여자는 변덕이 생긴 것이다. 아니 여자는 통화를 마치자마자 자신감을 얻은 것이다! 나는 혼자 마구마구 깨달아갔다.

사흘 전, 그녀의 전화를 매몰차게 내쳐버렸지만, 오늘은 어쨌거나 만나겠다고 내가 말했던 것이다. 정연경은 남자의 약점 또한 진실을 단박에 파악하였다. 결국 만나러 나올 거면서 사흘 전에 아닌 척, 싫은 척을 하며 일방적으로 전화를 끊기까지 했겠다? 오늘도 만나겠다고 하면서 니네 집 근처로 오라고? 남자한테 이런 대접을 받

96

기는 처음이다! 이랬던 것이다. '어휴, 아직 서면에 있어요? 꼼짝 말고 계세요. 당장 택시 타고 갈게요' 여자는 내가 이렇게 말할 줄 알았을까. 그럴 만치 내가 자기 예쁜 낯짝을 보고 싶어할 거라고 생각했을까.

전화를 건 장소에서 한 발짝도 움직이지 않고 억지 이유를 늘어놓으며 내가 이동하기를 태연스레 요구할 수 있는 여자의 자신감, 여자는 어디서 이런 자신감을 회복했을까. 그녀에게 간파당한 나의 약점, 즉 내가 이렇게 약속 장소에 나와 있다는 것, 이 자체가 약점이다. 여자가 명백하게 싫다면 이렇게 나와 있을 리 없다! 아, 좋아하기 때문이다. 뭔가 기대하기 때문이다. 한때 정신없이 좋아했던 것처럼 다시 이 여자를 좋아할 수 있다면, 이런 기대가 내게 있는 때문이다.

그러나 먹고 싶지 않은 감이라도 혹시 먹고 싶어질지 모르니까, 이런 수준의 미약하기 짝이 없는 기대가 아닌가. 지금은 정말 그렇단 말야! 니가 생각하는 것만큼, 그 반의 반의 반의 반도 너를 좋아하지 않는단 말야! 나, 집에 갈랍니다. 자꾸 어긋나는 게, 만나봤자 좋은 일도 없을 거 같네요. 목젖까지 차올랐지만, 나는 왜 이 말을 못 했을까! 그 말을 하지 못하는 나 자신에 대한 미움도 '시발년'이란 욕에 담겨 있었다.

시발년이라고까지 한 최악의 순간 이후, 20여 분을 기다리며 그러나 어쨌든 화는 고비를 넘겼다. 나름대로 분석이 되었고, 내가 여자의 머리 위에 있는 기분이 되었기 때문이다. 그리고 무엇보다 사흘 전은 사흘 전, 20분 전은 20분 전이기 때문이다. 시간은 칼같이 흘러갔고, 흘러가는 시간이 '의미'의 페이지를 계속 넘겨버리는 것이다. 방금 통화에서도 티켓을 끊으면 되지 않느냐? 왜 택시 탈 생각은 못 하느냐, 하나하나 따질 수 있지만 그러지 않았던 까닭도 통화 중에 거의 초 단위로 의미의 페이지가 넘어갔고 나는 펼쳐지는 페이지를 따라 읽느라 정신이 없었기 때문이다. 전화기를 닫자마자 폭발해버렸고 또 그 후 심리의 우여곡절이 있었어도, 어쨌거나 이제 여자를 만나게 된다는 것, 이것은 아예 장(章)을 달리하는 새로운 페이지였다.

여자가 나타나면, 나는 앞의 일들을 따지지 않을 작정이었다. 사소하다면 사소한 것을 일일이 따지면 나부터 좀스럽고 불쌍해지니까. '시발년' 은 씹할년, '지 애비와 씹질하는 년' 이라는 말이 아닌가. 어떻게 그런 무서운 욕이 내 속에서 나왔을까. 아무리 여자가 잔대가리를 굴려 나를 화나게 했어도 그 욕은 정말 취소한다.

8번 출구로 오라고 했지만, 처음부터 나는 국제신문 빌딩 앞에 서 있었다. 부산에는 조간 〈국제신문〉과 석간 〈부산일보〉가 있고, 산돌은 이 신문사에 근무하지 않는다. 빌딩 앞에는 마당이 있고, 마당은 지하 주차장에서 올라온 차량이 차도로 들어서기 위해 잠깐 대기하는 곳이었다. 또한 빌딩을 나온 사람들이 보도로 가는 통로이기도 했다. 마당과 보도를 가르는 낮은 담장이 있는데, 담장 위에 식물들이 있고 그 너머로 8번 출구가 잘 보였다. 전화기가 몸을 흔들었다.

— 왔어요. 어디 있어요?

"신문사 앞에요. 8번 출구 보이는데, 정연경 씨, 안 보이는데요?"

— 지금 계단 올라가고 있어요.

쳇, 출구 앞에서 목이 빠져라 계단 밑을 살피고 있을 줄 알았나?

나는 전화기를 닫고 보도로 들어섰다. 출구 앞까지 10미터쯤 되었을 때다. 겨울이 코앞인데 선글라스를 쓴 여자가 나타났다. 유명 축구선수와 유명 아나운서 커플이 간혹 뉴스거리가 되었는데, 아나운서가 축구선수의 경기장에 나타났을 때, 꼭 저 같은 선글라스를 쓰고 있었다. 얼굴 반을 가릴 만큼 알이 엄청나게 컸다. 인터넷 포털사이트에서 그런 사진을 보면서 '밥맛'이라고 생각했다. 그런 선글라스를 쓰고 나타난 여자가 정연경이었다. 나는 걸음을 멈췄다. 그녀가 다가왔다. 눈은 볼 수 없지만, 입이 생글생글 웃고 있다. 어때, 이 촌놈아, 놀랐지?

"겨울 오는데, 바닷가도 아닌데, 요상한 걸 쓰고."

"어머, 보자마자 인사가 왜 그래요?"

정연경이 선글라스를 벗더니 어깨에 짊어지는 작은 색에 넣었다. 옅게 화장을 한 것이 그닥 예뻐 보이지 않지만, 확실히 안 예뻐 보이는 것도 아닌 그녀의 웃는 얼굴……. 나의 핀잔에 선글라스를 바로 벗어버리는 이 행동만은 마음에 든다.

"자, 갑시다."

내 목소리가 의외로 경쾌하게 나왔다.

"어디로요?"

"이 근처는 잘 아니까, 따라와요."

성큼 걸었다가 멈췄고, 따라오는 정연경과 걸음을 맞췄다.

"차 한 잔 해요. 어디 놀러갈 데도 없고, 만나서 이야기나 하면 되죠."

"경태 씨는 그렇죠. 늘 이야기, 이야기잖아요."

신문사를 오른편으로 하고 우리는 걸었다. 빌딩 주차장 뒤에 〈로즈〉가 있었다. 낮에 차와 술을 팔고, 밤에는 술만 파는, 흔한 집이다. 『예수의 일기』를 건네주었던 친구가 이 신문사에 근무하고 있었고, 〈로즈〉에서 간혹 만났다. 나랑 동갑내기 노총각이어서 녀석과 친해졌다. 다행인 것은 녀석은 머리가 벗겨져 나이가 들어 보이고, 나는 그렇지 않다는 것이다. 정초마다 '누가 빨리 가나' 하고 내기를 거는데, 녀석보다는 내가 먼저 장가를 가야 하는데…….

오늘로 〈로즈〉에 네 번째 들르는 것 같았다. 친구와 늘 가는 구석 자리에 앉았고, 웨이트리스가 눈인사를 하며 왔다. 나는 버드와이저, 정연경은 핫코코아를 주문했다. 등을 보이는 웨이트리스에게 "재떨이도 주세요" 하고 말했다. 재떨이가 먼저 왔다.

"담배 하시겠어요?"

"아뇨."

"끊었어요?"

"그때…… 피우고, 다시는 안 피웠어요."

그때는, 경성대 일대에서 첫 데이트를 하였던 날의 어느 시간이다. 저녁을 먹고 바에서 맥주를 마셨고, 내내 참았던 담배를 내가 비로소 피우자 "나도 피워볼까요?" 하던 것이다. 직장에 다닐 때 나흘에 한 갑 정도 흡연을 했다는데, 2년 만에 피워보는 것이라고 했다. 그리고 두 모금 정도 빨아보더니 "무슨 맛인지 모르겠어요" 하던 것이다. 아무튼 그때 이후 안 피웠다는 것이다.

"생각나면, 언제라도 피우세요."

"안 피울 거예요."

웨이트리스의 접시 위에서 버드와이저가 먼저 대기하고 있다가 핫코코아가 만들어졌을 때 같이 왔다. 웨이트리스가 발휘해야 하는 당연한 센스다. 30대 초반 웨이트리스의 얼굴을 새삼 보았는데, 그녀보다는…… 정연경이 예쁘다. 정연경이 말했다.

"경태 씨, 하나 물어보고 싶어요. 희자 언니랑 봤을 때, 언니가 사람은 선으로 되어 있다고 했잖아요. 경태 씨가 그 말, 참 멋지다고 했고, 그제 전화에서 또 그랬잖아요. 뭔가 딱 떨어지는 말의 느낌은 있는데, 어떤 의미로 멋지다고 하는 거예요? 솔직히 나는 잘 모르겠어요."

나는 장황하게 설명해주었다.

"알겠어요" 하고 정연경이 말했다.

"그건 그렇고, 또요, 소설을 몇 번씩이나 읽는다고 했잖아요, 아까 전화에서. 어떻게 소설을 몇 번씩이나 읽을 수 있죠? 그런 소설 많아요?"

"몇 번씩 읽는 소설, 물론 잘 없죠."

"추천 좀 해주세요. 좋은 소설, 좋은 책. 아니 내 인생의 책 세 권, 그래요, 딱 세 권만."

이건 무슨 도둑심보인가? 나는 잠깐 당황했고, 수십 명한테 이런 질문을 해서 100권 정도의 독서 목록을 짠다면, 괜찮을 수 있겠다, 싶었다. 이러는 사이 정연경이 새로 말했다.

"유치한 질문이지만, 의외로 이런 질문이 영양가가 있다고 생각하는데, 어떤 작가를 좋아해요? 제일 존경하는 작가랄까요."

내가 다시 생각을 했고, 이번에는 정연경이 기다렸다.

"좋아하는 작가는…… 역시 톨스토이라고 할 수밖에 없네요. 지금 읽고 있는……."

"너무 오래된 사람 아닌가요?"

"읽어본 것 있어요?"

"솔직히, 아니요."

"부활도요?"

"네."

나는 그럴 수 있다고 생각했다. 문학소녀가 아니었다면, 부활을 읽지 않아도 소녀 시절을 보내는 데는 아무 지장없다. 정연경의 대학 전공은 경영학이라고 했다. 4년제인지 2년제 전문대학인지 나는 모른다. "후진 대학이에요. 묻지 마세요. 대학에…… 콤플렉스 있어요." 그녀가 말하던 것을 기억한다. 나는 말하기 시작했다.

"톨스토이 3대 걸작이라고 있어요. 부활, 전쟁과 평화, 안나 카레니나. 나는 어쩌다 그걸 다 읽게 됐는데요, 부활은 세 번, 전쟁과 평화는 한 번, 안나 카레니나는…… 이번에 두 번째고요. 이런 작가는 톨스토이뿐이네요. 러시아 문학사에서 톨스토이와 견주는 게 도스토예프스키잖아요. 죄와 벌, 카라마조프의 형제들은 읽었지만, 백치, 악령은 안 읽었거든요. 여러 번 읽은 걸로 봐도 그렇고 또 읽은 후 느낌이 어땠는가를 생각해도 누구를 가장 좋아하나, 톨스토이라고 할 수밖에요."

생각해보니 작가 평전으로 쳐 유일하게 읽어본 것도 민병산 선생의 『톨스토이』라는 책이었다. 그 책은 너무 감동적이었고, 너무 감동적이어서 내용이 약간 의심스러울 정도였다. 즉 톨스토이와 교류가 있었던 러시아 문인이 평전을 썼다면 그 책처럼 독자를 감동으로만 몰아가지 않았을 것 같다. 톨스토이와 교류가 전혀 없었던, 수십 년 뒷세대인 한국 사람이 여러 문서자료를 바탕으로 평전을 썼기에 감동 일변도로 톨스토이의 생애를 그리게 되지 않았나 싶었다. 딱 짚어 말할 수 없지만 내용이 의심될 정도로 감동적이었고, 그러나 민병산의 『톨스토이』를 읽었기 때문에 내가 좀더 톨스토이에게 애정과 신뢰를 품게 되었던 것은 틀림없다. 작은 기차역에서 마지막 숨을 몰아쉬던 톨스토이의 죽음이 가장 감동적이었다. 나는 입에 달린 모터에 서서히 발동이 걸리는 것을 느꼈다.

"내가 대학을 다닐 때, 당시 문학동아리에서는 리얼리즘 열풍이 불었어요. 톨스토이는 필독 작가였죠. 이런 일도 있어요. 문학평론 하는 선배가 있었는데, 그 선배를 내가 많이 따랐거든요. 정연경 씨는 잘 모르겠지만, 그 당시에 문학이념이 되게 많았어요. 사회주의 리얼리즘, 혁명적 낭만주의, 비판적 리얼리즘, 그냥 리얼리즘……. 원래 이념들끼리 사이가 안 좋잖아요. 근데 선배의 문학이념은 사회주의 리얼리즘이었거든요. 그 입장에서는 톨스토이 문학을 비판적 리얼리즘이라고 해서 좀 낮춰 보는 경향이 있었어요. 그런데도 선배는, 언젠가 술자리에서 문득 말을 하는데, 톨스토이를 '톨스토이 선생님' 이라 하는 거예요. 난 깜짝 놀랐거든요. 톨스토이를 '톨스토이 선생님' 이라고 부르는 것은 그때 처음 보았고, 선배도 딱 한 번 그랬고, 그 후 '선생님' 이라고 다시 부르지 않았지만, '톨스토이 선생님' 이라는 선배의 호칭이 진짜 좋았거든요. 어떻게 백 년 전에 죽은 외국 작가를 선생님이라고 하나, 얼마나 존경하면 그럴까, 호칭 하나에 나는 감동을 받은 적도 있었어요."

"무슨 말인지 알 것 같아요. 톨스토이 선생님, 아름다운 호칭 같아요. 그리고 경태 씨도 이 정도면…… 톨스토이를 선생님이라고 해도 될 것 같은데요."

"그 선배처럼 자연스럽게 또 진실되게 발음할 자신이 없어요."

말을 하다 보니 그리워졌다. 톨스토이가 아니라, 대학원을 졸업하고 독일로 유학을 간 선배가. 문학의 초심을 그는 아직도 간직하고 있을까. 그러다가 갑자기 생각났다. 가방 안에 『안나 카레니나』가 있다! 나는 책을 꺼냈다.

"읽고 있는 책이…… 이 책이에요."

"어머, 줘보세요."

범우사에서 나온 책이다. 책을 건넸다.

"안나 카레니나, 상권이네요."

오전까지 신약전서를 읽었지만, 정연경과 통화하면서『안나 카레니나』를 읽고 있다고 둘러댄 것은 나름의 이유가 있었다. 가장 최근의 완독서적이었던 것이다. 지난 10월 말에 대구의 어떤 모임에 갔다가 나는 실언을 했고, 그 실언이『안나 카레니나』의 한 장면과 관계가 있었고, 11월 들어 마음이 횅한 것이 옛날 책이 읽고 싶었고, 실제로『안나 카레니나』를 집어들었던 것이다. 상권을 거의 다 읽어갈 때 어떤 일로 외출을 했다가 지하철에서 완독했고, 책을 가방에 넣었고 집에 돌아와 이튿날부터 하권을 읽었다. 하권도 완독했다. 어쨌거나 그 후 가방 속을 갈지 않아 지하철에서 읽었던 상권이 그대로 있게 되었던 것이다.

정연경은 책의 앞표지에서 머리칼이 장미꽃으로 변하고 있는 안나의 일러스트레이션을 보고 있었다.

"뒤를 보세요."

정연경이 책을 뒤집었다. 펜으로 그린 작가 초상화가 나왔다. 나는 이렇게 말할 수밖에 없다.

"나, 그 초상화…… 진짜 좋아해요."

"세밀하게 그렸네요. 누가 그린 거죠?"

"모르겠어요. 책 어디에도 정보가 나와 있지 않아요. 어느 러시아 화가의 작품이겠죠."

이마가 벗겨지고, 코가 뭉툭하고, 눈을 가릴 만큼 눈썹이 풍성하고, 또 구레나룻과 턱수염, 콧수염이 숲을 이루고 있는 만년의 톨스토이. 나는 '정말'이라는 단어를 두 번 사용할 수밖에 없다.

"정말 고집스럽고, 정말 총명해 보이지 않나요."

"그런 것 같아요."

책을 넘겨받았다. 가방에 넣었다. 정연경이 말했다.

"나도 읽어보고 싶어요. 빌려주실 수 있어요?"

전화통화에서 했던 거짓말을 이을 수밖에 없다.

"아직 읽고 있는 중이라서."

"다 읽고 하권이랑 같이 빌려주실 수 있죠?"

"그러죠, 뭐."

이 순간, 우리는 다음 만남의 핑계를 동시에 잡은 셈이었다. 정연경이 전화한다면, '언제 빌려주실 거예요? 상권이라도' 가 되고, 내가 하면, '다 읽었어요. 빌려드릴게요' 가 된다. 정연경을 '시발년' 이라고 했던 한순간이 문득 까마득했다. 대화, 즉 마주 앉아 나누는 이야기는 둘이 하기 나름이고, 이야기가 잘 되는 관계란, 섹스가 잘 되는 것만큼, 짜릿하다. 말에 예민한 직업인 나는 더욱 그렇다. 전 세계적으로 매일 밤 수억 번의 섹스가 행해질 것인데, 또 지금 이 순간, 전 세계적으로 남녀가 수억 개의 이야기를 나누고 있을 것인데, 톨스토이를 화제로 삼고 있는 이야기 테이블은 얼마나 될까. 나는 지금 이 테이블이 상당히 만족스러웠다.

"하나 물어볼게요."

정연경이 또 말했다.

"나이가 들어갈수록 독서에 관심이 생겨서 하는 질문인데요, 내가 무슨 책을 읽어야 하나, 잘 모를 때가 있거든요. 이 책을 봐야 할 것 같아서 이 책 보다 보면, 저 책 봐야 할 것 같고, 안나 카레니나 같은 외국소설 말고 경제나 사회 쪽 책도 있고, 또 한국 작가 책도 많잖아요. 왜 경태 씨는 갑자기 안나 카레니나를 봐야겠다고 생각한 거예요? 독서마다 어떤 분명한 이유가 있는 거예요?"

좋은 질문 같았다. 답할 의욕이 생겼다. '독서'라는 인간의 행위에 대해 수년에 걸쳐 생각해둔 바가 있었기 때문이다. 머리를 굴려 이야기의 방향을 잡았다. 그리고 나는 펼쳐놓기 시작했다.

"먼저 말할 것이요, 지금껏 내가 책을 얼마나 읽었는지, 연경 씨보다 많이 읽었는지, 모르겠어요. 문제는, 수백 수천 권 독서보다 자기한테 꼭 필요한 수십 권 독서가 훨씬 중요하다는 게 제 믿음이거든요. 그런데 사람들은 자기한테 꼭 필요한 수십 권의 책이 어떤 것인지 모른다는 거예요. 책을 심하게 많이 읽는 소위 독서가라는 사람들도, 이번 세상에 태어났으면 죽기 전에 꼭 읽어야 되는 자기만의 수십 권 책을 찾아내려고 수백 수천 권의 독서를 하는지도 모르겠어요. 아무튼 나는 다독은 아니에요. 하루 종일 한 권 독파하는 것보다 한 페이지 읽더라도 그 읽은 것을 가지고 하루 종일 이리저리 생각하는 게 더 좋다고 믿거든요. 다른 사람들은 몰라도 나는 그래요."

"그렇게 책을 읽는다면, 시간이 너무 많이 걸리잖아요."

"말하자면 그렇다는 거고, 책을 읽되 책 욕심은 내지 않는 것, 이게 중요한 것 같아요."

정연경은 성실한 학생처럼 "책을 읽되 책 욕심은 내지 않는 것……" 하고 되뇌었다. 그리고 "그리고요?" 하고 다음 이야기를 요구했다.

"이번에 안나 카레니나를 다시 읽게 된 것은, 아, 재밌는 이유가 있어요."

정연경이 눈을 반짝였다. 나는 슬쩍 자랑부터 하였다.

"대구에 열 몇 명이서 하는 작은 독서모임이 있는데, 그런 독서모임이야 수없이 많지만, 아무튼 나보고 와서 이런저런 이야기 좀 하래요. 강의랄 것은 없고, 인근에 사는 작가를 불러놓고 이야기시키고, 질의응답도 하는 아주 소박한 자리에요."

"그럴 때, 강의료 같은 것도 있나요?"

"물론이죠."

"와."

촌스럽기는.

"작가는 걸작 하나 쓰기 위해 평생을 바친다, 수십 권 저서보다 한 권의 걸작이 남는다, 이런 말을 했거든요. 어떻게 보면 건방진 말이지만, 내 믿음이 그러하니까요. 어떤 게 걸작이냐, 세계문학선집에 포함되면 걸작이냐, 걸작이라고 꼽는 게 어떤 게 있느냐, 누가 물어요. 딱 떠오르는 게 안나 카레니나였죠. 안나는 유부녀다, 남편 이름은 카레닌, 안나가 사랑하게 되는 남자는 브론스키, 물론 브론스키는 총각이죠. 이렇게 인물소개를 하고 줄거리도 간단하게 말했고요. 소설을 보면요, 톨스토이가 신분 높은 백작이라서 그런지 안나와 브론스키가 사랑을 나누는 장면은 암시만 되고 구체적인 묘사가 안 나와요. 안나가 임신했다는 사실을 알리면서 독자는 아, 둘이 성관계도 가졌구나, 알게 돼요. 임신 초기에 안나가 남편한테 고백을 하거든요. 마누라가 다른 남자 애를 밴 것을 카레닌도 알게 되고, 당연히 고통에 빠져요. 용서할 수 없지만, 이혼도 할 수 없다! 내가 이혼을 할 수 없는 몇 가지 이유! 하고 카레닌은 자기한테 막 세뇌를 시켜요. 일종의 복수심 같은 거예요. 안나가 이혼을 원하니까! 나는 절대 못 해준다! 그런데 소설 중반부에…… 이런 장면이 있어요. 안나가 마침내 아이를 낳아요. 그걸 카레닌이 봐요. 톨스토이가 카레닌의 심리를 어떻게 묘사하느냐 하면, 안나는 아이 낳느라고 표정이 뭉개지고, 머리칼은 산발이 되고, 비명을 지르고, 극심한 공포에 빠지는데, 카레닌은 갑자기 안나의 모든 것을 용서하게 되거든요. 자기도 모르게 그렇게 돼요. 뭐랄까, 한 생명이 태어나는데, 언어나 도덕이나 관습이나 시대철학을 넘어서는, 그야말로 벌거벗은 생명의 자리에 한 여자가 누워 있잖아요. 한 생명이 한 생명을 낳는 그런 절대적인 순간에 저 여자가 외도했다, 저 아기는 내 아기가 아니다, 이런 생각 자체를 못 해요. 왜 이런 일은 벌어지는가? 왜 여성이란 존재는 아기를 낳아야 하는가? 그저 경악을 해요. 질투와 분노에서 카레닌은 순간 자유로워지는 거죠. 물론 그 자유가 지속되지는 못해요. 어쨌거나 톨스토이는 그 분열적인 자유의 순간을 집요하게 묘사해요. 걸작이란 뭐냐, 나는 이렇게 말했어요. 독자에게 평생 잊을 수 없는 장면을 안겨주는 게 걸작이다, 십 몇 년 전, 대학생 때 내가 읽었던 안나 카레니나의 그 장면을 지금 열띠게 설명할 수 있는 것도 그런 까닭의 걸작이었기 때문이다……."

버드와이저를 아껴 한 모금 마시고 나는 숨을 돌렸다.

"이야기, 다 하신 거예요?"

"이제 반 정도?"

"계속 해주세요. 지금 이야기, 재밌어요."

"그렇게 신나게 떠들고 집에 돌아와 안나 카레니나를 읽어볼까, 이런 생각이 들대요. 독서의 이유란 그랬어요. 그런데…… 이번에 다시 책을 읽으며 진짜 깜짝 놀란 것은요……"

정연경이 눈을 더 반짝였다.

"분명 대학 때 나는 안나의 출산과 카레닌의 심리가 변화하는 장면에 크게 감동했고, 그 장면이 최고였는데, 지금까지 똑똑히 기억하고 있어서 대구에서도 그렇게 말했는데, 근데 그게 출산 장면이 아닌 거예요."

"예……?"

"이번에 보니까, 안나가 있는 집에 카레닌이 도착했을 때는, 안나는 이미 아이를 낳은 뒤였고요, 안나가 사경을 헤매는 것은! 산후 열병 때문이라고 나오는 거예요. 당신 아내가 오늘 밤 죽는다…… 의사가 이렇게 말하니까 카레닌이 안나를 용서하는 것이었어요. 안나 카레니나의 가장 감동적인 장면을 나는 십 몇 년 동안 엉뚱하게 기억하고 있었던 거예요."

정연경이 이야기를 단 한 자도 놓치지 않고 듣고 있는 것이 느껴졌다. 그런데 그녀가 문득 말했다.

"안나, 카레니나네요."

"예?"

"제목이 '안나' 가 아니라 '안나 카레니나' 라구요. 안나는 카레닌의 아내라는 걸 제목이 말하고 있어요."

내 이야기가 품었던 방향과 맞지 않지만, 정연경이 아주 괜찮게 말을 보태주었다. 그녀가 다시 방향을 돌려놓았다.

"기억을 바꿔치기하는 것은 흔한 일이잖아요."

"예, 그런 것 같아요. 나도 모르게 안나의 산후 열병 장면이 안나가 출산하는 장면으로 바꿔치기된 것인데, 근데…… 생각해보세요. 내 이야기를 들었던 사람들이 나도 한 번 읽어볼까, 할 수 있잖아요. 안나가 아기 낳는 장면에 관심을 집중할 거 아닙니까. 어, 뭐야, 뭐야, 막상 읽으면 황당해하겠죠. 이 상상만 하면, 솔직히 쪽팔려 죽겠고요. 그날 그 자리에서는 다행히 누구도 뭐라 하지는 않았는데, 만약 '안나가 출산할 때 카레닌은 그 자리에 있지 않아요' 이런 지적을 받았다면, 옥신각신했겠죠. 출산 장면이 틀림없다고 나는 아주 강하게 주장했을 거예요. 그런 뒤 집에 와서 확인해보고 내가 틀린 것을 알았다면…… 더 더 더 쪽팔렸겠죠."

'쪽팔린다' 는 말에 정연경이 계속 웃어주었다.

"쪽팔렸지만, 근데 또 곰곰이 생각해봤어요. 열병으로 사경을 헤매는 안나를 보는 것보다 난산이라서 산모 목숨까지 위태로운, 그런 안나를 보면서 카레닌이 용서랄까, 언어를 초월한 어떤 특수한 감정 상태에 빠지는 것이 더 낫지 않은가, 그러니까 소설의 실제 장면보다 내가 잘못 기억한, 어쩌면 혼자 멋대로 상상한 장면이 더 낫지 않나, 이런 생각도 드는 겁니다. 독자의 재창조 또는 기억의 재창조라고 할 수 있겠는데, 과연 그게 나쁜 것일까, 싶어요."

말을 하면서 나는 혼자 놀랐다. 마태 시인의 욕망도 이와 비슷하지 않았을까. 그러니까 마리아가 요셉과 정혼하고, 잠자리를 하기 전에 성령으로 잉태된 것이 나타나거늘, 이렇게 썼던 마태의 욕망도 실제 사실보다 마리아 자궁에서 성령 폭발이 일어나 예수가 들어앉게 되었다는 것이 그에게 더 감동적이었던 것은 아닐까.

그렇지만, 설사 그렇다고 해도 나는 십 몇 년 만에 잘못된 것을 깨닫고 쪽팔리기라도 했는데, 마태는 성령잉태 부분을 쓰면서 쪽팔림이나 거짓말을 하고 있다는 불편한 자의식은 없었을까. 아, 아니다. 나는 원본과 대조하고 나의 착지각(錯知覺)을 깨달았지만, 시인에게는 원본이 없었다. 마리아도 죽고 요셉도 죽고 마리아의 아들도 죽고 없었고, 예수의 열두 제자 중 하나인 마태가 쓴 것이 원본 그 자체이다!

생전의 예수한테 직접 그런 것을 물은 적이 있을까? 당신은 어떻게 태어났습니까? 예수한테 그런 대답을 들었던 것일까? 예수 스스로 그런 말을 했다는 것은 어디에도 없다. 유독 성령잉태 장면에서만 마태의 글쓰기는 건방지게 전지적 작가시점을 취한다. 참 수상

하다.

어쩌면 마태는…… 진실된 서사시를 썼을지 모른다. 그 후 마태의 그 원본을 가지고 누군가 다시 쓴 것이, 또 누군가가 또다시 쓴 것이 지금의 ‘마태복음’이 아닌가. 사도가 쓴 원본을 금이야 옥이야 했겠지만 그럴수록 저 몇 구절, 몇 장면만 고치면 되는데, 하는 유혹이 엄청났겠지. ‘하느님의 계시’ 운운하는 골수 기독교인을 제외하고 이것은 상식이다. 마태의 육필원고를 눈앞에 보여주기 전에는, 텍스트를 향한 후세 인간의 욕심을 나는 결코 도외시할 수 없다. 아무튼 마태든 마태 사후 그 누구이든 안나 출산 장면에 잘못 꽂힌 나의 경우처럼 기억의 바꿔치기 혹은 무의식적이고 감동적인 어떤 욕망의 발현으로 예수의 태어남이 지금의 성령잉태가 되어버린 것일까.

중요한 의문이지만, 이런 이야기를 정연경에게 한다면, 이 자리는 당장 살얼음판이 될 것이다. 정연경이 말했다.

“경태 씨가 그 장면을 나름대로 상상하며 즐기는 게 나는 나쁘지 않다고 봐요. 인생을 풍성하게 사는 거라고 할까요. 지금 톨스토이가 지켜본다면…… 경태 씨가 사랑스럽다고 미소를 지을 것 같은데요.”

“한 번뿐인 인생, 풍성하게 살아야죠. 그런데요, 정연경 씨. 이렇게도 생각해볼 수 있어요. 톨스토이가 내 나이쯤에 쓰기 시작한 게 전쟁과 평화예요. 소피아는, 소피아는 톨스토이 부인인데요, 난필로 된 전쟁과 평화 원고를 세 번인가 네 번인가 정서해줬다고 하거든요. 내 기억에는 세 번인데, 전쟁과 평화, 그거 무진장 길거든요. 세 번 옮겨 쓰는 거, 대단한 내조예요. 아무튼 세 번이나 옮겨 썼다는 것은…… 톨스토이가 소설을 쓰고 뭔가 마음에 들지 않아

세 번 고쳐 썼다는 것이거든요. 전쟁과 평화를 세 번 고쳐 썼다면, 안나 카레니나도 딱 한 번 쓰고 출판한 게 아닐 수 있잖아요. 장면을 바꾸기도 하고, 삭제하고 끼워넣기도 하고 그랬을 거예요. 옛날 작가들은 원고가 거의 걸레 상태였다고 하거든요. 고쳐 쓴다고 종이를 덧붙이고 덧붙여서. 그런 험난한 과정을 거치고 최종 출판된 안나 카레니나를 내가 읽은 것이 되는데, 혹시 톨스토이가 몇 번 고치는 와중에 안나가 아이를 낳느라 사경을 헤매고 그걸 카레닌이 보는 장면도 있었는지 모르죠. 요즘이야 분만실에 남편이 들어가기도 하고 탯줄을 직접 자르기도 하는데, 카레닌은 고관대작이고, 여자가 아기 낳는데, 자기 아이도 아닌데, 그걸 목격한다는 설정이 비현실적이긴 해요. 그래도 어쨌든 십 몇 년 만에 안나 카레니나의 그 장면이 아이 낳는 장면이 아니구나, 확인했지만, 나는 솔직히 아직도 안나가 출산하고 그걸 지켜보는 카레닌이 정신적 혼란을 겪는 게 더 좋고, 그래서 걸작이다, 계속 이렇게 생각하고 싶거든요. 도덕관념, 가치관, 남자의 질투심, 복수심이 뿌리째 흔들려야 한다면, 카레닌이 산후 열병보다 아기를 낳느라 죽니 사니 하는 안나를 보는 게 더 의미가 있는 거 같아요. 아, 물론 앞으로 혼자만 이렇게 생각하고 살아야죠. 남들 앞에서 떠들다간 개망신당할 수 있으니까. 혼자 생각할 거니까 문제없죠. 그렇죠?"

역시 한 자 한 자 빨아들이듯 듣고 있는 듯한 얼굴의 정연경이 그런데 갑자기 질문했다.

"경태 씨는 말을 믿어요?"

"믿어요. 말은 선한 존재예요."

"선한 존재라구요? 정말 확신해요?"

"나뭇잎만큼 순수한 존재죠."

"나뭇잎만큼 순수하다……"

"세상에 제일 순수한 존재가 뭔지 아세요? 나뭇잎이에요. 나무가 참 순수한 존재 같지만, 섹스를 하잖아요. 벌 나비의 도움을 받아 나무는 꽃가루 섹스를 해요. 번식본능, 즉 생존본능은 어쩔 수 없이 존재를 공격적으로 만들죠. 다른 나무랑 싸우기도 해야 하고. 근데 잎은 나무를 돕기만 하고, 가을에 잎자루를 끊고 그저 아름답게 죽어요. 톨스토이도 나랑 생각이 비슷해요. '지상에서 가장 순수한 나무, 아니 잎들……' 이라고, 안나 카레니나에 나오는 말이에요. 자연풍경 묘사 중에 슬쩍 나와요. 나는 사람의 말이 잎만큼 순수한 존재라는 것을 믿어요."

로즈를 나왔을 때, 밖은 어두워 있었다. 들어갈 때와 나올 때, 우리는 꽤 달라져 있었다. 내 속의 말들이 정연경의 잘생긴 길쭉한 귀를 파고들었고, 그녀의 뇌로 흘러가 자극했고 애무했다. 그녀의 말들이 내 속에 들어와 뇌를 자극하고 애무한 것은 아니었다. 그녀는 말의 양이 턱없이 적었으니까.

몸을 섞을 때도 일방적인 것은 재미가 없듯 말을 섞는 것도 용호상박으로 얽히는 관계가 좋다. 정연경은 많은 시간 들었고, 나는 정연경에게 쏟아버렸다. 말로 제압하겠다고 작심했던 것일까. 나는 이런 제압을 즐기는 걸까. 누구 앞이더라도 상대를 향한 말의 주도권을 쥐겠다고 늘 애쓰는가. 꼭 그렇지는 않았다. 상대의 말에 제압당하는 것도, 그 제압의 말이 옳고 멋지다면, 대단한 쾌감을 준다는 것을 경험으로 안다. 그러한 제압당함은, 물론 적대적인 관계가 아니라 액션 리액션과 같은 순발력 있는 상호 호응의 제압이어야 한다. 좋은 사이를 유지하면서 제압당할 때, 제압당함 이후 나의 말들은 더 멀리 갈 수 있었다. 제압당함은 새로운 말을 위한 단단한 발판이었다.

　그런 의미에서 정연경은 최적의 대화 상대가 아니다. 그녀는 입이 작고 귀가 큰 사람이다. 잘 듣는 귀가 얼마나 고마운 존재인지 물론 나는 잘 안다. 내 이야기를 재밌다고만 하면, 모든 것이 용서되는 사람이 바로 나다. 그렇지만, 그럼에도 아쉬웠다. 아니 아쉬움을 넘어 나는…… 그녀의 입이 무섭다. 정연경이 진짜 자기 속을 말하기 시작하면, 나는 상처받게 된다. 다섯 달 전, 큰 상처를 받았다. 아니 상처를…… 주고받았는지 모른다. 아무튼 다시 상처받기 싫다. 그녀 입에서 무슨 말이 나올지 두려워 나는 틈을 주지 않고 자꾸 말을 쏟아내야 했는지 모른다. 열심히 말하느라, 듣느라 우리는 출출했다.

　우리는 적당한 고깃집을 찾았고, 문을 열고 들어섰을 때, 고깃내보다 술내가 먼저 달려들었다. 아니 내 코가 술내부터 맡았다. 심상찮은 이 느낌, 이 저녁, 아니 이 밤……

　우리에게 무슨 일이 벌어질까?

7. '걱정'과 '염려'

무슨 일이 벌어지긴요. 아무 일도 없었어요.

나는…… 떡이 되도록 취해버렸거든요.

될 대로 되라!

어느 정도 술이 오르면, 왜 늘 이런 심정이 되어버릴까요. 남자로서 무책임하기 짝이 없고, 한마디로 '매너 제로'죠. 그러나 나는 나 자신을 속이기 싫고, 다른 사람도 속이기 싫은 거예요. 평소처럼 행동하고 싶었습니다. 술에 뇌를 푹 적셔야만 직성이 풀리는 알코올 중독자의 변명인지도 모르겠어요.

만성 중독……까지는 아닐 거예요. 누구나 술독에 빠지면 걸음이 비틀거리고 말이 어눌해지고 필름까지 끊기게 되는데, 이게 급성 알코올 중독이잖아요. 급성 중독을 즐기다 보면, 결국 만성이 되겠죠. 나는 그 중간이라고 할까요. 아, 정영태 시인이 말한 적 있어요. "한국 사람은 보통 만성 중독이 되기 전에 간질환이 먼저 온다. 그러면 금주부터 하게 되지. 양놈들이 먹는 기름진 안주가 범람하면서 이제 만성 알코올 중독도 많이 늘어나게 될 거야."

　정연경 앞에서 혼자 폭탄을 만들어 먹었고, 9시쯤 고깃집을 나왔을 겁니다. 의식은 이미 집 나가버렸죠. 2차를 하자고 맥주집에 왜 갔나 모르겠어요. 정말 거기서는 무슨 이야기를 했는지 단 한 자도 기억나지 않아요. 언짢아하는 표정으로 정연경이 탁자 맞은편에 앉는 순간까지만 기억나요. 어떻게 헤어졌는지 물론 모르고, 집에는…… 11시쯤 들어왔던 거 같네요. 침대에 엎어졌고, 새벽 5시에 깨어났어요. 딱 드는 생각이 이랬어요.

　너, 왜 이러고 사니.

　나는 다시 잠에 빠졌죠. 아니 자다 깨다를 수차 반복했어요. 그런 중에 이런 생각도 들대요.

　너도 참 안됐다.

　이때 '너'는 정연경입니다.

　여자를 두고 혼자 취해버리는 놈을 왜 만나려고 하니?

　오래된 일인데, 사람들 여럿과 어울린 자리에 '여자친구'에서 사나흘 전에 '애인'이 된 한 여자를 중간에 불러냈고, 근데 혼자 마구 취해버려 그게 결별 사유가 되었던 적도 있어요. 그러니까 술만 들어가면, 옆 사람들은 안중에 없고 우주 속에 술과 나만이 존재하는 유아독존 상태로 나는 잘도 이월해버리는 것입니다. 나쁜 버릇이자 어쩌면 술의 대단한 힘이죠. 나는 술의 힘을 이길 재간이 없습니다. 어느 정신 나간 여자가 이런 함량미달의 술꾼 앞에서 고분고분한 연인이 되어주겠어요.

　그런데…… 지난 5월, 정연경과 내가 첫 데이트를 하게 된 것은 바로 이놈의 술 때문입니다. 아니 덕분입니다. 술자리의 실수가 사랑 감정의 발화점이 되는 일은 처음이었습니다. 실수랄까 나의 잘

못을 몇 마디 말로 처리해주었던 정연경, 나는 그녀에게 반하지 않을 수 없었어요.

이제 정연경을 처음 만났던 날의 이야기에요.

대구에서 '안나 카레니나' 이야기를 했던 것도 독서모임에서였지만, 그 모임의 멤버는 책을 끼고 살아야 하는 학교 교사들이었습니다. 국어선생님들이 많았죠. 그런데 부산에서 나도 '독서회'라는 것을 하고 있거든요. 내가 한 멤버예요. 우리는 학교 교사들이 아니죠. 다들 먹고 살기 바쁜 30대 후반에서 40대 후반까지에요.

면면을 보면, 유부녀가 둘, 한 사람은 피아노학원 원장, 한 사람은 시청 공무원을 하다가 아이를 기른다고 퇴직한 주부예요. 유부남이 둘, 한 사람은 지자체 단위의 작은 주간신문 편집부장이고, 또 한 사람은 성인비디오물을 몇 편 제작·감독했고 고깃집 사장으로 전업했다가 1년 만에 식당을 말아먹은…… 참, '인간의 가장 아름다운 짓이라 애새끼고 늙은이고 야동을 코를 박고 본다'라는 멋진 말을 했던 바로 그 사람입니다. 사업실패 후 농사짓고 살겠다고 귀농학교의 문을 두드렸지만, 귀농은 하지 않고 학교 살림을 맡는 사무국장이 된 사람인데, 암튼 유부남 유부녀 외 총각은 오직 나 하나, 독서회 멤버는 이렇게 다섯이에요. 우리의 공통점은, 이유와 사정은 각기 다르지만, 어쨌든 한때 '귀농'을 꿈꾸었다는 데 있고, 즉 1년에 2회 귀농교육프로그램을 시행하는 부산귀농학교 졸업자들이에요.

귀농은 도시에서 살던 놈이 시골로 가는 일이죠. 우리의 진짜 공통점은, 이유와 사정은 각기 다르지만, 귀농학교를 졸업하고도 실제 귀농은 엄두도 내지 못했다는 것이에요. 수십 년 된 사람나무를 옮겨 심는 것이 어디 쉬운 일이겠습니까. 자연과 농사와 관련된 책을 읽으며 '언젠가는 귀농한다' 하고 초심을 지키겠다는 뜻으로 독서회를 결성했는데, 그런데 문제는 회를 거듭할수록 '왜 꼭 귀농해야 하는가' '어디에 사느냐가 정말 중요한가' '중요한 것은 귀농정신' '농지값은 언제 내릴 것인가' '왜 지금은 귀농할 때가 아닌가' 하고 모임의 취지가 변질되어갔다는 것입니다.

만남도 시들해져갔지요. 처음 1년은 한 달에 한 번 모였는데, 이듬해는 한두 달에 한 번, 3년째인 올해는 계절마다 한 번씩 모이게 되더군요. 회원 중 누가 귀농할 때 집들이 선물을 해야 한다고 회비를 꼬박꼬박 적립한 것이 아까워 모임 해체를 못 하고 있는 것이 우리 독서회의 솔직한 실상입니다.

문제의 5월 모임에서는…… 한국과 미국이 체결하려고 하는 '자유무역협정'을 토론하기로 했어요. 『한미자유무역협정, 독주를 멈춰라』 이런 딱딱한 제목의 책을 읽기로 했는데, '무역협정' 자체가 너무 재미없는 주제였어요. 음식 재료로 유기농산물을 고집하는 식당을 회마다 새로 찾아내 같이 저녁을 먹고, 차와 술을 파는 곳으로 옮겨 토론을 하고, 그 자리에서 또는 자리를 옮겨 술자리를 하는데, 지하철이 끊기기 전인 11시에 대개 모임은 끝납니다. 6시 약속 시간에 시간 맞춰 오는 사람도 있고, 저녁 먹고 가겠다, 7시에 도착하겠다고 하는 사람, 어중간하게 6시 반에 오는 사람, 각각이지요.

그날은 나를 포함해 셋이 6시에 왔고, 피아노 원장은 7시에 도착하겠다, 편집부장은 오고 있는 중이라고 전화가 왔어요. 그런데 또 편집부장한테 전화가 왔어요. 도착했는데, 식당을 못 찾겠다는 겁니다. 우리는 식사를 이미 마쳤고, 딱 한 잔만, 하고 맥주 한 병을 나눠 마시고 있었어요. 나이가 제일 어린 내가 식당을 나섰습니다.

골목을 세 번쯤 꺾어 어느 24시간 편의점 앞에 갔습니다. 선배가 있
었습니다. 그런데 그가 잠깐, 했습니다. 올 사람이 더 있다는 거였
죠. 아는 여자후배가 있는데, 독서회에 관심이 있다고 해서 한 번
구경해보라고 했다는 것입니다. 유부녀? 하니까, 아니 예쁜 아가씨,
합니다. 어, 저기 온다.

하얀 면티에 주홍색 티셔츠를 걸쳤고 청바지를 입은 여자였어
요. 잘 찾아왔네, 선배가 말했습니다. 나는 그녀와 눈인사를 했습니
다. 이름은 정연경, 선배가 말했습니다. 정연경, 똑같은 이름의 초
등학교 동창생이 있었다고 내가 말했습니다. 이쪽은, 부산의 소설
가 조경태 씨, 선배가 말했습니다. 사상구, 아니 사하구인가 거기
국회의원 이름도 조경태예요, 내가 냉큼 말했습니다.

식당에서 찻집으로 자리를 옮겨 토론을 벌이는 내내 정연경은
거의 말이 없었습니다. 느낌이, 토론을 마치고 술집으로 옮길 때,
먼저 집에 가야 한다고 할 것 같았어요. 자유무역협정을 놓고 어수
선한 말들이 오가는데, 말들을 쫓고는 있지만 흥미로워하는 표정
을 한 번도 짓지 않았습니다. 수백 가지 사회문제가 있지만, 아동학
대나 습지보호, 자전거도로 확충 등이 화제였다면, 그녀도 몇 마디
할 것 같은데, 국가 간 무역협정은 너무 거창해서 나 또한 뜬구름
잡는 느낌이었어요. 다른 회원들도 마찬가지죠. 직접 농사를 짓고
있다면, 자유무역협정으로 외국농산물이 완전개방되니 생업과 직
결되어서라도 해야 할 분명한 말이 있을 것입니다. 그러나 우리는
지지부진한 도시 소비자로 살고 있었고, 속생각이 복잡했습니다.
자유무역협정으로 쌀 수출입이 자유화되면 쌀값이 떨어질 테고,
쌀값 떨어지면 농민들은 속속 농사를 포기할 것이고, 따라서 농지
가격이 내릴 테니 외려 귀농의 호기가 열리는 것 아니겠습니까. 우

리 농업의 기반을 지켜야 한다는 당위가 있지만, 언젠가 귀농은 해야겠는데 지금 농지는 터무니없이 비싸고, 그렇다고 쌀값, 농지값 폭락해라! 이렇게 말할 수는 없고, 결국 '정부는 한국농업 정책과 귀농자 보조정책을 대대적으로 혁신해라' 고 말하게 되는데, 이거야 뭐 하나마나한 소리지요. 1시간 반이나 허망한 소리를 하고 우리는 찻집을 나왔습니다.

"지루하셨죠?"

정연경에게 내가 물었습니다.

"아니요. 재미있고, 신기했어요. 이런 모임은 처음이라서."

술자리로 같이 가자는 말은 하지 않았습니다. 다들 기혼자들이고 유일한 총각이 유일한 처녀에게 그런 말을 하기란 좀 그랬습니다. 나란히 걷기도 뭣해 나는 앞서 걷고 있는 유부녀들 쪽으로 가버렸습니다. 정연경을 데리고 온 선배의 말을 뒷귀로 들었습니다.

"정연경 씨, 간단하게 맥주나 한 잔 하고 가지?"

유부녀들과 나는 '플라타너스' 라는 이름의 2층 맥주집으로 먼저 올라갔고, 한참 있다가 담배 두 갑을 사들고 전직 섹스비디오 제작자가 들어왔습니다. 그리고 의외였어요. 편집부장이 정연경과 함께 들어온 것입니다. 우리는 술을 마시기 시작하였습니다.

3000cc 주전자가 왔고, 비우고, 3000cc가 또 왔습니다. 유부녀들이 술을 퍼마신들 얼마나 마시겠습니까. 편집부장은 원래 술이 약해요. 전직 섹스비디오 감독과 내가 많이 먹었습니다. 토론회는 따분했지만, 술자리는 재미있었습니다. 온갖 것들이 화제가 됩니다. 그날 다른 이들이 한 이야기는 거의 기억나지 않고, 내가 한 이야기만 기억납니다. 어쩌다 보니 이십 몇 년 전에 일어났던 총격살인사건이 새삼스런 화제가 되었어요. 나는 할 말이 많았지요. 나보다 나

이 많은 인간들을 앞에 놓고 혼자 길게 이야기를 할 때, 약간의 미안함과 약간의 승리감이란!

"생각해보세요, 사람이 사람을 죽일 때, 눈앞에 멀쩡하게 살아 있는 한 사람을 총으로 죽여버리는데, 그 사람이 사람으로 보이면, 그러니까 누구네 아버지, 누구네 남편, 누군가의 친구, 이렇게 보이면, 죽일 수 있겠어요? 살인 경험이 있는 것도 아니고, 다른 전과도 없고, 그날 살인자는 사회적으로 무탈한 사람이었거든요. 사람을 죽인다는 것, 죽일 수 있다는 것, 제가 말은 이렇게 하고 있지만, 솔직히 전혀 알지 못하는 세계죠. 정말 특수한 심리상태가 되어야만 저지를 수 있는 게 살인이거든요. 그래도 곰곰이 생각해봤어요. 정말 눈앞의 사람이 사람으로 보이면, 죽일 수 있을까? 사람으로 안 보이니까 죽일 수 있는 것 아닐까? 그날 그 술자리에서 살인사건이 일어나기 전에 무슨 일이 있었는지 모르지만, 반드시! 어느 순간에! 김 장군 눈에 앞에 앉은 사람이 사람으로 안 보이고, 벌레로 보인 것이다! 벌레가 아니면 짐승으로…… 나는 이렇게 생각하거든요. 분명 사람하고 같이 술을 마셨는데, 마시다 보니까 사람이 아니라 벌레, 짐승인 거예요. 짐승이나 벌레로 보이는 것이 아니라 그 순간만큼은 진짜 벌레고 짐승이니까, 죽여버려야겠다, 총으로 꽝! 이럴 수 있는 거 아니겠어요? 아, 물론, 벌레는 총으로 죽이지 않고 밟아버리죠, 벌레인지 사람인지, 벌레 같은 사람인지, 사람 같은 벌레인지, 아무튼 그런 순간이 분명 있었다는 겁니다. 그러지 않고서야 어떻게 사람을……. 자, 그러면요, 김 장군한테는 왜 사람이 벌레로 보였을까요? 그건 아주 간단합니다. 사람이 사람짓을 해야 사람인데, 벌레짓을 하니까 벌레로 보이는 거거든요. 자, 그럼, 총살당한 두 사람은 술자리에서 어떤 벌레짓을 했을까요? 그건 나도 잘 모르죠. 그런데요, 최근에 송명호인가 김명호인가 하는 시인이 이런 시를 썼어요. '궁궐 안에 술집 만들어놓고 불알 내놓기 좋아하다 기집년 품에서 죽었지, 그래도 김 장군이 인간미가 있어 밖으로 나온 채로 죽은 그놈 자지를 바지 속으로 넣어주었다지.' 우와, 이거 정말 죽이는 상상력 아닙니까?"

섹스비디오 감독, 아니 부산귀농학교 사무국장이 음 했습니다.

"장군 옆에는 아가씨 없었나? 같이 벌레짓 했을 텐데."

그러자 편집부장이 말했습니다.

"김 장군 옆에는 여자가 없었다고 해요. 앉혀주려고 했는데, 거절했답니다. 차 부장한테는 아가씨가 붙었고요. 이건 확실합니다."

편집부장의 말에 힘을 받아 내가 말을 이었습니다.

"낮에는 민생 시찰하고 또 요란하게 팡파르 울리면서 국산 유도탄 발사 버튼을 누르고, 국가안위에 혼을 판 듯한 대통령 행세를 하고, 그런데 밤만 되면 이 세상에서, 이 우주에서 제일 큰 성기를 휘두르다가…… 그렇게 죽은 거 아니겠어요? 사람이란 게 순수 극치의 존재인 아기로 태어나지만, 살면서 누구나 조금씩 타락할 수밖에 없지만, 돈 없고 힘없는 사람들은 타락하고 싶어도 어디 맘껏 타락해보기나 하겠어요. 돈과 권력이 있어야 신나게 타락도 해보는 거죠. 총격사건이 일어난 그날 밤 그 시각에, 한국 전체를 통틀어 가장 깊이 타락하고 있었던, 가장 벌레에 가까웠던 사람이 맞아야 할 총을 맞은 게 아닌가, 나는 이렇게 생각하거든요. 죽여놓고 보니어, 사람이네, 김 장군도 당황하고 후회했겠죠. 쿠데타를 일으키는 상상이야 전에 여러 번 해봤겠지만, 그날 사건은 그야말로 난데없이 벌어졌고, '내가 안 죽였다' 이러면서 억지스럽게 쿠데타로 연결시켜보려고 하다가 결국 김 장군도 불행해지고 말았죠."

"결과적으로는 잘된 일이지."

편집부장이 말했습니다.

"잘 죽였지."

이구동성으로 말했습니다. 그런데 나는 기다렸다는 듯이 말의 칼을 새로 휘둘렀어요.

"잘된 일…… 난 아니라고 봐요."

"그때 안 죽었어봐, 이 정도라도 민주화가 되었을 거 같애? 언놈 인지는 모르지만, 아직도 우리는 독재 치하에 있을걸?"

그럴 수도 있지만, 나는 그렇게 생각하지 않습니다. 아니 그렇게 생각하고 싶지 않았어요. 말했습니다.

"그날, 그 짐승놈을 죽이면 안 되는 거였어요. 그건 간단한 이치 예요. 벌레도, 짐승도 함부로 죽이면 안 되는 거거든요. 죽여서는 안 되고, 어째야 하느냐, 원래 자리로, 벌레는 벌레 자리로, 짐승은 짐승 자리로 돌려놓았어야죠. 그러니까 독재자는, 죽여버리는 게 아니라, 국민이 국민의 힘으로 으샤으샤 하고 끌어내렸어야죠. 진 짜 벌레나 짐승은 아니니까, 독재자를 옥에 가뒀어야죠. 죽여버리 니까 그 후 어떻게 되었습니까. 그놈 못지않은 놈이 총격사건 진상 조사 한다는 명분을 가지고 세상에 나왔지 않습니까. 그리고 그놈 집단이 광주에서 사람들을 얼마나 많이 죽였습니까. 독재자가 하 룻밤에 죽어버리니까, 그 전의 죄는 다 용서되고, 죽은 사람은 이상 하게 신비화되고, 그 후광을 입고 지금 독재자 딸이 정치판에서 승 승장구하고 있잖아요. 김 장군이 그놈을 갑자기 죽여버리는 바람 에 우리나라 역사에 수많은 왜곡이 일어났거든요. 그러니까 벌레 로 보이더라도 사람은 사람이고, 아무리 벌레짓을 하더라도 사람 이 벌레로 보이는 것을 김 장군은 어떻게든 참아냈어야죠!"

모두 와르르 웃었습니다. 구라에 가까웠던 내 이야기는, 거물 정치인으로 활약하고 있는 독재자의 딸이 언제부턴가 딸로 보이지 않고 독재자 화신(化身)으로 보인다, 독재자가 아직 살아서 움직이고 있구나, 이런 생각이 든다는 것이었고, 이 생각을 촉발시킨 것이 총격사건을 상상으로 재현한 한 편의 시였다고, 좋은 시는 역시 인식의 큰 변화를 이끌어낸다고, 이렇게 마무리되었습니다.

이야기 내내 귀만 쫑긋거리던 유부녀들이 "정연경 씨, 말 좀 해보세요. 목소리 한 번 들어보게요" 하기 시작했습니다. 서른다섯 살까지 직장생활을 했고, 퇴직했고, 1년 반 정도 여러 공부도 하고 책도 읽으며 보내고 있는 중이고, 곧 사회생활을 재개할 것이라고, 결혼 적령기가 지났지만 독신주의는 아니고 마땅한 사람을 만나지 못했을 뿐이다, 이런 정도의 이야기가 그녀의 입에서 나왔습니다. 노총각, 여기 하나 있다고 유부녀들이 까불기 시작했습니다. 사람은 누구나 중매본능이란 게 있는데, 유부녀들은 특히 심하지요. 인적사항은 대충 들었지만, 빠진 게 있다며 종교는 있느냐? 누가 물었습니다. 2년 전까지 불교신자였는데, 개종하여 지금은 교회에 다니고 있다고 정연경이 말했습니다.

화제는 종교 문제가 되었습니다. 피아노 원장이 스무 살 무렵까지 교회를 다녔고, 어느 날 교회 출입을 폐하고 머리를 깎고 절에 들어가 비구니 생활을 잠깐 했다는 것을 고백했습니다. 다들 놀랐습니다. 그녀가 교회를 포기한 까닭은, 통성기도에 대한 거부감 때문이었다고 해요. 자긴 도무지 그렇게 안 되더란 겁니다. 편집부장은, 연경 씨가 나보고 교회 가자고 한다고, 딱 한 번은 가주기로 했다고 말했고, 그 한 번을 계속 미루고 있어요, 부장을 흘겨보듯이 하며 정연경이 말했습니다. 나는 기회를 노리다가 적당한 때에 또 말들을 부려놓았어요. 예수 이야기였죠. 군대서 읽은 4대 복음 말고 나만의 깊숙한 마음의 체험을 하고 얻은, 깨달음이라면 깨달음입니다. 총격사건을 놓고 혼자 말을 많이 했기에 이번에는 최대한 짧게 말하려고 나로선 무진장 애를 썼어요.

"간단하게 말해…… 예수는 천재였다고 하잖아요. 말의 천재, 종교의 천재였다고 하죠. 근데 내 생각에는, 그 어떤 천재보다도 하느님 사랑을 느끼는 데 천재였던 거 같아요. 어딜 봐도, 무얼 봐도 하느님 사랑이 오롯이 보이는 거예요. 얼마나 하느님 사랑을 절실하게 느꼈으면, 아버지라고 했겠어요. 그거, 비유적인 게 아니라 진심으로 하는 소리였거든요. 그러니까 하느님은 아들을 사랑하고, 아들은 아버지를 사랑하고, 그런 사이였는데, 근데 그게 결국 짝사랑이었던 거 같애요. 아버지 뜻이라면 따르겠지만 죽음의 잔을 거둬달라고 빌었고, 어찌하여 나를 버리셨나이까, 사실상 십자가에서 절규를 하잖아요. 짝사랑이란 걸 마지막에야 깨달았다고 할 수 있거든요. 그렇잖아요, 사실 하느님은, 예수 한 사람만 특별히 사랑하지 않거든요. 모든 만물에 공평무사한 게 하느님이잖아요. 예수가 비참하게 죽을 때도 하느님은 천지에 변함없이 햇빛 주고, 바람 주고, 비 주고, 늘 하던 대로 하고 있었거든요. 예수를 십자가에 매달아버린 로마 병사들도 그 순간 예수하고 똑같이 대해주고 있었어요. 짝사랑에 불과했지만 자신의 짝사랑을 그래도 끝까지 일관되게 밀어붙이니까 이상하게 예수의 삶과 죽음이 지금도 호소력이 있고, 뭐 그런 거 아니겠어요."

나는 정연경을 보았습니다. 그녀는 내게서 얼굴을 반쯤 돌린 채 아무 반응이 없었고, "조경태 씨는 온갖 것에 관심이 있는 모양이지?" 누가 말했고, "한 번쯤 예수공부 안 해본 글쟁이가 어디 있겠어요?" 내가 말했습니다.

술들이 꽤 올랐습니다. 유부녀들은 오늘 우리 모임 어땠냐고 정연경에게 물었고, 재미있었다는 답이 나오자 다음 독서회에도 놀러오라고 했습니다. "나이보다 어려 보이고, 볼수록 참하다"고 유부녀들이 대놓고 칭찬하더군요. 처녀 총각을 엮어주려고 애쓰는 것이죠. 전화번호를 주고받으라고 성화였고, "번호 불러주세요" 내가 말했고, 설마 불러주랴, 했는데, 선선히 불러주는 것입니다. 전화기에 입력했고, 그녀도 내 번호를 자기 전화기에 입력했습니다. 우리 모임은 2차 술자리가 훨씬 재밌다고 유부녀들이 다시 말했습니다. 정연경이 좀더 구체적으로 독서회를 지켜본 소감을 말했어요.

"술자리가 확실히 더 재밌었던 거 같고요. 근데 정치 이야기는 약간 재미없었고요……" 했습니다. 총격사건 이야기를 지목하는 것입니다. 분명 내 이야기에 같이 웃어놓고……. "그리고 예수…… 이야기는, 무슨 말씀을 하시는지 알겠는데, 교회 다니는 사람에게 그런 이야기를 하려면 교회 다니는 사람들의 기본 생각이나 개념을 먼저 알고 나서 하셔야 할 것 같네요." 그녀의 말에 나는 언짢은 느낌이 들었습니다. 예수의 삶과 죽음은 온 인류의 자산인데, 교회 다니는 사람들한테만 독점적 해석권이 있나, 참내.

11시가 넘어 맥주집을 나왔고, 각각 떠나기 시작했어요. 나는 편집부장을 붙잡았습니다. "한 잔만 더 해요." 연경 씨, 어쩔 거야? 하는 듯이 편집부장이 정연경을 보았습니다. 둘이 같은 방향인 모양입니다. 술자리에 따라온다면, 나한테 호감이 있는 거다, 나는 이렇게 멋대로 생각했습니다. 곧 자정이 넘어가는데…… 그녀가 난처해했고, "택시 타고 가면 되죠!" 내가 얼른 말했습니다. 그래요, 연경 씨, 하고 편집부장이 말했습니다. 우리는 결국 가까운 삼겹살집에 들어갔습니다. 그런데 소주 너댓 잔이 들어갔고, 내 의식은 우주 속으로 날아가버렸네요.

이튿날 내 방의 침대에서 잠에서 깨자마자 악! 소리가 터졌어요. 또 필름이 끊겼구나, 그런 상태로 최소 30분은 떠들어댔을 것이다, 내가 무슨 헛소리를 했을까?

조금씩 생각이 났습니다. 지역사회 유명인사 한 사람을 독하게 씹었고, 그 다음은 잘 모르겠고, 그러다 우리는 삼겹살집을 나왔고, 택시를 잡았고, 앞좌석에 선배가 앉고…… 여자랑 내가 뒤에 앉았다……. 악! 소리가 훨씬 크게 터졌습니다. 아, 뒷좌석에 앉아 손을 잡으려고 했다! 그 여자가 내 손을 뿌리쳤다!

천만다행은 딱 한 번 그랬다는 것입니다. 한번 뿌리침을 당한 뒤 이러면 안 되지, 나 자신을 타일렀던 것이 생각났어요. 뒷좌석의 더 안쪽으로 여자가 엉덩이를 들어 옮겨 앉았고, 그리고…… 내가 먼저 택시에서 내렸고, 그들은 계속 갔습니다.

간담이 서늘했습니다. 술자리 성추행이 딴 세상 이야기가 아니군! 인사불성인 채로 처음 만난 여자 손을 잡으려고 하는 37살 노총각, 아, 얼마나 덜떨어지게 보였을까. 벌레짓을 하다가 총 맞아 죽은 독재자라고 잔뜩 씹어놓고 그 똑같은 짓을, 아니 똑같은 짓은 아니지만, 똑같은 눈먼 본능의 짓을 번연히 하였구나!

단 한 번 만났을 뿐이고, 이 세상 어딘가에 살고 있는 그 한 명의 여자가 한순간의 일로 나를 통째로 기억하고 비하하는 것은, 여자를 다시 만나지만 않는다면 눈 질끈 감고 감수할 수 있는 일인지 모릅니다. 그런데 편집부장 선배가 문제입니다. 선배한테도 어제 일을 이야기하지 않을까? 장편소설 한 권, 단편집 한 권, 하나는 5천

부, 하나는 3천 부 팔렸을 뿐이고, 장편은 이미 절판되었고 단편집
도 책시장에서 반쯤 죽은 상태나 마찬가지지만, 나 스스로는 글 쓰
는 사람의 자부심이 있다고 해도 밖에서 보건대 변변찮은 이력의
애송이 작가일 뿐인데, '가능성을 크게 본다'고 편집부장은 나를
늘 격려해주었죠. 생각해보면, 어제 그 여자를 데려온 것도 나를 생
각해준다고 그랬던 것 같아요. 앞으로 선배 얼굴을 볼 것이 꿈만 같
았습니다. 노래방에서 도우미 아줌마 불러 손 잡고 블루스 추는 것
에 부쩍 맛들이더니, 결국 어제 같은 실수를 저지르고 말았구나, 꼴
좋다!

　수치스러워하는 이 시간에 여자 역시 지난밤을 떠올리며 똥 밟
은 듯이 불쾌해하고 있는지 모릅니다. 전화를 걸어 사과할까? 싶었
어요. 그러나 내 목소리임을 아는 순간 여자는 더 불쾌해할 것 같았
어요. 수없이 머리를 저으며 괴로워했고, 20여 분 후, 이제는 제발
이 지옥에서 탈출하고 싶었습니다. 조치를 취하자. 뭐라고 할까? 나
는 문자를 적었습니다.

　　새날이밝았습니다.
　　오늘하루를잘살아야겠어요.
　　어제큰실례가있었습니다.
　　부디잊어주시길.

　40자 안팎의 말로 기억을 깨끗이 털기란 불가능하고, 행여 새로
추근대는 느낌이 있지는 않은지 나는 문자의 어감을 확인했습니
다. 사과를 핑계로 추근대는 기운이 조금이라도 있다면, 여자는 분
명 감지할 것이고 더 불쾌해질 것입니다.

128

문자를 보냈습니다.

십 분이 지났지만, 답이 없었습니다. 문자를 또 보내면, 그야말로 추근대는 짓입니다. 나는 더 할 일이 없었습니다. 보냈던 문자 그대로 새날이 와 있었고, 어젯밤을 잊고 나는 오늘 또 하루를 살아야 합니다. 화장실에서 세수를 했고, 양치를 했고, 주방에서 늦은 아침을 억지로 먹었습니다. 방으로 다시 왔습니다. 혹시, 하고 전화기를 열었습니다. 아무것도 없습니다. 문자를 보자마자 삭제하는 여자의 모습이 떠올랐습니다. 나는 머리를 크게 흔들고 침대에 누워 텔레비전을 켰습니다. 케이블 뉴스를 보았고 토크쇼를 보았습니다. 우울하게……

그런데 1시간쯤 후, 문자 수신음 소리가 딸랑, 나대요. 웅? 하고 전화기를 열었습니다. 정연경, 이름 석 자가 뚜렷했습니다.

문자를늦게봤어요.
어젯밤일은염려마시고
조만간다시뵈어야죠.
못다한이야기,해주셔야죠.

그녀가 보낸 말 몇 개는 나를 단번에 지옥에서 건져올렸어요. 그리고 둥 둥! 몸 속 깊이서 갑자기 북 치는 소리가 났습니다. 나는 문자를 몇 번이나 읽었습니다. 내가 휴대전화기를 사용한 이후, 사람들과 주고받은 수백 개의 문자 중 단연 최고가 아닐까. 나는 그녀의 마음씨에 감탄했고, 또 언어 선택에 감탄했습니다. 나는 흥분하기 시작했어요.

염려, 아름다운 말이다!

‘걱정’이라 하지 않고 ‘염려’ 라고 하였다!

걱정과 염려, 이 말이 어떻게 다른가요. 같은 뜻이죠. 하나는 우리말, 하나는 한자말, 그러나 수치스럽기만 했던 나의 지옥을 ‘걱정’ 보다는 더 품격이 있는 듯한 ‘염려’ 라는 말로 그녀가 격파해버렸어요. 우리는 동갑내기다! 그런데 나를 높이는 듯이 말을 쓴다! 그녀가 특별히 힘주어 사용한 것이 아니어도 나는 ‘염려’ 라는 말의 선택에서 정연경이라는 사람의 됨됨이마저 본 듯했습니다. 믿기 힘들겠지만, 나는 ‘염려’ 라는 말에 그만 반해버렸어요.

못다한 이야기? 그게 뭐지? 삼겹살집에서 시간이 너무 늦었다든가 내가 너무 취해버려 이야기 도중에 일어나야 했던 것 같은데, 내가 무슨 이야기를 하였지? 기억나지 않지만, 어쨌든 이 여자는 내 이야기를 듣고 싶어한다!

조만간 보자구? 언제가 조만간이지? 오늘 당장? 그건 아니겠지. 내일 전화해서 만나자고 하면 조만간인가?

나는 답장을 써서 보냈어요.

정말멋진답장을주셨어요.
예, 조만간연락드리겠습니다!

이번에는 바로 답이 왔어요.

그래요^^

이렇게 예쁜 기호가 있을까! ^^를 보자 나는 통화를 하고 싶어졌어요. 바로 발신버튼을 눌렀고, 그녀가 받았습니다. 우리는 이틀

날 오후 4시에 경성대학교 앞에서 만나기로 했습니다. 첫 데이트 약속은 이렇게 잡혔던 것입니다. 내일 만나면 어떤 감정의 기운이 흐를까? 나는 오랜만에 강한 설레임을 맛보았습니다. 정연경과의 데이트 이야기, 아니 그 전날의 이야기, 오늘은 일단 여기까지…….

아무튼, 그랬거든요. 술에 취해 실수를 하지 않았다면, 우리가 따로 만나기는 어려웠어요. 주위에서 부추겨 전화번호를 주고받았지만 그냥 얌전히 헤어졌다면, 이튿날 내가 연락 같은 것은 하지 않았을 겁니다. 독재자 총격사건 이야기를 그녀는 재미없다고 하지 않았습니까. 하느님을 향한 예수의 짝사랑을 그녀는 단호하게 동의하지 않았어요. 뭐랄까, 별로 통하지 않을 것 같은 느낌이 왔어요. 그러니까 여자를 처음 보고, 좋지 않은 표현이지만, '반반하다' 고는 생각했지만, 특별한 호감을 가진 것은 아니었어요. 본능에 굴복한 행동을 했고 어떻게든 잊고 싶어 문자를 보낸 것인데, 그녀의 시원한 관용, 즉 '염려마시라' 란 문자가 진심으로 놀라웠고, 바로 그 순간 나는 맹렬한 호감을 가지게 된 것입니다. 내 안의 좋은 것을 보여주고 싶다! 이미지 실추를 만회하고 싶다!

첫 데이트 약속은 이렇듯 술의 덕을 보았는데, 그런데 어제 톨스토이 이야기를 신나게 떠든 뒤 술을 먹고 나는 또 필름이 끊겼는데, 혹 실수 같은 것은 없었을까요. 사람을 앞에 두고 혼자 취해버린 것 자체가 실수지요. 지금이라도 전화를 해서 물어볼 수 있지만, 그러나 이제는 그러기 싫습니다. 잘 보이고 싶다, 좋은 것만 보여주겠다, 이런 마음은…… 없거든요. 변해버린 내 마음 상태를 그녀는 모르는 것일까요. 가을날씨가 좋다고 왜 구태여 연락했으며, 아니 그녀가 불쑥 다섯 달 만에 연락을 해왔을 때, 나를 좋아해보기로 이미 굳은 결심을 했던 것일까요. 다시 그를 만나라, 하느님의 계시라도 받았을까요. 그런 계시, 싫어요. 나는 어제 만남도 잊어버린 듯이 하고 지내겠습니다. 여전히 나 먼저 연락하는 일은 없어요!

그런데요, 아, 실은…… 내 마음을 진짜! 모르겠어요. 방금 두 통의 전화가 걸려왔단 말이죠. 아이고, 얼굴이 확 달아오릅니다. 그들이 전해준 말을 믿어야 할까요. 산돌 형이 이러는 것입니다. 결국 둘이 만났더구먼. 그 아가씨, 목소리 이쁘더라. 야, 니가 바꿔줬잖아! 다시 사귄다면서? 누구긴, 니가 헤헤거리며 말했지. 내 말대로 되어가지? 앞으로 너, 고생 좀 하겠다.

시집간 여동생은 이렇게 말하는 것입니다. 오빠, 그 아가씨랑 다시 만나기로 했다며? 어젯밤 진짜 놀랐다. 그 시간에 오빠가 전화를 다 하고. 기분이 얼마나 좋았으면 그랬겠어.

미칠 노릇입니다. 정연경 앞에서 전화를 했는지, 화장실에서 했는지, 아니 산돌과 통화해보라며 전화기를 건넸다고 하니까 취중의 내 말들을 정연경도 다 들었겠지요.

내게 분명 냉담함이 있는데, 그러나 나의 가장 깊은 곳에는…… 예전처럼 그녀를 불같이 사랑하고 싶어하는 마음이 어느새 자리잡아버린 것일까요?

8. 어머니와 마태복음… 2

다락에 올라보니, 온풍기 하나는 먼지를 쓴 채 서 있고 둘은 엎어져 있었습니다. 하나씩 들고 사다리를 탔죠. 세 번 오르내려 온풍기 세 대를 방바닥에 세워놓았습니다. 은색 사다리는 원래 있던 자리인 베란다 구석에 갖다놓았습니다. 돌아와 걸레로 온풍기를 닦았어요.

11월 14일 수요일, 한낮입니다. 온풍기를 틀기에 이릅니다. 점심을 먹고 집 뒷산을 1시간 넘게 돌았고, 땀이 잔뜩 흘렸고, "아이고, 더워라" 소리를 하며 집에 왔습니다. 옹송거린 채 안방에서 나오던 어머니가 "나는 추워 죽겠는데, 니는 덥다고 옷을 훌러덩 벗나. 세상 참 안 고르다, 안 골라. 빨리 니를 장가 보내고 겹유리창이 잘돼 있는 어디 쪼그만 빌라에나 들어앉았으면." 툴툴거리는 것입니다.

자식을 여섯이나 낳아 기른 어머니는 '몸에 찬 바람이 든다' 고 자주 호소하세요. 몸 속이 시리다고 하는 어머니의 증상은 막내 여동생을 낳고 난 뒤부터라고 해요. 얼음이 데구르르 몸 속을 굴러다니는 것 같다는, 삼십어 년이 돼가는, 병명이 따로 없는 어머니만의 고통입니다. 한약을 먹고, 용하다는 침쟁이한테 한 계절 넘도록 침을 맞고, 내분비계 전문의를 만나 주사를 맞았지만, 소용없었습니다. 죽을 때까지 달라붙을 병증이라고 낙담한 지 오래입니다. 자식을 많이 낳은 때문이라고 다들 짐작할 뿐입니다.

온풍기 한 대는 주방, 한 대는 내 방, 마지막 한 대를 안방에 들여놓았습니다.

"자, 틉니다."

원적외선 방사기에서 붉은빛이 번져 나왔습니다.

"니 아버지는 덥다고 난리난다. 온풍기 하나도 영감 눈치 보고 켰다 껐다 해야 하는 내 신세야."

보일러를 틀면 아버지는 내복을 입고 자다가도 밤새 팬티 바람이 되어버립니다. 열이 많은 체질이라 그렇다죠. 하여 어머니는 보일러를 작동시키지 않고 전기장판을 따로 사용해야 하는데, 그때도 "세상 참 안 고르다 안 골라" 소리를 합니다. 구석구석 아프고 관절도 좋지 않아 나는 외출도 못 한다! 같이 새끼 낳고 살았는데 저 영감태기는 천지를 팔팔하게 다닌다! 지난 봄에는 부자를 싸잡아서 어머니가 진짜 골을 많이 냈습니다.

"남자 둘이는 잘도 돌아다닌다. 나를 감옥살이 시키고! 내가 보골이 난다!"

결국 어머니는 병이 났었죠. 자리에서 일어나지 못했고 음식을 삼키지 못하는 지경이 되었습니다. 병원에 데려갔더니 의사가 입원을 권했어요. 아주 위험한 상태의 우울증이라는 것이었어요.

어려운 한자말이 있습니다. 참척(慘慽)이라고. 3년 전 우리 가족은 막내를 잃었습니다. 여동생이 앓았던 병도 우울증이었어요. 더 이상의 비통이 있을 수 없는 그런 일을 당하고도 우리 어머니는 장하게 이겨냈다고 생각했는데, 막내를 죽인 같은 병이 발병했다는 것에 가족들은 충격을 받았습니다. 아버지와 내가 뭘 좀 잘못해서 이렇게 된 것이 아니란 것을 직감으로 알았습니다. 교통사고를 당한 사람이 퇴원하고 몇 개월 잘 지내다가 어지럽다든가 신경불안에 시달리는 식의 후유증에 시달리는 것처럼 어머니의 발병도 3년 전 참척과 관계가 있는 게 분명했습니다. 어쩌겠습니까. 담당 의사에게 '이런 일이 있었다, 참조해서 약을 지어달라' 고 알려줄 뿐이었습니다. 죽을지 살지, 마음을 돌리는 일은 결국 어머니 몫이 아닐까요.

아버지는 한 달 내내 병실에서 먹고 자고 하며 반성을 많이 했다고 합니다. 집에서 볶음밥을 열 끼니 연속으로 먹기도 하고 마트에 가서 밑반찬거리를 천 원씩 사들여 먹으며 우리 엄마, 귀한 분이구나, 나도 반성을 많이 했습니다. 사실 어머니가 반성을 많이 했습니다. 죽고 싶었으나 병실에 있다 보니 아무래도 죽을 때가 아니더랍니다. 영감태기, 아들 딸들 모조리 미워하며 죽어야 하는 신세가 억울하더랍니다. 서울 인천 광주 등지로 시집간 딸들이 손자 손녀를 데리고 병문안을 왔고, 자식들 미운 마음은 그 때문에라도 가셨고, 약이 들어가며 정신력이 회복되자 삶의 욕망도 소생했습니다. 아들 장가가는 것도 봐야 하고, 내가 조금이라도 오래 살아야 저 영감태기가 불쌍한 꼴을 덜 당할 것이고, 이왕 이렇게 늙었고 곳곳에 탈이 났다 해도 대소변 가릴 수 있고 집안살림 할 수 있는 아직은 멀쩡한 이 손발을 귀히 여기자고 마음을 바로잡았다는 것입니다. 어머니도 반성하고 가족들도 반성했지만, 반성을 아무리 열심히 해도 우울증만 달아났지 기존의 신고(身苦)는 남았습니다. 늙어서 몸이 아픈 것은 반성의 대상이 아니기 때문입니다.

퇴원 이후, 내가 어머니에게 해줄 수 있는 일은 딱히 없었습니다. 길거리에서 파는 군것질거리를 봉지째 사와 나눠먹는다든지 밥을 먹고 나서는 집이 울리도록 "잘 먹었습니다!" 하고 외친다든지 오늘처럼 "세상 안 고르다"는 소리를 듣고 냉큼 온풍기를 꺼내 안방에 들이는 정도랄까. 또 발병하기 전에 어머니는 "밥도 하기 싫다. 칠십 되도록 니 밥 해주고 사는 신세가 징그럽다. 나는 언제 며느리가 해주는 따신 밥 먹어보겠노?" 하였으니 빨리 여자를 찾아내 결혼해야겠다고 결심한 정도입니다.

아, 결혼 결심에는…… 이런 두려움도 있어요. 언젠가는 어머니를 잃게 되는데, 그때도 내가 혼자 몸이면, 하늘이 무너지는 슬픔을 이겨낼 자신이 없을 것 같았습니다. 언제가 될지 모르지만, 제발 사랑하는 여자가 있고, 그 여인과 함께 기르는 내 아이가 있기를 바라게 되었습니다. 아이만 있다면, 어머니를 잃는 일을 어떻게든 치러낼 수 있을 것 같거든요.

아까는 온풍기를 밀어넣었고, 이제 다시 안방에 가봐야겠어요. 예수 이야기를 전하는 것도 이 모든 것과 연관된 노력의 일환일 것입니다. 책상 앞을 떠납니다!

안방에 갔을 때, 기장의 원자력발전소에서 폭발한 무지막지한 에너지가 '거리'와 '저항'을 통과하며 220볼트 전기로 순치되어 온풍기라는 단말기에서 최후를 마치고 있었다. 최후는 아름다웠다. 공공한 열과 은은한 빛으로 어머니의 방을 채우고 있는 것이다. 나는 신약전서를 펼쳤다.

"라디오처럼 읊어봐라."

어머니는 이불을 덮고 얼굴만 내놓았다.

마태복음 1장의 예수 족보를 나는 과감하게 건너뛰었다. 쓸데없었다. 내가 마태라면, 퇴고하면서 단번에 삭제했을 대목이다. 아니 시인이 이 군더더기를 썼을 리 없다. 모세와 다윗을 신봉하는 구약 지지자들을 예수 아래로 끌어들이려고 가부장제의 권위에 예수를 비끄러매는 이 따위 구절들은 나중에 딴 놈들이 억지로 집어넣은 것이다.

나는 본문을 앵무새처럼 읽지 않고 도란도란 이야기하듯이 말하기 시작했다. 성령잉태부터다.

"예수가 태어날 때요, 예수 엄마는 마리아인데, 마리아가 결혼하기로 약속한 남자가 있었어요. 같은 마을에 사는 요셉이라는 청년이에요. 둘이 약혼을 한 거죠. 근데 마리아가 요셉이랑 잠자리를 하기 전에 임신이 된 거라. 처녀가 애를 밴 거예요. 보통 심각한 일이 아니죠?"

어머니는 싱긋 웃기만 했다.

"마리아하고 잠자리를 한 적이 요셉은 절대 없어요. 아, 저 여자랑 결혼할 수 없다, 당연히 생각하죠. 그런데 어느 날 꿈에 천사가 나타나 말해요. 요셉아, 마리아를 버리지 마라, 마리아가 아이를 밴 것은 성령으로 된 것이다, 아들을 낳을 테니 예수라고 해라, 아이는 나중에 세상을 구원할 것이다, 이렇게요."

"아들아, 성령이 뭐꼬?"

"아, 성령. 성스러운 영, 성스러운 기운, 하느님이 특별히 내려주는…… 그 성령의 기운을 마리아가 받아 혼자 애를 배게 된 거예요."

물론 나는 성령도 몇에게 특별히 내려지는 것이 아니라 공평무사한 것이라고 생각한다.

"꿈을 꾸고 요셉이 천사 말대로 하는 거예요. 마리아를 집에 데리고 왔고, 아이를 낳을 때까지는 계속 잠자리를 하지 않아요. 때가 되어 아기가 태어났고, 아들이었고 예수라고 했다……. 예수가 태어나는 이야기는 이런데, 어머니, 어떻게 생각하세요?"

어머니가 말했다.

"그건 말이 아니다. 예수도 분명히 지 엄마가 있는데, 아기를 낳기 전에 아버지가 죽어버려서 아버지 없는 자식은 있어도, 그러니까 유복자는 있어도, 처음부터 남자 없이 여자 혼자 애를 배는 건 세상 어디에도 없다. 내가 너그를 여섯이나 낳았지만, 니 아버지 없이 어떻게 너그를 가졌겠노. 핑계 없는 무덤 없다고, 처녀가 애를 배도 할 말이 있다고, 딱 그 택이네."

"그렇지만 마리아가 혼자 예수를 뱄다, 이렇게 되어 있거든요. 어머니, 불교에서도 석가모니 부처를 부처 엄마가 옆구리로 낳았다고 해요. 아, 아니다, 옆구리로 코끼리가 들어가서 부처를 잉태했다고 했나?"

잠깐 헷갈렸다. 어머니가 말했다.

"옆구리로? 니는 어디서 그런 소리를 들었노? 내가 몇 십 년을 절에 다니지만, 그런 소리 하는 스님들은 없던데?"

"아뇨, 그런 이야기 있어요."

게다가 석가모니는 태어나자마자 '천상천하 유아독존'이라고 참 똑똑하게 말하였다고 한다. 설마 그 '탄생게'를 진짜로 믿는 스님들은 없겠지.

"우습다. 옛날에 누구는 알을 까고 나왔다 안 카나."

"박혁거세가 박처럼 큰 알에서 나왔다고 성이 박씨고…… 나중에 나라를 세웠죠."

"임금을 높일라꼬 하는 소리지. 사람은 다 지 아버지 엄마가 있고, 엄마 다리 사이로 낳는다. 어릴 때 너그가 물을 때 배꼽으로 낳았다고 했지만, 학교에서 배워갖고 그 정도는 알 거 아이가."

나는 어머니를 때로 엄마라고 한다. 아이처럼 마음이 우스울 때.

"엄마, 북한의 김일성이는 나뭇잎 한 장을 타고 강을 건넜다 카거든요. 그래도 김일성이는 정상적으로 엄마 아버지가 다 있어요."

우리는 같이 웃었다. 나는 말했다.

"아무튼 교회 다니는 사람들은 마리아 혼자 임신해서 예수를 낳았다는 것부터 믿어야 해요."

"겉으로 믿는 척하겠지만, 속으로는 안 그럴걸."

"성경에 기록된 것을 철두철미 믿어야 예수쟁이죠."

"그냥 마음 편하게 가지려고 교회 다니는 사람들도 많을 끼다."

"그런 사람들은 거죽만 예수쟁이고요."

"예수도 엄마가 있고, 그 엄마는 마리아고, 근데 요셉은 진짜 아버지가 아니고, 진짜 아버지가 누군지는…… 마리아만 알고. 인생을 살다 보면 무덤까지 가져가야 하는 비밀도 생기는 법이다. 특히 여자는 더 그렇고. 암튼 예수도 부처도 엄마 아버지가 있고, 옆구리가 아니라 다리 사이로 태어났고, 자, 이제 다음 이야기 해봐라."

어머니가 놀라운 명료함으로 정리했다. 예수 친아버지는 마리아만이 아는 비밀이다! 이 말이 내게 선명하게 박혔다.

어머니의 정리를 따르건, 성령잉태설을 따르건, 예수의 친아버지가 요셉이 아닌 것만은 분명하다. 요셉은 마리아가 자기를 벗어난 어떤 일로 아기를 밴 것을 알았지만, 어떤 절실한 이유로 그녀의 남편이 되어주었을 뿐이다. 그러니 마태복음 1장에서 예수 족보가 지금처럼 길게 나오는 것은 진짜 같잖은 일이다. 아브라함에서 다

윗까지 열네 대, 다윗에서 바벨론으로 이거할 때까지 열네 대, 바벨
론 이거 후 요셉까지 열세 대, 그리고 예수까지 쳐 마지막 열네 대
인데, 즉 바벨론 이거 후의 열세 대째에 억지로 요셉을 집어넣으며
예수와 피 한 방울 섞이지 않은 양아버지를 아브라함과 다윗의 자
손으로 만들어놓은 것이다. 요셉과 예수는 피의 정통성을 따질 수
없는 남남인데, 기른 아버지도 아버지라서 예수 족보에 요셉을 떡
하니 들여앉힌 것일까? 차라리 마리아를 아브라함과 다윗의 자손
딸이라고 했으면 나았을 것이다. 아무튼 어머니 앞에서 예수 족보
를 생략한 것은 나의 탁월한 선택이었다.

청자의 근기에 따라 이야기를 취사선택하는 것은 이야기꾼의
본능이고, 어머니 앞에서 지금 내가 그러고 있다. 예수가 날 때 헤
롯왕이 집정하고 있었는데, 동방에서 박사들이 와서 '유대인의 왕'
이 났다고 고하고, 헤롯왕이 아기를 찾으면 내게도 고하라고 명하
고, 박사들은 예수를 찾아가 경배하고, 그런데 헤롯왕을 다시 찾지
않고 동방의 고국으로 돌아가버렸고, 이에 분노한 헤롯이 베들레
헴 고장 안의 두 살 이하 아기들을 모조리 죽여버렸다는 이야기
도…… 나는 생략했다. 큰 별이 빛나고 박사들이 그 별을 따라왔나
는 이야기를 해봤자 어머니한테 통을 맞을 게 뻔하기 때문이다. 나
는 신약전서를 쓱쓱 넘긴 뒤 3장의 내용을 눈으로 확인했다.

"어머니, 예수네 가족들은 이곳저곳 옮겨다니며 살다가 나사렛
이란 마을에 정착하거든요. 그리고 예수가 서른쯤 되었을 때, 요한
이란 사람이 나타나요. '회개하라, 천국이 가까이 왔다'고 외치면
서 사람들에게 세례를 줘요. 그동안 지은 죄를 깨끗이 용서받고 새
사람으로 태어난다는 뜻으로 하는 게 세례예요. 지금도 인도에서
는 갠지스 강물에 몸을 씻으면 죄가 다 씻어진다고 해서 사람들이

그 강에 떼거지로 몰려드는 그런 연례행사가 있거든요. 요한한테 받는 세례가 당시 유명했나 봐요. 신통력이 있었던 모양이죠. 영험 있는 절이 있는 것처럼 이왕 세례 받을 거, 누구한테 받느냐도 중요한데, 요한한테 세례를 받겠다고 사람들이 줄을 섰고, 예수도 요한이 있는 강가에 나타나는 거에요. 근데 요한이 예수를 딱 알아봐요. 내가 당신한테 세례를 받아야지 어떻게 감히……. 그런데 예수는 겸손하게 세례를 받아요. 그리고 강에서 나오다가 예수가 크게 깨달아요. 아, 내가 하느님 아들이구나, 하느님 아들로 살아야 하는구나……."

이 부분도 괜히 얘기했을까. 어머니는 가타부타 말이 없었다. 세례라고 하는 것이 당신의 인생과 연결이 되지 않기 때문일 것이다. 시골 농부의 셋째딸로 태어나 일찌감치 살림을 도맡았고, 처녀로 성장했다가 어른이 짝을 정해주는 대로 결혼했고, 자식 여섯을 낳아 뼈가 녹도록 키워 대학에 보내고 시집들을 보냈으니, 그저 반듯한 한 인생을 열심히 살았을 뿐인 어머니에게 자기분열적인 죄의식 자체가 없었다. 아이들 먹이느라 산 것을 많이 죽여야 했던 께름칙함이 있으나 그것은 부처님이 맡아 해결해주고 있다. '죄 사함을 받고 거듭난다' 고 하는 것의 희열감을 어머니는 짐작하기가 힘들다.

그러나 나는 신약을 읽기 전부터 예수가 요한한테 세례를 받는 이 장면을 들어 알고 있었고, 논산훈련소에서 처음 읽을 때도 이 장면이 좋았다. 물론 하느님 아들이라는 예수의 자의식은 요한에게 세례를 받는 순간, 그 한 번의 사건에서 비롯된 것이 아니라 일신우일신(日新又日新)과 같은, 수없이 반복되는, 매순간 매순간의 기쁜 각성이었을 거라고 나는 짐작한다. 그러니까 세례를 받기 전에 이미 하느님 아들이란 자의식이 예수의 정신 안에서 무럭무럭 자라고 있었을 것이다. 그렇다고 해도 의식의 분절, 즉 '깨달음'을 가지고 인생의 시간을 나누는 것은 이야기를 볼륨 있게 전개하기 위해 꼭 필요하다. 예수가 요한에게 세례를 받으며 하느님 아들이란 자의식을 극적으로 표현하는 것은 그래서 그럴싸한 것이다. 예수의 공생애가 이때부터 시작된다는 상징성도 있고, 무엇보다 당대의 걸출한 두 인물이 처음 조우하는 장면이라 인상적이기도 하다. 예수도 예수지만, 요한이 누군가. 헤롯왕이 자기 형수를 마누라로 취한 것을 공개적으로 비난하다가 결국 참수형을 당하는 당시의 참으로 대단한 우국지사가 아니었던가.

"왜, 듣고 있다. 계속해라."

"어머니, 부처한테 여러 제자가 있었고, 예수도 그래요. 바닷가에서 고기잡이 하는 베드로와 안드레, 이 둘은 형제예요. 예수를 '선생님'이라고 하면서 따라요. 야고보와 요한 형제도 있는데, 이 요한은 세례를 주던 요한과 이름은 같은데 다른 사람이고요, 역시 생업을 던지고 예수를 따라요. 모두 열두 제자라고 하는데, 일단 이 네 명의 제자가 나오네요. 예수 죽는 날까지 제자들은…… 예수 곁에 있어요."

그리고 이제부터는 확실히 읊었다. 산상수훈으로 잘 알려진 5장의 예수 연설 도입부, '하느님께 기도할 때 이렇게 하라' 면서 기도의 본을 가르쳐주는 6장 주기도문, 7장 마무리 연설까지를. 그런데 나부터가 읽는 흥이 나지 않았다. 눈으로 읽는 묵독(默讀)은 쉽지만, 입으로 소리 하는 낭독은 어려웠다. 낭독은 낭독 자체의 전문성이 있어야 하고 연기력도 필요하고 쇼맨십도 있어야 했다. 청자의 청취 상태에도 늘 신경을 써야 한다. 그런 면에서 나는 훈련이 대단히 부족한 낭독자다. 5장부터 대놓고 읽었고 7장까지는 읽어야 할 것 같은데, 청자가 딴생각을 하기 시작했을 때, 그것을 알아차렸을 때, 낭독자는 읽기를 멈추어야 할까. 나는 끝까지 밀어붙였다. 어머니와 아들 사이라 해도 무슨 숙제를 치르는 듯 고약한 기분이 되었다. 어머니가…… 안쓰러워했다. 읽기를 마치자 애쓰지 마라는 듯이

"이 세상에 수많은 사람들이 태어나지만, 좋은 사람 많이 나면 좋고 또 좋은 말이 많으면 좋지."

"들어보니, 예수가 하는 말이 좋은 말이란 거죠?"

"좋기는 한데, 어렵다."

"내가 잘못 읽어서 그래요."

"내가 중간에 딴생각을 해서 니가 김이 빠졌제?"

"무슨 생각 하셨어요?"

"내가 초등학교도 안 다녀서 예수 말이 어려운 거나, 생각했다."

해보니 진짜 알겠다. 텍스트는 묵독용, 낭독용이 있다. 마태복음만 해도 낭독용이 아니다. 상당한 독서능력이 있지 않으면 웬만한 사람은 일독조차 어렵다. 판소리 흥부전, 심청전의 완창은 있어도 마태복음의 전체 낭독은 상상할 수조차 없다. 이 땅에 기독교라는 종교가 들어온 후, 사람들을 모아놓고 신약전서 아니 마태복음 전체 낭독을 누군가 한 번이라도 한 적이 있었을까. 없었을 것 같다. 애초에 신약전서는 낭독용이었는데, 번역이 잘못 되어 의고스런 문어체가 되어버린 걸까. 글을 모르는 사람은 성경을 읽지도 못하는데, 그런 이는 어째야 할까. 상당한 문자해독능력과 지적 집중력이 없다면 마태복음은 즐기기 힘든 텍스트다. 한마디로 엘리트적인 문서가 돼버렸다는 것이다.

"어머니, 오늘은 이만 할까요."

7장까지 했으니까 벌써 마태복음 1/3 지점이었다.

"나는 계속해도 된다."

"아닙니다. 예수 이야기는 뭐니뭐니해도 십자가에 못박혔을 때가 압권입니다. 죽을 때 사람의 진가가 드러납니다. 예수가 병 고치는 이야기도 많이 나오는데, 병 고치는 거야 의사들도 하잖아요. 물론 의사는 고친 값을 돈으로 받고 예수는 안 받았지만……. 병 고치는 이야기도 별 재미없을 것 같고, 다음에 예수가 죽는 얘기를 바로 해드릴게요."

어머니가 낯을 찡그렸다.

"사람 죽는 끔찍한 얘기가 뭐 좋다고."

'죽을 때 사람의 진가가 드러난다' 고 했던 내 말의 낭만성을 어머니가 인생의 무게가 여실히 느껴지는 어조의 말로 간단히 격파해버렸다. 아, 나는 어머니에게 예수 이야기를 잘할 자신이 없다!

"아들아. 암튼 사람은 모두 지 엄마 아빠가 있고 또 사람은 모두 엄마 다리 사이로 태어난다. 이러다 너도 교회 나갈까 걱정이 된다. 엄마가 할 말은 이것뿐이다."

"교회 나가는 며느리는 괜찮다 하시면서 왜 내가 교회 나가면 안 돼요, 어머니?"

웃으며 되물었다.

"내가 절에 다니는데, 니가 교회 나가면 내가 많이 섭섭할 거 아이가."

"아니, 나는 섭섭해할 거면서 며느리가 교회 나가는 것은 왜 괜찮은데요?"

"니를 만나기 전에 그 아가씨가 교회를 다니고 있었는 것을 우

144

짜노? 그 사람 믿음이 그런데."

"결혼해서 아이를 낳으면 아이도 교회에 데리고 갈 텐데, 그건 안 섭섭하겠어요?"

"니가 적당히 조치를 취하겠지."

"부부싸움이 날 텐데요."

"아이는 어른이 될 때까지, 지가 알아서 선택할 때까지 기다리자, 하면 되지. 싸울 일 없다. 너는, 사람의 믿음은 존중한다, 이렇게 생각하면 된다. 믿는 거 가지고 싸우지 마라. 어린애한테 아버지가 좋나 엄마가 좋나, 묻는 짓이나 똑같다. 다 하늘 뜻 받들어 바르게 살자는 소린데, 세상 사람들이 아무리 절이랑 교회랑 싸워보라고 부추겨도 너그들은 그렇게 안 살면 될 거 아이가."

어머니는 내가 당신 따라 불교신자인 줄 안다. 돌덩이에 금칠하고 수없이 절하는 그 종교도 나는 싫다. 어머니가 너한테만 알려준다는 듯이 갑자기 목소리를 낮추었다.

"부부생활을 하고 아기를 낳으면, 그 아가씨도 생각이 달라질거다. 예수보다 아기가 훨씬 사랑스럽거든."

"정말 그럴까요?"

"내가 니 위로 딸 둘 낳고 그리고 니를 낳고 절대 더 낳지 말아야지, 했는데, 근데 애는, 낳고 보면 너무 좋은 거라. 결국 셋이나 더 낳았다 아이가."

"아휴, 그러셨어요."

"아들아, 솔직하게 내 맘을 말하면…… 난 니가 그 아가씨를 다시 만났다 하니까 기분이 좋더라. 교회 다니는 좋은 아가씨는 참 순수할 수가 있다. 그 아가씨가 믿는 것에 대해 뭐라 하지 말고, 만나서 다른 이야기를 하면 된다 아이가."

“그게 말처럼 쉽나요.”

나는 한숨을 쉬었다.

“너는 할 수 있다. 다른 사람은 몰라도.”

“왜 나는 할 수 있다는 거예요?”

“우리 아들은 작가니까.”

어머니가 격려했다.

9. 봄 여름 가을 겨울 하느님

정영태 시인이 이런 이야기를 한 적이 있어요. 어느 한가로운 오후의 진료실에서요.

"건강염려증 환자들이 '아, 내가 위암이 아니구나, 간암이 아니구나, 건강염려증이구나' 하고 생각을 고쳐먹는 데 의사 세 명이 필요하다고 하거든. 통계적으로……."

세상 모든 병이 자기 몸 안에 자라고 있다고 의심하는 병이 건강염려증이죠. 시인과 내가 인연을 맺게 된 것도 그 병 때문이었죠.

"의사 한 명 가지고는 안 된다는 거야. 진단을 무시하고 다른 병원에 가는 거지. 이 병원, 저 병원, '하스피털 쇼핑'이라고 하는데, 그런데 웬만한 중증 건강염려증도 똑같은 진단을 세 번 연속 받으면, 받아들인다는 거야. 그러면 병증이 즉각, 또는 차차 사라지는 거지. 의사는 주사나 약을 쓴 게 아니거든. '건강염려증입니다' 하는 진단뿐이잖아. 어떤 환자는 그래도 소용없고 결국 정신과 치료를 받아야 하지만, 니가 나한테 처음 왔을 때는 경증이었지. 내 말만 듣고 일주일 만에 나았잖아."

나는 왠지 깜짝 놀랐습니다.

"선생님은 순전히 몇 마디 말로 나를 치료하셨네요!"

"그건 아니지. 병원 건물이 있고, 흰 가운 입고 청진기를 두르고 있으니까 니가 의사로서 나의 권위를 신뢰한 덕분이지. 네 믿음이 너를 낫게 하였도다!"

"권위가 진단이라는 말로 표현되니까, 결국 권위 있는 말의 힘 아닙니까? 의사 말을 믿기만 해도 치료되는 병이 있었네요."

시인은 지그문트 프로이트의 진료실에서 어떤 일이 있었는지 이야기하기 시작했어요.

"프로이트는 자기가 정초한 정신분석 이론이 실제로 맞다고 확신했거든. 왜냐, 히스테리, 그게 발작 일으키면 손발이 벌벌 떨리고 숨도 못 쉬고 운동 마비가 오고 아주 고약한 증상이 나오는데, 그런데 프로이트가 환자한테 어린 시절 이야기를 듣고, 당신 히스테리는 어떤어떤 일과 관계가 있다고 분석을 해준단 말야. 그러면 약도 쓰지 않는데 히스테리가 감쪽같이 사라지는 거지. 임상에서 치료효과를 보니까 정신분석이론을 확신할 밖에. 그런데 지금 정신의학계에선 프로이트 이론은 의학이라고 보지 않거든. 히스테리를 무조건 약리적으로 본단 말야. 내가 보기에도 프로이트 정신분석은 상상의 세계거든. 사실상 문학이란 말야. 자, 그럼 뭐가 히스테리를 없앴느냐. 작곡가 구스타프 말러 주치의가 누구였는지 아나? 프로이트야. 그러니까 지그문트 프로이트라는 이름이 가진 당대 최고 수준의 유명세와 그 권위에 대한 환자들의 믿음이 히스테리를 없앤 거지."

초자연적인 현상은 사람의 이목을 단번에 사로잡지만, 초자연적이라고 여겨져왔는데 자연의 이치에 맞게 해명될 때도 사람은 감탄하기 마련입니다.

"아, 예수의 치유 이적도 그런 게 아닐까요?"

성경의 여러 예화를 차용해 십 수 편의 시를 썼고, 뇌졸중이 오고 난 뒤 예수 생각을 더 자주 하게 된다는, 그러나 '의사는 과학자'라고 믿어 의심치 않는 시인이었습니다.

"이런 건 있겠지. 죽기 직전인데, 죽는다는 공포에 빠져 있는데, 예수 같은 사람이 와서 '죄를 사하노라' 하고 이마에 손을 얹어주면, 공포로 벌벌 떨던 사람이 갑자기 평화로와지거든. 태어남이 자연스럽듯이 죽음도 자연스러운 건데, 죽음 앞에 과도한 공포에 빠지는 것도 일종의 정신병이고 이상증상이라고 할 수 있거든. 그 공포는 약도 없고 수술도 안 되는 거라. 과도한 죽음 공포라는 병증을 한방에 없애는 데는, 죄를 사하노라, 이 말이 특효약이지."

당신이 겪었던 일도 들려주었습니다. 그런데 당신한테는 '죄 때문이 아니다'라는 말이 특효가 있었다고 합니다.

"뇌졸중으로 사흘 정도 혼미한 상태로 있었는데, 이렇게 가는구나, 하고 받아들여야 하는데, 애착이 생기더라. 아는 신부님이 오셨어. 내가 죄를 지어서 이렇게 됐습니까? 물었지. 근데 신부님이 단호하게 말씀하시대. 정 선생님, 그런 것 아닙니다. 그런 생각 마십시오. 그 말을 들으니까 이상하게 마음이 편해지더라. 지금도 신부님 그 말씀은 참 고맙다."

지역에서 이름깨나 있는 시인이 또 내과의사라는 사람이 병의 원인으로 죄를 대니까 사제의 직분을 제쳐놓고 거꾸로 대답하여 갑자기 닥친 병적 심리에서 시인을 구해주었다는 것입니다.

"이상심리 때문에 생기는 병증에는 적절한 말이 효과가 있지만,

중풍이 낫는 거나 앉은뱅이인 사람이 걸었다, 성경의 이런 것은 내 입장에서는 받아들이기 힘들고."

위암이 분명하다고 석 달 가량 혼자 끙끙 앓다가 유서까지 쓰고 아는 문인에게 물어 정영태내과병원에 처음 갔던 날, 시인은 내시경 검사를 했고, '건강한 사람한테도 흔히 볼 수 있는 가벼운 염 상태'라고 했을 때, 나는 이루 말할 수 없는 해방감을 느꼈지요. 예수가 활약하던 시절은 사람들이 죄의식에 극도로 예민한 상태로 살았는데, 죽음을 앞두고 사시나무처럼 바들거리던 사람이 '죄를 사하노라'는 예수의 말을 들었을 때, '암이 아니라 염'이라는 시인의 진단을 들었을 때 나는 날아갈 듯이 기뻤지만, 어쩌면 그보다 몇 배 더 강한 해방감을 느꼈을지 모릅니다. 아무튼 시인과 이런 이야기를 나누며 왠지 나는 성경의 이적 이야기에 호의적인 마음이 되어갔습니다. 과학과 의학 상식에 어긋날 테지만, 물어보았습니다.

"아는 한의사 한 사람이 매실이 임부(姙婦)한테 좋지 않다고 하던데, 매실에 항암성분이 있기 때문이래요. 왜 안 좋냐면, 모체 안에 아기가 생겨날 때 모체는 그걸 동체(同體)면서도 이체(異體)라고 여긴다는 겁니다. 즉 몸이 혼란에 빠진다는 거예요. 매실을 먹으면, 매실의 항암 성분이 이체라는 측면에서 태아를 암덩어리로 착각하고 공격한다는 거죠. 임신 증상이 고약한 것처럼, 즉 태아도 일정 정도 암과 비슷하게 몸에 거부반응을 일으키고 나쁜 영향을 준다는 소린데, 선생님, 근데 이런 생각이 들었어요. 우리가 암을 없애는 방법도 수술이나 항암제가 아니라 태아를 없애는 것처럼 즉 암을 낳아버리면 되지 않을까? 암한테 이기려면 암을 사랑하라는 말도 이런 이치가 아닐까? 암을 태아처럼 극진히 사랑해버리는 거죠…… 그런데요, 이런 이상한 생각을 하다 보니까 성령잉태 이야기가 떠오르는 거예요. 정자 난자의 결합 말고도 자궁 안에서 암처럼 홀로 발생하는 태아도 가능하지 않을까. 선생님은 한 사람의 의사로서 예수의 성령잉태설은 어떻게 생각하세요?”

시인이 뭐라고 했을까요. 서양의학을 공부한 의사 앞에서 한의사 이야기를 하는 것 자체가 실례라 하고 비과학적 이야기에 본능적으로 짜증을 낸다고 하는데, 미소를 지으며 말하셨어요.

“마리아가 성령으로 예수를 잉태했다고 해도, 근데 그게 뭐 중요하노. 성령으로 생겨난 예수도 마리아 뱃속에서 열 달 동안 엄마 영양분을 빼앗아먹으며 자라야 했다. 열 달이 지난 뒤 양수로 몸이 번질거리는 상태로 자궁을 열고 응애! 하고 나왔다. 중요한 건 그거거든. 나는 한순간의 성령잉태보다 엄마 뱃속에서 예수도 열 달 동안 하루하루, 아니 1초 1초 쉬지 않고 완벽하게 자라나다가 자궁 속이 좁아 더는 견디질 못했다는 것이고, 다른 모든 아기와 똑같이 몸 밖으로 밀려나올 수밖에 없었다는 게 더 중요하다. 성령잉태는 믿음의 문제라고 하지만, 굳이 성령잉태로 태어날 이유가 뭐 있노. 정자 난자가 하나되어 생명체를 일궈내는 것도 신의 한없는 축복인데, 다른 축복이 와 필요하노. 남녀 성관계를 불결하게 보는 당시 시대인식의 반영이겠지. 우리 예수님은 인간들의 불결한 성관계로 태어났을 리가 없다고……”

시인이 킥킥거리며 한마디 더 하더군요.

“예수 시절에는 진짜 하느님을 찾겠다고 순례에 나선 사람들이 많았다. 지친 순례객 하나가 마리아가 살던 마을에 왔던 것이겠지. 그리고 마리아를 한눈에 사랑하게 되었을 테고”

예수가 죽고, 그의 이름이 더욱 유명해지고, 그런데 그럴수록 ‘예수 사생아설’이 파다하게 퍼졌다고 하는데, 성령잉태는 다소 무리수를 두더라도 그것에 대한 예수 제자들의 어쩔 수 없는 응전이 었는지 모릅니다.

대개 반신불수 상태가 되면 우울증부터 찾아오기 십상인데, 무슨 재미난 생각이 그리 자주 떠오르는지 킥킥거리며 웃기를 잘했던 정영태 시인이 이 글을 쓰다 보니 더욱 그리워집니다.

아무려나, 처음 정연경을 본 날, 술을 마신 탓에 나는 실수를 했고, 그런데 '염려마시라'는 그녀의 문자는 '죄를 사하노라' 하는 예수 말처럼 나를 마음의 지옥에서 단번에 구출한 대단한 말이었죠. 경성대학교 앞에서 만나자마자 나는 다시 한 번 사과를 했습니다. 이제 다섯 달 전, 첫 데이트 이야기입니다. 그녀가 말했습니다.

"나도 옛날에 친구들하고 술 마실 때 필름 끊겨봤어요. 경태 씨가 많이 취했고, 취중에 순간적으로 그럴 수 있고, 더는 실수가 없었고, 문자 보니까 괴로워하시는 것 같길래……."

우리는 골목 몇 개를 지나 전통찻집에 들어가 마주 앉았고, 세작을 시켜 사이좋게 나눠 마셨습니다.

"참, 못다한 이야기란 뭐죠? 중간에 끊겼다면 지금이라도 해야 하는데, 기억이 안 나요."

"특별한 건 아니었어요. 그냥 세상 이야기였죠."

"그러면 아무 이야기나 지금 새로 시작해도 되겠네요?"

"예, 아무 이야기나……."

"옛날옛날에 '아무'라는 총각이 있었는데요, 작은 시골에 홀어머니랑 사는데, 근데 이웃 마을에 '이야기나'라는 처녀가 살고 있었죠. 피오리나 공주가 아니라 이야기나 처녀……. 마을 사이로 흐르는 개울에 이야기나 처녀가 빨래를 하러 왔어요. 나무를 한 짐 지고 산에서 내려오는 아무 총각이랑 눈이 딱 마주쳤어요. 때는 봄,

사방에서 봄바람이 불고, 봄처녀 봄총각이 만난 거예요. 아무 총각과 이야기나 처녀가 그 후 어떻게 되었을까요?"

천연덕스런 이야기에 그녀가 호호 웃었습니다.

"모르겠어요. 어떻게 되었는데요?"

"어릴 때 배운 노래를 떠올려보세요."

그녀가 생각해냈습니다.

"혹시…… 나물 캐는 처녀, 이런 노래 아닌가?"

"맞아요. 그 노래, 정말 좋지 않나요?"

"노랫말이 어떻게 되더라?"

"푸른 잔디 풀 위로 봄바람은 불고, 아지랭이 잔잔히 끼인 어떤 날, 나물 캐는 처녀는 언덕으로 다니며 고운 나물 찾나니, 어여쁘다 그 손목. 이게 1절이고요, 소 먹이던 목동이 손목 잡았네, 새빨개진 얼굴로 뿌리치고 가오니, 그의 굳은 마음 변함없다네, 어여쁘다 그 처녀. 2절입니다."

"좋네요. 중학교 때 배웠던 거 같은데……."

"정연경 씨, 근데 참 이상하죠?"

"에?"

"중학교 때는 별 느낌이 없었는데, 세월이 지나 문득 그 노래가 생각이 났어요. 너무 좋다! 싶은 거예요. 말들이 얼마나 예뻐요. 나물도 그냥 나물이 아니라 고운 나물, 또 나물 캐는 손이나 손가락이 아니라 손목이 어여쁘다고 하잖아요. 정확한 표현이죠. 손가락은 나물 속에 들어가 안 보이니까……. 암튼 이 노래를 부르면 그림이 생생하게 떠올라요. 봄을 찬미하는 노래야 수없이 많지만, 이만한 노래가 있을까, 그의 굳은 마음 변함없다네, 이 구절도 참 좋고요. 이삼 년 전인가 문득 생각났고, 혼자 흥얼흥얼 많이 불렀어요. 내년 봄에 한 번 불러보세요. 아주 맛이 좋을 거예요."

내게는 정말 각별한 노래였어요. 이 노래와 함께 하느님을 새롭게 생각하기도 했으니까요. 어느 봄날, 이 노래를 떠올리기 전까지 하느님이란 존재를 굳이 말로 표현해보라고 한다면, 나는 이런 문장이라고 할 수 있었어요. '대자연을 하느님이라고 생각하고 살면, 인생에 큰 실수가 없다.'

꽤 괜찮지 않은가 싶었지만, 부산 태종대 앞바다에만 가도 바다라는 대자연이 있고, 근데 그걸 하느님이라고 하면, 내 등 뒤 멀리에 있는 준엄한 태백산맥은 무엇이며 백두산 천지에 고인 물의 신비스러운 자태는 무엇일까요. '대자연' 이라고 하는 하느님은 세계 곳곳에 너무 많은 것입니다. 그런데 노래를 즐기다가 문득 깨달았어요. 대자연 하느님이 아니라 이 세상 어느 곳에나 있지만, 손으로 잡을 수 없고, 눈으로 전체를 볼 수 없고, 실체가 있다고도 없다고도 할 수 없는, 사랑과 생명의 하느님, 아, 봄 여름 가을 겨울이야말로 하느님이 아닐까.

그렇지 않나요. 봄이 어디에 있나요. 어느 한곳에 있지 않아요. 모든 곳에 봄이 있죠. 모든 곳에서 모든 것을 변화시켜버리는 놀라운 존재가 봄이에요. 봄 하느님이 오면, 대지 위의 공기부터 싹 갈아버려요. 사람들의 숨이 따뜻해집니다. 얼음이 녹고, 풀이 돋고, 나무에 잎이 나고, 사람들 옷차림이 달라져요. 철새가 날아가고 날아오고, 소와 개도 겨울 동안 참 잘 썼다, 다 썼다, 하고 털을 갈아버려요. 돌멩이도 체온을 0.1도라도 올립니다. 봄이 왔는데, 감히 변하지 않는 것이 있나요. 태양 고도가 달라지고, 우주 별자리도 그림을 바꾸어요. 모든 것에 봄은 영향을 미치고, 모든 것이 봄을 향유해요. 노래처럼 처녀 총각의 마음속까지 흔들어버리죠. 이 봄에 과

과연 실체가 있습니까. 나무와 풀과 땅과 공기와 밤하늘이 봄을 표현할 뿐이지 그 어느 것도 봄 자체는 아니잖아요.

꽤나 그럴싸하지만, 그러나 하느님은 인간이 어떤 깜찍한 말로 표현해도 표현하는 순간 달아나버립니다. 지상의 봄이 그런 것이지 저 어둡고 무한한 우주 속에 생명체가 살지 않는 혹성들도 많은데, 의미 있는 사계절이 사멸된 곳, 그곳에는 하느님이 없는 걸까요. 거기라고 하느님의 영역이 아닌가요. 모든 존재에 그 섭리와 품성이 깃든다는 무소부재(無所不在)의 하느님이라고 하죠. 생명이 없다고 하느님이 아니랄 수 없어요. 영하 500도의 얼음덩어리 별에도 하느님의 든든함이 분명 있어요.

그럼에도 이 지구별에 한정한다면, '가이아 하느님' 만을 생각한다면, 봄 여름 가을 겨울이야말로 하느님이 아닌가, 나는 생각합니다. 정연경이 말했습니다.

"경태 씨, 참 신기한 사람이에요."

"예?"

"아무 이야기나 해도 돼요? 하고 시작하셨잖아요. 아니 내가 '아무 이야기나……' 하니까 바로 시작하셨어요. 그때 이미 이 노래를 염두에 두신 거예요? 이야기를 하다 보니 줄줄 말이 붙어 노래까지 연결이 된 거예요? 어떻게 이야기를 이렇게 막힘없이 할 수가 있죠?"

"그것은…… 이렇게 설명할 수 있어요. 말이란 게 워낙 좋은 거라서 그래요. 우리가 이 말 해야지, 결심하고 하는 말은 별로 없어요. 말은 거의 자동적이에요. 음식이 들어오는데 위가 소화활동을 멈출 수 있나요. 사람의 뇌도 그래요. 이목구비가 열려 있고 바깥에서 자극이 계속 오는데, 어떻게 생각이 일어나지 않을 수 있어요.

또 일어나는 생각이 어떻게 말로 전화되지 않을 수 있겠어요. 꾸준히 그리고 끝없이 저축해둔 말의 저수지가 내 안에 있어요. '아무 이야기나……' 가 바가지였고, 저수지 물을 조금 떠본 거예요. 물맛이 좋았다는 말씀이라면, 감사하게 받아들이겠습니다."

"히딩크 축구감독이 연승을 하고도 말했잖아요. 나는 여전히 승리에 목이 마르다고. 물을 마셨지만, 맛이 좋았지만, 저도 목이 계속 마른데요?"

"오, 재치 있는 말씀."

찻집에서 주로 내가 이야기를 이끌었는데, 찻집을 나왔을 때, 약간 놀랐습니다. 2시간 동안 담배생각을 하지 않았던 것입니다. 찻집이 금연공간이 아니었다면 물론 담배를 피웠겠죠. 금연인 줄을 착석할 때 이미 알았고, '담배는 잊고!' 했는데, 정말 그 뒤 한 번도 생각나지 않았어요. 이건 보통 일이 아니에요. 그녀와 마주앉아 있는 것이 흡연이 주는 어떤 내밀한 만족도를 넘어섰다는 것입니다. 유치한 표현이지만, '담배생각도 나지 않는 여성' 은 나의 오랜 이상입니다. 내가 나의 이상을 만난 것일까요.

우리는 나란히 걸었고요, 팔꿈치와 어깨가 조금씩 부딪쳤습니다. 옷으로 가렸는데 왜 살짝 부딪치는 것에서 살의 힘이 올까요. 그녀의 살몸이 통째로 느껴졌어요. 나란히 걷는 것만으로 설레는 것이 대체 얼마만인지. 서너 번 부딪친 뒤 나는 반 걸음 정도 떨어져 걸었어요. 부딪침을 느끼는 것을 그녀가 알아챌 것 같고, 불쾌해할지 모릅니다. 그때, 그녀가 말했습니다.

"왜 말이 없으세요? 혼자서만 좋은 생각 마시고, 떠오르는 대로 말해주세요. 뭐든 내게 도움이 되어요."

이런 여자를 내 옆에서 걷게 해주셔서 감사합니다. 나의 말값을 이렇게 높게 쳐주는 여성은 처음입니다. 나의 하느님!

식당에 들어가 저녁을 먹었고, 바에 갔고, 350ml짜리 작은 병맥주를 시켰습니다. 그녀는 한 병, 나는 두 병을 마셨지요. 나는 비로소 담배를 피웠고 그녀도 담배를 집어들었습니다. 서너 모금 빨더니 젖은 재떨이에 칙 소리를 내며 꺼버리더군요.

바에서 그녀는 자기 이야기를 조금 했습니다. 부모님 이야기, 직장을 그만둘 때의 이야기. 부모님이 사는 것을 오래 지켜보았을 때, 두 분의 사랑은 삭막한 것이었고, 때문에 결혼에 대한 거부감이 있었다고 했어요. 나는 가만히 들었습니다. 섣불리 평할 수 없고, 그저 기억해두고자 했습니다.

바를 나온 건 9시 무렵, 당연히 헤어지기 싫었죠. 커피를 한 잔 하자고 했어요. 그녀가 나를 맥도널드 체인점으로 이끌더니 테이크아웃 커피를 시켰습니다. 커피를 기다리는 동안, 그녀는 체인점 2층에 올라갔어요. 커피가 나왔고, 손에 들고 기다리는데, 그녀가 계단을 밟고 내려왔어요. 5시간 가까이 함께 있는 중인데, 잠깐이나마 둘이 딴 공간에 있었던 것이 그때가 처음 같았습니다. 사라졌다가 다시 나타난 그녀의 모습을…… 내 눈이 반가워하고 있었어요. 화장실을 다녀왔다는 것이 약간 묘한 느낌인지 그녀가 살짝 웃었어요. 우리는 체인점 밖의 파라솔 의자에 앉아 커피를 마셨습니다.

아, 생생하게 기억납니다. 온갖 차량이 경성대학교 앞 도로에서 경쾌한 소음을 내고 있었어요. 건물들이 저마다 빛을 쏘아댔고, 빛은 길바닥에 부딪치고 건물 벽에도 부딪쳤습니다. 빛은 밝은 구름처럼 뭉쳐서 높이가 다른 허공의 길을 쉴새없이 다녔어요. 자동차가 빛뭉치를 치고 달아났습니다. 검은 허공이 퍼지는 빛을 낭자하는 피처럼 빨았습니다.

대학교 앞이라 대개 젊은이들이 주위를 오가고 있었죠. 이른 저녁도 아니고 깊은 밤도 아닙니다. 거리는 이제 일어나고 있어요. 나는 설레기 시작했어요. 사랑이 시작되고 있다는 설렘이 아닙니다! 시간의 혼란에 나는 빠졌어요. 기시감이었어요. 이때의 기시는, '旣視'가 아니라 '旣時'입니다. 나는 기분이 참 상쾌했습니다. 나도 모르게 이런 깜짝 놀랄 만한 말이 나오는 거예요.

"아, 다시 대학생이 된 거 같아요. 대학 3, 4학년이 아니라, 1학년도 아니고, 2학년쯤 된 거 같아요."

2학년쯤이면, 20살이 아닌가요. 내가 방금 너무 좋은 말을 했구나, 아, 내가 정말 기분이 좋구나. 20살처럼 순수해졌구나. 순수해진다는 것이 이렇게 기분 좋은 것이구나, 깨달았습니다. 나를 20살 젊은이로 돌려놓은 이가 나와 함께 시간을 보낸 이 여자, 정연경이고, 그녀가 순수하여 내가 이런 게 아닐까, 짐작했습니다. 그녀의 순수함에 전염이 된 것입니다. 나는 말했습니다.

"아기를 낳으면, 이루 말할 수 없이 행복하다고 하잖아요. 경험해보지 않았지만, 뭐니뭐니해도 인생의 최고 사건은 아버지, 어머니가 되는 일이라고 해요. 한 선배가 늦게 결혼을 했는데, 딸을 낳았어요. 너무 예뻐서 아가가 누는 똥도 주워먹을 수 있겠다고 해요. 그 말을 듣고 깜짝 놀랐어요. 세상에 어떤 사랑이 그 정도가 될 수 있을까요. 그리고요, 지금 선배는 마흔을 훌쩍 넘었고, 아이는 올해 다섯 살쯤 되었을 겁니다. 퇴근을 하면 아이랑 놀 거잖아요. 마흔 살 어른과 다섯 살 아이가 장난치고 놀아요. 그런데 같이 놀려면, 눈높이를 맞춰야 되잖아요. 아이가 마흔 살 어른으로 올라갈 수는 없고 선배가 다섯 살 아이로 내려와야 하거든요. 아이를 사랑하니

158

까, 선배는 단번에 삼십 몇 년을 회춘하는 거예요. 분명 마흔 살 어른인데 아이랑 있을 때는 다섯 살이 되는 거예요. 다섯 살처럼 순수해지는 건데, 이만큼 행복한 시간여행이 있을까요.”

대학 2학년이 된 듯하다고 말한 까닭, 즉 선배의 아이 역할을 오늘 그대가 한 것이라고 넌지시 말하고 싶었어요.

“마지막까지 기억에 남을 이야기를 해주시네요.”

우리는 의자에서 일어나 남은 커피를 들고 걸었습니다. 그녀가 타는 마을버스 정류장까지 갔습니다.

“오늘 여러 이야기, 도움이 되었어요. 경태 씨한테는 무궁무진한 이야기가 있을 거 같아요. 못다한 이야기, 다음에도 오늘처럼 아낌없이 해주실 거죠?”

버스가 왔습니다. 그녀의 커피를 “내가 버릴게요” 하고 받았습니다. 그녀가 버스에 올랐고, 유리창 너머의 그녀에게 작은 손짓으로 작별 인사를 했습니다. 그녀도 작은 손짓을 해보였습니다. 버스가 발차했습니다. 나를 앞질러 갔습니다. 나는 걷기 시작했습니다. 걷는 중 그녀의 남은 커피를 내 컵에 붓고 단번에 마셨습니다.

산돌에게 전화한 것이 그때였지요. 앞선 편지에서 적었듯이 ‘오늘 처음 만났다고? 실은 두 번째? 진척 좀 시켜서 얘기해. 끊엇!’ 하는 형의 타박을 들었습니다. 나는 정류장에서 시내버스에 탔고, 흔들리며 ‘잘들어가세요 조만간다시뵈어요’ 라고 문자를 보냈습니다. 답이 재깍 왔어요.

방금방에들어왔어요

오늘즐거웠어요

잘들어가세요

과거의 어떤 연애와 비교해도 조금도 꿀릴 게 없는, 거의 최고의 데이트 같았어요. 깨끗한 행복감이 왔습니다. 그러나 아, 우리는, 사흘 뒤 최악의 감정을 경험하게 됩니다. 누구의 잘못도 아닐 수 있지만, 나는 그녀의 머릿속 생각, 그 생각의 배후를 저주하게 되어요.

그런데 그 배후를…… 저주해야만 하는 것일까요. 나의 저주는, 당장에는 논리와 언어로 포착되지 않는 이상한 감정의 세계였고, 감정이란 강렬할수록 어리석은 것이기 쉬운데, 그러면서도 노골적이고 숨김없이 진실한 것이기도 합니다. 나는 나를 거침없이 휘감았던 나의 감정을 믿지 않을 수 없습니다. 그녀의 생각 배후에도 거대한 것이 있지만, 나의 감정 배후에도 깊은 것들이 있기 때문입니다.

10. 낙엽과 똥

오늘은 종합병원에 가야 합니다. 정형외과에서 관절 약, 신경정신과에서 우울증 약을 탑니다. 매달 15일이 약 타는 날인데, 하루 늦었다고 어머니가 성화네요. 제 날짜에 당신의 약을 타오는 것을 당신을 향한 아들 마음의 척도로 삼는다는 듯이. 연산로터리로 병원버스가 15분마다 한 대씩 오는데, 지금 나가봐야 해요.

버스에서 하차했을 때, 오후 2시 10분이었다. 병원버스 정류장으로 갔다. 참, 사족 하나. 이 책을 펼친 당신, 책상 앞에서는 내가 높임말로 편지를 쓰고, 책상만 벗어나면 반말을 쓰는데, 반말도 실은 높임말의 줄임일 뿐임을 당신, 잘 아시죠? 말바꿈이 조금 어색하더라도 시침 뚝 떼고, 지금껏 해온 대로 번갈아 쓰겠습니다. 사나이가 칼을 뽑았으면 무라도 베고 칼집에 넣어야죠, 안 그래요? 정류장에 대기하고 있던 병원버스를 탔다. 3분 정도 잔잔하게 부릉거리다가 버스가 출발했다. 전화기가 허벅지에서 몸을 떨었다. 정연경이 재회 이후 벌써 세 번째 일방적인 연락을 해오고 있었다.

― 밖이신가 봐요?

"볼일 보러 나왔어요."

― 오래 걸리나요?

나는 딴말을 했다.

"며칠 전, 제가 많이 취했죠? 실례했다는 말도 못 했네요."

'염려마시라' 에 감격했었던 것을 생각하면, 나도 참 뻔뻔해졌다. 여동생에게 전화했고 산돌에게 전화했고, 목소리 들어봐! 하며 정연경한테 전화기를 바꿔주기까지 했다지만, 모른 척해야 한다.

― 이따금 그러시잖아요. 별다른 실수는 없었어요.

"그럼 다행이고요."

― 뭐 해요, 오늘? 참, 볼일 보러 나오셨다고 했지.

그녀는 또 하늘 탓을 하기 시작했다.

― 점심 설거지 하고 밀린 빨래 하고 침대에 잠깐 누웠는데요, 창문 밖에 하늘이 진짜 청명해요. 이대로 집에 있으려니까 억울해요. 무조건 나가고 싶어요.

응석부리는 아이 같았다.

"볼일 마치고, 집에 가서 일 좀 해야 하는데."

― 그러지 말고, 경태 씨, 오늘 놀아요.

버스는 부산교대 앞에서 유턴을 했고 전철 선로와 나란히 뻗은 간선도로를 달리다가 신시가지 풍이 나는 널찍한 도로로 접어들었다.

― 볼일은 얼마나 걸리나요?

"그럼 또 연경 씨가 우리 동네 근처로 와야 해요."

― 갈게요. 얼마나 걸리냐니깐요.

"2시간 정도 걸립니다."

― 4시 반에 교대 전철역 8번 출구에서 보면 되나요?

"아뇨, 오늘은 연산역으로 오세요. 버스가 여기 대여서."

― 예, 알겠어요.

"근데 연경 씨."

― 예?

"우리 왜 이래요? 요새 자주 보네요?"

― 그건…… 잘 모르겠구요. 4시 반에 뵈어요, 그럼.

전화를 끊으려는데, "참!" 하고 그녀가 외쳤다.

― 안나 카레니나, 오늘 빌려주실 수 있어요?

"상권은 읽었고, 하권도 거진 읽어가는데, 그럼 집에 들어갔다 나와야 해요. 시간이 더 늦어지는데요?"

― 그럼 다음에 빌리고요. 있다 뵈어요.

구립도서관에도 안나 카레니나가 여러 출판사에서 나온 것이 있을 것이다. 정연경이 모를 리 없고, 모른 척하는 그녀에게 나도 굳이 알려줄 것까지는…… 없는 것일까.

버스는 병원 앞에서 멈췄고, 하차하며 '청명하나?' 하고 그제야 하늘을 보았다. 상태가 좋지 않았다. 청명한 부분이 없지는 않지만, 전반적으로 꾸무리하다.

약속시간 10분 전에 나는 병원을 나왔다. 병원버스를 기다렸다가 타면, 10분 정도 늦을 것 같았다. 줄을 짓고 섰는 택시를 탔다. 연산역에 도착했을 때, 시간은 정확히 맞추었다. 정연경에게 전화했다.

"어디예요?"

― 다 왔어요. 아, 경태 씨, 근데 이걸 어쩌죠? 지금 멀리 역이 보여요. 아, 정말 미안한데요, 집을 나올 때 제가 좀 정신없이 나왔더

니…… 지갑을 놓고 왔어요.

"그런데요?"

— 택시를 탔거든요. 한참 달리고 나서 알았어요. 집에 되돌아가려니까 약속시간에 너무 늦고, 기사님한테 일단 가자고 했어요. 택시비 낼 사람 있을 거라고…….

교통카드 잔액 어쩌고 하면서 서면으로 와달라고 하더니 이번에는……. 사람을 떠보는 건가. 택시비를 내달라면 짜증을 낼까, 웃으며 신신하게 나올까, 내 마음을 체크하려는 듯이. 그런데 이번에는 왠지 화가 나지 않았다. 정연경이 정말 실수를 한 것 같았다. '아, 정말 미안한데요' 란 말이 진실되었다.

— 지금…… 도착했어요. 역이에요.

"알았어요. 몇 번 출구죠?"

— 몇 번 출구인지 모르겠어요. 은행이 보여요. 기업은행이에요.

전화를 끊고 나는 역으로 내려가 안내지도를 봤다. 기업은행은 표시되어 있지 않았다. 출구가 16개나 되는 역인데, 어떻게 찾는담. 전화했다.

"지도에 없어요. 어느 방향에 택시가 서 있는지 기사님한테 물어보세요."

— 아, 11번 출구예요. 바로 앞에 있어요.

전화를 끊고 지상으로 올랐다. 택시가 열 몇 대 줄지어 있었다. 나는 한 대 한 대 지나쳤다. 그런데 문을 열고 아는 체하는 택시가 없었다. 줄의 끝까지 갔다가 돌아섰을 때, 맨 처음 지나친 택시 옆에 한 여자가 서서 내가 돌아서기를 기다렸던 듯, 돌아서자마자, 손을 들어보였다. 정연경이었다.

언제 택시에서 나왔던 것일까. 하나하나 살피고 가는 나를 언제

보았을까. 소리쳐 부를 수 없었을까. 차도 소음을 이기려면 큰 소리를 내야 하는데, 아가씨라고 큰 소리 내기가 싫었을까. 내가 택시를 살피며 가는 것을 알았다면, 소리 내기 싫었다면, 전화를 걸 수는 없었을까. 경태 씨, 지나쳤어요! 맨 처음 지나친 택시는 유리 음영이 깊어 안을 볼 수 없었고, 그러나 지갑을 잊고 집 나선 여자가 타고 있다면, 당연히 창을 열고라도 나를 기다리고 있을 줄 알았다. 나는 슬슬 짜증이 나려고 했다.

뛰어가는 걸음은 아니고 느긋하게 걷는 것도 아니고 어중간하게 걸었다. 그녀가 뒷문을 활짝 연 택시에서 떨어지더니 팔짱을 꼈다. 꼴을 보아하니 기사와 약간 다툼이 있었던 것 같다. 나는 그녀 쪽을 보지 않은 채 뒷문으로 기사를 향해 "얼마지요?" 하고 물었다. 말도 하기 싫은지 기사가 손으로 미터기를 가리켰다. '4,800' 이다. 5천 원권을 내고 "잔돈은 됐습니다" 하고 문을 닫았다. 정신을 어디다 팔고 다녀요? 잔뜩 벼른 잔소리를 하겠다고 그녀 쪽으로 돌아섰다. 정연경이 코앞에 있었다. 그런데 나는 깜짝 놀랐다.

그녀는 예뻤다.

부시기까지 했다.

사람은 살덩어리가 아니라 선으로 되어 있다고 한 여인이 말했다. 백지에 선을 긋고, 선과 선을 잘 섞으면, 형태가 된다. 형태와 형태를 또 잘 섞어 배치하면, 재미있고 감동적이고 때로 복잡한, 조직화된 의미가 발생한다. 그림을 그리는 일이란 그렇다. 선을 가지고 의미를 짓는 일, 이 일의 재미와 신비에 폭 빠지면, 즉 선이 부리는 조화에 매료되면, 선이란 것 자체를…… 사랑하게 된다. 어떻게 이런 신비한 것이 있을까? 선에 점점 미쳐버리게 된다. 마침내 자신을 둘러싼 세계의 모든 것이, 사람, 사물, 형체를 가진 모든 것이 선으로 보이기 시작한다. 모든 게 그릴 수 있는 것들이 된다. 선에 미친 화가에게는 정말 그렇다. 모든 게 그림의 대상, 즉 선의 대상이다. 사람은 살덩어리가 아니라 선으로 되어 있다는 말은 선에 미쳐본 작자만이 할 수 있는 참 뜨거운 소리다. 그 여인은 과연 이런 뜻으로 말했을까.

정연경은 예뻤고, 그녀의 환한 얼굴을 보았을 때, 그런데 나는 새로이 깨달았다. 사람은 살덩어리가 아니고, 선도 아니었다. 사람은 빛이었다. 정연경은 빛나고 있었다. 나는 '예쁘다……' 하고 놀랐고, 내가 놀란 것을 그녀가 알아챌까, 두려웠다. 이런 대화가 오간 것만 같다.

어때요, 나 예쁘죠?

예…… 예뻐요.

나는 뭔가 들킨 기분이었다. 빛을 보고 순간 몽롱해졌고, 이유 불문하고 빛을 사랑하지 않을 수 없을 것 같았다. 빛은 놀라웠고, 사랑스러웠고, 그리고 두려웠다. 내가 할 수 있는 것은 그녀가 뿜어내고 있는 빛을 피하고 보는 일이었다. 나는 얼른 눈을 돌렸고, 화가 난 듯 퉁명스럽게 말하려 했다.

"자, 가요."

"어딜요."

"저녁 먹기는 이르니, 차 마셔야죠."

성큼 걸었다.

"같이 가요."

걸음을 멈추었다.

"택시비 해결해줘서 고마워요. 다음에 꼭 갚을게요."

그녀가 붙어 섰고, 우리는 나란히 걷기 시작했다. 슬쩍 옆눈으로 그녀를 보았는데, 빛은 그새 사라져 있었다. 여자는 살로 돌아가 있었다. 그러나 한 번 본 빛을 쉽게 잊을 수 없다는 것을 나는 알았다. 둥둥, 몸 속 깊이서 오랜만에 소리가 났다.

신호등의 녹색불을 기다리며 서 있는 동안, 젠장, 나는 계속 설레었다. 감정이 살아났다! 오늘 이 감정이 어디로 흘러갈지, 기대로 가슴이 부풀기 시작했다.

불이 바뀌고, 우리는 도로를 건넜다. 커피숍은 10대 청소년부터 70대 노인까지, 남녀노소 불문, 누가 앉아도 어울릴 것 같은 넉넉한 풍의 인테리어 디자인이었다. 구석자리에 앉아 커피와 재떨이를 시켰다. 커피를 마시고 담배를 피우며 나는 언제나처럼 이야기를 펼쳤다. 화제는 〈프레시안〉 국제면에서 오전에 읽었던 기사 몇 개에서 건져냈다. 정연경은 경청했고, 재미있어요, 흥미로와요, 이런 말을 자주 했다. 오늘 나를 칭찬하기로 작정을 했구나, 싶다. 나는 칭찬에 약한 사람이다. 그걸 어떻게 알고.

어쨌든 그녀 앞에서 나는 한 권의 책이었다. 그녀가 흥미롭게 계속 따라 읽도록 수시로 다음 페이지 내용을 바꾸는, 아니 그녀의 눈이 읽고 있는 한 줄 다음의 한 줄을 현재진행형으로 계속 써나가는, 그녀의 표정을 보고 앞서 쓴 한 줄의 성패를 재빠르게 판단하고 다음 줄을 얼른 바꾸기도 하고 준비된 몇 줄을 훌쩍 건너뛰기도 하는, 나는 정말 살아 있는 책이었다. 그러니까 어쩌면 표정과 감탄사로 나라는 책을 반쯤은 그녀가 쓰고 있는지 모른다. 그녀는 2시간 가까이 나라는 책을 읽었지만, 2시간이 아니라 20시간이라 해도 이 책은 다 읽을 수 없구나, 다음에 또 읽어야지, 이렇게 그녀가 마음먹도록, 몹시 두꺼운, 두꺼워야 하는, 나는 책이었다.

나는 책이고, 그녀는 나를 읽기를 좋아한다. 제법 진지한 독자다. 나쁘지 않은 관계다. 나는 그녀의 책장에서 매일 아침 제일 먼저 꺼내드는 한 권의 책이 될 자신이 있었다. 만약 프러포즈를 하게 된다면, 이렇게 말하게 될 것 같다. 당신 생애의 끝날까지 나만을 재밌게 읽어주시겠어요? 세상에서 제일 재밌는 책이라고 해주시겠어요?

지금은 그런 말을 할 계제는 물론 아니다. 괜찮은 독자지만, 나는 여러 이유로 이 독자를 깨끗이 신뢰하지 못하고 있는 것이다.

2시간 넘게 떠들고 커피숍을 나왔을 때, 열심히 들었던 정연경은 조금 지쳐 보였지만, 뇌의 피로함을 호소하지는 않았다. 밥때가 되었다. 식당을 찾으며 우리는 걸었다. 그러나 마땅한 음식점이 보이지 않았다. 언제부턴가 길거리 음식점은 불닭, 속에천불, 청양고추의 돌연변이 등 매운 요리가 대세를 이루고 있었다. 골목길을 꺾고 또 꺾으면서 나는 말했다.

"문화의 흐름은 유행이 있고 트렌드가 있대요. 차이점이 뭔지 아세요?"

"글쎄올시다."

"라디오에서 들었는데, 유행은…… 패션의 유행, 대중가요의 유행 등을 생각하면 되겠죠. 감기 바이러스나 눈병도 유행이란 말을 쓰지만, 길어야 한철이죠. 그런데 트렌드는, 언뜻 유행처럼 보이지만, 유행보다는 확실히 길대요. 적어도 5년 이상, 단적으로 말해, 전쟁이 일어나도 트렌드적인 소비나 트렌드적인 문화 흐름이 중단되지 않을 때, 트렌드라고 한대요. 한국트렌드연구소인가 거기 소장이 나와서 말하더라구요. 근데요, 언제부턴가 매운맛 요리가 대세잖아요. 간판들을 보세요, 거리 풍경색까지 온통 벌거죽죽하잖아요. 고추가 매운맛의 상징이고, 그 색이 옮아간 건데, 이건 유행일까요, 트렌드일까요."

"아이, 글쎄라고 또 답해야겠네요."

"임진왜란 때부터 김치에 고추가 들어가기 시작했고, '신라면'은 이십 년 넘은 장수제품이잖아요. 김치는 트렌드보다 더 견고하다고 할 수 있는 관습이고, 신라면은 단일상품이잖아요. 유행, 트렌드와 관계없죠. 그 연구소장은, 사업에 성공하려면 유행을 좇으면 안 되고 트렌드를 알아차려라, 그러대요. 김치와 신라면과는 차원이 다른 이 매운맛 열풍은 얼마나 갈까요? 음식문화랄까 우리 일상적인 삶에 어떤 영향을 미칠까요?"

"경태 씨, 매운맛 좋아하세요?"

"아주 매운 것은 못 먹어요. 약간 맵싸한 것은 좋아해요."

"매운 음식 먹으면, 흥분되지 않나요?"

"예, 몸을 덥게 하니까, 그리고 피로감을 쫓아버리고요. 짐작에, 10년 전 일어났던 외환위기 사태하고 이 매운 음식 열풍이 관련이 있는 것 같은데."

"경태 씨는 잘 모르시겠지만, 요즘 여자들 란제리도 붉은색이 많아요."

"아, 그래요? 매운 요리 열풍이 다른 장르의 유행까지 낳네요. 우리, 용감하게 매운 것 먹어볼까요?"

"싫어요. 달콤한 거 먹어요."

우리는 걸었던 길을 또 걷고, 뻔한 골목길을 서너 차례 돌았는데, 지금은 음식점을 찾는 것은 둘째고 걸으며 이야기를 나누는 타임인지 몰랐다. 어쩐지 어깨나 팔꿈치가 닿는 일은 없었다. 경성대학교 앞보다는 인파가 적어서일 것이다.

나는 정연경의 붉은 속옷을 떠올렸다가 이내 지웠다. 심리적인

우여곡절이 있었지만, 우리는 다시 데이트를 하는 사이가 되어버
렸다. 어쩌다 보니 이리 되었다. 계속 만나게 되고, 마음이 열리고,
사랑하게 되면, 사랑의 표현을 참지 못하고…… 그러다가 내가 정
연경의 속옷을 손으로 만지는 날도 오게 될까. 붉은색이네, 하고 붉
은 그것을 벗기며 이 저녁 함께 나눈 유행과 트렌드 이야기를 다시
떠올리게 되는 날도 올까. 팬티와 브래지어가 붉어 나는 더 흥분할
까. 정연경의 아름답고 안쓰러운 알몸 앞에서 남자로서 완전 발기
할 수 있을까. 아, 그런 시간이 오기를 나는 벌써 소망하고 있는 것
일까.

오늘 처음 연경의 얼굴을 봤을 때, 그 빛은 대체 어디서 온 것이
었을까. 그 정체는 무엇일까. 빛은, 개념과 언어를 넘어선 지점에서
뿜어나왔다. 그것은 남성과 여성 사이에 흐르는 아주 단순한 것이
었다. 개념과 언어가 으르렁거려도 그 대치를 휘감아버리고 단숨
에 뭉개버리는 빛이었다. 사랑의 원초성에서 폭발하는 무시무시한
빛의 은은한 회절이었다. 정연경이 지금 입고 있을지도 모를 붉은
브래지어와 팬티를 상상하자마자 촉발되는 몸 속의 일렁임과 그
빛은, 얼마나 통할까. 오늘 따라 유난히 잘 먹은 화장이 아니라, 타
고난 얼굴 생김이 아니라, 심지어 좋고 나쁜 표정도 아니며, 왜 몰
라보니, 바로 이 여자야! 하고 빛이 내게 천둥처럼 말하고 있었는지
몰랐다.

아, 아니다. 빛은 이 남자야! 하고 터져 나온 것인지 모른다! 택
시기사의 비아냥에서 나를 구출해주고 있는, 조금 팅기면서도 변
함없이 내 앞에 나타나는 남자, 오늘 따라 더 괜찮아 보이는데? 정
연경의 마음속에서 터진 사랑의 빛이었는지 모른다.

빛은 정말 그런 것이었을까. 저번에는 교통카드가 어쩌니 하며

30분이나 늦더니 오늘은 지갑을 집에 두고 택시를 타고, 대체 정신은 어디다 팔고 다녀요? 벼렸던 핀잔을 단숨에 날려버렸던 빛은, 그녀가 뿜겠다고 결심해서 뿜어지는 것이 아니었다. 그녀의 노력 없이 저절로 나오는 것이었다. 그 빛은 그녀 스스로 제어할 수 없고, 어쩌면 자기한테서 뿜어나오고 있는 빛을 스스로 알아차리기도 불가능했다. 오직 빛을 받는 사람만이 지금 당신한테 빛이 나오고 있어요, 말해줄 수 있는, 그런 빛이었다. 태양이 쉼없이 폭발하며 사방으로 빛을 보내지만, 태양 자신은 빛의 혜택을 조금도 보지 못하는 것과 같다. 빛을 발하는 존재는, 자기를 위하지 않고 자기를 둘러싼 다른 모든 자기들을 위한다. 그녀는 빛났고, 빛의 덕은 내가 본다. 빛이 내 안의 사랑을 일깨우고, 나는 행복감에 싸이게 되니까.

빛나는 여자를 사랑하지 않을 남자는 세상에 없다! 그렇지만 오직 정연경에게만 빛이 날까? 모든 사람은 빛을 뿜는 존재고, 사랑의 의지와 능력과 본능이 빛이며, 사랑의 실체인 사람이 곧 빛이었다. 빛은 순간 터졌고 순간 사라졌지만, 내가, 그녀가, 아니 세상 사람 모두가 가야 할 그리운 세계가 그 빛 속에 있었다. 아까와 같이 순간적인 것이 아니라, 일생 내내, 고즈넉이 흐르고 고이고 출렁일 때, 발가벗은 채 빛으로 목욕할 수 있을 때, 브래지어와 팬티의 붉음은 그런 빛에 비하면 아무것도 아니며, 어쩌면 나의 말과 이야기와 화가의 미칠 듯한 선도 별 게 아니며, 자기를 잊고 자기 아닌 자기들을 위해 빛을 줄 수 있는 빛의 존재가 될 때, 이 세상에는 두려울 것이 아무것도 없고, 아, 죽음의 축축한 수렁마저도 그 빛이 보송보송하게 말려버릴 것이다. 내가 정연경을 데리고 빛의 세계로 갈 수 있을지, 그러나 나는 알 수 없었다. 그런 세계가 있다는 느낌이 설렐 뿐이다.

알 수 없었다. 빛의 미래는 고사하고 지금 당장 무엇을 먹을지도. 우리는 장어집 앞을 세 번째 지났다.

"꼼장어, 어때요?"

기대없이 말했는데, 선선한 답이 나왔다.

"좋지요."

"어, 꼼장어 좋아해요?"

"제가 꼼장어를 얼마나 좋아하는데."

"그럼 진작 먹자고 하지!"

"수중에 동전 하나 없는데, 오늘 완전히 얻어먹어야 하는데, 경태 씨 먹자는 거 먹어야 한다고 생각했죠."

"누가 돈을 내는 게 뭐 중요해요? 그때그때 있는 사람이 내면 되지."

후줄근한 포장마차 같은 집이었고, 장판이 깔린 곳에 가서 우리는 앉았다. 은박지를 깐 불판 위에서 양념이 옅게 발린 부분의 살이 누렇게 변해가는 꼼장어 한 점을 젓가락으로 집어먹었다. 맛있었지만, 그녀도 맛있게 먹었지만, 나는 술과 담배, 그리고 내 입에서 나오는 이야기가 더 맛있다.

"내가…… 세상에서 제일 순수한 존재는 나뭇잎이라고 했잖아요. 기억나요?"

"기억하죠. 얼마나 됐다고."

"그때 자리에서 일어난다고 말을 하다 말았는데, 좀더 이어볼게요. 왜 잎이 순수하냐, 나는 나무가 가장 순수한 존재라고 생각해왔는데, 누가 그러대요. 씨앗이 땅에 떨어지면, 땅 속을 파고들고, 그리고 땅 속에서 씨앗끼리 치열하게 싸우면서 서로 죽고 죽인다는 거에요. 니가 죽어야 내가 나무로 자라난다! 다른 씨앗을 잘 죽인 씨앗이 땅을 뚫고 나오고, 그런데 땅 위에서도 옆의 나무와 햇빛을 더 많이 차지하려고 싸워요. 양지식물이 다른 양지식물의 그늘에 덮이면 쪼그라들게 되고, 땅 위의 부분이 위축되면 땅 속 뿌리도 약해지고, 땅 속 뿌리도 면적이 필요하니까 이미 뿌리끼리도 죽니 사니 싸우고 있고, 결국 뭐냐, 강한 나무가 약한 나무를 죽이게 되는 거에요. 나무도 실은 독한 존재라는 거에요. 이 이야기가 맞다고 생각해요?"

"맞지 않나요?"

"예, 저도 맞는 것 같았죠. 나무도 약육강식, 그야말로 피 튀기는 존재구나……. 근데요, 나는 좀더 생각을 해봤어요. 이제는, 그게 아니다, 말하고 싶어요. 씨앗과 씨앗이 싸우는 게 아니라, 아니 겨루긴 겨루는데, 한쪽이 어느 결정적인 순간 다른 한쪽한테 져주는 거라고요. 그래, 나 대신 니가 잘 자라다오. 누가 누구를 죽이는 것이 아니라 한쪽이 스스로 죽어주는 것이라고. 이렇게 생각하면, 씨앗과 씨앗, 나무와 나무가 싸우는 것도 의미가 달라지죠?"

"정말…… 생각하기 나름인 것 같네요."

"그렇죠, 생각하기 나름……. 한쪽이 죽어주는 것이다, 제가 말은 이렇게 했지만 죽이는 건지, 죽어주는 건지, 사실은 모르죠. 다른 사람은 어떻게 생각해도 나는 이렇게 생각한다, 아니 생각하고 싶다, 이게 더 정확한 표현이겠죠."

"공감해요. 꼭 누가 옳다고 결정내리지 말고, 생각의 차이를 인정하는 것이 중요하잖아요. 다양성은 좋은 거잖아요."

"그런데요, 정연경 씨. 다양성이 당장 무난하긴 한데요……. 또 다양성을 신념으로 가지고 살면, 사회생활 하기도 좋고요. 그렇지만 너도 옳고 나도 옳고, 다 가치 있는 생각이다, 이것도 비겁한 태도가 아닌가 싶어요. 다양성의 인정은, 관계를 더 이상 나쁘게 하지 않으려는 임시방편적인 화해, 타협인 면도 많은 거 같아요. 이번 가을에 문득 내가 나뭇잎을 보고 깨달은 것인데, 나는 다양성에 머물 수가 없어요. 잎을 가만히 들여다봤죠. 계속 얘기해요?”

“하세요. 재미있을 거 같아요.”

“나는 나무와 잎을 분리해서 생각해봤어요. 잎이 대체 무슨 죄를 저지르는가, 정말 순수한 존재다, 저번에도 말했지만, 나무에 달린 채 나무를 위해 최선을 다해 봉사하고 어느 날 목을 꺾고 땅에 떨어진다, 그리고 썩어서 나무를 위한 거름이 된다, 미생물의 먹이도 돼준다……. 생각해보면, 나무와 잎은 한동안 한몸으로 있지만, 둘이 하나인 것 같지만, 가지에서 잎자루를 꺾고, 그 꺾은 자리 뒤처리도 깔끔하게 하고 잎이 떨어지는 것을 보면, 나무와 잎이 애초부터 약간 다른 존재라는 생각도 들거든요. 잎은 광합성을 하고, 기공을 통해 호흡을 하지 다른 어떤 나쁜 짓도 안 하는데, 이 세상에 태어난 존재 중 저렇게 착한 일만 하다 가는 게 있을까요? 아, 물론…… 벌레나 균이 붙을 때, 천연 살충제랄까, 아니 죽일 살(殺)까지는 아니고, 천연 항생제를 뿜기는 해요. 쉽게 벌레한테 먹히지 않으려고, 그래야 나무한테 해야 할 자기 일을 가을까지 잘할 수 있으니까요. 항생제 뿜어내는 정도는 생명체로서 당연히 해야 하는 일이고, 그 외 도대체 아무리 생각해봐도 잎만큼 순수하고 착한 일만 하다 가는 존재가 없는 것 같아요. 이런 생각을 하면서 낙엽을 보는데, 정말 예뻐 보이대요.”

“좋은 이야기 같아요.”

정연경이 칭찬했다.

"이야기는 여기서 끝이 아니에요."

"아, 미안해요. 계속하세요."

"잎과 나무는, 그런데 다른 존재가 아니라, 실은 같은 존재거든요. 그렇잖아요, 나무라 함은 뿌리, 줄기, 가지와 잎, 이 모두잖아요. 그러니까 잎이 최상의 존재라면, 나무도 최상의 존재일 수밖에 없는 거예요. 다시 말해 같은 존재니까요. 둘이 분리를 시켜도요, 누가 잎을 낳나요? 나무가 낳잖아요. 나무는 잎 엄마잖아요. 그러니까 엄마가 착하고 순수한 존재가 아니라면, 절대 그런 착하고 순수한 자식을 낳을 수 없죠. 그런 잎을 낳는 나무라면, 또 그런 나무의 씨앗이라면, 한 나무, 한 씨앗이 다른 나무와 씨앗한테 죽임을 당하는 것이 아니라 결정적인 순간에 죽어주는 것이다, 그 정도는 할 수 있는 게 나무와 잎이다! 잎이 너무 예뻐서 나는, 나무는 절대 독한 존재가 아니다, 새삼 확신하게 되었죠."

그녀는 음…… 했다.

나는 한참 기다리다가 마지막 보충설명을 했다.

"물론 아무리 그래도 나무와 씨앗은 다른 나무와 씨앗과 한동안 무섭게 싸우는 것은 확실해요. 이건 어쩔 수 없고요. 그렇다면 다시 한 번, 이럴 때는 또 냉큼 나무와 잎을 분리시키는데, 누구와도 싸우지 않는 정말 최상의 존재는 잎이구나, 가장 순수한 존재구나, 이런 의미로 한 말이었어요."

"무슨 말인지 알겠는데, 조금 복잡한 거 같아요."

사람의 말은 분별지의 은혜를 입은 결과이고, 분별지는 인류의 뇌가 성장하는 과정에서 자연스레 스며든 것이다. 분별지가 없으면, 인간은 인식의 진척을 단 한 걸음도 꾀할 수 없다. 석가모니의 후예들은 분별지를 욕하지만, 절대 타매해서는 안 된다. 아니 차별

지는 욕해야 하고, 분별지는 애용해야 한다. '비분별지, 차별지' 가
나쁘고 '무차별지, 분별지' 는 좋은 것이다. 분별지까지를 천시하는
것은, 단적으로 말해 똥과 된장을 구별하지 못하는 천치 상태를 우
러르는 것과 같다. 그런데 똥과 된장이, 인간의 먹을거리 기준으로
봐서 그렇지, 과연 얼마나 다른가. 똥이 된 것과 똥이 되기 직전의
것, 이 차이뿐이다. 분별지는 죽음에 방불하는 비분별지적 해방의
상태로 늦게 가고 싶어하는 생명의 안쓰럽고 아름다운 안간힘인지
모른다.

내가 정연경 앞에서 나무와 씨앗을 긍정하면서도 잎의 순수성
이 최고라고 굳이 분별하는 것은, 분별지의 감옥 안에서 나오려 하
지 않으면서 창살 밖 인식의 죽음과도 같은 무한자유를 그리워하
는 자기모순적인 소리에 불과한지 몰랐다. 나무와 가지, 잎을 가지
고 백무산 시인이란 사람이 이리 노래한 것도 그 무한자유가 그리
워서일 것이다.

　　　나무는 굵은 가지가 작은 가지를 낳을 때
　　　굵은 가지를 그대로 낳는다
　　　작은 가지가 잔 가지를 낳을 때도
　　　굵은 가지를 그대로 낳는다
　　　잔 가지가 잎을 낳을 때는 나무 전체를 고스란히 낳는다
　　　나뭇잎 하나에 나무 전체가 고스란히 펼쳐진다

분별지의 자위행위에 그칠지 몰라도 나는 잎을 아니 똥을, 그리
고 다시 잎을 줄기차게 찬미해야 했다.

"연경 씨, 봄에 나오는 새순 말고, 낙엽! 푸른색을 잃고 누렇게

176

된 거, 이번 가을에 내가 보고 감탄한 거, 근데 그거 나무의 똥 아닙니까?"

정연경이 망설였다. 한참 기다리다가 또 내가 말했다.

"중학교 다닐 땐데, 남녀공학이었거든요. 여자애들이 책장에 끼우겠다고 운동장에서 은행잎을 줍고 있었어요. 생물 선생님이 나무 똥이 뭐 예쁘다고 주워쌌노? 그러셨어요."

"그래도 똥은…… 동물 종류만 내놓는 거 아닌가요?"

"맞아요, 낙엽은 낙엽이고, 동물의 똥은 똥이죠. 그런데 낙엽에 똥의 일면이 있는 것도 사실이잖아요. 실컷 사용하다가 때가 되어 몸에서 내다버리는 것이 똥이고, 낙엽도 그렇잖아요."

"이상하게…… 슬퍼지네요."

"아뇨, 내가 진짜 말하고 싶은 것은, 가을날, 바람에 우수수 떨어지는 낙엽은 찬란하게 보이는데, 왜 사람이 누는 똥은 찬란한 것으로 보이지 않을까, 하는 것이에요. 뭔가 우리 생각이 잘못된 게 아닐까. 생각이 진짜 자유로운 사람은 사람 똥을 예쁜 낙엽처럼 볼 수 있지 않을까? 똥피를 야, 똥피다! 하고 반가워하고 좋아하듯이 말예요."

"예?"

"아, 화투 똥피요."

정연경이 웃었다. 한 사람이 한 사람을 말로 웃게 한다는 것은 좋은 일이다.

똥이 찬란하다는 것, 즉 그것은 똥도 빛이라는 말이다. 빛을 뿜어내니까 우리 눈에 찬란하게 오는 것이니까. 결코 불가능한 소리가 아닐 것이다. 개가 똥 누는 것을 예쁘게 본 것이나 한 선배가 아기 똥을 주워먹을 수 있을 것 같은 심정이 되었던 것처럼. 병든 노모가 눈 똥의 맛을 보며 "병이 조금도 차도가 없다!" 하고 통곡하였다는 옛 선비의 이야기도 있다. 특수한 상황에서는 똥도 조금도 더럽지 않게 볼 수 있고, 그 특수한 상황의 경험을 반복하다 보면, 더 많은 시간 똥을 가을 낙엽처럼 예쁘게 볼 수 있을 것이다. 비분별지로 일관하면 미친 인생이 되지만, 간혹 꼭 필요한 시기에 허락하는 비분별지는 삶의 은총이다. 그 은총이 똥을 빛나는 것으로 보게 한다. 세계의 모든 사물을 공평무사하게 긍정하게 한다.

의문스러웠다. 똥마저 그럴 수 있는데, 왜 나는 정연경의 머릿속을 긍정하지 못했던 것일까. 똥보다 더 더러운 생각이라고 대경실색해야만 했을까. 우리는 다시 세 번째 만나면서도 그때 이야기는 입도 뻥긋 하지 못하고 있다. '내가 보낸 편지는 읽어봤어요?' 이 말도 꺼내지 못하고, 정연경도 일언반구가 없다. 두려운 것이다. 머릿속 생각이 뭐라고 사람이 사람을 사랑하는 데 치명적이 될 수 있는 것일까.

정연경이 양껏 먹었어도 나는 젓가락질을 거의 하지 않았다. 소주 한 병과 맥주 한 병을 비우고 꼼장어를 조금 남긴 채 우리는 장어집을 나왔다. 밤 9시가 되어 있었다. 소주를 내가 다 먹었으므로 알딸딸했다. 거리의 인파가 늘어나 있었다.

"우리, 노래하러 갈까요?"

내가 말했다.

"그럴까요?"

정연경이 말했다. 그리고는

"경태 씨, 멋진 사람이에요."

"예?"

"이 세상 모든 것에 관심이 있고, 또 언제나 열심히 생각하고,

열심히 생각하니까 끝없이 이야기할 수 있는 거 아니겠어요? 그렇다고 경태 씨 이야기가 쓸데없는 잡담도 아니고요. 나는 경태 씨 같은 사람 처음 봐요."

"이런 말이 있어요. 자기를 둘러싼 모든 것에 관심이 갈 때, 작가는 자유롭다! 그런데 단 하나! 관심 없는 게 있어요. 최근에 썼다는 다른 작가의 작품!"

나는 하하하 하고 오랜만에 호탕하게 웃었다. 그리고 조금 우울한 음색의 목소리로

"나는 생각을 열심히 하는 게 직업인데요, 뭐."

그때였다. 정연경이 내 팔짱을 껴왔다. 오른팔과 옆구리 사이로 그녀의 손이 쑥 들어왔다. 나는 깜짝 놀라 뿌리쳤다.

우리는 당황하여 골목 이편저편으로 휑하니 떨어졌다. 3미터 정도 떨어져 정연경을 보았다. 당황한 기색이면서도 웃고 있었다. 우리는 다시 걸었다. 가까워졌고 곧 나란히 되었다. 그녀가 갑자기 성큼성큼 앞서갔다.

"연경 씨. 이리 와요. 팔짱 껴줄게요."

"싫어요. 한 번 껴주겠다고 했을 때, 딱 꼈어야지. 사람 무안하게……"

"이리 오라니까요."

"싫다니까요. 기회는 한 번뿐이에요."

노래방이 나타났다. 지하였다. 그녀가 멈춰섰고, 내가 다가갔다. 지하로 내려가며 그녀의 팔짱을 꼈다. 그녀가 거절하지 않았다. 팔은 빈약했다. 느낌이 없었다. 경성대학교 앞 인파 속을 걸을 때, 팔꿈치와 어깨가 닿기만 해도 거대한 바다와 같은 살몸의 힘을 느꼈는데……. 계단을 내려와 나는 팔짱을 풀었다. 우리는 2인실로 들

어갔다. 맥주를 마셨다. 밀폐된 공간이었지만, 나는 흡연했다. 그녀
가 노래를 불렀다. 음치는 아니지만, 매혹적일 만큼 잘 부르는 것도
아니다. 1시간이 지나 우리는 노래방을 나왔다. 술이 꽤 올랐지만,
머리는 명료했다. 우리는 택시를 잡았다. 뒷자리에 나란히 앉았다.
둘이 낄 수도 있지만, 팔짱은 혼자 낄 수도 있는 것이었다. 팔짱을
꼈다, 각자, 각자의 가슴 앞에서. 연산경찰서 앞 도로 어느 참에서
택시가 멈추었고, 동전 한 푼 없는 그녀에게 나는 2만 원을 건넸다.
내릴 때 계산하라고. 택시는 그녀를 홀로 태우고 달려갔다.

　　나는 홀로 밤하늘을 보았다.

11. 내가 니 죄 때문에 안 죽었나

어젯밤 스킨십을 복기해봅니다.

팔 아래에 손이 있습니다. 옷에 감싸인 팔과 달리 맨살이죠. 노래방 계단을 밟은 뒤 팔짱을 풀어버리는 것이 아니라, 아니 푸는 것과 동시에 우리는 맨살로 갈 수도 있지 않았을까요. 그녀의 손을 잡아버리는 것 말예요.

남녀의 생체 에너지가 전격적으로 교류하는 것을 '전기 통한다'고들 하지요. 팔짱에서 강렬한 느낌이 왔다면, 손까지 찾아 쥐었을 것 같아요. 그러나 팔짱은 민숭맹숭했고, 맨살을 잡아도 이런 느낌이면 어쩌나, 두려웠는지 모릅니다. 그녀는 식어 있었어요.

우리는 첫 스킨십에 실패한 것입니다. 정연경이 처음 팔짱을 끼려 할 때 뿌리쳤고, 그때 이미 실패했습니다. 멀찍이 떨어졌을 때, 조금 이상한 표정으로 웃는 그녀는, 호, 이것 봐라? 하는 듯했죠. 자기 팔짱을 거부한 남자는 내가 처음이었는지 모릅니다.

무방비 상태로 걷는데 갑자기 손이 들어와 깜짝 놀란 때문일 거예요. 처음 들어올 때, 느낌이 강렬했습니다. 그녀의 행동에 충동과 진심이 담겨 있었어요. 뿌리쳐버리자 그녀의 충동과 진심이 천리만리 달아나버렸습니다. 결국 다시 끼긴 했지만 그저 밋밋했던 까닭이지요.

약 20년 전입니다. 조재도라는 시인이 "사람이 미치도록 그리운 세상, 손만 잡아도 오르가즘에 빠지는 세상"이라고 노래한 적이 있어요. 여자 음부와 남자 음경이 사람의 대표적인 성기이지만, 남녀 불문하고 온몸이 성기라고 나는 생각합니다. 머리카락이나 발, 귀 등 신체 일부분에 과도하게 집착하는 페티시즘도 온몸이 성기라는 것의 부분적 실현인지 몰라요. 추운 겨울에 옷으로 온통 몸을 감싸고 눈만 빼꼼 내놓은 여성도 존재적으로 남성에게 강대한 힘을 발한다고 D. H. 로렌스라는 작가가 말했지요. 동의합니다. 연인이 손을 잡을 때, 음부와 음경 못지않은 성기의 만남일 수 있어요. 손만 잡아도 황홀경을 경험할 수 있어요. 팔짱을 끼는 것은 결코 사소한 스킨십이 아닙니다. 앞으로 구현될 더 이상의 것을 상상만 해도 남자는 심장이 터질 듯할 것입니다. 우리는 첫 스킨십에서 대실패를 경험한 것입니다.

나는 필연적이었다고 봅니다. 그녀가 저번에 유부남의 팔짱을 끼기도 하였지만, 여자 둘이 양옆에서 사내의 팔짱을 우정어리게 껴주는 것과 나랑 단 둘이 있는데 팔짱을 끼려 한 것은 하늘과 땅 차이가 있습니다. 어젯밤의 행동이 그녀에게 얼만큼 결단에 찬 것이었는지는 몰라도, 내가 나 자신을 속이지 않는 한, 팔짱을 뿌리친 내 행동의 이유만큼은 잘 압니다. 경성대 앞에서 데이트를 할 때, 그때 팔짱을 꼈다면, 나는 정말 오르가즘 비슷한 상태에 빠졌을 것입니다. 그러나 두 번째 데이트에서 나의 소망어린 사랑의 감정은 허리가 뚝 부러졌어요. 혹독하고, 뼈아팠습니다.

이별인 줄 알았다가 다섯 달 만에 그녀를 다시 만나 세 번씩이나 밥 먹고 술도 마셨지만, 내 안에는 냉담한 벽이 견고한 것입니다. 나도 모르게 팔짱을 뿌리친 것을 나는 이렇게 해석할 수밖에 없어요. 괜스레 사랑을 일으켰다가 그날처럼 심하게 꺾일 것이 두렵고, 아니 나를 한껏 달아오르게 해놓고 또 그녀가 나를 꺾어버릴 것 같아 두려운 것이에요. 내가 그녀를 사랑할 수 있을지, 자신이 없어요.

나는 그녀의 표정을 똑똑히 기억합니다. 그녀의 머릿속 생각과 표정이 얼마나 싫게 보였는지 그녀는 모르고 있어요. 안다면, 어제 충동적으로라도 그러지는 않았을 것입니다. 우리가 알콩달콩하고 짜릿한 스킨십을 나누려고 한다면, 넘어야 할 벽이 있어요. 우리 사이의 흉물스런 정신적 장애물을 치워버려야 합니다. 가능할까요? 장애물을 그대로 놔두고 훌쩍 건너뛸 수는 없을까요. 아니 장애물이 있는 채 사랑할 수는 없을까요?

이제 두 번째 데이트 이야기입니다. 모든 움직이는 것은 진폭을 가지는데, 감정의 움직임 중 내 평생 가장 큰 낙차의 진폭을 그날 경험해보았습니다.

행복감에 벅찬 경성대 앞의 첫 데이트가 있었고, 다시 만나자고 내가 전화했어요. 핑계는 선물이었습니다. 꼭 드리고 싶은 게 있다고. 경성대 맞은편 센추리빌딩 1층 눈사랑안경점 앞에서 기다리는데, 약속시간 20분이 지나도 그녀가 오지 않았습니다. 설마, 바람을 맞히려고? 오는 중에 안 좋은 일이라도 생긴 것일까? 전화를 해볼까, 문자를 보내볼까, 그러나 쓸데없이 보채는 것 같아 나는 잠자코 있기로 했습니다. 전화기가 몸을 흔들었지요. 정연경이었어요. 못

오게 됐다는 전화일까, 가슴부터 내려앉더군요.

― 아직 계세요?

"예, 어디세요?"

― 버스는 탔어요. 늦어서 가버리신 게 아닌가 싶어서요.

"기다리고 있어요."

그녀가 나타났습니다. 무사하여서 다행이었지만, 그래도 30분은 너무 늦었다, 싶었죠. 왜냐고 묻지 않았습니다. 사정이 있었겠지, 나타난 걸로 되었다고 아예 묻지를 않는 것도 내 마음의 표현이라고 생각했어요. 누군가를 좋아하면 이런 대견한 마음도 생겨나는 거였죠.

우리는 골목길을 걸었고, 분식집에 들어갔습니다. 점심으로 돌솥비빔밥을 시켰어요. 그녀의 얼굴이 피곤해 보였습니다. 나도 자연스레 말을 줄였습니다. 첫 데이트를 하고 절정을 친 감정이 밑으로 내려오는 것을 느꼈어요. 나도 모르게 된 이 변화를 지금 이 여자가 유도하고 있는 게 아닐까, 싶었죠. 액션이 강하게 있어도 상대가 리액션을 줄이면 그리 됩니다. 여자 특유의 예민한 감각으로 내가 어떤 감정 상태에 있는지 잘 알 것입니다. 나한테 반했구나! 남자가 너무 쉽게 반해버리는 것을 여자는 꺼림칙해할지 몰라요. 조금만 마음에 드는 여자가 있으면 늘 이렇게 반하는 남자일까?

비빔밥이 나왔습니다. 그런데 내가 그날 빠지게 되는 지옥이 바로 얼굴을 드러냈습니다.

밑반찬이 몇 개 나왔고, 그녀는 수저통에서 수저를 꺼내고 내 앞에도 놓아주었죠. 숟가락을 들었는데, 허공에서 딱 멈춰버렸어요. 그녀가 두 손으로 탁자 끝을 짚더니 눈을 감는 것입니다. 식사 기도입니다.

4-5초, 시간이 흘렀습니다.

그녀가 손을 거두더니 숟가락을 잡았습니다. 그러나 나는 당황했습니다. 첫 데이트 때도 저녁을 먹기 전 그녀가 기도 동작을 취했지만, 0.5초 정도였어요. 나는 아무렇지도 않았어요. 그러나 4-5초는 너무 길다 싶었습니다. 같은 기도인데, 0.5초와 4-5초 차이가 무엇이길래!

그녀의 동작도 문제였습니다. 저번처럼 탁자 아래 보이지 않게 손을 모으고 눈만 감았다면 나의 당황감은 적었을 것입니다. 그런데 팔을 벌려 탁자 끝을 손으로 잡고 호흡을 멈추는 것에서 이상한 '포스'가 느껴지는 것입니다. 포스는 '힘'의 영어말이지만, 그녀의 동작에서 힘이 아니라 '포스'가 느껴졌다고 해야 나의 당혹감이 제대로 표현되는 것 같네요. 할 필요도 없는 말이 내 입에서 나왔어요.

"자, 이제 식사 하시죠."

그 후 우리는 1분 넘게 숟가락질만 했어요. 암운이 드리워지는 것 같았죠. 솔직히 좀 언짢아졌습니다.

"교회 다니시는 건 알지만, 진짜 열심인 모양이에요?"

"왜, 방금 기도해서요? 교회 나가는 사람들, 식사 때 늘 기도하는 거 잘 아시잖아요."

"그렇지만, 갑자기 거리감이 느껴져서요."

"그건…… 경태 씨가 교회를 안 다니시니까 그렇죠. 기도가 낯설어서."

나는 빠르게 반박했어요.

"아뇨, 나도 기도는 합니다. 매일은 아니지만, 이따금요. 눈앞의 먹을거리가 문득 너무 감사하게 느껴질 때가 있어요. 먹을거리를 눈으로 아주 유심히 보죠. 그 잠깐이 내게는 기도랑 비슷한 거예요. 교회 안 다녀도 기도하는 사람들 꽤 있어요. 대학 다닐 때 농촌활동을 가면, 이 땅 농민들의 땀방울을 생각하며 묵념들을 했어요. 그것도 기도죠."

기도를 일반화해보았습니다. 그녀는 말없이, 그런 기도완 달라요, 하는 표정이었어요. 나는 농투로 딴말을 하기 시작했어요.

"군대에서 태권도를 배워요. 예전의 연대장은 승급심사를 대충했는데, 내가 상병 때 연대장이 바뀌면서 심사가 까다로와졌어요. 그래서 나는…… 동기들보다 병장 진급이 한 달 늦었죠. 아무튼, 태권도에 발차기가 있잖아요. 최소 천 번은 해야 제대로 된 발차기 폼이 나온다고 하거든요. 기도도 하나의 동작이잖아요. 방금 보니까 동작이 군더더기 하나 없이 아주 잘 잡혀 있네요."

불교였다가 그녀가 기독교로 개종한 것이 2년 전, 그런데 2년 된 동작에 방금과 같은 '포스' 가 나오다니, 365 곱하기 2년 곱하기 하루 세 번 하면 천 번을 훌쩍 넘지만, 인간이 취하는 수만 가지 동작 중 기도 동작에 남다른 재능이라도 있는 것일까요.

"밖으로 드러나는 모습이 뭐 중요하겠어요."

"아, 그건 그렇죠."

고개 숙이고 다시 묵묵히 숟가락을 놀렸어요. 그런데 믿기 힘든 말이 그녀 입에서 나왔습니다.

"경태 씨도 우리 교회에 한 번 나와보세요. 어릴 때 크리스마스 날에 가는 교회랑 많이 다를 거예요."

순간 뒤통수를 맞은 기분이었어요. 전도는 기독교인의 사명이라지만, '교회 나와보세요' 라는 말을, 물론 기독교인이라니까 정연경한테도 들을 수 있을 것 같았지만, 지금 이 순간에 듣게 될 줄은 예상치 못했습니다. 오늘 집에 가시면 성경을 한 번 읽어보세요, 읽고 저랑 이야기 좀 해봐요, 이런 말은 기분이 안 나쁠 거 같은데, '교회 나와보세요' 라는 말에는 뭔가 자존심을 상하게 하는 것이 있었습니다. 위태로우나 한 걸음씩 나아가고 있던 대화였는데, 나는 축지법을 쓰듯 백 걸음 앞서버렸어요. 성깔을 드러낸 것입니다.

"정연경 씨."

"예?"

"지금 나한테 전도하는 겁니까?"

"아니에요."

"전도하려고 나 만나는 겁니까?"

"아니에요. 그건 아닙니다."

"예, 아님 됐구요."

말이 나온 김에 아닌 건 아니라고 확실히 해두고 싶었던 것입니다. 남자 여자로서의 만남이 중대하고, 다른 게 끼어들면 안 된다고 명토박은 것이죠.

우리는 또 숟가락질을 했습니다. 약간 어긋났을 뿐인데, 분위기가 이리 싸해지다니, 나는 풀고 싶었어요. 어떻게 풀까요. 물론 말로 풀어야죠.

"한 번 들어가보고 싶었던 교회는 있었어요. 지금 사는 집으로 이사오기 전 동네에…… 골목을 지나다 보면, 작은 교회가 있었죠. 일반 가정집처럼 녹색 철대문이었어요. 이상하게 그 대문이 마음에 들었고, 그보다 십자가에…… 까치가 집을 지어놓은 거예요. 그걸 그대로 놔두고 있는 목사님이라면, 교회도 괜찮겠다, 싶었죠."

정연경의 얼굴이 밝아졌어요.

"들어가보지 그랬어요?"

"눈으로 보는 걸로 만족했죠."

너무너무 기쁠 때, 너무너무 슬플 때, 십자가가 벽 높이에 걸려 있고, 예배 보는 의자가 있고, 다른 사람들은 아무도 없고, 혼자 잠깐 앉을 수 있는 교회라면 좋겠다고 생각할 때가 있습니다. 녹색 철 대문의 교회는 그렇지 않았어요. 예배 시간 외에 문이 늘 닫혀 있었고, 열려 있을 때는 사람들 소리가 요란하게 났고, 괜히 들어갔다가 신도들이 내 인적사항을 꼬치꼬치 알고 싶어할 것 같았어요. 절실할 때 기도도 하고 절실할 때 예배당에 홀로 앉아보고 싶은 거지 성실한 교회생활은 내게 전혀 관심 밖이었습니다. 동네를 떠나기 전 십자가의 까치집도 어느 날 사라져버린 것을 보았죠.

"교회는…… 필요합니다. 지금 이 순간에도 영혼이나 마음이 위험한 목숨들을…… 어쨌거나 이 세상 안에 붙들어놓고 있잖아요. 정말 힘든 사람들이 있거든요. 다른 종교들도 그렇지만요."

병원의 조치, 가족의 사랑, 국가의 보호, 불교 유교 등 다른 종교의 위로는 통하지 않고 유독 교회에 가야 자기치유의 스파크를 일어나는 특수한 영혼들도 이 땅에서 살아가야 하죠. 교회가 있어 지상의 고된 삶을 계속 붙들게 된 사람들이 분명 많을 것입니다. 그들도 투표권은 있고 세금도 냅니다. 존재권이 있어요.

"여러 종교 중 하나라는 것은, 믿지 않으니까 그렇게 말씀하실 수 있는 거예요."

사랑에 설레는 사람은, 상대방의 표정 하나, 말 하나에 민감하게 반응합니다. 둘 사이에 흐르는 공감과 비공감의 시간을 극명하게 느껴요. 어쩌다 보니 우리는 서늘한 시간 속에 있게 되었습니다. 이 비공감의 시간을 흐트러뜨리는 방법 중 하나는 시간은 그대로 놔 두고 공간을 움직여버리는 것이죠. 공간이 스스로 움직일 수는 없고 우리가 공간을 벗어나는 일입니다. 빨리 식당을 나가고 싶었습니다. 비빔밥을 다 먹었습니다.

밖의 거리는 그대로였으나, 막막하게 보였습니다. 우리는 한동안 말없이 걸었습니다. 만남의 목적을 떠올렸습니다.

"참, 선물 드려야죠."

"뭘 그런 걸."

"가방에 있는데, 커피 한 잔 하시죠."

우리는 눈에 띄는 대로 2층 레스토랑으로 올랐지요. 맨 구석은 아니지만 주위 시선에서 가려지는 안쪽 자리에 앉았습니다. 소파로 된 의자였고 등받이가 푹신했습니다. 커피를 주문하고 나는 가방에서 책을 꺼냈습니다.

"이 책, 내가 되게 좋아하는 책이에요. 사연이 좀 있어요. 처음에 한 권 샀다가, 열 권을 샀어요. 좋은 분들한테만 선물해왔는데, 마지막 한 권 남아 있는 걸 가져왔어요."

그녀가 책을 받았고 표지를 보았고 겉장을 넘겼습니다.

"난 준비한 게 없는데, 미안하네요."

하며 표지 안쪽 저자 프로필을 보다가 그녀가 "아" 했습니다.

"작년 봄에⋯⋯. 너무 일찍 세상을 떠났네요."

"예, 그렇죠⋯⋯."

"우리랑 나이가 같네요. 혹시⋯⋯ 아는 사람이에요?"

"대학 친구예요. 문학동아리에서 만났고 또 자취방에서 반 년 정도 같이 살았어요."

"그럼 굉장히 가까운 사이잖아요!"

"어떤 일이 있어 이 친구랑⋯⋯ 의절하고 지냈어요. 오래오래."

"어떤 일인데요?"

"말하기 곤란한데."

"말 꺼내놓고 숨기시는 게 어딨어요."

"그럼 오해 마시고 듣기 바래요. 언뜻 추잡하게 들릴 수도 있거든요."

"조심해서 들을게요."

나는 친구와의 사연을 말하기 시작했어요.

"대학 때, 나한테 여자친구가 있었을 때, 이 친구는 없었어요. 여자친구가…… 좀 저돌적인 데가 있었는데, 뭐랄까, 자신감에 늘 넘쳤고요, 그런 면이 좋아 사귄 것은 맞지만, 암튼 친구랑 같이 자리를 만든 적이 있었어요. 근데…… 이런 표현이 좀 그렇지만, 친구랑 눈이 맞아버린 거예요. 아니, 둘이 눈맞은 게 아니라 여자친구가 먼저 친구를 좋아한 것이고, 그리고 저돌적으로……. 아, 아니, 그러기 전에 나한테 먼저 털어놓더라구요. 충격을 받았지만, 니가 어떻게 그럴 수 있냐, 이런 생각은 안 들대요. 상황을 이해하고, 빠르게 판단했죠. 이런 여자는 일찍 헤어지는 게 낫겠다고. 그런데 이상하게 나는…… 소망이 하나 생겼는데, 친구가 여자친구의 대쉬를 물리쳐주길……. 그러나 아니었죠. 사귀더라구요. 나는 둘도 헤어질 줄 알았어요. 여자친구가 진짜 좀 그랬어요. 자기가 좋아하면 누구든 나를 좋아하게 돼 있다, 이런 자신감의 화신이라서. 석 달 만에 친구도 버리고 딴 남자를 찾아가대요. 우리 사이에 낀 여자 하나는 깨끗이 사라졌는데, 그런데 우정은 회복되지 않더라구요. 여기까지입니다."

"추잡한 얘기 아니었고요, 나는 두 분 다 이해가 되는데요. 친구도…… 의절이라기보다 미안해서 경태 씨를 피했을 거 같아요."

"고향도 비슷해요. 나는 부산, 친구는 김해. 대학을 졸업하고 나는 낙향했고, 친구는 서울에 계속 살았고요. 나는 소설을 썼고 친구는 시를 썼죠. 아니 처음에 나도 시를 썼는데, 친구가 쓴 시를 읽고 소설로 전향한 거예요. 겨뤄봤자 이길 수 없겠더라구요.”

“계속 말씀해주세요. 말이 좀 이상하지만, 듣는 입장에서는 사연이…… 흥미로운데요.”

“따지고 보면, 그 후 15년이나 연락이 없었어요. 동아리 후배들을 통해 소식을 듣고는 있었어요. 등단도 비슷한 시기에 했지만, 나는 책을 두 권 냈고 근데 친구는 시집을 안 내더라구요. 시를 포기했나? 싶었죠. 어디 취재를 다닌다는 소식을 들었는데, 그런가 보다, 했어요. 그러다 불쑥 이 책을 낸 거예요. 촌놈 출신이라 친구는 자연을 사랑했고, 근데 자연을 훼손하는 사람들 있잖아요. 소위 개발주의자라고 하죠. 개발이 벌어지고 자연이 파괴되는 현장을 찾아가 보고 느낀 것을 기록하고 그런 글을 묶은 것이 친구의 이 책이죠. ‘르포르타주’라고 하는데, 솔직히 요즘 시집보다는 많이 팔리는 류예요. 읽어보니까, 진짜 열심히 썼더라구요. 그런데 작년 봄에 갑자기…… 저자 프로필에는 불의의 사고라고 돼 있지만, 목매달고 죽었어요.”

“아, 무슨 이유로?”

“산은 파괴되고 갯벌은 죽고, 절망하여 따라 죽었다, 밖에서는 말 만들기를 좋아하는데, 그런 면도 없진 않죠. 그러나 소수 지인들만이 아는 유서가 있어요. 단 두 줄짜리…….”

나는 친구의 유서 내용을 일러주었어요.

통장 잔고 14,020원.
그리고 김광석처럼.

"김광석은, 역시 목매달고 죽었던, 가수 김광석 말이죠?"

"예."

"결국 가난……."

나는 바로 부인했어요.

"아뇨, 통장 잔고 14,020원, 유서 첫 줄에 현혹되면 안 돼요. 언뜻 가난을 떠올리겠지만, 그렇지 않아요."

"예?"

"김광석 죽음과 친구 죽음이 통하는 데가 있어요. 죽는 방식이 아니라요. 이건 내가 조만간 쓸 세 번째 책 내용이기도 해요."

"지금 좀 들려주실 수 있어요?"

"산과 갯벌이 죽으면서 따라 죽은 것은 친구가 아니라 친구의 책이 먼저였어요. 책이 죽었어요. 무슨 말이냐 하면, 직접 취재하고 글을 쓰다 보면 글의 대상을 사랑하게 되거든요. 그 대상들이 줄줄이 죽어버렸죠. 환경단체가 터널공사와 간척사업을 막아달라고 법원에 소송을 제기했지만, 하나같이 패소했어요. 그러니까, 끝났다, 하고 사람들이 잊어버리게 돼요. 산과 바다, 갯벌이 계속 살아 있으면, 책도 사람들이 계속 찾게 되는데, 따라 잊히게 되죠. 가난 문제가 아니라, 이치가 그래요. 책이 죽으니까 친구도 죽은 거거든요. 그러니까 이런 말이 돼요. 친구가 진짜 사랑한 것은 산과 바다, 갯벌이 아니라 자기 글, 자기 책인 거예요. 아, 물론, 책 하나 죽었다고 사람까지 죽나? 말이 안 되죠. 나도 친구 못지않게 글쓰기를 사랑해서 좀 아는데요, 친구의 진짜 절망은…… 어떤 이유로든 더 이상 쓰고 싶은 글이 없다는 것이에요. 또 더 이상 사랑할 게 없다는 것, 이게 아니라면 절대 자기 목을 매달고 죽을 녀석이 아니에요. 김광석 죽음과 친구는 어떻게 통하느냐, 김광석도 마찬가지였거든요."

"더 이상 부르고 싶은 노래가 없었다, 사랑할 게 없었다……."

"아주 똑같지는 않지만…… 아, 더 말 안할래요. 책이 나오면, 사서 읽어보세요. 아니, 연경 씨한테는 선물해 드릴게요."

"미리 고맙다는 인사를 해야겠네요."

정연경이 미소를 짓더니 물었습니다.

"친구 이름이, 김곰치, 이게 본명인가요?"

"필명이고요, 진짜 이름은 김영식."

"예……."

"친구, 아니 영식이한테 이 필명을 지어준 게 누군지 아세요?"

"당연히 모르지만, 듣고 보니 경태 씨가 지어준 거……?"

"앞으로 시인이 될 텐데, 시인 이름 치고 자기 이름이 좀 쪽팔린다는 거예요. 천승세 희곡 「만선」의 주인공 이름은 어떠냐? 하니까 마음에 든다고……. 그런데 등단할 때는 김영식이라고 본명을 썼던데, 이 책 내면서 김곰치라고 했어요. 어쩌면 나한테 보내는 화해의 신호였는지 모르죠. 아무튼 나는 영식이 이야기를 꼭 쓸 거예요. 그게 영식이한테 마음의 빚을 갚는 길 같아요."

김곰치, 아니 영식이가 혀 빼물고 몸의 구멍마다 분비물을 흘려놓은 채 대롱대롱 매달려 죽었다는 소식을 듣고, 이전부터 나는 세상에게는 겁이 많으면서 사람에게는 겁이 없었는데, 이제 세상에도 겁이 없어지는 느낌이었죠. 진실에의 투지가 더 강해진 것을 느꼈어요. 나는 영식이가 못 다 쓴 '르포르타주'를 내가 이어 써야 한다는 결의까지 했어요.

"어쨌든 이 책은 잘 읽어볼게요."

"하나 부탁드릴게요. 책은 절대로 억지로 읽으면 안 돼요. 5년 뒤에 읽어도 돼요. 문득 그리고 왠지 읽고 싶을 때, 자연스럽게 손이 갈 때, 그때 읽기를 바래요. 억지로 읽는 것은 책을 죽이는 짓이에요. 나는 다른 사람한테 책 선물을 거의 안 해요. 아무리 책이 좋아도 다른 사람이 나처럼 좋아할 거라는 보장이 없잖아요."

"맞아요, 책 선물 할 때 또 받을 때, 그런 부담감이 있어요."

"그건 그렇고 연경 씨. 이메일 있어요?"

"예, 물론."

나는 가방에서 종이 한 장을 꺼냈습니다.

"적어주세요."

정연경이 배시시 웃었습니다.

"편지하시게요?"

"나중에라도 필요할 때가 있을 거 같네요."

그녀의 손글씨도 보고 싶었습니다. 그녀가 종이를 건넸습니다. 글씨는…… 별로 예쁘지 않았어요. 아쉬웠습니다. 나랑 좋아 지냈던 여자들은 다 손글씨가 예뻤는데…….

레스토랑을 나왔을 때, 거리에 어둠이 깔리고 있었어요. 아까 식당에서 잠깐 싸했던 분위기는 온데간데없고 우리는 꽤 친해진 느낌이었어요. 곳곳에서 밀려나온 사람들로 골목길이 수북했지요. 우리는 인파에 밀리다가 대로 신호등 앞에 멈춰섰습니다. 정연경이 손목시계를 보았습니다. 그리고 혼잣말처럼 말했습니다.

"아이, 오늘은 가지 말까?"

"예?"

"약속이 있는데요. 가기 싫어서요."

"무슨 약속인데요?"

"성경공부 하는 날이예요. 근데 농땡이 치구 싶네요."

사람들과 약속까지 하고 성경공부를 하는구나, 썰렁해졌지만, '농땡이'란 말이 새로운 구원이었습니다.

"어떻게 하실래요?"

"경태 씨는 제가 어떻게 했으면 좋겠어요?"

"공부는 무슨 공부예요. 오늘, 놀아요."

"부추기시네."

그녀가 꿍 하더니 말했습니다.

"좋아요, 놀아요."

나는 "야호" 하는 소리까지 냈습니다. 그녀가 그런 나를 귀여운 듯이 보았습니다. 내가 그녀의 선약, 아니 성경공부, 아니 성경을 제쳤습니다. 아니 어쩌면 예수를 제쳐버렸는지 모릅니다.

놀기로 했지만, 이놈의 도시에서 남녀가 뭐 하며 놀까요. 결국 술이었습니다. 우리는 소주방에 들어갔어요. 소주방이지만, 세상의 모든 소주방이 그렇듯이 병맥주와 생맥주도 팔고 있었죠. 아직 이른 저녁이라 손님이 거의 없었습니다. 6인용 큰 탁자에 앉았습니다.

"안주를 푸짐하게 시켜요. 저녁도 여기서 해결해요."

그녀가 말했습니다. 웨이터가 왔습니다. 돈가스와 생맥주를 시켰습니다. 그리고 나는 웨이터에게 말했습니다.

"1,700cc 주전자로 주시고, 병맥주용 작은 잔 있죠? 잔은 그걸로 주세요." 그리고 그녀 쪽을 보며 말했어요. "작은 잔으로 마시면, 술맛이 더 좋아요." 그러자 그녀가 웨이터에게 말했습니다. "저는 그냥 손잡이가 있는 생맥주 잔을 주세요."

주전자와 함께 크기가 다른 두 개의 잔이 왔습니다. 잔을 부딪쳤습니다. 나는 말했어요.

"만화책은 내용도 재미있지만, 페이지 넘기는 재미가 큰 거 같
아요. 꼴은 분명 책 한 권인데, 쓱쓱쓱, 금방 다 읽게 되잖아요. 페
이지를 쉽게 넘기는 쾌감이 있어요. 이런 작은 잔으로 마시면, 양이
적어서 부담이 적어요. 한 모금 마셨는데 잔의 반을 비우게 되죠.
술이 잘 줄고요, 또 졸졸 소리 내며 자주 술을 따르는 재미도 있죠.
나는 생맥주를 마실 때 꼭 작은 잔을 불러요."

정연경이 말했습니다.

"저는 손잡이 있는 잔으로 마셔요. 손잡이 없는 잔을 쥐면, 손이
잠깐이라도 술을 덥히잖아요. 맥주는 차야 맛이 좋아요."

"아, 말 되네요!"

손 좀 댄다고 맥주 차갑기가 크게 훼손될 것 같지 않지만, 손잡
이 있는 잔으로 마신다는 그녀의 이유가 딱 떨어지고 있었어요. 이
유가 명확하니까 경쾌하게 들렸습니다. 세상에는 온갖 아름다운
말, 웅숭깊은 말이 있지만, 사물의 이치를 간단하게 드러내는 실용
적인 말도 나는 참 멋지다고 생각합니다.

"그래도 나는 작은 잔이 좋아요. 이 잔에 손잡이까지 달리면 모
양이 별로일 거 같네요. 우리집에는 이것보다 더 작은 잔이 있는데,
재보니까 180cc던데, 이건 200cc쯤 되겠네요. 그 잔은 '칠성사이
다'라고 적혀 있거든요. 글자가 좀 우습지만, 그 잔, 되게 좋아하거
든요. 집에서 혼자 맥주 마실 때, 꼭 그 잔으로 마셔요. 절대 캔맥주
는 안 마셔요. 눈으로 술의 색깔을 볼 수 없잖아요. 정말 가볍게 마
실 때는 캔을 사기도 하는데, 캔맥주도 꼭 그 잔을 찾아 마셔요."

그녀의 손잡이 있는 잔은 250cc쯤 되어 보입니다. 그녀가 잔잔
하게 말했어요.

"경태 씨는 감성이 풍부한 것 같아요. 내가 참 메마르게 살고 있

구나, 깨닫게 돼요. 그런데 경태 씨 이야기를 듣다 보면, 주눅이 드는 게 아니라 나도 좀 발랄하게 살아야지, 의욕이 생겨요. 그래서 이야기를 나누다 보면, 나도 모르게 기분이 좋아져요."

"아휴, 깨끗한 칭찬으로 알고 고맙게 받아들일게요."

뭘 그리 복잡하게 따지며 마서요? 그녀가 이리 말한다면, 나는 얼마나 상처를 받았겠어요.

우리는 입술자국이 남은 각자의 흐린 빈 잔에 두 번째 술을 따라 주었습니다.

"어때요. 오늘, 취해볼까요?"

"나, 술 꽤 마서요. 경태 씨보다 주량이 더 많을지 몰라요."

"호, 그래요?"

그녀는 그러나 두 번째 잔의 첫 모금을 아주 적게 마셨습니다. 말은 그리 해도 조심하려는 것 같습니다. 그런데 방심한 마음에 내 입에서 불쑥 이런 질문이 나왔어요.

"아까 취소한 약속 말예요. 연경 씨가 하는 성경공부…… 근데 그거, 신약인가요? 구약인가요?"

이 질문이 나를 지옥문 입구에 서게 했어요. 그녀는 신약 내용과 통하는 구약 구절을 찾아가는 식의 공부라고 했습니다. 나는 논산 훈련소에서의 독서 경험을 이야기하지 않을 수 없었어요. 실제 경험만큼 자신에 찬 말의 주인도 없으니까요.

"정연경 씨, 제목은 무슨무슨 복음이지만, 글의 형식은 '이야기' 잖아요. 개인적으로 '이야기시(詩)'라고 생각하는데요, 예수가 세상에 나타났다, 이렇게 말하고 이렇게 행동하고 이렇게 수난받다가 죽었다, 기승전결이 있죠. 형식적으로 온갖 글이 있는데, 논문도 있고, 전세 계약서도 있고, 법원 판결문도 있고, 신문 기사도 있고요. 그런데 복음과 같은 이야기 형식의 글은…… 열려 있다고 해야 되나, 뭣보다 쉽고 재미있잖아요. 복음을 쓴 사람들도 예수의 삶을 가장 쉽고 재밌게 전할 수 있는 방법으로, 필연적으로 이야기 형식을 택했다고 할 수 있어요. 그런데 이야기를 가장 잘 먹는 독서 방법은, 처음부터 끝까지 한 타임에 쭈욱 읽는 것이거든요. 세상의 이야기 중 한 가지 이야기를 특별히 애호하게 되면, 어떤 장면, 어떤 구절을 반복적으로 찾게 되고, 외우게도 되고, 탐구도 하게 되지만, 어쨌든 이야기니까 한 번에 읽는 게 최고 독법이거든요. 오래전 일이지만, 논산훈련소에서 나는 그렇게 읽었는데요. 그냥 한 번에 쭉 읽으면 되는 것 아닌가요?"

따로 약속까지 하고 '공부' 할 게 뭐 있냐는 거지요. 정연경은 놀라는 표정을 지었습니다. 성경에 늘 주눅들어 사니까, 상상도 못 해본 말이었겠죠.

"한 번에 읽는다구요? 성경이 쉽고 재밌다구요?"

"구약은 읽어보지 않았어요. 읽을 필요가 있나, 싶었어요. 잘 아시겠지만, 개별 민족을 초월한 보편성은 4대 복음부터고, 구약은 고대 이스라엘 민족사라고 하잖아요. 구약을 폐하고 하느님과 새로운 약속, 즉 인류 전체를 상대로 보편성 있는 신약을 예수가 하느님한테 획득해냈다고 하잖아요. 다들 그렇게 말하면서 구약이 그 엄청난 분량으로 왜 앞에 붙어 있나 모르겠어요. 촌놈 겁주는 것도 아니고."

"경태 씨, 그렇지 않아요. 구약의 예언 구절이 실제로 실현되잖아요. 그러니까 구약 빼고 신약 혼자 달랑 있을 수 없어요."

"그건요…… 4대 복음 저자들이 설득력을 높이기 위해 사용한 일종의 글쓰기 전략일 거에요. 논문도, 기존 유명 논문을 인용해서 자기 논문의 권위를 높이듯이요."

"정말 그렇게 생각하세요?"

"내가 글을 써봐서 알아요. 글은 글이거든요. 복잡하고 미묘한 온갖 글쓰기 전술이 들어가게 돼 있어요."

"그렇지 않아요. 다른 글과 달라요. 성경은…… 사람이 쓴 게 아니에요. 사람을 도구로 해서 하나님이 쓰신 거예요. 사실상 하나님이 직접 쓰신 거예요. 인간의 논리로 따지면 여러 모순점이 발견되고 때문에 비난하는 사람들도 있지만, 다른 글과 달리 믿음의 눈으로 읽어야 하는 게 성경이에요."

익히 들어본 말들이었습니다. 성경 이야기는 여기서 끊어야 했지만, 즉 기독교인은, 기독교인이 된 순간부터 이런 생각을 하고 사는 사람이다, 존중해야 한다, 하고 나는 왜 물러서지 못했던 것일까요.

그것은 아마도…… 진실의 유혹 때문 같아요.

옷이 하나하나 벗겨지는 사랑하는 여인의 알몸도 유혹적이지만, 이 세상에 존재하는 유혹 중 가장 강력한 유혹은, 진실의 유혹일 거예요. '삶'과 '죽음'과 '진실'이 동시에 손짓한다면, 셋 다 강력한 것들이지만, 의외로 많은 사람들이 진실 쪽에 눈을 팔게 될 것입니다. 아니 사람들은, 그것이 정말 진실이라면, 진실에 그만 눈이 멀어버려요. 왜냐하면, 그야말로 예수의 말처럼, 진리만이 우리를 자유케 하기 때문입니다. 진실과 진리는 엄연히 다르지 않느냐구요? 진실은 진리의 아들쯤이라고 해두겠습니다. 아무튼 삶과 죽음은 한동안 눈에 보이지도 않아요. 삶과 죽음은 진리와 자유의 하수인이기 때문입니다.

정연경이 하는 말을 조금만 치고 들어가면, 이루 말할 수 없이 뜨거운 진실의 땅이 펼쳐질 것 같은데, 그 땅에 같이 가고 싶은데, 이 유혹을 물리칠 수 있을까요. 관계가 파탄날 줄도 모르고 나는 그녀 말 뒤편에 왜곡되어 있는 진실의 안타까운 손짓을 거부할 수 없었어요. 자, 어떻게 하면 그 아름다운 알몸을 같이 안을 수 있을까요.

논산훈련소에서 4대 복음을 읽는 것으로 예수 이야기의 씨가 내 마음밭에 처음 뿌려졌던 것이고, 그것은 조금씩 자라났어요. 신뢰할 만한 다른 책들이 나타나기 시작했어요. 다 합쳐야 대여섯 권도 되지 않지만, 독서의 기회가 올 때마다 나는 애정 깊은 눈으로 읽어두었습니다. 우리의 대화 맥락과 얼마나 합치되는지 몰라도 신뢰로운 책에서 읽은 한 대목이 우선 떠올랐어요. 나는 그 이야기를 하기 시작했어요.

"서남동 목사님이라고 있어요. 돌아가신 분인데, 비범한 말씀들을 많이 하셨죠. 정확히 어느 복음에 있는 얘기인지 모르겠지만, 착한 사마리아인 이야기를 하신 적 있어요. 강도들이 길 가던 어떤 사람의 옷을 벗겨 반쯤 죽도록 때리고 노상에 버리고 가잖아요. 피를 흘리며, 도와주세요, 이러고 있어요. 제사장인가 하는 사람이, 도와주고 싶지만 딸네 잔치집에 가야 한다, 미안하다, 하고 가버리죠. 또 다른 사람이 지나가다가 미안하다, 사정이 있어 돕지를 못하겠다, 뭐, 군대 가는 사람쯤이라고 해두죠, 가버려요. 그런데 사마리아인이 지나가다가 자기도 일이 있을 텐데, 강도당한 사람을 돕거든요. 상처를 소독해주고 나귀에 태워 주막에 데리고 가서 재우고 이튿날 돈까지 주죠. 이런 이야기가 있죠?"

"예, 누가복음에 있어요."

어떤 복음인지 바로 알려주는 걸 보니 정연경이 성경공부를 열심히 하는 것은 틀림없습니다.

"그런데 서 목사님은 이렇게 물어요. 이 이야기에 등장하는 사람들 중 누가 그리스도 역을 하고 있느냐. 연경 씨는 누가 그리스도 역을 맡고 있다고 생각해요?"

그녀의 얼굴이 찌푸려졌습니다. 그냥 계속하지, 뻔한 답을 중간에 상대가 하도록 하는 나의 이야기 방식이 못마땅한 모양입니다.

"당연히 강도당한 사람을 돕는 사마리아인이죠."

"누구나 그렇게 생각할 겁니다. 그런데 서 목사님은, 그리스도는 강도당한 사람이라고 하셨거든요."

그녀가 침묵했습니다.

"아, 강도를 당했구나, 이 사람, 참 안됐구나, 아무리 내 일이 급하다 해도 도와야겠다, 그러니까 강도당한 사람을 보고 불쌍함을 느끼는 것, 참을 수 없을 정도로 불쌍해 행동에 나서지 않을 수 없는 것, 그런 마음이 드는 순간이 구원이라는 말씀이었죠. 구원을 일으키는 자가 그리스도인데, 누가 구원을 일으켰느냐, 죄 없이 강도당한 사람이 일으켰다는 거예요."

서 목사의 이야기를 내가 잘못 전한 것일까요. 나는 착한 사마리아인 이야기를 그렇게 해석하는 서 목사님의 비범함에 충격을 받았는데, 그녀는 차갑게 말하는 것입니다.

"꽤 참신한 해석이네요."

나는 당장 언짢아졌어요. 누가복음의 예수는 착한 사마리아인 이야기를 하며, 너희 이웃이 누구냐, 강도당한 사람이다, 너희도 사마리아인처럼 이웃을 돕고 살아라고 했는데, 이런 기본 가르침을 벗어나 이채로움을 좇는 위험한 사고방식이라고 그녀는 경계하는 것 같았죠. 성경을 독특하게 해석하는 이단들이 워낙 많다고들 하니까. 그래도 '꽤 참신하다' 정도로 평하는 그녀가 나는 건방져 보였어요. 너는 서남동 목사를 좆도 모른다!

서남동! 그가 어떤 사람인가요. 70년대부터 민중신학자가 되어 사회문제와 관련된 글을 많이 썼지만, 5, 60년대에 이루 말할 수 없이 빼어난 에세이를 썼던 사람! 이반 일리치라는 사람의 어떤 글, '기도'를 주제로 한 에세이 한 편을 읽은 적이 있는데요, 내 평생 읽어본 글 중 최고였고, 세상에 이만한 글이 있을까, 싶었죠. 그런데 서 목사는 '침묵'을 주제로 어떤 에세이를 5, 60년대에 이미 썼던데, 뒤늦게 그걸 읽었을 때, 이반 일리치의 에세이에 육박한다고, 아니 능가한다고 나는 전율했어요. 이 놀라운 문장력의 소유자가 70년대부터 사회문제를 다루는 거친 글을 쓰셨구나, 당신의 그 고귀한 문체를 버리셨구나, 하고 나는 가히 존경스러웠어요. 서 목사님의 책은 한 권밖에 읽지 않았지만, 정수라고 할 대목을 방금 말해주었는데, 고작 기독교인 2년차인 주제에 '꽤 참신하다'고 해? 하룻강아지 범 무서운 줄 모르고.

그러나 나는, 내가 이야기를 잘못 전달한 것이겠거니 했고, 서 목사의 이야기를 보강할 다른 기억을 떠올렸어요. 바로 말했어요.

"정연경 씨, 다대포에 가면요, 제법 규모가 큰 성당이 있어요. 을숙도와 낙동강이 잘 보이는 곳에 있는데, 천장이 유리로 돼 있고요, 자연광을 실내조명으로 사용한다고 꽤 유명하거든요. 그런데 거기 가서 놀란 것은, 성당 안에 큰 십자가가 있어요. 10미터는 될 것 같았어요. 대리석 느낌이 나고, 빛을 받으면 여러 각도에서 다른 색깔을 내요. 한마디로 작품이란 생각이 들어요. 너무 예뻐요. 예뻐서 좋긴 한데, 근데 이상한 느낌이 들어요. 이천 년 세월이 무섭구나, 그 끔찍한 죽임이 일어난 십자가가 피 냄새를 깨끗이 지웠네,

십자가가 이렇게 예뻐도 되나? 정연경 씨, 안 그래요? 그렇게 예쁘고 멋진 십자가를 보고 누가 예수가 당한 참형의 끔찍함을 느낄 수 있겠어요. 그러니까 제 말은, 죄 없이 강도당한 사람이 십자가에 못 박힌 예수였고, 그걸 떠올리면 누구나 미칠 듯 슬퍼지게 되고, 슬픔으로 정화되고 영혼이 용감해져서 저마다 인생의 뜻있는 일을 하게 되고, 예수는 그래서 그리스도라는 것이 서 목사님 말씀의 본의예요. 그러니 그 예쁜 십자가는 확실히 문제 있는 거 아니에요? 보고 있으면 도대체가 슬퍼지지 않는데."

예쁘든 끔찍하든 십자가란 대체 무엇이냐? 세상에, 살인도구를 받들어 모시는 짓이 인간이 할 짓이냐, 예수를 목매달아 죽였으면 밧줄을 받들었을 거냐, 참수했으면 칼을 목에 걸고 다녔을 거냐, 이런 말까지 하려 했는데, 그녀가 우선 부인했습니다. 성당의 십자가가 그렇고 교회는 그렇지 않아요, 이런 말은 물론 아니었죠.

"경태 씨, 거기서 멈추지 마세요. 조금만 더 생각해보세요. 분명 죽음이고, 무섭고 끔찍하지만, 십자가의 의미가 그걸로 끝나면 안 돼요. 십자가는 구원이거든요. 그리고 구원은 기쁜 것이에요. 예수님이 그렇게 됨으로써…… 인간의 모든 죄를 지고 갔기 때문에 우리가 구원을 받게 된 것이고, 십자가는 그래서 죽음과 끔찍함을 넘어 기쁨이 되는 거예요. 아까 말씀하신 목사님 말고도 수많은 분들이 구원의 의미를 탐구했고, 십자가가 기쁜 구원의 상징이 된 지는 오래예요. 그렇게 예쁘게 서 있을 수 있는 거예요. 그게 잘못된 게 아니에요. 자꾸 경태 씨는 예수님을 인간적인 견지에서 보기 때문에 그렇게 말하는 것인데, 그분은 애초부터 그런 것을 넘어섰거든요. 태어날 때부터 말예요. 남녀…… 성관계로 태어난 분이 아니거든요."

내가 그간 사람을 만나는 폭이 좁았던 것일까요. 마태복음에 성령잉태 이야기가 있는 줄 알고 그것을 곧이 믿는 기독교인들이 있다는 것도 알지만, 눈앞에 떳떳하게 살아 있는 한 사람이 예수가 남녀 성관계로 태어나지 않았다고 직접 말하는 것은 처음이었습니다. 한마디로 숨이 딱 막혀오대요.

숨막힘, 흔한 느낌일 것 같지만, 8월 폭염 아스팔트 위에 서 있다고 생각해보세요. 얼마나 버틸 수 있겠어요. 인간이 인간적인 견지에서 인간을 보지, 인간 이상의 무엇이라도 된단 말입니까.

성령잉태설에 대한 평소 내 생각은 이래요. 진짜 그랬다면 얼마나 좋을까! 그걸 믿을 수 있다면, 성경의 다른 온갖 소리들도 통째 믿게 되겠지. 믿는 순간부터 인생 복잡하게 살 거 뭐 있나. 교회 다니고 십일조 헌금 내고 목사가 이르는 대로 살면 된다. 다른 책 읽을 필요가 뭐 있나. 성경만 죽도록 파면 되지. 삶이 정말 단순해질 것 같지 않나요? 죽으면 하느님 품에 가는데, 철두철미 그걸 믿는데, 죽음도 뭐 두렵겠어요. 그래서 어떻게 보면 믿음은 유혹입니다. 믿고 싶어요! 그러나! 그딴 식으로는 믿어지지 않는 것을 어쩝니까. 믿으려고 믿는 것이 아니다, 믿어지니까 믿는 거다, 이렇게 말하는 기독교인도 있긴 했지만요. 나는 정영태 시인의 '성령잉태' 코멘트를 옮길 수밖에 없었죠.

"정연경 씨, 정자와 난자가 결합해서 아기가 생겨나는 것도 하느님의 한없는 축복인데, 굳이 그 축복을 피해서 태어날 까닭이 있나요. 성능력에 탈 없이 태어난 사람 모두에게 아낌없이 선사해주는 하느님의 기적과 축복이 있는데, 왜 다른 기적도 있다며 차등을 두죠? 난 이해할 수가 없네요."

정자 난자를 가지고 헤아릴 수 없이 수많은 사람 생명체를 잘 지

어오다가 하필 예수는 그런 몰상식한 방식으로 지어버린 하느님이
라니.

"그건…… 믿음의 영역이죠. 어떻게 그런 일이 일어날 수 있느
냐고 인간의 얕은 지식으로 따질 게 아니에요. 그래서 믿음이죠. 그
리고 남녀 성관계도…… 방금 말처럼 이상화시킬 수도 있지만, 잘
아시잖아요. 인간인 이상, 죄를 짓지 않고 살 수 없어요. 경태 씨
도…… 난 죄 없다고 하지 마세요."

정연경의 어조가 애송이 목사 같았어요. 나는 문득 할 말이 없어
졌어요. 살아오면서 저지른 숱한 죄의 목록이 떠올랐으니까요. 끊
었지만, 한때 바다낚시에 열광했던 것은 지금도 이따금 켕기는 일
이에요. 나약한 여자를 울린 적도 없지 않았고요…….

병원에 가면 '집중치료실'이란 것이 있어요. '중환자실'이라는
말의 어감이 좋지 않아 언제부턴가 이름들을 싹 바꾼 것인데, 우리
는 일종의 집중치료실에 와 있었어요. 우리 둘 다 중환자일 수 있
고, 누구는 중환자고 누구는 경환자인지 몰라요. 아니 누구는 의사
일 수 있고 누구는 환자일 수도 있어요. 어쨌든 환부를 까놓고 진단
해보자는 것입니다. 환부는 뇌에 있을 수 있고 심장에 있을 수도 있
어요.

환부를 까는 것이 고백이죠. 이 자리에서는 신앙고백입니다. 성
령체험 고백일 수도 있어요. 죄 운운하면서부터 나는 말이 좀 딸리
는 듯했는데, 그녀가 먼저 고백했어요.

"2년 전 어느 날이에요. 이런 얘기, 어떻게 생각하실지 모르지
만, 있는 그대로 말할 수밖에 없어요."

"말씀하세요. 나도…… 조심해서 들을게요."

"뭔가에…… 아주 절실할 때였어요. 예수님이고 성경이고 잘 몰

랐을 때였거든요. 관심 자체가 없었어요. 엄마 따라 절에 다녔고, 삼천 배까지 한 적은 없어도 백팔 배는 숱하게 했어요. 꽤 독실했다고 할 수 있어요. 돌이켜보면 부처님이나 절보다는 새벽안개가 흐르는 산의 분위기를 솔직히 더 좋아했던 것 같아요. 그런데 어느 날 내 방 침대에 누워 있었는데, 그때는 부모님이랑 같이 살 때였는데, 눈앞에…… 십자가가 떠올랐어요. 너무 커다랗게요. 또 선명하게요. 그리고 음성이 들렸어요. 너무 또렷하게요. 아직 모르겠나, 내가 니 죄 때문에 안 죽었나……."

이제부터 본격적으로 그녀의 고백이 펼쳐질까요. 나는 이야기가 더 이어지길 기다렸어요. 그러나 내가 짓고 있는 표정이 전혀 공감적이지 않았던 모양이죠. 수많은 말들을 삼켜버리고 그녀가 낙담해버리는 듯이 한 문장으로 정리했어요.

"내가 본 십자가, 내가 들은 음성, 이것만은 진실이에요."

인간의 죄를 뒤집어쓰고 예수가 죽었다는 교회의 말이 저렇게 바뀔 수 있구나! 죄책감에 사로잡혀 '우리가 당신을 죽였습니다' 라고 때로 사죄할 수는 있어도, 다른 누구도 아니고 예수 자신이 그녀에게 그런 말을 했다는 것이 나는 솔직히 가소로웠어요. 정연경의 고백에는 바울로 냄새가 좀더 심하게 썩어서 날 뿐이었어요. 아니 인간의 죄를 대신 씻어주었다는 바울로의 예수보다도 더 불쌍하고 못난 예수입니다. 십자가 아래편에서 자신을 모욕하고 있는 사람들에게 예수는 '이들은 무슨 짓을 하는지 알지 못하고 있나이다, 하느님 용서해주십시오' 라고 하지 않았습니까. 최후에 이르러 하느님을 원망하면 원망했지 하느님을 알지 못하는 사람의 못남을 탓하지 않았어요. '니 죄 때문에' 라고 남 탓을 하는 저열한 예수를 만나놓고 예수의 직언이라고 철썩같이 믿고 있으니 이를 어째야 할까요. 그녀의 신앙고백은 흉악하기 짝이 없습니다.

그런데 문제는…… 그것이 그녀만의 내밀한 체험이라는 것입니다. 영적인 부분이죠. 그걸 함부로 파괴하려고 하는 것은 귀를 못으로 후비고 똥구멍에 창을 밀어넣는 짓과 같습니다. 나는 그냥 나의 고백을 해보일 뿐이었어요. 이건 내 인생에서 너무 중요한, 나만의 하느님 경험이에요.

"음성을 들은 적은 나도 있어요. 오래 전 일인데, 나 역시 어떤 일로 절실할 때였는데, 음성을 듣고 바로 흥분 상태에 빠졌어요. 기막힌 내용이었거든요. 극도의 기쁨과 흥분에서도 그런데 의심이 들었어요. 왜 하필 내게 들려왔을까! 내가 이 세상에서 장차 어떤 큰 일을 하려구! 이건 교만심이죠. 음성을 깨끗이 내쳐버리는 데 보름 정도 걸리대요. 교만심이 깃든 것을 보니, 하느님 음성도 아니고 사탄도 아니고, 그냥 내가 나 자신한테 소리친 것이구나, 사람이 너무 절실한 상태에 빠지면 이상한 목소리도 듣게 되는구나, 했어요. 하느님의 영이 진짜 임한 것이라면, 교만과 의심은 한 꼬투리도 없었을 거예요. 그런데요, 몇 년이 지나 하느님의 영이 진짜 임한 적 있어요. 재작년 어느 때 역시 어떤 일로 절실하게 되었는데, 나는 갑자기 하느님 마음이 되어버렸어요. 교만과 의심은 한 꼬투리도 없었고, 편안하고, 고요하고, 참 밝았어요. 이 세상 모든 사람과 사물들에게 나는 완전 공평무사였어요. 아, 하느님이 이렇구나, 그때 깨달았죠. 4시간 정도 그렇게 있는데, 그런데 자정 무렵부터 불안해지기 시작하대요. 왜냐, 이 마음으로는 결혼도 못 할 거 같았거든요. 누구 한 명의 여자를 특별히 사랑할 수가 없는 거예요. 너무도 공평무사한 마음인데, 어떻게 한 여자만을 사랑할 수 있겠어요. 그러자 어머니가 떠오르대요. 내가 이러고 살면, 얼마나 속상해하실까. 공평무사에 금이 간 것이죠. 새벽 3시까지 잠을 못 이루다가 진짜 간단한 지혜가 찾아왔어요. 일단 자자. 그리고 내일 생각해보자. 구원처럼 잠이 왔고, 이튿날 깨어났을 때, 어제 일이 생생하면서도 기분이 너무 좋았어요. 나를 둘러싼 모든 것에 새로운 애정이 솟아났어요. 4시간의 마음에 삿된 것이 하나도 없었구나, 정말 좋은 것이었구나, 더욱 확신했죠. 하느님 마음을 체험한 후 나는 어떻게 달라졌느냐, 그 전하고 똑같아요. 성격, 주제, 취향이 그대로예요. 다만 더 열심히 살게 되더군요. 세상 모든 일에 관심이 생겼어요. 하느님 만났더니 나는 교회 갈 시간이 없던데요. 세상 일 쫓아다니고 힘든 사람들 응원하는 글을 쓰고, 나쁜 놈들 비판하기에 바빠요. 신문 읽는 데만도 하루가 후딱 가버려요."

자기만의 내적 체험은 누가 옳고 그른지를 따질 수 없습니다. 누가 더 행복한 표정을 짓고 있는지, 체험 이후 지혜로와졌는지, 사랑이 많아졌는지, 이 차이가 있을 뿐이에요. 그녀가 냉엄하게 말했습니다.

"사람은 누구라도 하나님 마음자리를 체험할 수는 있어요. 어떤 종교라도 말예요. 아니 종교가 있든 없든……."

"아, 그래요?"

"문제는요, 예수님을 통하지 않으면 반드시 교만에 빠지게 돼요. 나를 통하지 않으면 하나님 나라에 갈 수 없다고…… 성경에 똑똑히 기록돼 있어요. 그게 어떤 의미인지 아세요? 교만의 위험까지 짚는 말씀이에요."

성경에 기록된 예수의 최대 실언이 그것이 아닌가요. 하느님 나라는 오직 나를 통하여! 당시 여타 종교의 타락상을 보고 예수가 완전한 유아독존적 깨달음과 자신감에 빠졌을지라도 한 인간이 그런 말을 뇌까리면 안 되죠. 어떤 훌륭한 인생을 봐도, 예수랑 통하느냐, 아니냐로 평가할 사람들, 나는 기독교인의 교만이 참 싫더군요. 이년은 우리 어머니를 봐도 지옥불에 떨어질 종자라고 속으로 불쌍하게 생각하겠구나. 어머니에 비하면 새발의 피도 안 되는 인생을 산 주제에.

이제 안의 것이 밖과 결합하여 나타나는 사람의 표정 이야기를 할게요. 그런데 먼저 말할 것이 사랑과 미움, 웃음이 그러하듯이 표정도 전염성이 강하다는 것입니다. 나는 그녀의 표정을 볼 뿐이고, 내가 그녀에게 어떤 표정을 지었는지 알지 못하죠. 누가 먼저였든, 우리의 표정은 서로 전염이 되어 비슷해졌을 거예요. 그녀의 표정이 곧 나의 표정일 거란 거죠. 그럼에도 나는 이 자리서 나의 눈을 가지고 본 그녀의 표정만을 이야기할 수밖에 없어요. 이건 그저 인간적인 한계일 따름이에요.

신약, 구약 이야기부터 시작해 내 말이 어긋난다 싶으면 누구도 꺾을 수 없을 똥고집 표정이 그녀에게 나타났어요. 그녀의 아름다웠던 얼굴은 질 낮은 표정을 수시로 띄워올렸어요. 이런저런 말은 많이 해도 당신은 예수님을 만나지 못하셨어요, 나를 차라리 측은한 눈빛으로 보았다면, 뿌리째 내 마음이 흔들렸을지도 몰라요. 그녀의 배려심 깊은 문자에 반했고 첫 데이트를 하며 그녀의 순수함에 행복감의 절정을 친 나로서는, 잘 모르고 반한 내가 잘못이지만, 내 사랑의 판타지를 깨뜨리는 그녀의 표정에 배신감을 느꼈어요. 그녀를 탓하는 데서 그치지 않고 나는 다른 표적을 찾아냈어요.

같이 성경공부 한다는 놈들! 뱀처럼 끔찍하게 떠올랐어요. 아무리 신앙에 빠져 사는 사람들이라 해도, 기독교도 제법 산산한 체세를 가지고 있는데, 사람 탓을 하는 예수를 모셔버린 이 초신자를 교정하지 않고 왜 내버려두고 있을까요. 예수한테 딱 붙들려 있기만 하면 뭐든 오케이라는 걸까요. 그러니까 '오직 예수를 통한 구원', 이 믿음을 강화하겠다고 또 성경 주변 지식을 더 갖추겠다고 어울려 공부까지 하는 사람들이, 아, 가여워야 하는데, 뭐랄까요, 상종하기조차 싫은 느낌이었죠. 창녀촌에서 나의 누이를 구해낼 때 포주부터 두들겨 패는 것처럼, 정연경이 내 누이라면 그놈들부터 흠씬 패주고 싶을 정도였어요.

우리는 틀어진 표정을 지은 채 한참 침묵했습니다. 말 빼면 시체인 내게 이것은 아주 심각한 상태라는 것이고, 무엇으로도 생각과 느낌의 차이를 없앨 수 없다는 반증이죠. 나는 말이 안 통하는, 이치에 안 맞는 소리를 하는 사람을 보면, 무조건 성질부터 납니다. 그녀의 흉악한 신앙고백, 그리고 고집스럽고 짜증스러워하는 표정에 정이 다 떨어져버렸는데, 남녀의 하나로 같이 앉아 있는 내가 못 견딜 만큼 초라해졌어요.

"잘 알겠습니다. 이만 일어나죠?"

"예, 저도 좀 피곤하네요."

카운터에서 셈을 치르고 소주방을 나왔고, 아까 잠깐 섰던 신호등 쪽인지 다른 쪽의 길인지 알 수 없게 걸었습니다. 방향을 분간할 수 없지만, 대로가 나왔어요.

"이만 헤어져야겠네요."

하고 그녀를 보았는데, 얼굴에 짜증과 고집이 씻은 듯이 없었습니다. 누구나 지금 얼굴을 본다면, '참하다……' 하고 호감을 가질 것입니다. 같이 성경공부 하는 사람들과 어울려 이야기할 때는, 권사님, 자매님 다정스레 부르며 늘 이런 표정이겠지. 자기들끼리는 얼마나 말이 잘 통할까! 나는 불같은 질투심과 선명한 배신감을 마지막으로 느꼈어요.

"가볼게요."

"예, 가세요."

그녀가 먼저 등을 돌렸습니다. 나는 무조건 반대로 걸었죠. 한참 씩씩거리며 걷다가 멈춰서서 전화기를 꺼냈고, 그녀의 이름을 삭제했습니다. 행여 술에 취해 전화를 하게 될까, 그러고 싶지 않았기 때문입니다.

12. 살인과 강간

전화기에서 여자의 이름을 지웠지만, 이튿날, 해야 할 말이 많은 것을 알았습니다. 나는 편지를 쓰기 시작했어요. 모두 네 통이었어요.

오늘 '편지보관함'에서 그때의 편지를 찾아보니, 아, 읽기조차 힘드네요. 독서회에서 처음 보았을 때 느낌…… 잔잔하게 글이 흐르다가 한순간 감정이 치솟는 거예요. 왜 예수 짝사랑이 아니란 거죠! 두 번째 편지는 첫 데이트 때 느낀 것들, 역시 마찬가지였죠. 푸른 잔디 풀 위로 봄바람은 불고, 노래를 상기시킨 뒤, 봄 여름 가을 겨울 하느님을 생각해본 적 있냐고, 하느님을 멋대로 인격화하는 기독교의 유아적 습성을 비판하고 있었죠. 세 번째 편지는…… 예수를 통하지 않고 하느님을 만나면 교만에 빠진다구? 생로병사가 알아서 사람을 겸손하게 해주는데, 이빨이 아파 치과에만 가도 얼마나 많이 반성하는데! 이랬죠.

세 번째 편지 후, 답장이 왔어요. 열 몇 줄짜리였지만, 아주 강경

했지요. 이런 구절이 있었습니다. '하나에서 열까지 사람을 가르치려고 하는 집요한 태도가 있더군요.' '당신이 가진 정보에 불과한 지식은 세상과 우주의 진리 앞에서 한낱 폐기물이 아닐까요.' '편지하지 마세요. 꼭 할 말 있거든 교회로 오세요. 교회에서 한 번 그런 말 해보세요.' 사람 열 받게 하더군요.

나는 마지막 편지를 썼습니다. 어떻게 하면 저 기독교 사고방식의 뿌리를 뽑을 수 있을까? 단 한 놈만 죽도록 패자. 그놈은? 당근 바울로!

지금 나는 그 편지를 도무지 읽을 수 없어요. 시작부터 느낌표 투성이에요. 교회에서는 열 번을 죽다 깨어나도 듣지 못할 소리를 썼으면 뭐 합니까. 너무 공격적으로 감정을 앞세우고 있었어요. 천사의 말을 할지라도 사랑이 없으면 꽹과리 소리에 불과할지니, 성경의 말인데, 진짜 옳아요. 그런데 이 말…… 바울로 씨가 했군요.

내용만을 따진다면, 마지막 편지가 가장 중요합니다. 나는 기독교 교리를 정초했다는 「사도행전」의 주인공, 「로마서」, 「고린도 전서」, 「고린도 후서」, 「갈라디아서」의 저자 바울로를 저주하고 있습니다.

그 편지를 당신에게 다시 쓴다면, 이렇게 됩니다. 내용은 대동소이하나, 저주의 어투를 지우고 사실상 지금 새로 씁니다. 그러나 나는 또 흥분할지 몰라요. 기독교인들은 바울로를 '聖 바울로'라고까지 하는데, 나는 왜 이렇게나 그 인간이 미울까요.

자, 시작합니다.

사람이 하기 힘든 정말 무서운 '고백'이 세 가지가 있습니다. 절대절명의 그 고백은, 고백을 듣는 상대가 누구인지도 중요합니다.

첫째, 내가 당신의 자식을 죽였습니다.

둘째, 내가 당신의 자식을 강간하였습니다.

셋째, 내가 그대를 하늘처럼 사랑하고 있어요.

셋째는 제쳐둡니다. 이 편지에서는 첫째, 둘째 이야기를 하려 합니다.

'죄' 라는 것이 세상에 확실히 있어요. 죄는 어디서 오는 것일까요. 창세기의 기록대로 아담과 이브가 선악과를 따먹고 분별지의 권능에 빠지게 된 사건에서 죄의 발원을 찾을 수도 있습니다. 소위 '원죄' 입니다. 그러나 나는 인정하기 힘듭니다. 갓 태어난 예쁜 아기를 보고, 죄의 씨앗을 가지고 너도 태어났구나, 이 불쌍한 것아, 나는 이런 생각을 조금도 하기 싫습니다. 원죄관념에서 허우적거리는 인생은 1분 1초도 살고 싶지 않아요.

예수는 '너희 중 죄 없는 자가 먼저 돌로 치라' 고 일갈하여, 간음을 하다가 현장에서 들켜 끌려온 여인네를 구했다고 합니다. 간음이 죄이긴 죄되, 사람들에게 둘러싸여 돌 맞을 정도의 죄는 아니라는 말일 것입니다. 바들바들 떨고 있는 여자가 안돼 보였나 봅니다.

그런데 산상수훈에서 예수는 한 걸음 더 나아간 말을 해요. '외간 여자를 보고 음욕을 품는 자마다 마음에 이미 간음하였다' 고. 앞서 예수의 말을 듣고 간음한 여자를 남자들이 돌로 치지 못했던 것을 보면, 세상의 남자들이 죄를 짓고 살며 마음의 간음도 비일비재로 한다는 것이죠. 남자라면 누구나 짓게 마련인 마음의 죄이니, 실제 간음죄를 처벌할 자격이 있는 사람은 아무도 없다는 소리이기도 해요. 그래서 산상수훈의 이 대목이 예수가 간음죄를 해체하는 것이라고 일단의 성경학자들은 말합니다.

그러나 산상수훈의 예수가 그런 본의로 한 말은 아닐 겁니다. 마음의 간음마저 깨끗이 소멸되는 절대 순수의 세계를 그려보인 것이지요. 이 정도 사랑의 세계를 가슴에 품고 큰 인생을 살아가라는 뜻입니다. 마음의 간음도 죄라고 할 수 있지만, 실제 간음과 상상 간음이 같을 수는 없습니다. 상상 간음마저 선명한 죄라고 우기면, 우리는 원죄관념의 포로가 되고 말아요. 예수가 실제로 상상 간음을 엄격하게 따지고 살았다면, 사람들에게 그 금지를 명했다면, 그는 '죄'에 대한 비분별지적 사고의 늪에 빠진 것이 됩니다. 그러면 의도치 않은 현실 왜곡을 낳게 되어요. 좀더 따져보겠습니다.

한때 내가 죄의식, 죄감성으로 충만했을 때, 거리를 걸어다니는 것도 죄라고 생각한 적이 있었죠. 내 신발의 밑창은 합성고무로 되어 있습니다. 보도는 시멘트죠. 걸을 때마다 고무가 닳아 사방으로 가루를 날립니다. 사람들이 마시고 폐와 피가 상하게 됩니다. 또 바람에 쓸려가 구석구석 자리를 잡고 잘 썩지도 않습니다. 옛날 사람들은 짚신을 신지 않았나요. 사방으로 가루가 날아가도 잘 썩고, 합성고무와 달리 사람의 호흡기에 해를 주지 않아요.

몇만 킬로미터를 달린 자동차의 닳을 대로 닳은 바퀴를 보고 깨달았어요. 운전자 놈은 얼마나 많은 고무가루를 세상에 퍼뜨렸을까? 이것은 왜 죄가 아닐까? 내가 구두를 신고 시멘트 보도를 걸으며 고무가루를 날리는 것이 왜 죄가 아닌가? 그렇다면 죄를 피하기 위해 나는 짚신을 신고 다녀야 하나? 방구석에 처박혀야 하나? 처박혀도 겨울에는 방에 보일러 물이 들어와야 하는데, 석유를 사용하는 것은 왜 죄가 아닌가? 석유, 석탄 등 화석연료를 태워 대기 중의 이산화탄소 농도를 높이고, 봄 여름 가을 겨울 하느님을 타락시키는 것은 왜 죄가 아닌가? 현대 도시문명에서 죄를 피할 수 있는 시간이 가능하기나 한가?

　이런 충만한 죄의식, 죄감성으로는 단 하루도 살 수 없지요. 극단적인 죄의식에 빠져 스스로를 괴롭히면, 몸에 병부터 나고 말아요. 이딴 식으로 죄를 전면화시켜버리면 일이 되지를 않아요. 생생한 분별지의 세계로 돌아와야 해요. 큰 죄, 작은 죄, 나눠야 합니다. 그리고 웬만한 죄는 인간 사회에서 적절하게 용인되어야 합니다.

　아니 우리는 죄하고도 좀 친하게 지내야 하는지 몰라요. 죄를 무작정 미워할 수가 없어요! 말장난이 아니라 한석규, 송강호, 최민식 씨가 출연한 〈넘버 3〉라는 영화에는 이런 대사가 있어요. 누가 픽, 웃으며 말합니다. "죄를 미워하되 사람 미워말라고? 야, 솔직히 죄가 무슨 죄가 있냐."

　살다 보니 나는 언젠가부터 죄를 무작정 미워할 수 없다고 생각하게 되었습니다. 앞서 말한 것 말고 다른 이유도 있어요. 즉, 구원이 정말 좋은 것이라면, 우리는 죄한테 고마워해야 하지 않을까. 왜냐, 죄 없으면 그 좋은 구원도 없기 때문입니다.

　병이 나을 때 말예요, 물론 몸에 병이 오면, 한없이 병이 밉지만, 나으면 너무나도 큰 기쁨이 오고, 세상 모든 것에 감사하는 마음이 되죠. 병든 몸의 시간 동안 반성하고 깨닫고 배운 게 많아 낫기만 하면 내 몸에 찾아왔던, 결국 떠나가준 병도 너무 고마워질 지경이 되어요. 병만한 가르침이 있을까! 낫기만 한다면 병만큼 좋은 게 있을까! 한때 건강염려증을 위시해 몇 가지 끈질긴 잡병을 1년 넘게 앓아봤는데, '죄의 결과'라는 병도 결국엔 몸에서 떠나가니까 나는 그만 병이 감사했어요.

　병 나음이 이럴진대, 어떤 이유로든 구원의 기쁨이 클 때는 죄도 고마운 존재일 뿐이에요. 나는 병과 죄도 하느님이 틀림없는 사랑

216

의 노력으로 주신 것이라고 생각합니다. 무작정 죄를 미워하면 안 되고, 웬만한 죄는 인생을 더 깊이 통찰하게 하는 값진 스승으로 받아들이고, 인간과 인간끼리 노력하여 해결해나가면 됩니다.

그런데 죄 중에는 도저히 용서할 수 없는 죄가 있어요. 앞서 말씀드린 절대절명의 두 가지 고백에 해당하는 살인죄와 강간죄입니다. 한 번 저지르면 주워담을 수 없고, 평생 죄의 포로가 되어 살아야 하는, 누구도 용서 운운할 수가 없는 죄입니다.

살인은 한 사람의 생명을 영원히 앗아가는 일, 강간은 한 여성의 근원적인 마음자리를 파괴하는 일입니다. 또는 다르게 표현해, 생명의 끝과 시작에 직결되는 우주적인 죄이죠. 희생된 한 사람, 한 여성을 가장 사랑하는 이 앞에서 이 죄를 고백한다면, 이 세상에서 가장 두려운, 나를 죽여도 좋다는 고백이 될 것입니다. 이 두 가지 죄만은 무릎을 꿇고 고백해야 해요. 무릎을 꿇는다 함은 목을 치라는 소리입니다.

어떤 기독교인은 자식을 죽인 살인자를 찾아가 '양아들 삼겠다'는 소리를 했다고 합니다. 딸을 강간한 남자를 찾아가 '우리 딸과 결혼해다오' 할 수도 있을 것 같네요. 일흔 번씩 일곱 번이라도 용서하라고 하는 기독교의 가르침에 충실한 참으로 대단한 기독교인이라구요? 한마디로 미친 짓입니다.

살인의 경우, 죽은 자식을 자기 몸처럼 사랑한 부모라도 용서는 감히 할 수 없습니다. 용서의 자격은 부모에게도 없고 오직 죽은 이에게 있기 때문입니다. 이미 죽은 이가 산 사람을 용서할 수 없습니다. 살인은 용서가 불가능합니다.

강간은 조금 다르겠죠. 생명 그 자체를 영원히 빼앗는 일은 아니기 때문입니다. 그러나 강간당한 여성도 용서를 해야 하고, 그 부모도 용서해야 하고, 여성의 애인이나 남편도 용서해야 하고, 강간으로 임신이 되었다면 하느님의 섭리이므로 아기를 낳아야 하고, 아기가 성장하여 어른이 된 후 생명을 저질러버린 피의 아버지를 만나 용서해야 합니다. 강간 역시 용서가 불가능한 죄입니다. 그러나 이치상 용서의 가능성은 겨우겨우 있는 죄라고 할까요?

그래서 강간은 두 번째이고 인간이 저지르는 죄의 왕은 살인입니다. 한 사람이 한 사람을 칼로 쑤셔 죽였다고 할 때, 그게 어디 한 사람만을 죽이는 일인가요. 그의 부모 마음도 죽입니다. 그를 사랑하는 아내와 자식들의 마음도 죽입니다. 그와 우정을 깊이 가졌던 친구들의 마음도 죽입니다. 한 사람을 죽였다고 하지만 사실상 수십 명의 마음을 갈가리 찢는 짓입니다. 이미 죽어버린 사람이야 용서할 길이 없고, 행여 죽어가며 '나는 괜찮다, 네 죄가 아니다' 라고 하지 않는 한, 아니 설사 그랬다 해도(부모가 자식한테 죽임을 당할 때 이런 경지가 가능할지 모르겠네요) 남은 사람들 모두 살인자를 용서해야 하는데, 이래저래 용서 불가능의 죄가 살인이죠.

산상수훈의 예수는 형제에게 '라가' 라고 하는 자는 공회에 잡혀가게 되고, '미련한 놈' 이라고 하는 자는 지옥불에 가게 된다고 하였습니다. 그러니 살인죄에 대한 예수의 견해가 어떤지는 두말할 것이 있겠어요. 무조건, 절대 해서는 안 되는 죄입니다. 살인자는, 지옥이란 게 있다면, 무조건 지옥에 가게 되어 있는 것입니다.

그런데 바울로는 대체 어떤 사람입니까. 생전의 예수를 만나본 적도 없는 사람이에요. 십자가에서 예수가 죽은 후, 그를 따르고 사랑하던 사람들이 들고 일어납니다. 참혹하게 죽은 후에야 생전의 예수가 한 말과 행동의 의미를 뼈저리게 깨닫게 되어 그들 삶이 근본적으로 바뀌었는지 죽음도 두려워하지 않는 전도활동에 나서게 돼요. 예수님은 이런 분이셨다, 이렇게 살다가 이렇게 숨을 거두셨다, 그리스도였다, 하느님 나라가 곧 펼쳐진다! 들불처럼 일어난 새 종교운동, 사회운동이었다고 합니다. 아니 '예수운동' 이라고 신학자들의 공식 명칭이 있습니다. 서남동 목사 말고도 한국의 대표적인 민중신학자인 안병무 교수는, 예수 사후 수십 년 동안 수천 명의 '예수쟁이' 들이 '예수운동' 을 벌이다가 예수와 똑같이 십자가에 못 박혀 죽었다고 합니다.

다시 한 번, 바울로가 대체 누구입니까. 애초에 그 '예수쟁이' 들의 목숨을 앗아간 탄압의 선봉에 섰던 사람입니다. 한마디로 살인자입니다.

물론 바울로가 직접 몇 명을 죽였다는 것은 성경에 명시적으로 없어요. '죽임' 과 관련된 기록은 사도행전에 딱 하나가 나옵니다. 스테반이란 청년이 성령에 충만하여 신들린 듯이 연설을 하자 사람들이 그를 성 밖으로 내치고 홀딱 벗겨서 사울이라는 청년에게 옷을 갖다줍니다. 스테반은 사람들의 돌에 맞아 죽지요. 죽임의 증거 같은 피 묻은 옷을 받은 이가 사울, 즉 회개하고 개명하기 전의 바울로죠.

사울에게 옷을 갖다바쳤다는 것은, 조선인의 귀를 베어 살인 전과로 증거 삼았다는 임진왜란 때 일본 군인들의 행동과 비슷합니다. 이 기록만 봐도 당시의 대대적인 예수운동 탄압 국면에서 사울이란 사람의 위치, 통솔력, 카리스마 등 많은 것들이 짐작되지 않나요?

다시 말하지만 직접 죽였다는 기록은 성경 어디에도 없다고 강변할지 모르나, 바리사이파 율법의 청정함을 위해 바울로가 '살인도 불사했다' 고 다들 인정합니다. 한 사람의 죽임만을 불사했을까요. 수십 사람의 죽임을 불사했을까요. 그렇지만 아무리 그래도 바울로가 직접 칼로 찔러, 돌을 던져 죽인 것은 아니라구요?

제발 머리에 개념 좀 탑재하고 생각해보라고 말하고 싶습니다. 1980년 전라도 광주에서 군인들이 시위대를 향해 발포를 할 때, 수십 명이 피를 흘리고 쓰러졌을 때, 서울에 있던 전두환이 직접 그랬습니까. 발포 명령을 내린 현장 지휘관이 총을 쏘았나요. 총을 쏜 하급 병사들만이 살인자입니까. 서울에 있던 쿠데타 세력의 우두머리도, 전남도청 앞 현장 지휘관도 살인자입니다.

탄압과 죽임의 현장 지휘자였고 명령자였던 바울로는 수천 명의 목숨을 앗아갔어요. 아니 예수가 죽은 뒤 바울로가 정확히 몇 년 몇 월에 회개했는지 모르니, 직접 죽임을 명하거나 적극적으로 방조한 희생자들은 수십 명 내지 수백 명인지도 모르죠.

성경의 기록에 의하더라도 '예수운동'을 '잔멸'하는 데 탁월한 수완을 발휘하던 바울로는, 예수쟁이들이 또 어디 있다는 소식을 듣고 잡아족치려고 출정을 나섰던 길에 문득 예수의 음성을 들어요. 사울아, 니가 어찌하여 나를 핍박하느냐. 그리고 그의 눈이 멀어버리죠. 성경의 기록은 이렇지만, 아마 눈이 먼저 멀고 무서운 심경이 된 후에 예수의 음성이 들렸을 거라고 나는 봅니다. 아나니아라는 제자가 예수 음성을 듣고 바울로를 찾아가고, 형제여, 너는 다시 보게 되고 성령으로 충만하게 될 것이다, 말합니다. 눈이 다시 보입니다. 바울로는 이 순간부터 저돌적인 예수쟁이가 됩니다. 이게 바울로의 회개 사건입니다.

예수가 용서했건, 예수의 제자가 용서했건, 하느님이 용서했건, 그러나 그는 살인자 출신입니다. 이 살인자의 회개를 어떻게 받아들여야 할까요.

바울로는 자신의 지난 죄를 물론 아프게 돌아보았을 겁니다. 당연히 이렇게 외쳤을 테죠. 그때는 예수님을 모르고 저지른 짓이었어! 예수님이 나를 정죄하셨어! 이제 남은 인생은 참된 하느님, 나를 정죄한 예수님을 세상 끝까지 알리는 일이야!

그러나 그래도 바울로는 살인자입니다.

잘 몰랐다는 것은 살인죄에 정상참작이 되지 않아요.(아니 양심이 있는 놈은 몰랐다는 정상참작을 작게 하겠고, 비양심인 놈은 크게 하겠지요.) 우리는 '죄'의 특성부터 좀 알아야 해요. 죄란 원래가 그래요. 중한 죄일수록 더 그래요. 세상의 죄 치고 알고 저지르는 죄가 어디 있나요. 죄는 죄를 저지르고 난 후에 뉘우치는 것이지 피 말리도록 고통스레 뉘우치게 될 줄 죄를 저지르기 전에 알았다면 이 세상에 죄를 저지를 사람은 아무도 없습니다. 죄의 무서운 결과를 보고서야 죄의 본질, 정체를 뼈저리게 알게 되는 것이 죄의 특성이에요.

몰랐다는 것은 결코 죄의 용서 조건이 못 됩니다. 밀란 쿤데라의 『참을 수 없는 존재의 가벼움』에는 이 이치를 외디푸스 왕 이야기로 멋지게 설명하는 대목이 나와요. 외디푸스는 부모한테 일찍 버림을 받고 목동의 아들로 자라 성인이 되어요. 여행 중에 노상에서 아버지를 만났는데, 사소한 분쟁이 생기고 아버지인 줄 모르고 죽여버리게 됩니다. 그 후, 한 여성을 사랑하게 되고, 그녀가 어머니인 줄 모르고 결혼하여 자식을 낳게 됩니다. 나중에 이 모든 것을 알고 외디푸스는 어떻게 했을까요. 아버지 어머니를 몰라본 눈을 벌합니다. 브로치로 찔러 소경이 되어버리죠. 쿤데라는 동구권 사회주의 정권의 폭압에 협조한 사람들이 '사회주의가 틀린 줄 몰랐다'고 항변할 때, 그렇다고 당신들 죄가 사라지는 것은 아니라고 하였습니다. 몰랐다고 한들 외디푸스가 자기 눈을 찌른 것처럼 폭압정권에 협조한 죄의 대가를 치러야 한다고 했어요.

몰랐다는 이유로는 외디푸스가 아버지를 죽인 자신을 용서할 수 없었듯이 바울로가 죽인 수많은 예수쟁이들 중 제 가족은 없었겠지만, 혹 제 아버지 어머니를 예수쟁이라는 이유로 죽였다면, 어찌어찌 지 부모가 포함된 줄 모르고 어떤 예수쟁이 집단을 몰살했다면, 하느님과 예수한테 자기는 직접 용서를 받았다고 믿었을지라도, 또 눈 좀 멀었다가 다시 틔었다고 과연 자기를 용서할 수 있었을까요. 생전의 예수가 가르친 사랑의 의미를 조금만 생각해봐도 바울로가 죽인 수십 수백의 예수쟁이들은 다 자기의 형제요, 자기의 어머니 아버지였습니다. 그런 바울로를 하느님이 용서했다니요. 바울로가 하느님한테 받았다는 그 용서를 나는 인정하지 않습니다.

한마디로 바울로는 극히 이기적인 인간입니다. 이제 최배달 이야기를 하겠습니다. 방학기 화백이 그린 장편만화의 주인공인데, 일제시대에 실존했던 태권도 고수죠. 어느 날 그는 일본인과 무술 대결을 벌였고, 의도한 것이 아니었는데 상대가 죽고 맙니다. 정식 대결이라서 최배달은 형사처벌을 받지 않아요. 시합 중 권투선수 김득구를 죽여버린 맨시니가 그러했듯이 유야무야 시간을 흘러넘기면 되는 일입니다. 그런데 최배달은 죽은 일본인의 집을 찾아가고 마당에 무릎을 꿇고 앉습니다. 죽은 자식의 어머니는 최배달의 얼굴을 볼 수가 없어요. 보기만 해도 미움으로 가슴이 찢어지는 것입니다. 눈이 내리고 최배달은 눈을 맞습니다. 어릴 때 본 만화라 기억이 정확치 않으나, 사흘인지 닷새인지 식음을 전폐하고 꼼짝없이 있습니다. 방학기 화백은 결국 최배달이 아들 잃은 일본인 어머니의 서러운 용서를 받는 것으로 그렸지요. 성경 어디에서도 바울로가 자기 지휘하에 죽임을 당한 예수쟁이들의 부모를 찾아가 사죄했다는 기록이 없습니다. 뜯어말려도 안 되는 골수 예수쟁이 자식이었을지라도 늙은 부모들의 울부짖는 소리가 쟁쟁하게 들려오지 않나요? 나는 '교회의 왕, 전도의 왕'이라는 바울로보다 최배달이 훨씬 그릇이 큰 사람이었다고 생각합니다.

예수 스스로 '너희 죄를 껴안고 내가 십자가에 오른다'고 한 적은 한 번도 없어요. 그런데 어떻게 '대속신앙'이란 게 예수의 죽음에 붙어버렸을까요. 인간의 모든 죄를 예수가 자기 목숨을 바쳐 하느님께 대신 속죄했다는, 바울로가 정초한 그리스도교 교리가 단적으로 그렇습니다.

이제 질문은 간단합니다.

바다의 진노를 달래겠다고 인당수에 심청이라는 착한 처녀를 빠뜨려 죽인 것과 똑같은 희생제물 습속! 바울로의 대속신앙 교리도 똑같아요. 그 유아적인 교리가 예수한테 찰싹 달라붙게 된 까닭, '하느님이 그를 죽은 자 가운데서 살린 것을 믿으면 구원을 얻는다, 사람은 마음으로 믿고 입으로 시인하여 구원에 이른다'고, 이런 극단적인 죄의 용서론이 바울로가 집필했다는, '성경의 다이아몬드'라는 「로마서」 한켠을 떡하니 차지하고 있는 까닭, 그게 왜겠습니까.

예수의 삶과 죽음에 이따위 교리가 붙게 된 것은, 바울로가 하느님과 예수를 나름대로 알고 난 후 과거의 악행을 돌이켜보고 이루 말할 수 없는 양심의 가책을 받았고, 그게 그가 전도활동에 열념으로 매진하게 된 원동력이 되기도 했지만, 그럼에도 그도 인간인 이상 자기 죄가 깨끗이 씻기지 않은 것을 늘 의식하고 있었던 것이고,

'나는 살인을 했다! 그러나 용서받았다!' 이 둘 사이를 조울증적으로 오가며 양심 투쟁을 벌이다가 결국 인간 그릇이 작은 바울로가 외디푸스의 경지나 최배달의 큰마음에 이르지 못하고 그 양심투쟁에서 패배해버린 결과입니다.

바울로는 전도활동 중 체포되어 옥에 갇힌 채 죽음을 맞게 되는데, 짐작컨대 죽음에 임박하여 자신이 저지른 죄의 크기에 새삼 전율했을 것 같습니다. 마지막 숨을 놓을 때, 자신의 죄가 이제는 소멸된다고 생각했을까요? 하느님 나라에 간다고 미소를 지었을까요?

그러나 바울로는 하느님 나라에 가지 못했고 그의 죄도 소멸되지 않았습니다. 왜냐구요? 기독교 주요 교리가 바울로의 죄가 낳은 자식이고 지금도 그 교리는 세상을 어리석게 만들고 있고 또 인간이란 존재 자체에 냉소하게 만드는 온갖 지독한 해프닝을 일삼고 있기 때문이죠. 17세 소녀를 강간하고 체포되어 옥에 갇히고는 하느님 만났다며 국제엠네스티가 지정한 양심수한테도 기고만장, 하느님 믿어라! 예수 영접하라! 허구한 날 떠들어대서 온 재소자의 질시를 받는 청년 범죄자의 이야기를 들은 적이 있어요. 살인자와 강간자에게 특효가 있는 종교가 기독교입니다. 중죄인이 뽕가는 종교가 기독교예요. 인간의 죄의식에 능통한 살인자 출신이 교리를 정초했으니 어련하겠습니까.

살인, 강간마저 용서하는데, 내가 저지른 죄 정도는 가볍게 용서받겠다, 종교가 이 정도는 돼야지, 혹시라도 당신이 이렇게 생각한다면, 곤란합니다. 기독교는, 아니 정확한 이름은 바울로교입니다, 살인과 강간을 용서하기 위해 터무니없이 극단적인 교리를 내놓고 있는 종교입니다. 용서가 불가능한데, 그 불가능한 죄의 용서를 성

취해냈다고, 그래서 더욱 기적과 같은 종교가 아니냐고, 제발 그러지 말아 주세요. 죽은 이, 그의 부모, 목에 칼을 대인 채 강간당한 이, 그녀의 부모, 애인, 사랑 없이 낳아진 자식의 운명 등을 곰곰이 생각하면, 그런 염치없는 소리는 절대 입에 올릴 수 없어요.

형제에게 욕만 해도 너네들 지옥 간다! 이랬던 사람이 예수인데, 어쩌다 예수가 중죄인들을 위한 특수종교의 우두머리가 되어 있을까요. 과거 역사를 살펴보면 전쟁같이 특별한 시기를 빼고 중죄인은 극소수일 뿐입니다. 극소수를 위한 종교가 어찌하여 이 땅에서 천 만 신도를 거느리게 된 것일까요. 이건 뭐가 잘못되어도 한참 잘못된 것입니다. 이래서는 안 돼요.

내가 말씀드리고 싶은 것은, 살인 강간 죄인도 아니면서 죄의식, 죄감성에 충만한 마음 약한 당신, 제발 당신이 저지른 죄의 무게를 정신 똑바로 차리고 재라는 것입니다. 10Kg짜리 죄일 뿐인데, 그 정도는 당신 스스로 들 수 있는데도 약한 마음에 10톤짜리 죄라고, 나는 도무지 들 수 없다! 하며 겁내지 말라는 것입니다. 스스로 10Kg짜리 죄를 해결할 수 있고, 친구와 가족에게 고백하고 그들의 도움을 받아 해결할 수도 있습니다. 살인, 강간과 같은 중죄가 아니라면, 바울로의 예수, 바울로의 하느님을 찾아갈 이유가 조금도 없다는 말입니다.

우리들의 노력은 이제 방향을 전환해야 합니다. 살인, 강간을 어떻게 용서할 것이냐가 아니라 예수도 용서할 수 없는 그 죄를 어떻게 하면 박멸할 수 있을까, 애초에 그런 죄가 발생할 수 없는 세상을 어떻게 만드느냐로 향해야 해요. 사후 처리는 아무리 잘해봤자 하느님의 일등상을 받지 못해요.

살인, 강간 등 흉악 범죄를 뿌리뽑으려면, 온갖 분야에서 만인의 지혜와 노력이 필요하지만, 종교에 한정한다면 지금의 바울로교와 차원이 다른 종교가 필요합니다. 그것은 신생의 종교여야 할지 모릅니다. 예수, 부처, 공자가 힘을 합쳐야 해요. 다만 바울로교는 절대 사절입니다. 자기 죄를 용서받겠다고 십자가에 달려 죽은 한없이 슬픈 인간 존재를 성령으로 태어났다느니 물 위를 걸었다느니 유치찬란한 이야기로 치장했고, 즉 '사람 예수'를 사실상 섬뜩한 반자연적인 괴물로 만들어버린 놈이 바울로, 그리고 바울로 후예들입니다. 바울로 이빨이 얼마나 셌던지 예수 직제자들 몇도 휩쓸려버렸어요. 바울로적인 인간의 비겁한 욕망은 신생의 종교에 끼어들 자리가 없어요. 존경받아야 할 사도가 아니라 바울로는 딱하고 짜증나는 비극의 3류 주연배우에 불과합니다. 그의 종교, 그리고 죄와 구원을 오가는 그 지긋지긋한 조울증 놀음은 이제 종막을 고해야 합니다.

자, 신생의 종교 운운하며 꿈은 높았으나, 현실은 그렇지 않지요. 지금 이 순간에도 세계 곳곳에서 죄의 왕과 왕비라고 할 살인과 강간이 끝없이 저질러지고 있잖아요. 실컷 저질러놓고 '나는 어쩌면 좋을까요?' 뉘우치는 얼굴을 하는 죄인들을 우리는 어떻게 해야 할까요. 목을 매달든 주사약을 넣든, 적어도 살인자만큼은 처단해야 할까요. 뉘우치는 얼굴을 한다고, 신경쇠약에 걸리고 죄책감에 몸부림친다고 무기징역을 주고 20년 후 가석방을 시켜야 하나요. 진정 뉘우치기는 했을까요. 뉘우쳤다고 죄의 결과가 사라지나요. 용서할 재간이 없는 살인, 강간, 세계 곳곳의 이 무참한 죄를 어찌해야 하나요. 이라크와 아프가니스탄을 향해 개전 명령을 내릴 때, 소위 기독교국가라는 미국의 대통령은 자기가 어떤 의미의 명령을 내리고 있는지 알기나 했을까요.

아, 나는 다시 한 번 이해할 수가 없어요. 성령잉태나 물 위를 걷는 것은 기적도 아니다, 기독교의 진짜 기적은 이 세상의 그 어떤 종교도 하지 못한, 단순극치의 구원법을 제시한 것에 있다, 성 바울로가 갈파했던, 마음으로 믿고 입으로 시인하면 구원이 온다, 이 구원법의 제시야말로 진정한 기적이다, 대놓고 이리 뇌까리는 종교 아래로 어떻게 이 땅의 사람 천 만이 꼬여드는지, 바울로의 그 염치없는 교리가 어떻게 2천 년 넘게 이어지고 있는지, 이 땅뿐 아니라 온 세계를 휩쓸고 있는 것인지!

어쩌면 바울로 한 사람의 잘못이 아니라 인간이라는 존재 자체에 근원적인 모순이 있기 때문은 아닐까요? 오랜 세월 진화가 되었다고 해도 인간 정신에는 암흑지대가 있다고 정영태 시인이 말했는데, 우리 인간은 아직까지 진화가 덜 된 종이라서 이런 걸까요? 이렇게 묻는 내게도 엄연히 꿈틀거리고 있는, 바울로 못지않은 염치없는 어떤 욕망이 있는 것은 아닐까요? 그것은 무엇일까요?

나는 그것의 이름이 '거지근성'이라고 판단합니다.

바울로교의 흥성을 낳고 있는 것도 아무래도 이것 같아요. 거지근성, 그러나 이 문제는 앞으로 좀더 생각해봐야겠어요.

이런 내용을 담아 정연경에게 편지로 보냈지만, 다시 말하지만, 방금의 편지와 내용은 같지만, 사실상 전혀 다른 편지였어요. 당신들이 늘 끼고 사는 성경이라는 책은 만화책보다 못해! 이렇게 대어들고 있었으니까요.

그때나 지금이나 바울로에 대한 내 생각은 변함없는데, 그런데 지금 나는 이상한 무력감을 느끼게 되어요. 내 생각이 천번 만번 옳다고 한들 그게 무슨 소용이냐는 것입니다. 논리정연한 어떤 놀라운 설명을 내놓아도, 소용없어요. 십자가가 눈앞에 떠오르고 예수 음성이 지 귀에 들린다는데, 그걸 어쩌겠습니까. 영매(靈媒)가 잘 들락거리는 사람이 있다고들 하는데, 영상과 음성으로 출몰하는 잡귀를 한 번 특별하게 만나버리고 나면, 누구도 뜯어말릴 수 없어 요. 잡귀는 밖에서 오는 것이 아니라 자기 안에서 발생하는 것인데, 그걸 스스로 알아차리기란 거의 불가능합니다. 정연경 또한 그런 예수 잡귀를 만난 케이스였지요.

잡귀와의 만남이, 말을 근사하게 붙여서 신비체험인데, 설사 그 런 게 아닌 경우라 해도, 인간의 생애 속에 펼쳐지는 온갖 비언어, 비논리적인 거대한 시간을 생각하면, 조금만 그걸 너그럽게 바라 본다면, 믿음의 세계로 자신을 방치하는 인간들을 나 또한 이해 못 할 일은 아니죠. 반기독교적 언사를 잔뜩 늘어놓았지만, 실은 어쩌 면 나도 준비된 기독교인인지 모르겠다는 생각이 들 때도 있거든 요. '%'로 말한다는 게 그렇지만, 1% 아니 5% 정도 이미 나는 기독 교인이라는 생각까지 해본 적 있어요. 그걸 좀 설명해볼게요.

'5%'의 의미는 이래요. 내가 윤회를 하여 인생을 백 번 산다고 할 때, 백 번 중 단 한 번도 기독교인으로 살지 않을 자신이 있느냐!

나는 다섯 번 정도는 기독교인으로 살게 될 것 같거든요. 즉, 아 름다운 마음씨를 가진 기독교인 어머니의 아들로 태어났다면, 당 연히 기독교인이 되었을 것 같아요. 삼촌이 교회 목사였다면, 어머 니와 삼촌의 육친적인 사랑에 끌려서라도 성령잉태 이야기를 무난 히 받아들였을 것 같아요. 그러니 정연경이 성령잉태를 믿는 기독 교인이라고 경멸하거나 그 믿음이 내 사랑의 치명적인 장애라고 치부하는 것은 뭔가 잘못된 것이 아닌가 싶어졌습니다.

아, 다시 말하지만, 믿음은 유혹이에요. 내게도 언젠가는 닥칠

228

죽음을 생각하면, 더욱 그래요. 나이 칠팔십, 쇠약할 대로 쇠약해져 병석에 있다면, 사는 동안 지은 수많은 죄가 떠오를 것이고, 마음이 불안해질 것입니다. 무엇이 위로가 될까요. 나는 새삼 예수를 절실히 떠올리게 될 것 같아요. 손발에 못이 박히고 중력을 고스란히 받는 자신의 체중 탓에 고통이 격심했을 텐데, 그는 어떻게 '사랑'이라는 초심을 잃지 않았을까. 발악을 해야 정상인데, 어찌 그리 의연하고 시적일 수 있었는지, 다른 초자연적인 기적은 필요 없고 십자가에서 보인 예수의 빛나는 언행이 인류 역사상 최고의 기적이 아닐까. 인간이라면 도대체 그럴 수 없다! 하여 '예수는 외계인'이라는 소리까지 나왔겠죠.

정말 하느님의 아들이었을 것이다, 성령잉태도 맞을 것이다, 하느님의 외동아들은 인간을 사랑하였다, 십자가를 벗어나버리는 기적을 일으킬 수도 있었지만, 일부러 일으키지 않고 나의 죽음을 보고 뼈저리게 깨달아라 하고, 즉 인간을 너무 사랑하여서 그렇게 무력하게, 나무처럼, 나무의 씨앗처럼, 죽어주었다고, 이게 가장 깊은 하나님의 뜻이다, 예수는 그 뜻을 따랐다, 그런 깊은 사랑과 순종의 원리가 이 세계를 지배하고 있고, 나는 생명체로서 필연적인 죽음 앞에 있지만 다 하느님의 뜻이 스며 있는 죽음이다, 두려워할 것이 무엇인가? 뭐, 이럴 수도 있는 것 아니겠어요.

그러니 정연경은 나보다 좀더 일찍 성령잉태를 믿게 된 사람일 뿐인지 몰라요.

죽음에 임박하여 내 마음이 어떻게 될지는 실제로 임해보아야 알 일이고, 아무튼 나는 정연경이란 사람을 잘 모른다고 해야 합니다. 그녀도 나를 잘 몰라요. 우리는 37년이란 세월을 따로 살아왔고, 문득 만났고, 조금씩 자신을 드러내며 알아가고 있어요. 그녀의

믿음도, 논리로 분석할 것이 아니라, 그녀 삶 속에서 왜 그런 믿음
이 발생할 수밖에 없었는지를 간파해내야 하는 문제인 것 같아요.

　우리의 최근 만남도 한 번 벽에 부딪쳐 무너졌던 사랑의 출구를
새로이 찾아보자고 이미 암묵적인 합의를 본 때문인지 모릅니다.
언젠가는 예수와 믿음 이야기를 나누되, 충돌이 발생하더라도 저
번처럼 쉽게 헤어지지 않도록 그런 이야기는 일단 뒤로 미룬 채 부
지런히 만나 잔정부터 쌓아놓을 것!

　그런데 그녀는 내 마지막 편지를 읽기는 읽은 것일까요. 흥분한
느낌표에 질려 삭제해버렸을까요. 읽었다면, 어떤 생각을 했을까
요. 혹시 그녀의 믿음에 균열이 생긴 것은 아닐까요. 내 편지가 아
니라 다른 무슨 이유 때문에라도……. 그랬기 때문에 다섯 달 만에
내게 연락하게 되었던 것은 아닐까요. 자존심 때문에 그 균열의 사
실을 숨기고 있는 것은 아닐까요.

13. 영적인 것들

노래방 계단을 밟으며 정연경의 팔짱을 꼈지만 '느낌'을 얻는
데는 실패했고, 그런 후 나흘이 지났네요. 나는 당신에게 앞서 보인
'강간과 살인'이란 제목의 편지를 쓰며 시간을 보냈는데, 그녀는
무슨 꿍꿍이속일까요. 아무런 연락이 없어요.

참, 오늘 낮에 나는 다른 약속된 짧은 글을 쓰기도 했어요. '약속
된 글'은 매당 얼마라고 원고료 지불이 확실한 글을 말합니다. 누
군가 내가 쓴 글을 읽어주는 것만 해도 고마운데, 나의 쓰기와 다른
이의 읽기를 매개하는 사람한테 글값을 받는 일은 언제나 감동적
입니다. 일기 한 장도 최선을 다해 쓰지만, 돈까지 받고 쓰는 글은
더욱 혼신의 힘을 다하게 되지요.

서울의 한 잡지 편집자에게 원고를 보낸 것은 밤 10시였어요. 나
는 슈퍼에서 병맥주와 통조림 햄을 사왔고, 햄을 구워 안주 삼고 맥
주를 아끼듯이 마셨습니다. 이제 마지막 잔이에요. 11시 반, 정연경
생각이 납니다. 다시 스킨십을 시도한다면 짜릿할 수도 있지 않을

까. 나는 전화기를 들고 말았어요. 아, 재회 후 마침내 내가 먼저 연락을 하고 마네요.

— 아, 경태 씨가 연락을 다 주시고, 어쩐 일이세요?

"며칠 미뤄둔 일 끝내고, 맥주 한 잔 하고 있어요."

— 밖이에요?

"아뇨, 집. 연경 씨는 어딥니까?"

— 집이에요. 그럼 혼자 드시겠네요?

"혼자죠. 그래도 햄까지 구웠어요."

— 햄을요? 아니 어떻게요?

"슈퍼에서 사와서 캔을 따고 도마 위에서 칼로 썰었죠. 그리고 프라이팬으로 굽죠, 어떻게 굽긴요."

— 부모님이랑 같이 살잖아요. 냄새 많이 날 텐데, 뭐라 안 하세요?

"아들이 일하고 술 한 잔 하는데, 안주 좀 만들어 먹겠다는데 뭐라 하겠어요. 또 이 시간이면 주무시고 계시고요."

— 맥주 한 잔을 먹더라도 잘 챙겨 먹네요? 경태 씨가 좋아한다는 그 작은 잔으로 드시겠네요?

작은 잔 운운한 것은 몇 달 전의 일인데!

"와, 기억하시네요."

— 그때, 나도 특별히 아끼는 잔을 가지고 싶다, 그런 생각이 들었거든요. 경태 씨, 솔직히 부러워요. 일 끝내고 맥주 한 잔, 정말 맛있잖아요. 난 언제 그랬나 싶네요. 진짜 오래 전 일이라서요.

"조만간 다시 일을 가지실 거잖아요."

— 쉽지 않네요.

"뜻이 있으면 길이 있다고, 계속 도전하셔야죠."

— 말씀만이라도 고마워요.

오늘 통화는 참 무난하게 진행되네요.

"연경 씨, 내일 약속 있어요?"

— 없어요.

"그럼…… 만날까요?"

— 그럴까요?

"내일 말고요."

— 예?

"별다른 약속 없으니까, 오늘 늦게 자도 되잖아요. 지금 만나요. 만나서 맥주 한 잔 해요."

— 에…… 지금요?

"택시 타면 금방인데요, 뭐."

어떻게 나올까, 궁금했는데, 그녀가 이렇게 말해왔어요.

— 만나면 자정이 넘을 텐데, 문을 연 술집이 있을까요? 우리집에 오면, 시간은 신경쓰지 않아도 되는데.

집이라고 하지만, 그녀의 방, 약간…… 위험하지 않을까요.

"대학가는 새벽까지 문 여는 데 많아요. 만에 하나 없다면 그래야 할지 모르지만, 그러면 술값은 적게 들겠죠."

나는 술 마실 곳의 대안으로 그녀의 방도 걸쳐놓았습니다.

— 햄 드신다고 할 때, 아, 나도 먹고 싶다, 이런 생각 했어요. 햄보다 더 맛있는 안주 살 거죠?

"그건 자신할게요."

— 이런 일도 있을 수 있군요. 참, 안나 카레니나……

"맞다. 다 읽었어요. 갖고 갈게요!"

자정 30분까지 경성대 눈사랑안경원 앞에서 보기로 했습니다.

자, 양치질을 하고, 책 챙기고, 출발합니다!

달리는 택시 안에서 나는 그녀의 방을 계속 떠올렸다. 그런데 창문과 침대, 책상, 컴퓨터, 텔레비전 말고 떠오르는 것이 없다. 그녀의 방을 직접 본다면, 열 시간 이야기를 나누는 것보다 정연경이라는 사람을 더 잘 알게 될 것 같았다. 오늘 밤은 아니더라도 꼭 방을 봐야겠다고 생각했다. 아니, 오늘 밤이어도 상관없다! 방에 둘만 있게 된다고 상상하자…… 설레었다. 나는 그녀의 하나에 냉담하고 다른 하나에 설레고…… 어쨌거나 가능하기만 하다면, 사랑하고 싶은 것이다!

약속장소에 도착하여 기대치를 낮추려고 노력했다. 며칠 낯을 보지 않다가 여자를 볼 때, 눈에 안기는 느낌, 보는 순간 눈이 시원해지는 느낌을 나는 좋아한다. 그런 느낌이 없더라도 실망하지 말자, 다짐하는데, 어둑한 보도에서 안경원 앞의 밝은 데로 여자 하나가 건너왔다. 정연경이었다.

보기 좋다.

이마를 시원하게 드러냈고, 정중앙에서 가르마를 타고 귀 뒤로 넘겼다. 이 시각에 사람을 만나다니, 별일도 다 있네! 하듯이 씨익 웃으며 흘겨보는 태가 애교스럽다.

"나흘만인데, 안 반갑습니까?"

"그렇게 물어보시면, 반갑다고 해야겠죠?"

나는 가방에서 『안나 카레니나』을 건넸다. 그녀는 빈 가방을 가져왔다. 책 두 권을 넣었다.

"자, 가시죠."

걸어가면서 생각했다. 2천 년 전에 죽은 예수가 마리아 자궁 안에서 어떻게 생겨났는지가 왜 중요한가! 성경은 교양인의 필독서,

두 번 세 번 읽을 수도 있는 것이고, 일주일에 한 번 정도 모여 토론하는 것이 왜 나쁜가. 일주일에 한두 번 교회라고 불리는 곳에 가서 기도하는 것, 눈을 감고 자기 안의 소리에 귀를 기울이는 것이 왜 나쁜가. 이런 생각까지 하는 것을 보면 나는 최고로 기분이 좋은 상태인 것이다.

"진짜, 새벽까지 하는 데 있나요?"

"없으면 연경 씨 집으로 가야죠."

"생각해보니까 그건 안 되겠더라구요. 여러 사람들이 함께 오면 몰라도, 경태 씨 혼자는 안 돼요."

"쓸데없는 걱정. 내가 여자 팔짱까지 뿌리쳤던 사람 아니오?"

"아픈 데를 찌르시네? 암튼 안 될 것 같아요."

"늦게까지 하는 집 쌔고 쌨으니까 걱정 마요."

쌔고 쌘 건 아니었다. 산돌과 몇 번 갔던 맥주집 〈노다지〉에 갔는데, 훈제소세지가 탐스럽게 나와 잘 먹은 적이 있었는데, "1시 반까지 합니다" 하는 것이다. 우리는 밖으로 나와 뺑뺑이를 돌았다. 문 열어놓은 술집이 꽤 있긴 했으나, 구미에 당기는 안주를 내놓는 집을 찾기 힘들었다. 그래도 한 번은 가본, 안주 상태를 확인했던 집에 갈 수밖에 없다. 또 산돌과 갔던 곳이다. 나는 문어집을 가리켰다.

"어때요? 쫄깃쫄깃하긴 하던데."

"문어…… 좋아하는데."

의외다.

"나, 못 먹는 거 없어요. 개고기도 먹어요."

웨이터 청년에게 언제까지 하는지 물었다. "3시까지요. 손님들 계시면 연장하고 그래요." 청년이 주문을 받고 물러갔다. 식당 안에는 열 남짓 탁자가 있었는데, 우리는 포장을 친 바깥의 간이 공간에 앉았다. 탁자 옆에는 수족관이 있었다. 수십 마리 작은 문어가 바닥에 저희끼리 엉켜 잠들어 있었고, 유독 한 마리가 유리 중앙에 붙어 있는 것을 보았다.

대나무통에 담긴 소주가 왔고, 삶긴 문어가 왔다. 소주에서 나무 향이 났고, 문어를 찍어 먹는 참기름장이 아주 고소하였다.

"술맛 좋은데요?"

"그러네요."

정연경이 문어를 씹어먹었다. 나는 잔을 연거푸 비웠다. 오늘 같은 날은 마셔도 취하지 않을 것 같다. 왠지 기분이 그렇다. 그래도…… 이젠 좀 조심하자.

이야기는 흥미진진했다. 거대 재벌기업이 천문학적인 규모의 불법 비자금을 조성해왔는데, 재벌 내 고위급 인사가 그 비리를 전면적으로 고발한 뉴스가 화제에 올랐다.

"청와대의 대통령 비서관한테도 5백만 원을 보냈다고 하잖아요. 진짜 나쁜 사람들 아니에요? 돈의 힘을 모르는 사람이 세상에 어디 있습니까. 아니, 돈 싫어하는 사람이 어디 있습니까. 인간의 약점이라고 할 수 있어요. 그런데 그놈들이 그걸 너무 잘 아는 거예요. 연봉 칠팔천만 원쯤 되는 고위 공무원한테 오백만 원은 그리 큰 돈이 아니지만, 가만히 앉아 있어도 들어오는 돈, 얼마나 맛있는 돈입니까. 유혹을 느낄 수밖에 없어요. 그걸 너무 잘 아니까, 이 자식아, 싫진 않지? 하며 뇌물을 자신 있게 밀어넣는 거예요. 사람 약점을 이용해 타락시키려는 짓이잖아요. 왜 자기가 타락했다고 남들까지 타락시키려 하죠? 진짜 나쁘지 않나요."

"지금 세상에서 성공하는 사람들은, 사람을 잘 알아요. 사람을 잘 알아야 사람을 이용해서 성공할 수 있잖아요."

간단명료한 그녀의 말에 나는 크게 공감했다.

그런데 문득 이상한 순간이 왔다. 우리는 갑자기 침묵했고, 어색해져 동시에 각자의 잔에 손을 가져갔다. 잔이 각자의 입까지 가기 위해 허공을 움직이는데, 우리는 거의 동시에 수족관 쪽을 보았다. 수족관은 처음 그대로였다. 아니, 아니었다. 벽에 빨판을 붙이고 꼼짝달싹하지 않던 문어 한 마리! 갑자기 유리를 박차더니 유선형으로 몸을 바꾸고 수족관의 물 속 허공을 유영하였다. 어때요, 나 힘차죠? 뽐을 내듯이.

"아휴, 사람을 깜짝 놀래키네."

하는데, 가슴 한켠이 서늘해져왔다.

"왜 갑자기 움직였을까요."

그녀가 말했다.

"왠지 슬프네요."

내가 말했다.

"왜요?"

"갇혀 있는 놈들이라 시들시들할 줄 알았는데, 생명력이 굉장하잖아요. 근데…… 지금 이렇게 먹고 있잖아요."

그녀의 표정이 당장에 굳어졌다.

"음식이잖아요."

"방금까지 살아 있었잖아요."

"방금까지 경태 씨도 먹었잖아요."

그녀가 발끈했다. 표정뿐 아니라 목소리까지 경직되었다. 뭔가 내 말을 넘겨짚은 것 같다. 나 또한 뭔가 짚었다. 교회에 계속 나가느냐, 믿음에 변화는 없느냐, 물어볼 필요도 없다. 여전한 것이다.

나는 짜증이 확 나려 했다. 도대체가 먹는 것을 두고, 아니 인간의 먹는 행위를 놓고도 이렇게 의견이 다르다!

정연경은…… 어쨌거나 개종자였다. 이전에 불교신자였다. 불교에서는 살생을 터부시한다. 중들은 아예 육식을 하지 않는다. 석가모니의 사상이 아니라 힌두교인가 자이나교인가가 잘못 결합하여 나타난 하위 교리라고 하지만, 성불하지 않은 존재는 생명이 다한 후 윤회의 사슬에 든다는 것이다. 우리가 먹고 있는 것이 조상의 변신인지 모른다. 다른 생명체를 인간만큼 귀히 여기라는 소리지만, 섬뜩한 협박이기도 하다. 기독교는 그렇지 않다. 지상의 생명체에 서열 같은 게 있다. 아무리 죄를 타고 났고 또 끝없이 죄를 짓고 살아도 하느님은 인간을 가장 사랑한다. 번성하라, 정복하라고 했다. 다른 생명체를 먹을 자격이 사람한테 당당하게 있는 듯이 말한다. 그러나 문어가 유영할 때, 나는 그 생명력에 놀라면서도 슬퍼졌다. 그냥 본능적으로. 그녀는 이런 감정이입을 예민하게 경계한다. 감정의 큰 차이이다. 어떻게 봉합할까. 나는 성질을 참으며 최선을 다해 말했다.

"물론 방금까지 나도 먹었어요. 그렇지만 정연경 씨, 문어가 움직일 때, 보란 듯이 헤엄칠 때, 슬퍼졌어요. 슬퍼지는 걸 어떡해요. 그래서 슬프다고 말했어요. 슬프다고 내가 먹기를 멈추느냐, 그렇지는 않아요. 오늘도 먹을 거고 내일도 먹을 거예요. 분명 슬픔이 왔지만, 그러나 2-3초예요. 이 문어 말고도 다른 생명을 내가 먹어야만 산다는 것이 때로 온통 슬픈 일이지만, 근데요, 아무리 그 슬픔에 집중하려고 해도, 슬픔은 언제나 물러가버려요. 나는 먹어야 하고 또 먹는 행위가 압도적으로 기쁘고 즐거운 일이라는 것을 알아요. 나는 사람이고 문어가 아니거든요. 벼가 아니거든요. 그러니

238

까 슬프고도 기쁜 일이에요. 산 생명을 죽여 먹는 것을 슬퍼하는 것하고 먹을 수 있어서 기쁘고 즐거운 것이 나는 특별히 충돌이 되지 않아요. 슬픔은 잠깐, 기쁨과 즐거움이 훨씬 길어요. 물러가는 슬픔을 붙잡고 싶어도 붙잡을 수 없고, 또 어쩌다 한 번씩 오고 곧 가버린다는 것도 알기 때문에 이 잠깐의 슬픔이 나는 귀하게 느껴져요. 소중하게 느끼고 내보내면 돼요. 살아 있는 것을 먹어선 안 된다, 이런 생각 전혀 안 해요. 그런 생각 하며 살고 싶지도 않아요. 그러나 어쩌다 오는 슬픈 감정을 막을 생각은 없고, 야, 귀한 감정이 왔다, 하고 잘 모실 거예요. 그래서 이 모든 이야기의 결론은 언제나 하나예요. 감사하게 먹자, 정말 열심히 살자."

그녀의 표정이 풀어졌다. 다행이었으나, 그렇다고 내 이야기의 공감은 아니었다. 뭔가 내 말이 유창하고 복잡다단하여 자기 주장을 선뜻 할 수 없을 뿐이라는 것이었다. 방금의 발끈하던 태도와 목소리의 경직이 나는 계속 언짢았다. 성질하고는, 한때 불교신자였다는 것이 그리도 수치스럽나! 우리는 말없이 소주 한 잔씩을 마셨다.

"정연경 씨, 하나 물어볼게요."

"예."

"내가 보냈던 편지…… 연경 씨는 답장을 한 번 보냈고, 그런 다음 맨 마지막 편지 말예요, 읽어보셨어요?"

"솔직히 말해도 돼요?"

"당연히……."

"제일 길었던 편지였죠. 클릭은 했는데, 무섭기도 하고…… 편지함에 저장만 해뒀어요. 아직 읽지 못했어요."

나는 섭섭하지 않았다. 바로 평가해주었다.

"그때, 감정이 너무 불끈해서 읽을 만한 편지가 아닐 거예요. 잘 하셨어요. 다시 쓸 기회가 오겠죠."

"예."

그리고 나는 내 몸 속에 있는 천 개의 방을 생각했다.

천 개가 아니라 만 개인지 모른다. 밤하늘의 별만큼 많은지 모른다. 그러나 말은 명료성을 띨 때 설득력이 생기므로, 만 개라고만 해도 일상에서 접하는 수 감각을 넘어서기에 천 개라 하는 게 좋다. 사람의 삶이란 자기 안의 천 개의 방에 무엇인가를 채우고 또 불 밝히는 일이라고 나는 생각했다. 혼자 해본 생각이었다. 누군가에게 말해본 적은 없다. 지금 한다면, 정연경에게 처음 하는 것이다. 어떻게 받아들일까. 한 번도 해본 적 없는데, 표현을 잘 얻고 나와줄까. 진실이라면, 진실은 말의 즉각성을 두려워하지 않는다.

"정연경 씨."

나는 이름을 불렀다.

그녀가 "예" 하고 가만히 넘겨다보았다.

"사람이 세상에 태어날 때요, 누구나 천 개쯤의 방을 가지고 태어난다고 생각해봐요. 시를 읽고 감동할 때, 하나의 방에 불이 들어오죠. 감동이 다하면 불이 꺼져요. 방은 그런 거예요. 감동, 사랑, 깨달음의 방이죠."

"그런데요?"

"불이 켜지면, 내부를 볼 수 있어요. 이런 방, 저런 방이 내 안에 있다는 것을 비로소 알게 돼요. 어떤 불행한 사람은 이백 개 정도 방의 불을 켜보고 죽어요. 어떤 사람은 오백 개, 칠백 개. 인생을 참 잘 산 사람은 모든 방의 불을 밝혀보고 죽겠죠. 생애 최고의 순간에는! 천 개의 방 모두에 일제히 불이 들어오죠. 아, 얼마나 행복하겠어요."

"그럴싸한 이야기네요."

"교육도 많은 방의 불을 켜요. 지식도 빛이거든요. 오랫동안 궁금했던 것을 알게 될 때, 생각도 못 해본 것을 배울 때, 감동이 오죠. 그보다 더 많은 경우는 물론 사람과 자연의 아름다움이겠죠. 착한 사람을 봤을 때, 멋진 행동을 하는 사람을 볼 때, 그리고 바다 앞에서 감탄할 때, 밤하늘의 무궁무진한 별을 보고 순수해질 때, 미워했던 사람을 사랑으로 안을 때, 음악을 듣고 전율할 때…… 이럴 때마다 불이 켜지는 거예요. 연경 씨도 이런 경험, 많았을 거예요."

"천 개는 아니어도……."

"그런데요 정연경 씨. 이런 방이 있어요. 진짜 희한한 방, 아니 진짜 대단한 방이에요. 그 방의 불은 하느님만이 켜요. 하느님만이 스위치를 올릴 수 있어요. 아아, 어떻게 이런 방이 있을 수 있지? 이건 내 방이 아니야! 감히 믿을 수 없을 만큼 훌륭한 방이에요. 그 방에 영원히 거하고 싶지만, 그런데…… 그 방의 불도 꺼져요. 반드시 꺼져요. 그러나 느닷없이 또 득달같이 불이 켜지고, 하느님이 스위치를 올린 방에 한 번이라도 있어본 사람은 평생 못 잊어요. 너무너무 좋거든요. 그런데요, 그런 방이 내 안에 있다는 것을 경험으로 알게는 되지만, 혼자 다시 찾아가려고 하면, 어둑한 방과 방 사이 미로를 잘 통과하기가 불가능하고, 찾아갔다고 해도 무쇠로 된 육중한 스위치를 올릴 수 없죠. 할 수 있는 일이라곤 늘 그리워하며 그 방의 불이 켜지길 무작정 기다리거나 방에서 보았던 것들, 잠깐 앉아본 느낌의 기억을 되새기며 그리워만 하다 죽을지 모르죠. 내가 하느님 마음이 되었을 때, 그때가 그랬어요. 기억나시죠? 그 마음, 공평무사였다고."

"기억나요."

"정말 그랬거든요. 어느 정도였냐 하면, 이런 상상까지 떠올랐어요. 내가 아이가 있는 아버지고, 눈앞에서 아이가 자동차에 치여 죽는다고 해도, 내 마음은 흔들리지 않을 것 같았어요. 자동차는 이 땅의 온갖 도로를 달리고 있고, 누군가는 치여 죽기 마련이고, 내 아이에게 사고가 일어났구나, 일어날 수 있는 일이다, 내 아이한테 일어난 것뿐이다, 이해할 것 같았거든요. 또 당장 누가 칼을 들고 내 방에 들어와요. 돈을 내놓으라 하면, 그런데 강도가 나를 찔렀다고 하면, 배에 흐르는 피를 움켜쥐고, 이거면 돼? 안 부족해? 얼른 도망가, 이웃 사람들 눈에 띄이기 전에, 그리고는 천천히 병원에 갈 거 같았죠. 이건 도대체가 인간의 마음이 아니잖아요. 이루 말할 수 없이 큰마음이었는데, 그게 뭐겠어요. 하느님 마음이죠. 그리고 그 마음에 나름대로 이름을 붙인다면, 공평무사였던 거죠."

그 마음이 참 대단하여 이런 상상까지 했다는 것이지 인간이 그런 마음으로 진짜 살아보겠다고 하면, 큰일난다. 하느님 마음을 너무 탐하면, 하느님 짓을 하려 들고, 까딱 잘못하면 지 자식 죽인 살인자를 용서한다고 설치는 짓까지 하게 된다. 나의 경우, 고요하고 터무니없이 밝은 정신적 오르가즘이 4시간 지속되고 말았기에 천만다행인지 모른다. 바라건대 훗날 내가 죽음에 이를 때, 그 마음이 다시 찾아오기를!

"연경 씨. 하느님 방의 불이 느닷없이 또 득달같이 켜졌다고 했지만, 정말 그러냐? 그렇지는 않아요. 그때, 절실한 어떤 상황이 그 앞에 있었어요. 지금 그걸 말하기는 그래요. 너무 긴 이야기라서요. 말해도 이해하기 힘들 겁니다."

아무래도 여동생의 죽음이 결정적이었던 것 같다.

"상황이 먼저 있었다는 것은, 연경 씨도 마찬가지였을 거예요. 십자가가 선명하게 떠올랐을 때, 그리고 음성……. 제 기억에, 연경 씨는 성경이나 십자가에 별 관심 없이 살았는데 문득 떠올랐다고 하셨지만…… 그렇지는 않을 거예요. 연경 씨도 뭔가 절실한 상황이 있었을 거고, 나는 그걸 모르죠. 이야기해주지 않았고, 이야기한다고 해도 이해할 수 있을지 모르겠어요. 남들이 알아서는 안 되는 것인지도 모르죠. 아무튼 연경 씨 방에도 누군가 불을 켰던 거겠죠. 하느님일 수 있고요."

과연? 그렇지 않을 것이다. 사랑과 희생의 십자가가 아니었으니까. 그녀의 십자가는 공포와 협박의 십자가였으니까. 그러나…… 아, 어쩌면 하느님이 불을 켠 것일 수 있다. 순서란 게 있으니까. 독종한테 독을 쓴다고, 정연경이 그때 독심을 품고 있었을 수 있다. 그래서 흉악한 말로 충격을 주려 했는지 모른다. 그러나 다시 믿건대, 내가 아는 하느님은 그렇지 않다. 최악의 독종한테도 변함없이 사랑의 약을 보내는 하느님이다. 빛과 공기의 본성이 공평무사한 사랑으로 그러하듯이.

"그런데 연경 씨, 하나 물어볼게요. 천 개의 방에 불을 밝히려면, 연료가 있어야 하잖아요. 원자력발전소에서 전기를 끌어다 켜는 방이 아니잖아요. 불이 켜지면 빛이 나오는데, 그 빛의 연료는 뭘까요? 뭘 거 같애요?"

"아무래도 사랑……일까요?"

"사랑……이라고 해도 되지만, 내가 생각한 답은 달라요. 물질적인 거예요. 그 연료는, 아, 물론 가장 기본적인 연료는, 우리가 먹는 밥이에요. 또 공기와 햇빛이죠. 생명이란 베이스가 있으니까 방도 있고 불도 켜지고 그러는 거잖아요. 밥, 공기, 햇빛, 이건 기본

연료고, 근데 특수 연료가 추가로 들어가요. 하느님 방은 더더욱 특수 연료가 필요하고요. 불을 켜는 연료는 천 개의 방만큼이나 종류가 많은데요, 누구나 이름은 들어서 알고 있는 것이에요. 그런데 직접 눈으로 봤다는 사람은 없어요. 누구나 들어 알지만, 본 적 없는 존재, 어쩌면 하느님과 비슷하게 신비한 존재라고 할 수 있겠네요."

"그게 뭐냐니깐요."

순간 짜증어린 목소리, 나는 얼른 대답했다.

"이렇게 말할 수밖에 없어요. 호르몬이에요."

정연경은 무반응이었다. 그녀의 가타부타에 따라 내 이야기는 어디로든 갈 수 있었다. 나는 기다렸다. 그녀가 말했다.

"경태 씨, 지금 내게 무슨 말을 하고 싶은 거예요?"

십자가와 음성, 그때의 체험이 고작 호르몬의 작용이라구요?

"특별한 의도를 가지고 한 건 아니고요……."

나는 당황했다. 그러나 곧 추슬렀다.

"그냥 그렇다는 거예요. 왜, 호르몬이라고 해서 마음에 안 드나요? 사랑, 감동, 깨달음의 방도 그렇지만, 인간이 할 수 있는 어떠한 신비한 영적 체험도 호르몬이란 연료가 반드시 필요해요. 비하하거나 물질화시켜버리는 그런 의도가 아니에요. 남성호르몬, 여성호르몬, 성장호르몬, 수많은 호르몬이 있지만, 영적 호르몬도 우리 몸에서 객관적으로 분비된다는 겁니다. 그게 뿜어져 나와야 하느님을 볼 수 있고 느낄 수 있고 또 하느님 소리도 들린다는 겁니다. 아니, 하느님은 언제나 우리에게 소리치고 있지만, 그게 뿜어져 나온 사람만이 듣게 되는지도 모르겠어요. 그냥 그렇다는 거예요. 내 이야기는 여기까지에요."

서둘러 끊었다. 싸우게 될까, 겁났다.

"우리 몸에서 스스로 뿜어져 나오는데, 왜 하느님이 스위치를 올려야만 하죠? 어폐가 있는 것 아니에요?"

정연경이 따졌다. 듣고 보니 그렇다. 어떻게 답해야 할까.

"하느님이 켜주는 방…… 이것도 실은 하나의 표현일 뿐이겠죠. 영적 호르몬이 나오면 너무너무 행복하기 때문에, 그 행복한 호르몬을 경험하면, 그 전에 느껴본 인간사 갖가지 행복은 부질없는 것이 되고, 그럴 만큼 일생일대의 행복감이기 때문에, 그런데 그 행복감도 시간 따라 스러지기 때문에, 스러짐에도 불구하고 최상의 행복감을 경험한 한 인간으로서 그만 겸손해져서, 내가 켠 게 아니다, 하느님이 켜주셨다, 이렇게 말하게 되는 것 같네요. 하느님이, 다른 누구는 아니고 오직 나한테만 켜주셨다, 이런 교만함이 아니고요. 특수연료가 있고, 그걸 호르몬이라고 한 것도 비슷한 겸손의 뜻이에요. 누구나 어떤 절실한 상황에 처하면, 또 자신을 믿고 사랑하면, 영적 호르몬을 뿜어내게 된다고 나는 믿어요. 그걸 하느님 호르몬이라고 이름 붙여도 될 것 같아요. 태어날 때부터 우리 몸 안에 들어와 있었던 하느님을 비로소 알아보는 것인지도 모르죠."

영적 호르몬은 확실한 존재 같다. 임종에 이르러 누구나 그렇게 된다. 정신이 오락가락할 때, 불교신자는 부처와 관세음보살을 보고, 조상 제사를 열심히 모신 사람은 죽은 옛 어른이 나타나고, 기독교인들은 예수와 바울로를 알현하게 된다. 그러니까 영적 호르몬은 자기의 죽음을 미리 기억하는 뇌 부위에서 나오는 것 같다. 물론 임종 때가 아니라도, 죽음에 방불하는 갑작스런 몸과 정신의 위기에서도 호르몬이 분비된다. 놀라운 것은, 악한 시간에는 악한 호르몬, 선한 시간에는 선한 호르몬이……. 기쁠 때 맞으면 한없이 기뻐지고 슬플 때 맞으면 한없이 슬퍼진다는 히로뽕처럼.

4시간의 공평무사를 안겨준 나의 영적 호르몬, 아, 예수는 그 비슷한 호르몬의 분비가 나보다 수백 배는 더 왕성한 사람이었는지 모른다.

3시가 되어가고 있었고, 이야기는 실패했다. "앞으로 천천히 생각해볼게요" 하고 그녀는 마지막 잔을 비웠다. 내가 니 죄 때문에 안 죽었나, 그 음성은 예수의 것이 아니라 당신 몸 속의 어두운 호르몬이 불러낸 말, 실은 당신 자신의 말이라고 하고 싶었다. 그러나 나는 회피해버렸다. 나는 화제를 바꾸었다.

"내일 영화 보러 갈래요? 사운드트랙이 좋다고 소문난 영화가 있는데."

"제목이 뭔데요?"

"원스."

"원스?"

"오, 엔, 시, 이, 원스. 옛날 어느 한때, 이런 뜻쯤……."

"영화 안 본 지 오래됐는데."

"내일 저녁쯤 보는 걸로 하죠. 괜찮죠?"

"그러죠."

"시간과 장소는 내가 알아보고 전화 드릴게요."

"하나 말할 게 있어요. 경태 씨, 혹시 아세요?"

그녀가 나를 똑바로 보았다.

"뭘요?"

"이야기할 때, 자기 얼굴을 못 보잖아요. 나는 경태 씨 얼굴을 보거든요. 아까 천 개의 방 이야기할 때도 그랬고, 경태 씨가 어떤 표정을 자주 짓는지 모르죠? 한심하다, 왜 그걸 모르고 사니…… 아세

246

요?”

“아, 그래요?”

“봐요, 지금, 지금…… 지금도!”

대나무통 소주를 두 병 마셨고, 실내의 두 테이블에 다른 손님이 있었지만, 새로 한 병을 시키기는 너무 늦었다.

“그랬다면, 사과를 해야겠죠.”

후, 나는 한숨을 쉬었다.

“그만 일어나죠? 내일 영화 보려면…… 좀 자둬야죠.”

“내 말, 피하는 거예요?”

“아뇨, 지적은 받았고, 기억할게요.”

택시를 타러 도로까지 가며 나는 씁쓸하기만 했다. 좋은 느낌으로 만났는데, 중간과 끝이 아주 좋지 않다. 정연경도 마찬가지일 것이다.

그래도 자기집에 가자고 한다면, 나는 따라가게 될 것 같다. 다른 욕심은 없다. 방을 보고 싶을 뿐이다. 택시를 탔다. 나는 안쪽 자리, 그녀가 바깥쪽이었다. 우리는 단 한마디의 말도 없었다. 어느 지점쯤에서 “여기 세워주세요” 하고 정연경이 기사에게 말했다. 내리는 그녀에게 말했다.

“내일 전화할게요.”

“집 앞까지 바래다줘서 고마워요.”

택시가 출발했고, 나는 피곤했다. 고개를 떨구었다.

잠이었다.

14. 팝콘이 문제였을까

작년 가을 어느 날, 양치질을 하고 입을 헹구는데 잉, 뭐야? 돌이 씹히는 것이었어요. 돌일 리 있겠어요. 이 조각이었죠. 치과에 가니까 의사는 혀를 차며 이를 다섯 개나 치료해야 한다는 것이었죠. "큼직큼직한 게 부모님한테 잘 물려받았는데, 관리를 너무 안 하셨네. 잇몸 상태도 안 좋고." 윙 소리를 내는 기기로 이를 갈고 세척하고, 갈고 세척하고, 와우, 무섭더군요. 그런 중 기기를 바꾸며 의사가 혼잣소리처럼 말하던 것입니다.

"에이, 마음에 안 들어, 마음에 안 들어."

나는 그 말이 듣기 좋았어요. 가장 심한 상태의 어금니를 의사는 고심 끝에 뽑지 않겠다고 했고, 언제일지 모르지만 최대한 써봅시다, 이렇게 말했죠. 그런데 막상 이를 치료하다 보니, 보면 볼수록 그놈의 이가 마음에 안 드는 것을 어쩌겠습니까. 우짜겠노, 환자는 이런 상태로 우리 병원에 왔고, 에구, 최선을 다해야지, 이렇게 들려오던 것이었죠. 에이, 마음에 안 들어, 마음에 안 들어.

연산경찰서를 지날 때 기사가 나를 깨웠습니다. 택시에서 내려 골목길을 오르고 집 대문을 따고 들어갔습니다. 방에 들어왔을 때는 4시가 지나 있었어요. 나는 외투만 벗고 침대에 쓰러지며 그녀를 떠올렸어요. 그리고 혼잣소리를 했어요.

"에이, 마음에 안 들어, 마음에 안 들어."

잠은 신비로와요. 하룻동안의 기억과 감정을 정리정돈합니다. 의식이 다 하지 못하는, 중요한 것 중요하지 않는 것을 가려내지요. 감정의 거품을 걷어내는 데는 잠이 최고예요. 정오가 되어 눈을 떴어요. 지난 새벽, 문어를 먹다가 신경전을 벌였고, 그 값비싼 호르몬 이야기도 실패해서 기분이 참 안 좋았는데, 아, 오늘 영화 보러 가야지, 야호! 내가 이러는 것 아니겠습니까.

침대 방에서 나와 책상에 앉았습니다. 컴퓨터가 인터넷 세계를 펼쳐놓았어요. 나는 〈프레시안 무비〉를 찾아갔어요. 그곳의 영화 리뷰를 꾸준히 읽어왔는데, 〈원스〉 기사는 특히 좋았지요. 서울의 후배 하나가 〈프레시안 무비〉 객원기자로 있고, 나는 '리뷰 진짜 잘 봤다. 극장에서 봐도 후회없을 영화냐?' 문자까지 보내주었던 말이죠. '형, 잘 지내시죠? 할리우드 좋아하는 사람은 실망, 음악 좋아하는 형은 오케이' 라고 답이 왔었죠.

후배의 글을 다시 읽습니다. 〈원스〉는 아일랜드 영화입니다. 거리에서 노래하는 '그' 와 체코에서 아일랜드로 건너온 이민자 '그녀' 가 주인공입니다.

"줄거리는 단순하기 짝이 없어서 길거리 공연에서 우연히 여자를 만난 후, 남자가 뮤지션의 길에 도전하려고 데모 CD를 만들고 여자는 그를 도운 뒤 헤어진다는 게 줄거리다. 화려한 수사의 애정고백도, 특별한 로맨스도 없다. 사랑하는 마음은 있는 게 분명한데,

둘은 고백하지 못하고, 고백한다 해도 상대방이 알아들을 수 없는
체코어 몇 마디로 표현되고, 흔한 키스 한 번 하지 못한다. 그녀는
피아노를 치다 울음을 터뜨리고, 그의 어깨에 잠시 기대고, 그는 그
런 그녀의 어깨를 감싸는 것, 그리고 밤을 새워 CD를 만든 뒤 아침
에 헤어지면서 볼에 작별 키스를 하는 게 이 커플이 영화 내내 하는
스킨십의 전부다"라고 후배는 쓰고 있습니다. 나는 후배의 기사 중
다음의 제법 긴 문단이 좋았습니다.

　　포크락 그룹 '더 프레임즈(The Frames)'의 보컬인 글렌 한사
드('그')와 더 프레임즈에서 세션으로 참가한 적 있는 마르게타
이글로바('그녀')가 주연을 맡은 이 영화는, 더없이 투박하고
단순한 화면 속에 보석과 같은 음악이 어우러지면서 간만에 제
대로 된 정통 음악영화의 진수를 보여준다. 두 남녀가 처음 음악
을 함께 연주하는 장면이 특히 그렇다. 악기판매점 주인의 호의
로 점심시간마다 피아노를 연습하는 그녀를 따라간 그는, 자신
이 작곡한 노래를 한 소절 한 소절 가르쳐주고, 그의 기타와 보
컬에 맞춰 피아노 반주를 하던 그녀는 작고 가느다란 목소리로
화음을 넣는다. 두 사람의 목소리가 기적적으로 조화를 이루는
순간은, 이 영화의 마법이 시작되는 순간이다. 덥수룩한 수염에
별 볼일 없어보이던 '그'가 귀엽게 보이기 시작하고, 주책맞게
남의 일에 간섭하기 좋아하는 것 같았던 '그녀'에게는 아름다
움이 촉촉하게 배어나오기 시작한다. '그'가 혼자 불렀던 노래
들은 처절한 분노와 절규를 담았고, '그녀'가 불렀던 노래들은
우울증 걸리게 만들기 딱 좋을 정도로 절절한 외로움을 담았지
만, 이제 이들이 함께 만들고 부르는 노래는 애잔하고 서글프기

는 해도 더 이상 마냥 우울하거나 어둡지 않다. 소박한 음들 사이로 호들갑스럽지 않게 기쁨과 기대감과 슬픔과 상실을 노래하는 동안 삶의 아름다움이 빛난다. 천문학적 규모의 제작비와 화려한 컴퓨터그래픽이 영화의 가장 중요한 요소로 언급되는 요즘, 〈원스〉는 1억 4천만 원이란 기절초풍할 정도로 저렴한 제작비를 썼을 뿐이지만, '무엇이 보는 사람의 마음을 움직이는가' 라는 질문에 하나의 답을 주는 영화다.

대학시절 문장을 탐하던 후배의 기질이 묻어나는, 아주 잘된 문단이 아닌가요. 세계적인 영화감독인 스티븐 스필버그가 〈원스〉를 연출한 감독에게 국제전화를 걸어 "당신이 내가 잃어버렸던 영화의 순수성을 되찾게 해주었다, 고맙다" 라고 했다는 에피소드로 후배는 기사를 마무리하고 있습니다. 이 정도면 볼 만한 영화죠?

상영 스케줄을 클릭하니 그러나 인디영화는 인디영화입니다. 부산에서는 유일하게 서면 CGV에서 하루 2회 영화를 걸고 있어요. 오전 11시에 이미 1회 상영이 되었고, 저녁 7시 30분짜리가 남아 있었습니다.

오후 1시에 정연경에게 전화를 걸었습니다. 신호는 가는데, 받지를 않아요. 아직 자고 있나? 잠은 깼는데, 몸이 힘들어 전화기까지 가기 힘드나? 내 전화인 줄 알고 일부러 안 받나? 새벽에 언짢았던 것이 아직 안 풀렸나? '메시지 보면 전화하세요' 하고 문자를 보내놨습니다.

2시에 전화가 왔습니다.

— 이제 일어났어요.

'어제 너무 무리했다, 오늘 나가기 힘들 것 같다' 고 할까, 걱정이 되었습니다.

"난 정오 전에 일어났는데."

— 새벽에 잠을 못 잤어요. 문어를 너무 많이 먹었어요.

"연경 씨가 주로 드셨지만, 양 자체가 얼마 되지 않았을 텐데요?

— 그랬는데, 집에 오니까 뱃속에서 부글부글 하더니……. 지금도 밥 생각이 없네요. 영화 시간은 확인해보셨어요?

"하루 두 번밖에 상영 안 해요. 저녁 7시 30분이에요."

— 그럼 언제 만나면 되죠?

약속을 지키겠다는 것입니다.

"극장은 서면 시지빈데, 영광도서 앞에서 봐요. 걸어가면 됩니다. 넉넉하게 5시에 보죠. 차 한 잔 하고, 밥도 먹고요."

— 그래요.

이틀 연속 정연경을 만나는 것은 처음입니다. 전화를 끊고, 생각했습니다. 서점에서 만나면 근처에서 저녁을 먹든 극장으로 이동하여 먹든 극장까지는 신호등을 대여섯 개 건너고 방향을 몇 번 틀어야 하는 긴 보도가 있는데, 넉넉잡아 30분입니다. 손을 잡을 기회가 오지 않을까. 팔짱이 아니라 손!

같이 볼 영화가 아름다운 음악영화이기에 우리 마음도 아늑해질 것입니다. 영화를 본 후 또 잠깐의 술자리를 할 것 같아요. 어제 많이 마셨으니 정말 가볍게. 술자리를 마치면 그래도 11시쯤이 될 것입니다. 오늘 밤 나는 그녀의 방에 가볼 수 있을지 모르겠어요.

벌써 오후 4시! 집을 나서야 합니다. 영광도서 앞에서 만나자고 한 것은 책을 살 게 있기 때문이기도 합니다. 자, 우리에게 사랑의 정령이 임하기를 빌어주시기를!

버스는 평일인데도 길을 쉽게 뚫지 못했고, 그래도 집을 일찍 나섰기 때문에 약속 시간 전에는 도착할 것 같았다. 부전시장에 이르렀을 때, 10분쯤 늦을 거 같다는 문자가 정연경한테서 왔다. 서면역 앞에 버스가 멈추었다. 책 보고 있을게요, 천천히 오세요, 문자를 보냈다. 나는 버스에서 내려 엠피쓰리로 음악을 들으며 흥겹게 서점 앞까지 갔다. 서점은 1층부터 4층까지. 종교 파트에 있을까, 4층 과학 파트에 있을까. 정연경이 올 때까지는 20분 정도 시간이 있었다. 나는 2층 종교 파트로 올라가 두리번거렸다.

에드워드 윌슨이란 이가 쓴 『생명의 편지』라는 책을 찾는데, 그런데 다른 책이 눈에 번쩍 보였다. 『잃어버린 예수』였다. '다석 사상으로 다시 읽는 요한복음' 이란 부제가 붙어 있는 책이다.

이 책의 서평 기사를 읽은 것이 보름 전쯤 되었나. 〈한겨레〉의 종교전문 기자가 '우리 시대의 영성 지도자를 찾아서' 라는 연재를 하고 있었고, 그 회 연재분에서는 박영호 씨를 찾아갔는데, 그가 이 책의 저자였던 것이다. 기사는 인물기사로 시작했다가 서평기사로 바뀌어가고 있었다. 올해 내가 읽은 서평기사 중 단연 최고라고 할 수 있었다. 내 생각과 어긋나는 게 기사에 단 한 줄도 없었다. 책을 읽어보고 싶기도 했으나, 그런데 제목이 의심스러웠다. 기자가 인터뷰 형식으로 옮겨놓은 저자의 문제의식에 공감했지만, 책 자체의 집중도나 완성도에서 실패하지 않았을까, 싶었다. 잃어버린 예수라니, 한마디로 제목부터가 너무 늘어빠졌던 것이다.

실물의 책은 두께가 엄청났다. 가격도 2만 원이다. 살 생각은 없지만 펼쳐보았다. 나는 '길잡이 말' 이라고 된 저자의 머리말을 보았다. 제목이 '예수와 바울로' 인데, 그 첫 문단을 읽어보았다.

바울로는 사랑할 수도 미워할 수도 없는 사람이다. 예수의 이름을 세상에 널리 알리는 데 일등 공인인가 하면 예수의 가르침을 세상에 바로 알리는 데 일등 반인(叛人)이기 때문이다. 문제는 지금의 기독교가 예수의 이름을 빌린 바울로의 교의(敎義)이지 예수의 정교(正敎)가 아니라는 데 있다. 기독교에 있어서 이것을 바로잡는 일보다 더 긴급하고 중대한 문제가 있겠는가?

나는 놀랐다. 첫 문단의 내용 자체는 서평 기사에 이미 언급되어 있었다. '사람 예수'를 좋아한다는 사람치고 바울로 비판을 하지 않는 이가 드물다. 그렇지만 저자가 500쪽이 넘는 책을 쓰며 머리말의 첫 문단에 그 문제의식을 이렇게 거침없이 적었을 줄은 예상하지 못했다. 서두는 500쪽 본문의 첫인상이다. 아주 좋은 첫인상을 가진 책인 것이다.

살까? 충동구매가 아닐까? 좀더 뒤져볼까?

그때, 서점 여직원이 옆을 지나갔다.

"책을 찾고 있는데요. 지은이는……."

여직원이 컴퓨터로 가서 검색했다.

"4층 과학 코너로 가세요."

『잃어버린 예수』를 매대에 놓아두고 나는 애초 마음먹었던 책을 만나려고 4층으로 올라갔다. 『생명의 편지』를 금방 찾았다. 값은 1만 2천 원, 두께도 적당해서 책이 손에 딱 잡힌다. 저자는 세계적으로 유명한 생물학자이다. 나는 뒤표지의 글부터 읽었다. "인류와 자연이 환경재앙이라는 아마겟돈에 내쳐질 상황에 있습니다. 우리는 더 이상 꾸물댈 여유가 없습니다. 과학과 종교는 사회에서 가장 강력한 두 힘입니다. 둘이 손을 잡으면 창조물을 구할 수 있습니다!" 나는 본문 활자체의 모양과 내부편집 상태를 확인했고, 옆구리에 책을 끼고 4층을 나왔다.

5시 정각이 되었고, 정연경이 오기까지 10분 남았다. 나는 2층에 내려가 다시 『잃어버린 예수』를 집어들었다. 10분 동안 집중적으로 살펴보고 살지 말지 결정하려는 것이다. 책 뒤표지의 큼직큼직한 글자를 보았다.

예수를 배반한 것은 유다가 아니라 바울로다. 바울로의 육체 부활신앙, 대속신앙, 교회신앙을 해체하고 예수의 진정한 가르침을 찾아가는 〈요한복음〉 따져 읽기!

나는 책의 앞표지 안쪽을 펼쳤다. 저자 프로필이 길게 나와 있었다. 뒤표지 안쪽을 보았다. 저자의 스승이었다는 다석 류영모가 또 길게 소개되어 있다. 다석 류영모는, 함석헌 선생의 스승이었다고 하는 말을 언뜻 들은 적이 있었지만, 나는 그의 책을 한 번도 읽은 적이 없었다. 짧은 글 하나 읽지 않았다.

다석을 소개하고 있는 저자의 글을 읽어보았다. "다석 류영모는 1890년에 태어났고, 어려서 사서삼경을 배웠는데, 16살에 세례를 받고, 불교, 노장 사상, 공자와 맹자 등을 두루 탐구하였다. 기독교를 줄기로 삼아 이 모든 종교를 사랑으로 꿰는 한국적이면서 세계적인 사상을 세웠다. 성경 자체를 진리로 떠받들며 예수를 절대시하는 생각에서 벗어나 예수, 석가, 공자, 노자 등 여러 성인을 두루 좋아하였다."

계속 읽는데, 다음 구절이 눈에 확 들어왔다. "처음 세례를 받고 몇 년 동안 정통 기독교인이었으나 톨스토이의 영향을 받아 무교회주의적 입장을 취하게 되었으며 그 뒤로 교회에 나가지 않고 평생 성경을 읽고 예수의 가르침을 실천하였다."

나는 깜짝 놀랐다. 톨스토이의 영향을 받아 무교회적인 입장, 이 구절에 굵은 밑줄을 치고 싶다!

톨스토이가 죽음의 위기를 겪고 그리스도인으로 거듭난 후, 『참회록』을 썼고, 『전쟁과 평화』와 『안나 카레니나』를 자학적으로 부정했다는 사실은 이미 알고 있었지만, 때문에 그때부터는 리얼리즘 소설문학을 훌쩍 떠나 종교사상가적인 저술을 하였다고 애석해하는 문학평론을 읽은 적도 있는데…… 그런데 톨스토이의 신앙관이 무교회주의라고? 한국의 류영모한테까지 영향을 미쳤다고?

나는 류영모의 호가 왜 '다석' 인지를 설명하는 마지막 부분을 읽었다. "51살에 믿음에 깊이 들어가 삼각산에서 하늘과 땅과 몸이 하나로 뚫리는 깨달음의 체험을 했고, 그 후 하루 한 끼만 먹고 하루를 일생으로 여기고 살았다. 세 끼를 합쳐 저녁을 먹는다는 뜻에서 다석(多夕)이라고 했다. 무명이나 베로 지은 거친 옷에 고무신을 신었고, '농사짓는 사람이야말로 예수다' 라고 늘 말했으며, 그 자신도 가족과 함께 직접 농사를 지어먹고 살았다."

나는 진짜 심하게 놀랐다. 봄 여름 가을 겨울 하느님! 이 하느님을 가장 잘 알고 가장 깊이 섬기며 사는 이가 누구겠는가. 봄 여름 가을 겨울을 떠나 살 수 없는 농부가 아닌가. 그러니 하느님을 잘 섬기는 오늘날의 예수는 바로 농부인 것이다!

다석이 비범한 인물이라는 것은 박영호의 소개글만 읽고도 확실히 감지했다. 이 다석이 세계문학사에서 내가 단 한 명의 작가로 꼽는다 할 때, 바로 그 한 명인 레프 톨스토이의 신앙관을 접하고 교회를 내처버렸다고?

나는 흥분된 마음으로 책의 목차를 펼쳤다. 책은 요한복음 21장을 한 장씩 따라가며 저자 박영호가 주석이랄까 자기만의 생각을 풀어놓는 구성으로 되어 있었다. 장마다 소제목이 붙어 있는데, '제2장'은 '맹물로 포도주를 만드는 게 기적인가'였다. 나는 무심결에 뭉텅이로 책을 넘겼는데, 2장이 시작되는 105쪽이 바로 나왔다.

첫 문단을 읽었다. "복음에는 장마다 이적 기사가 실려 있다고 할 만큼 이적 기사 이야기가 주류를 이루는 데 비하여 요한복음에는 총 21장에 일곱 번 실려 있으니 적은 편이다. 솔직히 말해 이 일곱 번의 이적 기사가 옛날 사람들에게는 어느 정도나 효과를 보았는지 모르지만 요즘 사람에게는 사실상 먹혀들지 않는 이야기이다."

서너 문단 건너뛰고 다음 페이지. 그런데 이적 기사와 관련된 톨스토이 에피소드가 바로 나왔다. 톨스토이가 4대 복음으로 나뉘어 있는 예수 이야기를 하나의 이야기로 합쳐, 즉 이름하여 '통합 복음서'를 집필했다는 것인데, 그런데 나는 "아……" 하고 깊은 신음을 내고 말았다. 기념할 만한 순간이었다. 그에게 선생님이라는 호칭이 처음으로 바쳐진 것이다. 아, 톨스토이…… 선생님! 당신이 단호한 조치를 취하셨군요. 성령잉태를 뽑아버렸군요!

다석 류영모는 "성경에도 무엇인지 말이 많습니다. 솔직하게 말하면 이 사람도 처음에는 거짓말을 듣고 속았습니다. 하느님 말씀은 참말씀으로 거짓이 없습니다."라고 하였다. 톨스토이는 4대 복음 통합 복음서를 만들면서 이적 기사 이야기는 다 뽑아버렸다. 거짓말이라 진리 공부에 아무런 도움이 되지 않는다는 것이다. 톨스토이는 외경에도 수많은 이야기가 있지만 정경

(canon)에서 제외시켜버렸듯이 4대 복음 안에도 외경으로 내보내야 할 이야기가 남아 있다고 보았다. 그런데 류영모는 이왕에 적혀 있는 것이라면 내버려두는 것도 괜찮다고 하였다.

나는 『잃어버린 예수』를 당장 옆구리에 끼었다. 책 곳곳에 박혀 있을 것으로 짐작되는, 방금과 같은 에피소드를 좀더 알고 싶었다. 어떤 책을 읽어도 세월이 지나면 줄거리는 사라지고 몇 문장과 몇 에피소드만이 남는 것이 나의 경험이었다. 에피소드가 빛나는 책을 나는 좋아한다. 톨스토이와 관련된 방금의 감명적인 에피소드에서 나는 이 책을 전격적으로 신뢰한 것이다.

1층으로 내려가는데, 주머니에서 전화기가 몸을 떨었다.

— 어디 있는 거예요?

"서점 안이에요. 오셨어요?"

— 10분쯤 늦을 줄 알았는데, 정각에 왔어요. 전화했는데 받지도 않고, 어딜 갔나? 했어요.

"바로 내려갈게요. 아, 책을 샀어요. 카운터에서 계산해야 되니까, 2-3분 안에요."

전화를 끊고 보니 '부재중 전화'가 두 통이나 와 있었다. 정연경은 약간 삐친 목소리였다.

오늘 딱 볼 때는 어떤 느낌일까? 카운터 뒷줄에 서서 나는 생각했다. 여자를 볼 때 이 느낌이 중요해진 것은 언제부터였을까. 첫 데이트 때 정연경의 옷차림에 꽤나 감탄한 때문의 후유증일까. 차례가 와서 책 두 권을 캐시어한테 건넸고, 바코드기를 통과한 책을 돌려받았다.

회전문이 나를 밖으로 내어놓았다. 서점 앞에 있는 수십 명의 사

258

람들 중 정연경이 바로 보였다. 그녀의 뒤를 내가 먼저 보았다. 느낌이…… 아주 별로다. 신발이 대체 왜 저렇담. 무릎 아래까지 올라가는, 굽이 높은 가죽부츠를 그녀는 신고 있었다. 모두 결혼해 집을 떠났지만, 내 누이들이 저런 부츠를 신는 것을 나는 한 번도 본 적이 없다. 단번에 이질감이 느껴지는 것이다. 굽이 높다 해도 발목을 확실히 잡아주므로 활동성은 나쁘지 않을 신발 같다.

"정연경 씨."

부르며 다가갔다. 그녀가 돌아보았다. 새벽까지 술을 마셨고 늦게 일어났고, 컨디션이 좋을 리 없었다. 화장은 짙지 않은데, 얼굴이 떠 보였다. 측은하게 보였다. 측은함, 남녀 사이에 나쁘지 않은 감정이다.

"삐쳤어요?"

"삐치긴요. 나도 볼일 봤어요. 근데 볼일을 다 봐도 소식이 없어서 말예요."

"무슨 볼일이요?"

"책을 바꿨죠. 얼마 전에 나도 여기서 샀는데, 파본이라서요."

"갑시다. 아, 저녁부터 먹을까요? 차를 마실까요? 여기서 먹을까, 아니면 극장에 가서 먹을까요? 표는…… 있을 거예요. 인디영화라서. 아, 아니다. 하루 두 번밖에 상영 안 하니까 저녁에 사람이 몰릴 수도 있겠다."

"배고파요?"

"배, 고픈 줄 모르겠고요. 연경 씨는?"

"저도요."

"그럼 걸읍시다. 걷다가 배고프면, 적당한 데서 식사하죠."

"그래요."

지하 서면역으로 내려갔다. 극장까지 가는 길은 훤했는데, 지금
은 〈프레시안 무비〉 객원기자지만, 5년 전 그 후배는 다른 영화전
문 월간지 편집실에 있었고, 후배의 부탁으로 내가 신작영화 리뷰
를 맡아 1년 동안 12번이나 기고한 적이 있었기 때문이다. 그때 서
면역에서 버스를 내려 CGV까지 늘 걸어서 갔었다. 나는 지하상가
로 나아갔다. 그녀가 물었다.

"이 방향 맞아요?"

일 년 열두 번 걸었던 길이라고 나는 자신 있게 말했다. 갸우뚱
하면서도 정연경이 따라왔다. 걷는 중 상가 화장품 가게가 나왔고,
밖에 걸린 J화장품 모델이 '김태희'다. 아니 여러 모델이 있지만,
환하게 웃는 그녀가 눈에 크게 들어왔다. 나는 흥겨운 마음에 생각
없이 지껄였다.

"쟤, 어떻게 생각해요?"

"얼굴은 예쁜데 연기는 별루……."

나는 국가인권위원회와 관련된 최근 기사를 이야기했다.

"인권위원회 홍보대사가 윤도현이래요. 아니, 예전부터 홍보대
사였고 올해 재위촉이 되었다고 했던가. 암튼 홍보대사로 물망에
오른 여러 사람들이 있었을 거잖아요. 인권위 홍보대사는 김태희
가 딱인데……. 그렇잖아요, 윤도현은 요즘 이미지도 안 좋고, 김태
희는 좋은 대학을 나왔으니 머릿속에 든 것도 꽤 있을 테고, 자기도
좀더 나이가 들면 사회문제에 관심이 많은 지성파, 사회파 배우쯤
이 될 생각이 있을 것이고, 홍보대사 하겠느냐고 하면 흔쾌히 오케
이할 거 같거든요. 유치한 생각이지만, 내년에 보수정권이 들어설
텐데, 김태희가 홍보대사쯤으로 있어 봐요. 김태희한테 쪽팔려서
라도 인권위 예산을 삭감한다거나 인원을 대폭 줄이거나 하지 않

을 거 같아요. 남자 대통령 지 마음대로잖아요. 홍보대사로 윤도현이 있어봤자 신경이나 쓰겠어요?"

보수파 눈 밖에 난 정부의 한 조직, 그런데 일개 홍보대사 눈치가 보여 미운 털 박힌 조직을 손보지 않는다? 말도 안 되는 소리다. 말도 안 되는 소리지만, 입에서 나와버린 것을 어쩌겠는가. 우리의 걸음은 바위만 한 김태희 얼굴을 이미 따돌린 뒤였다. 정연경은 말이 없었다. 터무니없이 예쁜 여배우 이야기가 무조건 거슬렀는지 모른다. 그런데 잠깐의 침묵 뒤 그녀가 말하는 것이다.

"윤도현이…… 왜 이미지가 안 좋아요?"

"예?"

"음악활동 꾸준히 하고 윤도현이 진행하는 텔레비전 쇼에도 노래 잘 부르는 가수만 나오던데. 나는 윤도현 괜찮게 보는데요, 교회 행사에도 자주 나오고요."

윤도현이 기독교인인가? 금시초문이지만, 그런가 보다.

"그건 잘 모르겠고요, 이미지는 확실히 안 좋아요. 모르시는가 본데, 얼마 전에 새만금갯벌에서 락 페스티발이 열렸거든요. 방조제 완공 1주년 기념으로……. 1조 원 넘게 쏟아부어 방조제를 거진다 지어놓아서 어쩔 수 없이 완공하라고 대법원이 판결내린 거잖아요. 국민 대다수가 새만금갯벌 매립을 반대했는데, 이미 저질러 놓은 걸 우짜겠노, 하는 심정들이죠. 사정이 그랬는데, 아무리 방조제 완공하고 1주년이 되었다고 거기 가서 축하공연을 하고, 그게 락 밴드가 할 짓입니까? 지가 '사랑했나봐'를 기막히게 부르고, 들국화 노래를 멋지게 리메이크 하면 뭐 합니까. 새만금페스티발 참가하면서 윤도현은 네티즌들한테 완전히 찍혔어요. 공연비를 얼마나 받았는지는 모르지만……."

정언경은 말이 없었다. 나는 쯧쯧 했다. 윤도현을 좋게 보는 이유가 교회 행사에 자주 나와서라니. 몇백 억 헌금을 교회에 내놓으면서도 비정규 노동자 수백 명의 일자리를 없애버렸던 대형 유통 업체, 그 사장놈 이름이 뭐더라, 그놈도 좋게 보겠군!

그러는 새 우리는 지하상가 어느 참의 출구를 통해 지상으로 올랐고, 보도를 좀더 걸었다. 나는 내가 길을 잘못 잡은 것을 그제야 깨달았다.

"왜 부전시장이 나오지? 이 길이 아닌가 보네."

"거봐요. 자신 있게 막 걸어가더라니깐. 좀 살피고 가시지!"

"착각했어요. 아아, 미안해요."

헛된 걸음은 200미터도 되지 않았지만, 그래도 미안했고, 호들갑스럽게 사과하고, 방향을 새로 잡았다. 이제 길은 진짜 확실하고, 본격적으로 걷기만 하면 된다. 구불구불한 골목길을 잡아갈 수 있지만, 길잡기에 신경쓰지 않고 자유롭게 이야기하려면 둘러가더라도 대로가 낫다. 우리는 걸었다. 정연경의 부츠가 소리를 잘 내고 있었다.

"차 소리가 시끄러운데, 참 의연하다, 그쵸?"

"예?"

"굽소리가 확실히 난다구요."

"이 신발, 소리가 크게 나더라구요."

"체중 탓이 아니구요?"

"무슨 말씀. 재질은 안 그런데, 굽이 커서 그런 것 같아요."

또각또각은 아니고, 토 토 토 소리로 들렸다. 계속 들렸다.

"정말 소리를 잘 내는 신발이네요."

"구박하지 마세요. 오랜만에 부츠 신고 나왔는데."

"여자들 또각거리는 소리, 듣기 좋을 때도 있던데."

"난 안 좋아해요. 살 때는 이렇게 소리가 날 줄 몰랐죠."

자꾸 이야기를 하니까 정연경은 더 신경이 쓰이는 모양이었다. 그런데 나는 계속 말했다.

"뛰어난 한의사는 환자 목소리만 듣고 어디가 안 좋다, 얼추 맞춘다고 하잖아요. 구두 굽소리만 들어도 건강 상태를 짐작하고, 체중도 맞추고 심지어 바디라인까지 그릴 수 있을 거 같아요. 어제 술 마셨다, 안 마셨다, 지난밤에 잠을 잘 잤다, 못 잤다까지도."

나는 빠른 걸음의 소유자고 그녀도 몸이 날씬해 걷기를 잘 하리라고 짐작했다. 가쁜 숨소리는 들리지 않지만, 아무래도 부츠가 힘들어 하는 것 같다. 토 토 토 소리가 참 명료하고, 바빴다.

"빌딩이 빽빽하게 서 있고, 자동차도 많고 사람도 많지만, 지금 이 거리의 주인은 연경 씨 신발이다, 그쵸?"

놀리려는 게 아니고 무릎까지 올라가는 보기 싫은 부츠와 어떻게든 친해지고 싶었을 따름이다.

"경태 씨, 그만해요."

그녀가 단호하게 말했다.

"아, 알았어요."

대로의 한 교차로에는 쇼핑몰이 서 있었고, 몇 년 전 아시아 · 태평양정상회의가 열렸을 때 반대 집회가 열렸던 오른편 8차선 도로로 우리는 접어들었다. 이제 1Km 남짓 직선길을 걸으며 서너 개 신호등을 건너면, 극장이 나타날 것이다. 길의 오른편에 부전시립도서관이 보였다.

"이용해본 적 있어요?"

그녀가 배시시 웃었다.

“고등학교 때요.”

“나는 5, 6년 전인가 딱 한 번…….”

“근데요, 제가 집에서 라디오를 듣다가 나왔거든요. 초대손님으로 40대 후반 독신여성이 출연했는데, 간호조무사를 하다가 뭔가 진짜 인생을 살아보겠다고 35살에 그만두고, 집 근처 도서관에 1년 다니면서 온갖 책을 읽었대요. 그러고 나서 그 여자가 뛰어든 게 보험업이었대요. 이제는 혼자 1억 이상 보험계약 수당을 받고, 여러 군데 강연도 다니고……. 부럽다는 생각이 들대요. 지금이라도 열심히만 하면, 나도 뭐든 할 수 있을까……. 그거 다 듣고 나니까 늦을 것 같더라구요. 그래서 문자를 보냈죠. 근데 정시에 왔죠.”

우리는 신호등 앞에 멈춰섰다. 그녀가 덧붙였다.

“방송통신대학에 가볼까, 생각하고 있어요.”

“뭘 공부하려고요?”

“국문학이요.”

“어, 국문학……. 그건 왜요?”

“웃지 말고 들으세요. 직장을 그만둘 때부턴데, 나도 내 안의 생각과 감정을 잘 표현해보고 싶어졌어요. 간단하게 말해, 글을 잘 쓰고 싶어요.”

“국문학을 공부한다고 글을 잘 쓰게 되나요? 문학에 대한 지식만 가르치지 표현법은 안 가르칠걸요?”

“세상에 수많은 글쓰기가 있지만, 글쓰기의 꽃은 문학이잖아요. 문학과 관련된 거라면 뭐든 좋아요. 다 도움이 될 거 같아요.”

“정연경 씨, 라디오에 나왔던 여자처럼 도서관에 다니세요. 자기를 잘 표현하는 길은 집중적인 독서와 다양한 인생 경험 말고 없어요. 우리 나이까지 살면서 경험은 어느 정도 쌓였을 것이고, 남들은 어떻게 표현하고 있을까, 목적의식을 가지고 책을 보세요. 국문학은…… 고리타분한 고전문학 투성이에요. 글쓰기의 구체적인 기술이 필요하다면, 차라리 나한테 배우세요. 방송대학도 등록금이 꽤 되죠? 등록금의 반만 내시면, 가르쳐드릴게요."

"싫어요. 경태 씨가 얼마나 구박을 많이 하겠어요."

우리는 신호등을 건넜다. 내가 말했다.

"극장은 5층이고 4층이 식당가인데, 괜찮은 식당이 없더라구요. 지나가다가 구미가 당기는 집이 있으면 말하세요."

일본식 돈가스 전문점이 나타났다. 잠깐 망설이다가 우리는 계속 걷기로 했다. 장어백반집이 나타났다. 역시 망설이다가 고개를 저었다. 길 건너편에 '불타는 조개구이집'이 길다랗게 있었다.

"간판 생김새가 맛있어 보이는데, 밥집이 아니고 술집이구나. 영화 보고 저기서 술 한 잔 하면 되겠다. 많이는 말고, 소주 한 병만 나눠 마셔요."

"그러죠."

꽤 오래 걸었다. 약 1Km의 보도를 지나 이제 마지막 교차로였다. 고가도로가 교차로 위를 지나가고 있었고, 그 아래에 개천이 흐르고 있었다. 주위가 어두워지기 시작하여 물을 볼 수 없으나 예전에 늘 쑥쑥한 빛을 하고 있던 것이 생각났다.

"길 걷는 게 즐거운 일인데, 오늘은 별로네요. 행인이 많지는 않지만, 길이 좁으니까 계속 부딪치고, 나란히 걸을 수가 없잖아요."

그래서 손 잡을 분위기도 아니었다.

"실컷 걸어놓고 그런 말 하기에요?"

"진짜 다 왔어요. 신호등 건너고, 저기 주유소 보이죠? 뒤에 빌딩이 있어요. 거기 5층이에요."

"에? 저 주유소 뒤요?"

"예, 주유소 뒤요."

"저 뒤에 있다는 말씀이에요?"

'저 주유소 뒤요?' 부터 감탄사가 섞여들었는데, 부정적인 감탄이었다. 신기한 것을 본 아이처럼 그녀의 표정도 갑자기 커졌는데…… 조금도 좋은 표정이 아니었다.

"참내, 여기까지 와야 했는데, 우리가 서점 앞에서 만났던 거예요? 그러니까 경태 씨 볼일 보겠다고……. 내가 바꿀 책이 있었기 망정이지."

이 여자, 난데없이 목소리를 높이네? 싶었다. 지금껏 무난하게 걸어왔고, '왜 이렇게 멀어요?' 걷는 내내 한 번도 묻지 않았고, 마지막 교차로에 이르기까지 이야기도 끊긴 적 없어 분위기가 나쁘지 않았다. 그런데 갑자기 목소리를 높였던 것이다. 아마 이런 때문일 것이다. 길을 걷다가 '아, 이렇게 멀다니' 속으로 몇 번 생각했던 것이고, 목적지에 도착하면 꼭 한 소리 해야지, 이런 생각도 했고, 그런데 계속 다른 이야기가 나와 생각한 것을 잠시 밀쳐두었는데, 갑자기 목적지에 다 왔다고 내가 알렸기 때문에 작정해둔 소리를 하겠다고 난데없이 보이는 것을 감수하고라도 목소리를 높여야 했던 것이다. 나는 대충 달랬다.

"걸어온 덕분에 맛있는 조개구이집을 봐뒀잖아요."

"진짜 맛있을 줄 어떻게 알아요?"

교차로 신호등의 불이 들어왔고, 나는 틈을 주지 않고 빠르게 건넜다. 정연경도 따를 수밖에 없었다. 그녀의 '한 소리' 는 흐지부지되었다.

우리는 주유소를 지나 빌딩 안으로 들어갔다. 엘리베이터를 타니까 예매 현황을 알리는 디스플레이가 안에 부착되어 있었고, 다른 영화는 3, 40석이 남았는데, 〈원스〉만 150석 이상 자리가 있었다. 예매할 필요가 없다.

"밥부터 먹고 올라가죠?"

"그래요."

우리는 4층 식당가에서 내렸다. 한식, 중식, 양식집을 두루 살피다가 찾아간 곳이 종합분식점이었다. 나는 치즈볶음밥, 그녀는 해물라면을 주문했다. 음식이 나왔고, 그녀는 0.5초 정도 기도하였다. 나는 그녀의 라면에서 몇 가닥을 뺏아먹었고, 그녀도 내 볶음밥의 치즈 부분을 공략하였다. 분위기가 아주 좋았다. 각자의 그릇을 깨끗이 다 비웠다.

"근데 경태 씨, 오늘 무슨 책 샀어요?"

"두 권 샀는데……"

나는 가방에서 『생명의 편지』를 꺼냈다.

"이리 줘보세요."

책의 앞뒤를 살피더니 "나도 이 문제에 관심이 있는데" 하고 그녀가 책을 돌려주었다.

"안나 카레니나부터 읽으세요."

"아, 정말 그 책은…… 한 달은 걸리겠던데요. 너무 두꺼워요."

"예, 손에 넘칠 정도로…… 두껍죠. 책이 손에 딱 잡힌다, 이런 말이 있어요. 이 책이 그렇죠."

나는 『생명의 편지』의 가운데쯤을 양손으로 펼쳐보였다.

"손에 딱 잡힌다 함은, 책 두께가 손 크기에 맞아야 하고, 표지도 양장이 아니라 자연스레 굽어지면 좋죠. 책은 손으로 잡고 읽는 것이거든요. 눈으로, 손으로 읽어요. 독서대라는 거 사용해보신 적 있죠?”

“예.”

“처음에는 신기하지만, 2-3일만 지나도 그걸로 책 못 읽어요. 책장을 넘길 때만 손이 사용되지 독서대가 책을 잡아주니까 손을 쓸 일이 없잖아요. 손은 그럼 뭐 해요. 팔짱을 껴야 하나, 바지 주머니에 넣어야 하나. 필기를 하면 좋지만, 중고등학생도 아니고 필기할 일은 드물잖아요. 책을 읽으면요, 뇌가 활성화되고, 가장 먼저 손과 입이 근질거리게 돼 있어요. 신체 각 부위와 상응하는 뇌의 각 지점들이 있어요. 그러니까 이목구비, 손과 발, 성기, 이런 신체 각 부위와 뇌의 특정 활성화 지점이 저마다 연결돼 있어요. 이건 의학적으로 확실한 사실이에요. 뇌에 가장 넓게 차지하고 있는 활성화 부위가 뭐냐 하면, 손하고 입이에요. 손하고 입을 많이 사용해도 뇌가 활성화되고, 반대로 책을 읽다가 뇌가 활성화되면 입은 소리를 내어 말하고 싶고 손도 뭔가를 하고 싶어지게 돼 있어요. 근질거려 죽겠는데, 손은 대체 뭘 해야 할까요? 볼펜이라도 돌려야 하나? 경험상, 제일 좋은 것이, 적당하게 책을 쥐는 것이거든요. 책을 조금씩 만지작거리듯이 하며 읽는 거예요. 손에 딱 잡히는 책은, 손으로 쥐고 읽기에 책 크기나 표지, 두께가 적당하다는 거에요. 이 책은 그래서 좋았어요.”

“오, 신기한 이야기인데요.”

반응이 좋았으므로 나는 나만의 독서 단상을 더 풀었다.

“연경 씨, 독서가 잘 되려면요, 책 읽는 자세와 공간도 중요해요. 책상에서 읽을 때는, 눈에 다른 것들이 들어오면 안 돼요. 읽을 책 한 권 말고 책상에 아무것도 없는 게 제일 좋아요. 근데 보통은 그게 불가능하잖아요. 아무것도 두지 않으려면 다른 사물함이 들어와야 하고, 컴퓨터 책상, 독서 책상이 따로 있어야 하고, 그러려면 방부터 커야죠. 부자 말고 힘들죠. 내 책상은 완전히 물건투성이고, 방도 작거든요. 나는 책상에서 진짜 책을 못 읽어요. 아예 안 읽혀요. 침대에 반쯤 눕거나 벽에 등을 기대고 방바닥에 앉아 읽는 것이 훨씬 낫더라구요."

"맞아요, 침대! 근데…… 좋긴 한데요, 웬만하면 침대에선 안 읽으려고 해요."

"예, 척추에 무리가 가는 자세니까……. 아무튼 물건 이름은 분명 책상, 책 보는 상인데, 왜 책이 안 읽힐까, 어지러운 책상, 복잡한 방 말고도 다른 이유가 있는 것 같아요. 생각을 해봤죠. 그건 눈높이 같아요."

"눈높이라……"

"사람의 뇌가 실은 액체 상태잖아요. 피가 다량으로 늘 흐르니까요. 머리를 어떤 각도로 하느냐에 따라 피가 자연스레 몰리는 지점이 있는 것 같아요. 책상에 놓인 책도 눈 아래 있긴 하지만, 제 경험상, 눈을 확실히 내려뜨려서 책을 읽는 것이, 그러니까 책상에서 읽되 무릎에 책을 놓고 고개를 거의 숙여서 읽으면 제일 좋았어요. 이유는 모르지만, 고개를 숙이면 뇌의 피몰림이 책을 가장 잘 읽을 수 있는 상태가 되는 거 같아요. 우리가 생각에 잠겨 걸을 때, 고개 숙이고 땅을 쳐다보며 걷잖아요. 관계가 있을 거예요. 집에 가서 한번 해보세요."

"정말 재밌어요. 나한테 큰 도움이 되는 이야기였어요."

"그렇담 다행이네요."

"다른 책은 뭐 샀어요?"

『잃어버린 예수』는…… 제목부터 내보이기가 그랬다.

"양장본인데, 손에 마구 넘치는 책이죠. 그냥, 머리 복잡해지는 책 한 권 샀어요. 자, 이만 일어나죠?"

식당을 나왔다. 방금 나눈 이야기 같은 류만 한다면, 우리는 일주일 내에 사랑의 세계에 빠질 것 같다. 복잡한 사정은 잘 몰라도 지식이랄까 책과 같은 것에 뒤늦게 잔뜩 굶주려 있는 것이 지금 그녀의 형편이었다.

극장으로 올라가는 전용 에스컬레이터가 있었고, 우리는 움직이는 계단에 몸을 실었다. CGV는 스크린이 12개였고, 통합매표소가 로비 중앙에 있었다. 나는 번호표를 한 장 뽑았다. 30명이 앞에 대기하고 있다. 벤치가 여러 개 놓인 로비에는 자리가 연속으로 빈 데가 없었고, 용케 빈 자리 하나에 정연경을 앉혔다. 나는 옆에 섰다. 내 번호까지 이르기까지 10분은 걸릴 것 같다. 화장실을 다녀오겠다고 그녀에게 말하고 나는 로비를 빠져나왔고, 게임스테이션 구역을 지나 비상복도 쪽으로 갔다. 예전의 흡연 구역이 그대로 있었다. 천천히 담배를 피우고 돌아왔을 때, 앞선 번호가 15개 줄었을 뿐이다. 그런데 정연경이 손으로 가리켰다.

"저기서 하면 되잖아요."

손이 가리킨 곳에는 자동매표기가 세 대 있었다. 그 앞은 텅 비었다.

"카드로 해야 하잖아요."

"카드로 하면 되잖아요."

"저건 신용카드로 해야 해요."

"신용카드로 하면 되잖아요."

정연경은 진심으로 의아해하는 표정이었다.

"아, 나…… 신용카드 없어요. 캐시카드뿐이에요."

그녀의 얼굴이 예? 하고 있었다. 어떻게 설명해야 할까. 작가생활을 하기 전 직장에 다녔을 때, 6개월 정도 신용카드를 가져보았지만, 퇴직 후 폐기했고, 그리고 십 몇 년째 나로선 신용카드의 필요성을 조금도 느낀 적이 없었다.

"술 먹고 엉뚱한 데서 긁어버리기나 할 텐데, 뭐 하려고 만들어요?"

정연경은 뭐라 대꾸도 못 했다. 당황한 것이다. 짐작에, 신용카드도 없는 남자랑 데이트를 하기란 자기 인생에서 처음인지 모른다. 그녀가 당황해해도 나는 조금도 쪽팔리지 않았다. 신용카드가 없다는 것, 발급해줄 은행도 있을 것 같지 않다는 사실이 하늘에 맹세코 한 번도 부끄러웠던 적이 없다. 마침내 내 번호가 매표소 알림화면에 떴다.

"원스, 두 장이요."

"예, 고객님. 좋은 자리 드릴게요."

여직원이 싹싹하게 말했다. 표를 받고 돌아섰는데, 그새 생각을 잘 정리했는지 정연경이 미소를 띠며 서 있었다.

"두 장 달라니까, 좋은 자리 드릴게요, 하네요. 의례적인 말이라도 기분좋게시리……. 얼마나 좋은 자린지, 가봅시다."

매표소 옆 팝콘과 음료를 파는 체인점을 지나치려는데, 정연경이 손가락 두 개를 사용해 내 옷깃을 잡았다. 그리고 가격표를 가리켜 보이는 것이다.

"팝콘 사자구요?"

"진짜 맛있어요."

밥 먹은 지 얼마나 됐다고……. 나는 영화광이 아니고, 수십 번 극장 출입을 했지만 팝콘을 먹으며 영화를 본 적은 한 번도 없었다.

가격표의 팝콘은 '기본'이 6천 원이다. 말이 팝콘이지 실은 뻥튀기인데, 가격도 보통 뻥을 튀긴 것이 아니다. 이 땅의 가난한 농부가 저걸 보면, 펑펑 울고 싶어질 것이다. 정연경이 말했다.

"이왕이면 카라멜 뿌린 걸로 사세요. 카라멜 팝콘을 정말 좋아하는 애들이 있어요. 팝콘 먹고 싶어 영화 보러 간다는 애들도 있을 정도예요. 한 번 드셔보세요, 진짜 달콤해요."

카라멜 팝콘은 7천 원. 나는 콜라까지 두 잔 샀다. 콜라는 각자 들었고, 평소의 나랑 도무지 어울리지 않는 고려청자만 한 팝콘 컵을 그래도 남자인 내가 들었다. 카라멜이 묻은 팝콘 한 알을 입에 넣어보았다. 확실히 달았다.

우리는 5관으로 들어갔는데, 중간 정도로 아주 적당한 좌석이었다. 푹신한 의자의 팔걸이에 콜라 잔을 꽂는 받침이 있었지만, 팝콘은 손으로 잡고 있어야 했다. 스크린에서 광고 영상물이 나오기 시작했다. 팝콘 컵 속으로 우리의 손이 번갈아 들어갔다. 어두운 실내인지라 컵 근처에서 손이 부딪치는 일도 생길 것 같았다. 그러다가…… 손을 잡고 싶어질지도 모르겠다. 이미 자연스레 손을 잡는 사이라면 극장 안에서도 스킨십이 부담 없다. 그러나 여자 손을 처음 잡는 일을 어두컴컴한 극장에서 치르고 싶지 않았다. 팝콘 컵을 향하는 내 손의 움직임이 뚝 멈췄고, 손을 부지런히 움직이는 정연경이 어느 샌가 컵을 잡게 되었다. 영화가 시작되었다.

'그'가 한낮에 기타를 치며 노래하고, 웬 술주정뱅이가 비척거리다가 갑자기 기타가방을 들고 도망친다. 가방은 '그'의 돈통이었다. '그'는 사내를 쫓아가 붙드는데, 둘은 이미 안면이 있는 사이였다. 대충 타이르고 만다. 이게 영화의 도입부였고, 화면이 검게 되더니 주연배우 이름과 타이틀이 떴고, 기타 소리가 새로 나오기 시

272

작했다. 어두운 저녁 거리에서 '그'가 노래를 부른다.

　　아직 겉을 맴돌 뿐이지만
　　정말 어떻게든 해보려고 해요
　　오해가 너무 많이 쌓여
　　수수께끼는 의심만 더해갑니다
　　이해할 수 없었어요
　　당신이 내게 손을 내밀었을 때,
　　하고 싶은 말이 있다면
　　지금 해주지 않겠어요?

　잔잔하던 연주가 일순 격렬해졌다. 그의 손놀림은 신들린 듯했다. 가만히 지켜보던 카메라가 다가가기 시작했다. 카메라의 눈이 '그녀' 였다.

　　이건 당신이 기다렸던 거잖아요
　　당신이 만회할 기회 말예요
　　이렇게 그림자가 드리워져 있어도
　　난 어떻게든 할 거예요
　　하늘이 날 인도하고 계시고
　　지금 어느 때보다 더 가까우니까
　　그래, 하고 싶은 말이 있다면
　　지금 내게 말해줘요
　　지금 내게 말해줘요
　　오, 오

'그녀'는 '그'의 노래를 듣는 단 한 명의 감상자였다. 노래가 끝나자 기타가방에 10센트짜리 동전을 떨어뜨린다. '그'의 멋진 스트로크와 절규하는 목소리에 나는 그만 반해버렸다. 영화가 시작한 지 5분 만에 이런 멋진 장면이 나올 줄은 예상 못 했다. 이 장면 하나로 영화를 거의 다 본 것 같은 기분이었다. 살짝 말했다.

"아, 박수 치고 싶어요."

"나도 그래요."

영화를 거의 다 본 듯하다는 것은, 앞으로 영화가 어떻게 전개되더라도 방금 본 장면 이상의 감동은 불가능하리라는 예감이다. 실로 그랬다. 영화 내내 십 수 곡의 노래가 흘러나왔지만, 전반적으로 아름다웠으되 첫 노래의 파괴력에 못 미치고 있었다. 또한 제작비 1억 4천만 원이라더니 '웰 메이딩'의 관점에서 영화는 엄청 후졌다. 대학시절 2본 동시상영관에서 어떤 국산 3류 성인영화를 보다가 카메라 뒤에서 대사를 읽어주는 스텝 목소리까지 녹음이 되어 폭소를 터뜨린 적이 있었는데, 〈원스〉는 그 정도까지는 물론 아니어도, 촬영기간에 쫓기고 필름값도 만만찮아 급히 찍을 수밖에 없었던 표가 곳곳에서 났다. 야외 촬영공간을 접수하지 못하여 주인공을 지켜보는, 즉 주인공의 연기를 구경하는 사람들이 몇 차례나 화면에 잡혀 나오는 것이다. 이야기의 박진감은 전혀 없고, 노래하는 장면이 반 이상을 차지했다. 돈을 팍팍 쓴 영화를 좋아하는 사람에게 〈원스〉는 박하게 취급되기 딱 좋았다. 정연경도 그런 관객인지 모른다.

〈원스〉의 후짐에 실망하면서도 나는 약간 복잡한 생각 끝에 이 영화를 사랑스럽게 받아들였다. 무엇보다 감독과 배우들, 즉 제작진과 출연진이 무척 즐겁게 영화를 찍고 있다는 느낌이었다. 구도도 대충 잡고 카메라 초점이 나갈 때도 있지만, 우리는 사람과 사람 사이, 인생의 작은 진실을 사랑해요! 외쳐대는 듯한 뚝심이 오롯했다. 때로 영화의 미학적이고 기술적인 면은 전혀 문제가 되지 않는다. 내가 보았던 영화 중 1970년대에 제작된 것이 하나 있는데, 지금 눈으로 보면 모든 게 후지고 영화적인 판타지는 눈을 씻고 봐도 없지만, 독일인 할머니와 아랍 국가의 젊은 외국인 노동자가 주인공인 그 영화를 나는 내 인생의 영화 중 다섯 손가락 안에 꼽는다. 라이너 베르너 파스빈더 감독의 〈불안은 영혼을 잠식한다〉이다. 〈원스〉도 바로 그런 영화였고, 가난한 독립영화인들의 빛나는 자존심의 승리가 있었다.

어느덧 영화가 끝나고 불이 들이왔다. 90분도 안 되는 러닝타임이었다. 관객들이 조용히 일어서기 시작했다. 나는 짐짓 경쾌한 목소리로 "야, 짧아서 좋다" 하고 자리에서 힘차게 일어났다. 그리고 옆을 내려다보았다. 정연경은 파묻힌 듯이 앉아 있었다. 무슨 영화가 이래. 딱 이런 표정이다. 예상했지만, 마음에 들지 않아 나는 얼른 눈을 돌려버렸다.

"자, 이제 한 잔 하러 갑시다."

정연경이 주섬주섬 일어섰다. 상영관 오른편 계단을 내려간 나는 스크린 앞에서 방향을 틀고 왼편의 출구로 갔다. 1미터 정도 뒤처져 따라오는 정연경이 귀에 거슬리게 불평을 하면 어쩌나, 싶었는데, 그녀는 조용하기만 했다. 어떻게 호의적으로 영화평을 해야 할까, 나는 크게 걱정을 하며 걸었다.

5관을 나서자 열린 공간이었다. 1관부터 6관까지 쓰는 공간인데, 그 끝에는 화장실이 있고, 7관부터 12관까지를 지날 수 있는 통로가 새로 시작되었다. 5관의 좌석에서 이 공간까지 백 걸음쯤 되었을까. 그런데 백 걸음 동안…… 참 많은 것이 결정되었다. 정연경과 나의 운명까지 판가름되었다. 물론 나는 까맣게 몰랐다. 상상도 할 수 없었다. 백 걸음 동안 대체 무슨 운명적인 일이 일어난단 말인가!

6관과 7관이 갈리는 지점에 여자애 하나가 유니폼을 입고 서 있었다. 극장 아르바이트를 하는 대학 1학년쯤, 어린 여자애였다. 여자애는 5초마다 한 번씩 "출구는 저쪽입니다" 하고 비상계단을 손으로 가리켜보이고 있었다. 사람들은 자연스레 그쪽으로 걸음을 옮기고 있었다.

5년 전에도 이랬다. 출구를 따로 정해 알리는 까닭은, 영화를 보러 오는 사람들은 시간차를 둔 적절한 삼삼오오이지만, 보고 나오는 사람들은 일제히 수백 명이 되기 때문이었다. 보러 들어가는 사람, 보고 나오는 사람, 극장 측에서는 같은 고객이라 해도 지금 이 시각, 영화를 보겠다는 사람이 우선이고 이미 본 사람은 뒤가 될 수밖에 없다. 화려한 로비는 영화를 보겠다는 고객의 대기 장소가 되어야 하고, 영화를 본 사람에게는 비상계단이라는 이름의 후미진 통로가 주어지는 것이다. 다시 말하지만 5년 전에도 이랬고, 지금도 이러고 있는 것이다.

비상계단 쪽 인파에 섞여들려고 하는데, 그런데 뒤에서 정연경이 "우리는 이쪽으로 가요" 하더니 나를 앞질렀다. 그리고 여자애에게 말했다.

"우리는 이쪽으로 가야겠는데요."

"고객님, 출구는 저쪽입니다."

"예, 아는데요, 로비에 볼일이 좀 있어요."

"고객님, 출구는 저쪽인데요?"

내가 끼어들었다.

"연경 씨, 나가는 길은 저쪽이라잖아요."

나를 상대하지 않고 정연경은 여자애에게 다시 말했다.

"이쪽으로 나가면 절대 안 돼요? 로비에 볼일이 있다잖아요."

정연경의 목소리에 당장 언짢은 기색이 실렸다. 아르바이트 하는 학생에게 무슨 결정권이 있다고. 또 도대체 로비에 무슨 볼일이 있다는 걸까. 여자애는 정연경의 거듭된 요구에 표정 변화는 하나도 없이 비상계단 쪽을 주시하면서 어느 순간부터 정연경을 한 번도 보지 않으며 들릴 둥 말 둥 말했다.

"예, 그럼 이쪽으로 가세요."

길을 비켜주면시도 여자애는 정연경에게 정말 눈길조차 주지 않았다. 앞의 여성고객이 자기의 태도나 말을 언짢아하는 것을 알았고 여자애도 같이 언짢아져서 정연경의 얼굴을 보기조차 싫어 그런 냉랭한 대접을 해보인 것이다. 나는 둘 다 마음에 들지 않았다. 정연경이 로비로 걸음을 옮겼고, 여자애는 내가 일행인 줄 알았으므로 말없이 길을 열어주었다. 따라붙으며 물었다.

"왜 그리 가세요? 다들 저리로 가는데."

정연경이 짜증을 냈다.

"이거 먹고 가야죠."

고려청자만 한 팝콘 컵.

"반이나 남았는데, 처리해야 하잖아요."

나는 열 알 정도 먹었을 뿐, 정연경 혼자 반을 먹었다. '처리' 하려면, 아무래도 내가 많이 먹어줘야 한다. 소주에다 조개구이를 먹고 싶지, 튀긴 지 1시간 반이 지나 공기에 눅어 펏펏해졌을 팝콘을 나는 단 한 알도 먹기 싫었다. 근데 왜 그걸 하필 로비에 가서 처리해야 하냐고!

　나는 시간이 아까웠다. 조개구이집으로 가는 길에 조금씩 먹고, 불타는 조개 옆의 부수적인 안주로 삼아 먹고, 그래도 남으면 버리는 거지, 왜 쓸데없이 팝콘만을 먹으며 복잡하기 짝이 없는 로비에 머무는 시간을 가져야 하냐구! 컵에 잘 담긴 팝콘인데, 비상계단을 내려가면서 먹어도 흉해보일 것 같지 않은데, 여자애한테 억지로 길을 열게 할 만큼 로비가 꼭 팝콘 먹는 장소여야 하는 까닭이 대체 뭐냐구! 이 여자, 왜 이리 아둔하지?

　쓱 둘러봤지만 로비는 빈 자리가 없었다.

　"우리, 내려가요. 아래에 가서 먹어요."

　"어딜 가요. 여기서 처리하고 가요."

　"사람들이 많잖아요. 아휴, 복잡해. 난 복잡한 데 너무 싫어요. 내려가면 적당한 장소 있어요. 제가 알아요, 가요."

　나는 에스컬레이터 쪽으로 걸음을 옮겼다.

　"저기, 자리 났어요. 먹고 가요."

　"내려가요. 나, 여기, 싫어요."

　내 말에 그녀의 얼굴이 확 찌푸려졌다. 저 표정은 대체 뭘까? 나는 보기 싫어 바로 에스컬레이터에 발을 올려버렸다. 발을 올리는 순간, 에스컬레이터는 무조건 나를 아래로 내려보냈다. 방향을 트는 층계참에서 에스컬레이터의 움직임이 한 차례 끝났고, 층계참을 돌면 에스컬레이터가 새로 시작된다. 나는 층계참에 발을 딛고 위를 보았다. 우리는 한 구간의 에스컬레이터만큼 떨어져 있고, 누군가 말을 하려면 목소리를 높여야 했다. 그녀가 높였다.

　"사람 말을 왜 그리 못 알아들어요? 먹고 가자니까요!"

　그녀는 크게 화가 나버렸다.

"내려오세요. 내려가서 먹어요."

나는 손짓했다. 그녀가 깊은 숨을 토해내며 에스컬레이터에 발을 올렸다. 그걸 보자마자 나는 두 번째 에스컬레이터에 발을 올려버렸다. 정연경의 얼굴이 다시 찌푸려졌다. 나는 두 번째 에스컬레이터를 내려와 4층 식당가 바닥에 발을 딛은 채 그녀를 기다렸다. 그녀가 내려서더니 빠르게 쏘아붙였다.

"복잡해도 빈 자리 있었어요. 로비에서 먹으면 되는데, 왜 사람 말을 안 들어요? 나보고 이걸 들고 대체 어딜 가자구요. 아니면 좀 들어주든지. 들어주지도 않고, 꼭 자기 하겠다는 대로만 하고, 사람이 왜 그래요?"

두어 걸음 앞으로 나갔다가 나는 얼굴을 돌려 "그거 안 들어준 게 그렇게 화가 나요?" 하고는 바로 얼굴을 되돌렸다. 귀를 세우고 기다렸다. 대답이 없다. 왜 없을까? 나는 성큼성큼 4층 바닥을 걸었고, 건물 중앙에 있는, 3층으로 가는 에스컬레이터 앞에 섰다. 그런데 극장 쪽 에스컬레이터만 작동하고, 그 아래는 모두 작동중지였다.

"도대체 어딜 가는 거예요?"

"내려가요. 내려가면, 적당한 장소가 있다니까요."

나는 에스컬레이터를 밟기 시작했다. 탱크의 캐터필러처럼 회전하는 것이므로 에스컬레이터 밑은 비어 있었고, 발을 딛을 때마다 텅텅 소리가 잘 났다.

"로비에 앉아 잠깐 같이 좀 먹자는데, 그게 그렇게 어려워요?"

"내려가요. 내려가서 얘기해요."

그리고 나는 한 번도 돌아보지 않았다. 걸음을 특별히 빨리 하지도 않고 꾸준한 속도로 내려갔다. 꾸준함이 나의 결기라면 결기였다. 둘 사이가 확실히 잘못되려면 정연경은 5층 로비에 있어야 하고 나 혼자 1층에 가야 했다. 그리고 각자 적당히 분을 삭인 뒤 전화통화를 하게 될 것이었다. 그러나 그녀가 나를 따라 5층 에스컬레이터에 발을 올리는 순간, 어쨌든 내가 가자는 대로 따라오게 되어 있는 형국이었다. 실제로 그녀는 계속 따라왔다.

어느새 1층 바닥에 내려선 뒤, 빌딩 밖으로 나가려고 나는 걸음을 약간 빨리 했다. 회전문 앞에서 멈춰서서 돌아보았는데, 그녀는 에스컬레이터가 끝난 1층 바닥에 우뚝 서 있었다. 도대체 어디로! 어디까지! 하는 듯 완연한 울상이었다. 나는 기다리지 않고 회전문을 통과했다. 건물에서 나오는 빛으로 밖의 어둠이 허물어진 곳에 돌로 된 벤치 세 개가 있었다. 5년 전에 영화를 보러 빌딩에 들어가기 전, 또 보고 나와서 늘 두 차례의 담배를 피웠던 곳이다. 나는 두 번째 벤치에 앉았다. 빌딩 쪽을 보았다. 왜 안 나올까, 우뚝 섰던 곳에 계속 있을까, 어디로 가버린 걸까, 하는데, 그녀가 회전문 밖으로 모습을 나타냈다.

"오세요. 여기서 드세요. 아주 조용하고 좋잖아요."

첫 벤치까지 왔다가 내 말에 더 화가 나는지 그녀는 "안 먹어요, 안 먹어. 이거 먹겠다고 내가 그랬는 줄 알아요?" 소리치더니 금속으로 된 쓰레기통에 팝콘 컵을 신경질적으로 내려놓았다. 그녀는 팝콘 컵만을 내려놓았다. 액체가 있는 콜라잔은 그대로 들고 있다.

아까 물었던 말에 나는 답을 듣지 못했다. 3미터 정도 떨어져 있는 그녀에게 말했다.

"팝콘 먹겠다고 한 게 아니었으면, 왜 굳이 로비에 앉아 먹자고 한 거예요? 방금처럼 버렸으면 되지."

"경태 씨, 생각해보세요. 양손에 이것저것 다 들고 내가 대체 어

디를 가요, 예? 그렇다고 들어주기를 하나! 상대가 어떤 입장에 있
는지, 어떤 마음일지, 왜 그런 거는 생각 안 해요? 왜 늘 자기 하고
싶은 대로만 해요? 도대체 사람이 왜 그래요?"

옆에 남자가 멀쩡히 있는데 양손에 뭔가를 다 들고 있는 것이 그
리도 수치스럽단 말이지? 척척 알아서 들어주는 남자만 만나왔기
에 들어달라는 말을 해야 하는 것조차 그렇게 자존심 상했단 말이
지? 여자애에게 길을 열라고 하기 전에, 내게 들어달라는 말도 못할
만큼 자존심 상해했던 니가 나는 더 이상하단 말야!

나는 그녀라는 사람에 대해 심각한 의문에 빠져버렸다. 아직도
할 말이 태산 같다는 표정을 그녀는 짓고 있었지만, 나는 듣고 싶지
않았다. 그때, 전화기가 몸을 떨었다.

"전화 받을게요. 이 전화는…… 받아야 해요."

팔짱을 야무지게 낀 채 시선을 이곳저곳으로 던지고 있는 그녀
는 뭐라 말을 못 했다. 전화가 온 걸 어쩌겠는가. 지금 전화가 문제
예요! 하지 않는 것만 해도 다행인지 모른다. 나는 전화기에다 짐짓
명랑한 목소리를 냈다.

"산돌 형, 어쩐 일이에요?"

쿵짝거리는 반주음. 초저녁에 산돌은 떡이 되도록 취해 있었다.
와락, 외치는 것이다.

─ 경태야! 놀러오너라! 여기, 회사 근처다!

"형, 술 많이 마신 거 같네?"

─ 마셨지! 그럴 일이 있다. 지금 나, 기분 되게 좋다!

1년 넘게 연재한 '화첩 인물인터뷰'가 이번 주로 끝나게 됐는
데, 한 출판사에서 책으로 내자고 연락해왔고, 산돌은 오케이 했고,
하여 출판사 사람들이 와서 계약서를 쓰고 점심부터 술자리를 했

고, 지금은 노래방에 와 있다는 것이냐.

　— 책을 내도 얼마 팔리지 않을 거지만, 천 권이나 팔릴까? 요즘 독자들은 내가 그린, 사회적으로 낮은 자리의 사람들한테! 관심도 없지만! 그래도 내 그림이 가치 있다고, 책으로 내고 싶다는 사람들이 있고, 또 천 명이라도 내 그림을 사보겠다는 사람들이 있을 거고, 야! 내가 왜 안 기쁘겠냐. 사랑하는 동생아! 오늘 이 형이 맛있는 술, 니 원하는 대로 사줄게! 와라!

　"지금은 안 되고……."

　— 이 자식, 빼네? 야, 너 혹시…… 히히, 좋은 시간 보내고 있는 거냐?

　"그건 잘 모르겠고요, 형……."

　— 좋은 시간 보내고 있으면, 올 필요 없다. 근데 보고 싶다.

　"알았어요. 이따 다시 통화해요."

　— 안 와도 된다, 안 와도 된다.

　"알겠어요. 이따 전화하자니까요."

　— 경태야! 이번 책 제목은 '브라보 내 인생' 이다. 지금 내가 꼭 그렇다. 브라보 내 인생! 우리 모두 그렇게 살자꾸나!

　브라보 내 인생, 좋아하네. 나는 전화를 끊고 벤치에서 일어섰다. 3-4분의 냉각기가 혹시 효과가 있었을까. 여전히 팔짱을 낀 채 정연경은 딴 편을 보고 있었다. 씩씩거림은 좀 가라앉은 것 같다. 어쨌든 팝콘은 쓰레기통에 버렸다. 문제의 원인은 제거된 셈이다. 이제 아무 일 없었다는 듯이 조개구이집으로 가면 될까. 그녀의 갑작스런 화는 대체 어디서 온 것일까. 정말 팝콘이 문제였을까. 그녀의 옆을 스치듯이 걸어가며 내가 말했다.

　"가죠."

정연경도 움직이기 시작했다.

"내가 화가 난 것은, 로비에서 팝콘을 먹자, 그런데 내 말을 안 들었다, 이거 하나 때문이 아니에요."

3-4분 동안, 새로 쏘아붙일 말들을 생각했구나.

말의 반경에서 벗어나려고 나는 당장 큰 걸음으로 걸었다. 조개구이집으로 가려면, 빌딩을 다시 통과해야 했다. 그런데 나올 때는 회전문이었는데, 다시 들어가려고 하니 문이 보이지 않았다. 아니 머릿속이 한없이 복잡했고 이게 그 회전문일 거라고 생각했고, 무심결에 몸을 밀어넣은 내 앞에는 편편한 유리문이 있었다. 눈앞이 쾅 했다. 얼굴을 부딪친 것이다. 안경이 밀렸지만, 알이나 다리가 부서지지는 않았다. 그러니 너무 우스꽝스러운 순간이었다. 아쿠, 소리가 나왔고, 급히 나는 안경을 바로 썼고, '쾅 부딪친 내 모습을 보고 픽 웃어버리지 않을까?' 기대했다. 그러나 그녀는 웃지 않았고, 괜찮아요? 이런 말도 하지 않았다. 나는 혼잣말로 "큰일날 뻔했네" 하고 유리문을 밀고 빌딩으로 들어갔다. 도대체 어디서 실마리를 풀어야 하나? 사태의 원인부터 다시 확실히 알아야겠기에, 아니 꼭 이 여자 입으로 들어야겠기에 그녀가 옆으로 다가왔을 때, 전방 허공을 바라보면서 혼잣말처럼 나는 세 번째로 물었다.

"팝콘 안 들어줬다고 그렇게 화가 났어요?"

그녀는 또 답이 없다. 이쪽저쪽 다 들고 어딜 가요? 그렇다고 들어주기를 하나, 분명히 말했었다. 그래서 그게 진짜 이유였냐고 나는 세 번이나 물었고, 그러나 그녀는 세 번 다 답하지 않았다. 자기가 이미 말했는데도 내가 못 믿겠다는 듯이 다시 묻는 것 자체가 그녀를 더욱 화나게 하는지 몰랐다. 그 이유가 맞는데, 맞다고 하려니까 그런 이유로 온통 화를 내고 만 자신이 왠지 수치스러워져서인지도 모른다. 입은 어디다 쓰니! 들어달라는 말을 왜 못해! 그녀는 대답 대신 빌딩 중간쯤에서 새로 쏘아붙여왔다.

"알아요? 알기나 해요? 사람에 대한 배려는 하나도 없고 언제나 일방적이에요. 꼭 자기 하고 싶은 대로 해요. 예, 도대체 왜 그래요?"

한 쌍의 남녀가 '이 커플, 영화 잘 보고 나와 대판 싸우네?' 하는 눈빛으로 우리를 쓱 보고 지나갔다. 쪽팔렸다. 수천 명 앞에서도 싸울 때는 싸워야 하지만, 이렇게나 싸울 일인지, 그녀가 말할 때마다 나는 머리만 저어댈 뿐이었다. 네가 하는 말들, 나는 이해가 안 돼!

우리는 빌딩을 나왔다. 주차장을 지나 아까 건넜던 교차로 신호등을 향해 나는 걸었다. 나의 침묵을 그녀가 더는 용납하지 않았다.

"뭐라 말 좀 해보세요, 예?"

하라면 하겠다만, 나는 "난……" 하고 머뭇거렸다. 말이 나오긴 할 것이다. 그런데 이럴 때는, 어쩔 수 없이 똥처럼 밀려나오는 말이다. 나는 말을 누었다.

"난…… 여자에 대한 배려는 안 해요. 사람에 대한 배려는 합니다."

누고 보니 괜찮은 말인 듯싶다. 그런데 그녀가 흥분한 상태에서 잘못 들었다. "핫!" 하고 코웃음을 치는 것이다.

"여자에 대한 배려라구요? 지금껏 경태 씨가 나를 여자로 배려했다고 생각해요? 나를 여자라고 한 번이라도 생각해준 적 있어요?"

"아뇨, 내 말은, 나는 사람에 대한 배려는 한다구요. 여자에 대한 배려는…… 안 해요. 안 하고 싶어요."

우리는 신호등 앞에 섰다. 불이 바뀌길 기다리는 동안, 나는 그녀 쪽을 쳐다보지 않았다. 방금 내 말에 더욱 어이없어하고 있을 것이다. 그녀는 생각을 좀더 정리했다. 그리고 한다는 소리가 음성은 낮아졌으나 나로서는 듣기가 너무 괴로웠다.

"내가 화가 난 것은요, 지금 이 하나가 아니에요. 오늘 있었던 일들을 생각해보세요. 첫째, 경태 씨는 만날 때부터 너무 일방적이었어요. 내 상황은 전혀 고려치 않고 또 묻지도 않고, 자기 볼일 보겠다고 약속 장소를 서점으로 정한 것부터 그랬어요. 우리가 책을 사러 만났나요, 영화를 보러 만났나요. 둘째, 이 길 맞냐고 내가 분명히 물었죠. 확실하다고, 조금도 걱정 말라면서 자신 있게 막 걸어갔었죠? 근데 전혀 엉뚱한 길로 갔어요. 셋째……"

넷째, 다섯째, 여섯째, 하고 이어질 것 같다. 아아, 지금 그게 우리 문제의 본질이냐구!

벼락처럼 외치고 싶었으나, 그 순간 나는, 목까지 솟아오른 그 외침을, 기적처럼, 포기해버렸다. 말을 포기하는 순간, 그런데 나는 동시에 모든 것을 포기해버렸다. 아, 이 여자는 나랑 안 맞구나. 내가 이 여자를 진심으로는 조금도 안 좋아하는구나. 갑자기 나는 깨달아버렸다. 조개구이집에 가서 문제를 풀어본다든지 같이 화를 내고 싸운다든지, 전혀 그러고 싶지 않았다. 첫째, 둘째, 셋째, 이 말이 때로 얼마나 멋지게 사용되는데, 열 페이지 스무 페이지 장황하게 흘러갈 이야기를 한두 페이지로 요약해버리는 참으로 기특한 말인데, 그녀가 그 멋진 말 뒤에 붙여서 내보내고 있는, 오늘 하룻동안 잠깐잠깐씩 있었던 일들이 내게는 전혀 무가치하게 들렸고, 그래서 그녀 입에서 선두로 나왔던 '첫째' '둘째' 라는 죄 없는 말들이 나는 너무 아깝고 불쌍했다. '염려' 라는 말로 흥하더니 '첫째, 둘째' 라는 말로 망하는구나. 이 순간부터 이 여자랑…… 1분 1

초도 같이 있기 싫다.

녹색불이 들어왔다. 나는 건너지 않았다. 그녀가 도로로 발을 내딛었다가 내 낌새를 보고 우뚝 멈추었다. 나는 교차로의 다른 방향 신호등 쪽으로 걸음을 옮겼다. 의아해하며 그녀가 따라왔다. 새 신호등 앞에 나는 섰고, 그녀가 내 옆에 섰다. 여길 건너 조금만 걸어가면, 범내골 지하철역이 나온다.

"안 되겠어요. 갑자기 너무 피곤하네요. 그냥…… 집에 가고 싶어요."

"봐요, 지금도! 지금도 이렇게 일방적이에요! 모든 결정을 자기가 내려요. 아시겠어요? 예, 모르시겠어요?"

나는 그녀의 얼굴을 바로 보았다. 뭣같이 화를 내고도 조개구이집에 가서 문제를 풀어보려고 하였구나, 이 여자. 내 입가에 난데없이 미소가 지어졌다. 연민스러워하는 미소였을 것이다. 마지막으로 여자의 이름을 불러주었다.

"정연경 씨."

여자는 대꾸가 없다.

"이리로 가면, 전철역이 나올 거예요. 지하철 타고 가시면 될 거예요. 나는 다른 쪽으로 갈게요."

그녀가 발을 동동 굴렀다. 화가 나 말도 못 하는 그녀에게 나는 꾸벅 인사를 하였고, 조개구이집 방향의 신호등으로 다시 갔다. 우리는 5미터 정도 떨어졌다. 그녀가 소리쳤다.

"다시는 연락하지 마세요. 앞으로는 절대! 연락하지 마세요!"

예전에 만정이 뚝 떨어졌던 그녀의 표정도 만 가지 표정 중 하나지만, 정신없이 부르짖느라 얼굴을 뭉개고 있는 저 표정도 만 가지 중 하나일 뿐이었다. 그럼에도 이성을 잃어버린 표정을 보니, 어이

쿠, 쟤, 통성기도도 잘 하겠구나, 싶었다. 나는 저 괴물스러운 표정을 똑똑히 기억하려고 했다. 그러면서도…… 웃는 표정, 흘기는 눈빛도 있었다는 것, 그것 역시 기억해야 한다는 것을 알았다. 진지한 얼굴, 좋은 목소리도 있었지. 응석과 발랄도 있었지. 나는 녹색불이 들어오는 것을 기다리고 싶지도 않았고, 차량이 뜸한 틈을 타서 토끼처럼 깡충깡충 뛰어 길을 건넜다.

그녀 쪽을 보고 진심으로 밝게 웃으며 외쳤다.

"알겠습니다! 다시는 연락하지 않을게요. 예, 잘 알겠습니다!"

나는 거침없이 나의 길을 가기 시작했다.

더는 돌아보지 않았다.

15. 오 마이 똥습예수

　서점에서 극장으로 걸어왔던 길을 나는 되짚고 있었다. 그렇지만 나의 정처가 서점인 것은 아니었다. 걷다 보니 그런 것일 뿐, 어디로 갈지 나도 몰랐다. 나랑 안 맞구나! 내가 이 여자를 조금도 사랑하지 않는구나! 이 깨달음을 추호도 의심하지 않았다. '이 사람이구나!' 이 확신도 감동이지만, '이 사람, 아니구나!' 감동까지는 아니어도, 이것 역시 후련했다. 기괴한 해방감이었다.

　그러나…… 전화가 걸려온다면? 이야기 좀 해요, 내가 잘못한 것도 있어요, 이대로는 못 가겠어요, 한다면? 왠지 여자의 전화에 가혹하게 대꾸하기 힘들 것 같았다. 온통 들끓는 속에서 순간 포기했지만, 뒤처리해야 할 게 남아 있기 때문이다. 규명되지 않은 것이 있기 때문이다. 전화가 걸려오지 않기를 빌 뿐이다. 아예 받지 않겠다고 전화기를 꺼버리지는 않았다. 전화가 온다면! 그건 그때 판단하자! 그러나 제발 이대로 끝내자. 봉합해보겠다고 어쭙잖은 지혜를 쥐어짜지 말자!

극장으로 올 때는 아는 여자랑 함께였는데, 지금 혼자 걷는 길이…… 그만 낯설어졌다. 방에서 혼자고, 잠을 잘 때 혼자고, 양변기에서도 혼자고, 이런 거리, 이런 인파 속의 혼자됨도 많았지만, 혼자라는 '느낌'은 오랜만이었다. 이 사람들은 몰라. 내게 어떤 일이 일어났는지, 지금 내가 어떤 마음인지, 무슨 생각을 하는지, 하게 될지 몰라!

홍분이 새로이 시작되었다. 바다와 같이 출렁였다. 말을 불러모았고, 터뜨려올리기 시작했다. 여자가 쏘아붙이는 동안 제대로 받아주지 못하고 불분명한 채로 삼켜둔 말들. 분위기를 회복해보겠다고 그랬던 것인데, 아낌없이 터져오른다. 시시콜콜 따지는 자문자답들이었다.

왜 나는 극장 의자에서 일어났을 때, 팝콘 컵을 보지 못했을까? 왜 내가 들어야 한다는 생각을 하지 못했을까? 아니 컵을 보지 못했으니 그런 생각 자체를 할 수 없었다. 일어나자마자…… 여자 얼굴부터 보았기 때문이야. 영화가 왜 이래요? 그러고 있었지. 그래, 니가 좋게 봤을 리 없지, 아이, 후져, 후져…… 했을 테지!

여자의 표정이 못마땅했지만, 그건 잠깐이었어. 자, 갑시다, 하고 나는 계단을 밟으며 생각에 몰두해야 했어! 좋은 영화, 아니 소중한 영화라고 어떻게 설명해야 하나. 같이 보자고 내가 결정한 영화였고, 즉 밥상을 내가 차렸고, 그런데 여자는 소태 씹는 얼굴을 하고 있고, 이 재료는 어디서 어떻게 구했고 불 조절은 어떻게 했으며, 이 반찬은, 맛을 내는 데 실패했지만 영양가가 좋고 그러니 감사하게 먹어야 한다고, 이런 식으로 잔뜩 말해보려고 했던 거지!

5관을 나오는 동안 여자는 두어 걸음 뒤에서 따랐고, 그런데 '아이, 이거 좀 들고 가요. 남자 매너가 왜 그래요?' 왜 이런 말을 하지 않았을까. 아니 왜 못 했을까! 했다면, 내가 그놈의 팝콘 컵을 왜 들어주지 않았겠는가! 그러니까…… 영화가 끝난 뒤 내가 먼저 좌석을 벗어났고, 여자는 핸드백을 챙기다가 콜라 컵과 팝콘 컵을 덩하니 보았고, '아이, 남자 매너가' 이런 말을 입에도 못 올릴 만큼 이미 그때 기분이 나빠져버렸던 거야. 약속장소를 일방적으로 정한 일이며 길을 잘못 들었던 일, 소리내는 부츠를 구박한 일, 예쁜 탤런트 이야기를 한 것, 서점에서 극장까지 엄청 걸어야 했던 것, 이 모든 것을 한꺼번에 떠올렸던 거야. 그럴 정도로, 팝콘 컵을 자기가 들게 되었다는 것이 그렇게나 억울하고 자존심 상하는 일이었을까.

5관 앞의 열린 공간으로 가는 백 걸음 동안, 여자는 로비로 가야겠다고 결정했어. 이걸 들고 어딜 가라구요! 그렇다고 들어주기를 하나. 여자의 말에 사태의 핵심을 알아챘지만, 나는 그때라도 왜 들어줄 생각을 못 했을까. 아니 왜 들어주기 싫다는 마음이 되어버렸지? 양손에 콜라와 팝콘을 들고 사람들과 함께 비상계단을 내려갈 일이 그렇게나 모욕적이야? 그게 왜 그리도 모욕적이야? 니가 좀 이상한 거 아니니? 이러면서 기분이 나빠졌나.

아냐, 그 이전이야. 여자애한테 길을 열라고 할 때, 이미 그때! 왜 로비로 가려 하는지 나는 아직 그 이유를 몰랐을 때!

나직하면서도 단호한 말씨였어. 지금 이 여자, '난 하늘 같은 소비자, 고객이라구' 이러고 있구나. 이 새파란 기집애야, 계속 같은 말 하게 할 거야? 난 돈 내고 극장에 온 사람이란 말야, 니 월급이 어디서 나와? 로비로 가야겠단 말야, 이유는 묻지 마! 내게 이렇게 들려왔단 말야. 내 여자의 말투가 왜 저래, 나는 듣기 너무 거북했어.

왜 로비에서 팝콘을 먹어야 하는지, 그래, 남자는 콜라 하나만 달랑 든 채 손 하나가 놀고 있는데, 잘 갖춰 입은 여자는 이쪽저쪽 다 든 꼴사나운 상태인데, 조금도 신경쓰지 않는 남자랑은 쪽팔려서 다른 사람들 시선을 받으며 죽어도 못 내려가겠단 말이지? 여자가 그토록 쪽팔려 하는 것을 알았으면서도, 주세요, 자, 가요, 나는 왜 이리 말하지 못했을까.

도대체 이해할 수 없는 기분이었어! 크기는 있지만 무게는 얼마 나가지도 않는 그것들을 들고 좀 씩씩하게, 구두소리 요란하게 내며 계단을 내려가면 안 되나? 뱀처럼 그걸 끔찍하게 싫어하는 여자가…… 아둔하고 한심해 보였다!

손에 물이 넘치는 바가지를 들고, 다른 손에 공기를 넣어 잔뜩 부풀린 10리터짜리 쓰레기봉투를 들고 길거리를 다니는 여자는 없지. 밖에서도 쓸 일이 있는 생활 잡동사니를 핸드백에 넣고 손은 자유롭게 하여 가볍게 젓던지 자켓 주머니에 찔러넣고 경쾌하게 걸어야 여자의 태가 살지. 화장을 세련되게 하고 귀에 귀걸이를 흔들리는 미니 불알처럼 달고! 물바가지와 쓰레기봉투만큼이나 팝콘 컵과 콜라 잔이 여자의 태에 그렇게 치명적인 것일까. 내가 이쪽저쪽 다 들고 대체 어디를 가냐구요!

나의 자문자답은 거친 일반화를 향해 돌진해갔다.

도대체 세상 남자들은 꾸며서 예쁜 여자들을 얼마나 좋아하나! 역사적으로, 본능적으로, 문화적으로 얼마나 오래된 남자의 미칠 듯한 습성인 것일까. 옛적부터 얼마나 외모를 중시하여 여자를 대했으면, 산전수전 다 겪은 70살 넘은 쭈그렁 할머니가, 고우시네요, 젊었을 때 대단하셨겠어요, 이 말에 얼굴이 다 헤벌쭉해져버리나. 도대체 팝콘 컵 무게는 5백 그램도 되지 않는다구! 크기가 고려청자만 할 뿐이지, 여자 니 근육으로 공기처럼 들 수 있는 거란 말야! 그걸 들고 있으면 니 꼴이 그렇게 흉악해지냐? 내가 니 미끈한 태를 위해 로비에 죽치고 앉아 그 거지 같은 팝콘을 먹어줘야 한다고?

여자의 태는 정말 목숨과 같은 것일까. 외모에 신경쓰는 것은 여자의 제 2의 천성이라고 했다! 그러나 나는! 에스컬레이터를 텅텅 밟으면서 여자의 태, 그 집착, 그 압박, 그 생래적인 습성이 세상에서 제일 어리석게 보였다. 산부인과 의사한테 다리를 벌려 보인 채 울부짖으며 새 생명을 낳아야 하는, 하늘 아래 가장 놀라운 존재인 여자가 어쩜 이리 어리석은 것에 얽매여 살 수 있을까? 지금 나는 그 깊은 본능의 뿌리를 저주한다!

어느새 나는 서점 앞까지 와버렸다. 어떤 감정은 진정되었지만, 지금까지와는 차원이 다른 말들이 머리를 쳐들기 시작했다. 내가 사실은 오래 전부터 너를 전혀 안 좋아하고 있었단 말야! 정신 상태를 완전히 뜯어고쳐야 할 인간으로 판단내려버렸단 말야! 그 문제의 근원을 완전히 파헤쳐버리고 싶었다. 난데없지만, 톨스토이, 정영태 시인의 얼굴이 빙빙거렸다. 난데없는 게 아니라, 내 속의 다른 말들이 그들의 영혼을 호출하고 있는 것이다. 내 안의 진실을 그들에게 털어놓고 싶다. 외치고, 부르짖고 싶다…….

아무래도 나는 버스나 지하철을 탈 수가 없을 것 같았다. 거리에서는 표정 관리가 필요치 않지만, 밀폐된 밝은 공간에서는 어디에 눈을 줘야 할지 어떤 표정을 지어야 할지 자신 없었다. 집까지 가는 길을 생각했다. 부전, 양정, 시청, 연산 역이 주르르 떠올랐다. 걸어갈까. 1시간이 걸릴까, 2시간이 걸릴까.

그때, 산돌 생각이 났다. 형을 만나 털어놓자. 내가 현격하게 잘못된 가치관을 가진 고집불통의 남자인지 물어보자. 대학 1, 2학년

스무 살 애송이도 아니고, 이렇게 여자한테 거칠게 닦인 것은 십 몇 년만에 처음이다. 하나하나 물어보자. 아, 그러나 지금 형은 술에 떡이 되어 있다! 그래도 나는 전화를 걸어보았다. 신호는 가는데 받지를 않았다. 나는 전화기를 주머니에 넣고 부전역 쪽으로 걸음을 옮기기 시작했다. 다시 여자랑 극장에서 처음 어긋났던 때로 돌아갔다. 그런데 나도 모르게 반성적 사고가 조금은 회복되기 시작하였다.

좌석에서 일어났을 때, 여자의 표정부터 보았고, 내 눈에는 그 표정이 한심스러워 보였고, 그래, 그 순간…… 내 얼굴에 찰나처럼 스치고 간 것을 여자도 본 것일까. 저 사람, 또 저 표정……. 아, 그리고, 내가 좌석을 그냥 나온 것이 아닐 수 있다. 어자 앞의 콜라와 팝콘을 보았을 수 있다. 내가 그것들을 보는 것을…… 여자도 보았을 수 있다. 그런데 나는 "갑시다" 하고 내 콜라만 달랑 들고 좌석을 나왔던 것일까. 이랬던 것일까.

모르겠다. 어쨌거나 나는 팝콘 컵이 쪽팔렸다. 5관에 들어갈 때도 애써 들긴 했지만 얼른 어디다 내려놓고 싶었다. 팝콘이나 씹어대며 즐기는 영화도 있지만, 골똘하게 장면장면 뜯어보는 영화도 있다. 그러니까 나는 팝콘을 살 때부터 여자의 취향이 한심하다고 생각했던 것이다. 경멸했던 것이다. 그런 한심한 여자의 태를 위한 답시고 '이건 내가 들어야죠' 하기에 고래심줄 같은 내 자존심이 허락하지 않았던 걸까.

그러나 진짜 문제는, 팝콘도 아니고 한순간의 내 표정도 아니다!

나는 그녀의 하나, 둘을 오래 전부터 의심하고 경멸하지 않았나. 누구의 잘못이 아니라, 우리는 애초부터 맞지가 않는 사람들이었던 것이다. 나는 나의 정신, 세계관, 나의 말이 목숨 같고, 여자는 태가 목숨 같고 '오직 예수' 가 목숨 같고, 그러니 서로에게 각각 다른 그 목숨 같은 것들을 중히 받아줄 준비가 돼 있지 않았던 것이다. 그러니까 사랑하지 못했고, 사랑할 수도 없었다! 내가 포기한 것도 이 모든 것 때문이야. 내가 사랑할 사람도 아닌데, 엉켜 싸운다는 게 무슨 의미가 있나. 지금 최악이고, 더한 최악이 오기 전에 두 손 두 발 다 들고 포기하자. 정녕 포기했기에 나는 미소까지 지을 수 있었다! 절대 연락하지 말라고? 밝게 웃으며 잘 알겠습니다! 진심으로 말했다. 열 받으라고 한 말이 결코 아니었어! 정말 지금이 마지막 순간이라는 것을 본능적으로 알았기 때문이야! 다 깨달았기 때문이야!

여자 남자가 아니다. 사람과 사람이다. 아니 그래도 여자 남자다. 아니 사람과 사람이다. 옷차림에 매료되는 게 대체 뭔가! 참한 얼굴에 반하는 게 또 뭔가! 사람의 감동이 없었다! 그러니까 도무지 되지 않는 사이였단 말야!

아, 나는 지금 한 입으로 두말하고 있는 것일까. 여자의 맵씨 있는 옷차림에 크게 감탄하지 않았던가. 경성대 앞에서 첫 데이트를 할 때……. 아니지, 그건 아니지! '염려마시라' 라는 문자에 감동했기에 옷 잘 입는 것마저도 물건을 잘 다루는 여자의 재능이라고 높게 본 때문이었지! 옷 잘 입는 거야 모델, 탤런트들이 훨씬 잘하지! 최고로 잘하지!

아, 그러나 다시 한 번, '염려마시라' 는 여자의 문자는…… 얼마나 감동적이었나. 넉넉한 마음씨에 나는 뿅가지 않았나. 의례적으로 한 말이었어도, 지금 유일한 감동의 기억이 그것이다. 감동으로 출발했던 우리가 어쩌다 이리 됐을까. 남자와 사람으로서 내가 못나서일까? 사람의 감동이 여자 안에도 분명 있는데, 밖으로 수완 좋게 끝어낼 수는 없었나. 라면과 볶음밥을 먹으며 나눈 이야기는 좋지 않았나. 오늘 중 최고였지! 그러나 지금은 최악, 아니 최악보다 더 나쁜, 완전 끝.

단지 오늘 하룻동안의 일이 아니라니깐! 이렇게 결국 완전 끝이 된 것은 애써 무시하려 했지만 예전부터 최악의 순간이 쌓여왔기 때문이야! '시발년'이라고 할 때도 최악, 예수님은 남녀관계로 태어나지 않았거든요, 그때도 최악! 바로 어젯밤 문어 먹을 때, 방금까지 같이 먹었잖아요, 여자가 발끈할 때도 사실상 최악! 먹는 것 하나도 의미가 다르고, 영화 한 편을 봐도 느낌새가 다르고! 아, 기억난다! 왕방울만 한 선글라스를 끼고 나타났을 때, 그 유행의 민감성에서 태가 목숨 같은 여자임을 진작에 알아봤어야 했어! 지하철은 가난한 사람들도 타고, 노인들도 타는데, 어떻게 그런 안경을 쓰고 다니나!

나는 니 태를 사랑하는 게 아니란 말야! 니 정신세계, 마음세계에 뽕가고 싶고, 온 세상 사람들한테 너의 그걸 자랑스러워하고 싶단 말야!

마침내 나는 분노의 정확한 표적을 찾아냈다. 지금껏 나를 가장 피곤하게 한 것, 여자를 만나며 새삼스레 너무 미워졌었던, 나로선 도저히 용서할 수 없는 것, 그것은 바로 바울로의 예수였다. 나는 마구잡이로 일단 외쳤다.

도대체 종교란 게 뭐냐! 큰 가르침, 큰 지혜 아니냐구! 니가 바울로의 예수랑 2년씩이나 사귀었으면, 니들 표현대로 그 막강한 예수와 바울로, 하느님과 2년씩이나 '교제' 했으면, 그 교제의 보람이나 결과가 있어야 할 거 아냐. 니가 여자냐, 여인이냐, 여성이냐, 사람이냐, 인간이냐. 그렇게 열심히 기도하고 성경공부 하고 교회 다니느라 시간과 노력과 돈을 갖다바쳤으련, 성큼성큼 니 정신이 성장해가야 했을 거 아냐. 진리의 세계를 매일같이 만나고 느끼고 깨닫고 했으면, 갈수록 용감해지고 똑똑해지고 그랬어야 할 거 아냐. 이 복잡한 세상의 온갖 상황과 난국을 헤쳐나갈 삶의 수단과 방법이 훨씬 많아졌어야 할 거 아냐. 그런데 너는 내게 팝콘 하나 들어달라는 말도 못 해! 이 도시에서 양손에 무엇을 들고 백 미터도 걸어갈 자신이 없어! 안 그래도 세상 살기를 힘들어하던 내 약한 여자를 이 정도로까지 못난 여자로 만든 게 도대체 누구냐! 무엇이냐! 어떻게 너희들이 그러고도 큰 가르침이야, 어떻게 큰 지혜야! 성경 자체가 어리석은 거짓말로 들끓고 있고, 그 거짓말만 죽자고 머릿속에 퍼담고들 있으니 당연한 귀결이야! 나는 내 여자가 그런 데서 인생 낭비하는 게 너무 싫단 말이야!

나는 다시 전화했다. 산돌은 받지 않았다. 이 사람, 소리나 진동을 모를 만큼 완전 취해 있다. 오늘 밤 대화 상대로 형은 깨끗이 포기하자!

부전역에 이르기 앞서 내 앞에는 시장통이 나타났다. 부전시장의 한 구역이었다. 나는 걸어 들어갔다. 100g에 450원, 파격적인 가격으로 삼겹살을 팔고, 100g 280원, 역시 파격적으로 돼지갈비를 파는 의심스런 정육점이 있고, 맞은편에는 길거리 좌판이 있고, 2007년 11월 말, 한국 제2의 도시 풍경이라고 믿기 힘든, 어릴 때 5일장에서 본 것 같은, 알록달록한 중국제 신발을 늘어놓은 좌판, 역시 중국에서 건너왔을 아이들 인형과 장난감이 닥다글한 좌판, 핸드 마이크를 든 건장한 사내가 건강식품을 판다고 뭐라 떠들어대는, 노인들만 둘러싸고 있는 좌판, 나는 딴 세상의 여행자처럼 그 혼잡스런 속을 투명하게 통과해갔다. 말하고 싶었다. 대화할 사람

을 나는 구했다. 할 말이 산 같다. 나 혼자서는 못해! 최고의 말상대
가 필요해! 오늘 밤 완전히 열 받았을 때, 그것들을 개박살내지 않
으면 다시는 기회가 없다! 그들은 어디에 있는가. 나타나지 않는다
면, 내가 그들을 찾아가면 된다.

걸음은 다리와 발에 맡긴 채 나는 이끌리듯이 고개를 들었다. 밤
하늘에 웬 그림 한 장이 떠내려오고 있었다. 그림 속에는 할아버지
한 분이 서재에 앉아 있었다. 서재는 책이 있는 우주선 같고, 할아
버지는…… 톨스토이 선생님이다. 아, 선생님! 그리운 것이 그림이
라더니, 내가 언제부터 당신을 그리워했던 걸까요? 할아버지의 작
업실 겸 서재로 나는 당장 문을 두드려 들어갔다. 날카롭게 빛나는
눈으로, 그러면서도 인자한 얼굴로 선생님이 나를 봤다. 나는 무릎
을 꿇고 그의 손을 잡았다. 여자한테 직접 한다면 폭력이 될 수밖에
없는, 그러나 하지 않고는 배길 수 없는, 내 안의 가장 깊은 생각들.
나는 주체할 수 없이 씨부리기 시작하였다.

톨스토이 선생님!『전쟁과 평화』로 나를 다섯 번 울게 하셨고,
『안나 카레니나』에서는 잊을 수 없는 명장면을 주셨고, 주인공 레
빈이 땀 흘리며 밀 베는 장면! 또 선생님의『크로이체르 소나타』는,
도스토예프스키는 저리 가라! 그런 격정과 광기의 세계였었죠. 컴
퓨터와 레이저프린터도 없던 시대에 오직 종이와 펜으로 어찌 그
런 꼼꼼하고도 폭넓은 이야기를 쓸 수 있었나요! 존경스럽습니다!

애정과 성의로 읽으면, 백 년 세월이 가로놓여 있지만, 당신의
이야기는 지금도 공감, 감동, 감명이에요. 살고 생각하고 사랑하고
번뇌하고 싸우는 당신의 주인공들이 나랑 멀지 않은 느낌이 참 좋
아요! 마흔 살이 넘어 읽어야 선생님 작품의 진미를 알 수 있다고
하잖아요. 한두 아이의 아버지가 되어 읽으면 더 좋을 거 같아요.

내 인생의 적절한 타임마다 선생님을 재독, 삼독 할 것입니다!

조국, 러시아, '땅의 사람들'을 끈질기게 사랑하셨던 톨스토이 선생님, 세상의 모든 출판사가 인세지불 없이 당신 책을 마음대로 출판하여도 된다는 선언을 하셨고, 선생님 마누라 소피아는 그 결정에 충격을 받았고, 그런 소피아를 보고 '아아, 이 여자가 나를 모른다!' 하고 팔십 노구를 이끌고 가출을 감행하셨던 선생님! 그리고 그 가출 여행 중 임종의 자리에 누웠을 때, 인근에서 몰려온 농민들…… 백작님이 갑자기 위독해져 우리 마을 기차역 객사에 누워 계시단 급보를 들었던 거죠. 그런데 선생님은 이러셨다죠. 왜 이리 시끄러워. 러시아 농민은 이렇게 요란하게 죽지 않아.

사람들의 임종 면회를 허용했지만, 뒤늦게 도착한 소피아만큼은 '그 여자 얼굴은 다시는 안 본다!' 하고 거절하셨다니, 하하하, 참 귀여우신 선생님!

아, 그런데 존경하는 당신이…… 복음에서 예수 이적 이야기를 모조리 뽑아버리셨다구요! 오늘에야 알았어요! 거짓말이라 진리공부에 하등의 도움이 되지 않는다고, 우리 러시아 농민한테 조금도 쓸 데가 없다고 충치처럼 뽑아버리셨다구요! 선생님의 그 단호한 조치는, 『전쟁과 평화』, 『부활』, 『안나 카레니나』만큼 내 인생의 빛이에요. 얼마나 큰 격려가 되는지 선생님은 모르실 것입니다. 나는 갑자기 진짜 자유로워요. 선생님과 함께 정말 자유롭단 말예요!

죽음이 찾아올 때, 하느님을 부르지 않을 인간이 얼마나 될까요. 황홀한 행복감이 올 때, 혹시 빼앗아가버리지 않을까, 하느님 눈치를 보지 않을 인간이 또 얼마나 될까요. 그렇지만 예수가 하느님 아들이고, 불가사의한 기적을 일으켰고, 죽임까지 당하면서도 인간을 깔보지 않고 무작정 사랑했다는 것을 믿고 싶은 유혹, 그리고 태어남부터 인간과 종자가 달랐던 예수라고 스스로 혹해 들어가는 것을 대체 언제까지 용인해야 할까요. 아무리 인간이 어리석고 나약한 존재라 해도, 그래도! 예수가 하느님의 법칙을 수시로 위반하는 반자연적인 존재가 되어야 하는 건 아니잖아요!

선생님이 이적 기사를 뽑아버린 것은, 그러면서도 그리스도인으로 자처했던 것은, 기적을 일으키지 않았던 예수라 해도 참삶을 산 사람이기에 우리들 인생의 빛으로 삼기에 충분하다는 것이 아닙니까. 내 생각과 일치하여 너무 반가워요! 선생님이 구체적으로 어떤 그리스도사상을 가졌는지 알고 싶어요. 당신의 '통합 복음' 을 꼭 읽고 싶어요! 맹세할게요, 앞으로 내 인생, 예수의 성령잉태를 절대 부인합니다. 천 번을 윤회한다 하여도 나는 단 한 번도 기독교인이 되지 않을 거예요. 선생님, 너무 잘하셨어요! 감사해요, 감사해요.

외치듯 말했지만, 말이 없는 할아버지는 『안나 카레니나』에 실린 초상화 모습을 유지한 채 허공 위로 멀어지더니 도시의 불빛 속에서 삼켜진 별빛 하나가 되었다. 말은 없지만, 다 들으셨다! 한 자도 놓치지 않으시고……

톨스토이 선생님에게 외치면서도…… 나는 사실 누구, 그 여자, 아니 당신들 들으라고 하고 있다! 여자 눈치를 본다고 진짜 하고 싶은 말, 만날 때마다 꾹꾹 눌러 참았던 말들이 이제야 맘껏 터져 나오고 있다. 나는 그동안 비자유였어. 작가로서 그 큰 수치를 어떻게 참아냈을까! 지금 이 말의 자유가 나는 너무 좋아. 다시는 놓치지 않을 거야! 말의 자유는 나의 모든 것이야!

나는 시장 구역을 지나 부전역을 지하계단으로 통과했다. 그런데 그러자마자 창녀촌…… 입구가 나타났다.

내가 아는 곳이다.

나는 입구를 바라보며 탄식했다.

의식을 잃고 또는 의식 한 오라기를 움켜쥐고 수차례 왔던 곳, 몇만 원을 내면 잠깐씩 안아주겠다는 아가씨들이 있었지. 지금도 있다! 이 미친년들아!

좁은 방에 있게 될 때, 나와 아가씨는…… 갑자기 '우리' 가 되었지. 우리에게는 당장의 목표가 생기고, 그 목표는 오직 남자의 사정(射精)이지. 최대한 빨리 목표를 달성하려고 우리 사이에 이상한 협동의식이 생겨나지.

오빠, 술 엄청 먹은 것 같은데, 사정은 빨리 했네, 아휴, 착해라. 이런 말을 들을 때도 있었지! 오빠도 힘들고 나도 힘들잖아, 다음엔 술 좀 적게 먹고 와라, 그래도 애썼어, 이런 말을 들을 때도 있었고. 이 미친 것들아!

창녀촌을 나오기만 하면, 나는 참 깨끗한 욕구를 가진 사람이 되어버리지. 들어가기 전에는 욕망의 포로였으나, 욕망이 닦이고 나면, 배고프다, 밥 먹고 싶다! 아, 졸리다, 집에 가고 싶다! 왜 나는 그렇게 반드시 착해져버리는 것이었을까.

이 불쌍한 것들아, 슬픈 소굴에 살면서도 어쩜 그리들 씩씩하냐. 지금 이 순간만큼은 그 여자보다 니들이 훨씬 사랑스럽다! 재희야, 혜정아, 현숙아, 한없이 왜곡된 속에서도 진짜 인간 같았던, 이 죄 없는 가명들아. 오늘은 아니야, 다음에 오마, 또 잔뜩 술에 취해…… 하고 나는 창녀촌 입구를 지났다. 이제 양정역으로 나는 간다.

그런데 또 다른 그림이 허공에서 둥둥 내려왔다. 이번에는 시인이다.

오실 줄 알았어요. 정영태 선생님!

내가 선생님께는 무슨 이야기를 해드릴까요? 나랑 이야기하는 것을 선생님은 얼마나 좋아하셨나요. 점심에 만나 새벽 3시까지 14시간을 줄기차게 수다떤 적도 있었죠. 잘렸던 이야기를 이어야겠어요! 그래야겠죠, 선생님? 그게 궁금해서 찾아오셨지요? 이참에 성령잉태를 완전히 격파하자고 나를 응원하러 오신 거죠?

선생님이 하셨던 말씀이 진짜 맞아요. 하느님을 찾아 순례하던 방랑객이 마리아를 하룻밤 사랑한 일 말예요. 그런데 선생님, 거기서 이야기가 끝날 수는 없어요. 선생님 돌아가시고 난 뒤, 나도 이것저것 생각해본 게 있단 말이죠. 선생님이 말한 '예수 사생아설'이 맞지만, 두 번 다시 그 마을에 나타나지 않은 순례객이 마리아의 파트너임에 틀림없지만, 하하하, 성령잉태라는 거짓말 기적이 아니라 진짜 기적은 이제부터란 말예요. 기적은 두 가지예요. 선생님, 예수는 역시 기적의 사나이란 말예요!

잘 들어보세요. 정혼자를 놔두고 딴 남자랑 붕가붕가해서 임신을 해버린 여자…… 그런데 요셉은 한 번 더 놀랐죠. 엄청난 일을 저질러놓고도 마리아 얼굴이 평온해 보였다는 겁니다. 용서를 구하지도 않아요. 세상에 마리아만큼 뻔뻔한 여자가 있을 수 있을까요. 그러나 그건 뻔뻔함이 아니었어요.

마리아는 아무 말도 할 수 없었죠. 요셉이여, 나는 이럴 수밖에 없어요, 어찌 된 일인지 말할 수 없어요, 누구 잘못이 아니에요, 이럴 수밖에 없었어요, 내가 이러고 앉아 있지만, 내가 당신을 사랑하지 않는 것도 아니에요, 사랑해요, 변함없이, 예전과 같이 진심으로, 그러나 난 이럴 수밖에 없네요, 이렇게 말없이! 마리아는 앉아 있더란 거죠.

선생님, 순결하고 신앙심 깊은 처녀의 알몸을 품었으면서도 처녀에게 조금의 죄의식도 남기지 않은 그 대단한 순례객 양반은 누구였을까요. 대체 어떤 사나이였을까요. 누군지 모르죠! 마리아만이 아닙니다! 정혼자를 놔두고 딴 남자를 안았으면서도 죄의식 없는 마리아, 선생님, 이게 첫 번째 기적이에요.

아, 정영태 선생님, 아니에요. 처녀에게 조금의 죄의식도 남기지 않고 성관계를 해치운, 아름답고도 무책임한 하룻밤 사랑을 한 그 순례객이 진짜 기적이죠. 확언하건대 사랑에 도통한 그는…… 도대체! 어떤 사람이었겠어요?

선생님, 두말할 것 있나요. 하하하! 그 순례객은 꼭 예수 같은 사람이었죠! 생각해보세요, 예수에게 피를 준 사람인데, 그 아버지에 그 아들, 아니, 그 아들에 그 아버지 아니겠어요? 하느님과의 사랑에 통달했던 예수의 피의 아버지쯤 되니까, 요셉을 놔두고 그와 사랑을 하고 임신을 하고도 처녀 마리아가 죄의식이 없을 수 있는 겁니다! 같은 남자 입장에서 정말정말 대단한 인간이죠!

마리아에게 죄의식을 한 꼬투리도 남기지 않은 순례객의 하룻밤 사랑, 이게 첫 번째 기적이고요, 두 번째는 이래요. 그럼에도 불구하고 요셉은 마리아를 너무 사랑했다는 겁니다.

아니, 아니, 너무 충격받고, 너무 고통스럽고, 거의 죽고 싶은 심정이었죠. 마리아여, 마리아여, 요셉은 마음속으로 수없이 부르짖습니다. 며칠 잠을 잘 수도 없어요. 당연한 일입니다. 마리아의 질에 다른 남자의 딱딱한 성기가 들어가 움직이는 동영상이 끝도 없이 플레이되는데요! 그의 마음은 지옥이에요. 그런데 생명체에 깃드는 잠은, 하느님의 명령, 하느님을 끝까지 거부할 수 있나요. 신비로운 잠이 찾아와요. 낮에 과다분비된 영적 호르몬이 꿈을 안겨

302

주죠. 꿈속의 천사가 성령잉태를 고지합니다. 두 번째 기적은 딴 게 아니에요. 남자 요셉이 그 꿈을 끔찍할 정도로 소중하게 받아들였다는 겁니다. 죄의식 없이 평온한 마리아 얼굴이 요셉에게 큰 용기를 줘요!

선생님, 말도 안 되는 꿈, 당시 마을 사람들이 하나같이 코웃음을 친 그 꿈을 받아들일 만큼 요셉이 마리아를 사랑했다는 것, 즉 그 꿈을 꾸지 않았다면, 지옥에서 헤어나지 못하고 남자 요셉은 죽었을지 몰라요! 꿈이 요셉을 살린 거예요. 마리아를 향한 요셉의 사랑에 하느님의 축복을……

선생님, 이 둘의 사랑도 드라마지만, 진짜 드라마는 이제부터예요. 자, 잘 들어보세요. 자기 아이도 아니건만, 요셉은 마리아의 처녀막을 뚫고 나왔다고 믿은 아이에게 사랑을 듬뿍 줍니다. 마리아의 아이 사랑은 두말할 것 없고요. 예수를 낳은 뒤 비로소 부부생활을 시작하며 남자의 마음이 왠지 틀어질 수 있는데, 천만다행이었죠. 둘의 사랑이 아이한테 인생의 좋은 거름이 되어요. 요셉이 마음이 틀어져 아이를 학대했다면, 그 아이가 우리가 아는 예수가 될 수 있었을까요? 역사에 길이 남아야 함에 분명한 '비폭력 예수'가 아니라, 틀림없이 무력으로 예수살렘의 타락한 종교세력을 해하려는 1급 테러리스트가 되었을 겁니다!

둘의 사랑 속에서 어쨌든 아이는 무럭무럭 자라요. 그런데 선생님, 문제가 발생해요. 아이는 몰랐지만, 마을 사람 전부가 알고 있죠. 처녀가 애를 뱄다고 임신 몇 개월에 마리아는 회당에 끌려간 적도 있잖아요. 나는 남자를 몰라요! 나는 남자를 몰라요! 하하하. 하여 예닐곱 살 때부터 아이는 동네 아이들한테 손가락질을 받기 시작해요. 니 아버지가 진짜 니 아버진 줄 아나? 이 바보축구야.

예수의 드라마는 그때 이미 시작된 것입니다. 요셉의 사랑을 잘 알고 아이도 요셉을 사랑하는데 조숙한 아이는 피를 준 아버지를 그리워하게 됩니다. 양아버지도 이리 나를 사랑하는데, 진짜 내 아버지는 얼마나 나를 사랑하실까? 아니 사랑의 천재 예수는 종적을 알 길 없는 진짜 아버지의 안위까지 걱정합니다. 치사랑 내리사랑 모두 우리 인간의 본능이잖아요!

아버지 그리움을 깊이깊이 품고 성장하여 소년 청년이 되어갔던 예수, 선생님, 그러니 예수의 삶이란 단적으로 뭐겠습니까. 한마디로 '아빠 찾아 삼만 리'죠! 실제로 예수는 아버지를 찾겠다고 배움과 순례의 길을 나서고, 그런데 그 후 어떻게 되었죠? 피를 준 아버지는 찾지 못하고 하느님 아버지를 수없이 만났죠! 나중에 예수가 기막히게 묘사해요. 공중의 새를 보라, 심지도 않고 거두지도 않고 창고에 모아들이지도 않는데, 천부(天父)께서 기르신다, 들의 백합화가 어떻게 자라는가, 수고도 아니하고 길쌈도 아니하느니라, 오늘 있다가 내일 아궁이에 던지우는 들풀도 하느님이 이렇게 입히신다! 선생님, 어떻습니까. 과연 하느님 사랑을 느끼는 데 천재다운 표현이 아닙니까. 바로 이 하느님을 아버지, 아버지 하며 수없이 만난 겁니다.

그런데 이 하느님이…… 예수만의 아버지입니까. 우리 모두의 아버지 아닙니까. 만물의 아버지잖아요. 아, 아니죠. 입은 비뚤어져도 말은 똑바로 하라고, 부성 콤플렉스가 있었던 예수에게는 하느님 아버지지만, 선생님, 우리는, 하느님 어버이라고 해야죠!

정영태 선생님, 내가 이상한 놈일까요. 양아버지 요셉의 사랑이 진하면 진할수록 피를 준 아버지가 더욱 그리워지는 것, 그리워하지 않을 수 없는 것, 그럴 때마다 맑은 눈을 들어 저물어가는 하늘

을 보곤 했던 소년 예수의 아프고 그리운 마음을 생각하면, 나도 모
르게 눈물이 나요.

선생님, 그런데 바보 같은 우리 예수는! 제 아버지가 만물의 하
느님 아버지면서도 오직 자기만의 아버지라고도 믿어 의심치 않았
어요. 니 아버지가 그리도 그리웠느냐, 이 등신아.

정말 그렇잖아요. 마지막까지 하느님이 자기를 구해주길 바라
잖아요. 십자가 죽음은 예수의 주체적인 결단이었다고들 하지만,
설마 그럴 리 있겠어요. 죽기 전날 예수의 기도가 어땠습니까. 아버
지여, 만일 할 만하시거든 이 죽음의 잔을 지나가게 하소서! 그러나
나의 원대로 하지 말고 아버지의 원대로 하소서! 밤새 이런 기도를
세 번이나 하잖아요. 기도의 두 문장 중 예수의 진심이 어디에 얹혀
있습니까. 예수는 다가오는 죽음을 피하고 싶어해요. 십자가에 매
달린 채로도 살고 싶어서 하느님의 기적을 기다리죠. 아버지 뜻을
거스를까봐, 사랑의 아버지를 줄기차게 증거하다가, 너희들이 이
런다고 내가 너희를 저주할 것 같으냐, 하듯이 무시무시한 사랑의
결기를 십자가 아래 사람들에게 내보이다가…… 그런데 정말 최후
에 이르러서는…… 원망을 해버려요. 나의 하느님, 어찌하여 나를
버리셨나이까! 이 말, 당시 민중들 사이에 너무나도 널리 알려져 도
무지 삭제할 수 없었던, '엘리 엘리 라마 사박다니'라고 번역 이전
예수의 원어까지 병기할 수밖에 없었던, 당시 예수를 사랑하던 민
중의 마음을 찢어지게 만들었던, 지어내려고 해도 지어낼 수 없는
예수의 진짜 뼈아픈 말이라고들 하죠.

선생님, 그런데 나는 마태의 그 구절에서 진짜 놀랐어요. 예수가
정말 징글맞아요. 버리시나이까가 아니라 버리셨나이까! 예수가 과
거형을 쓰고 있어요. 버리시나이까는, 그 순간까지도 기적을 바란

다는 것이고, 버리셨나이까는 기적을 포기한 것이거든요. 이렇게
죽는구나, 마침내 깨달은 것이죠. 액면 그대로 보면 예수가 하느님
을 부인하고 있지만, 그러나 나는 그 과거형에 전율했거든요. 이 사
람, 정말 마지막 순간까지도 나만의 하느님 아버지라고 철두철미
믿었구나! 어쩜 이리 뼛속까지 하느님 사랑만을 믿을 수 있었지? 지
난 삶의 순간순간, 하느님 사랑을 얼마나 뼈저리게 느끼고 체험하
였으면 이럴 수 있을까. 버리셨나이까! 하면서도 '나의 하느님' 이
라고 분명히 호명하고 있어요. 부인이면서도 부인이 아니에요! 이
지독한 인간…….

피의 아버지를 찾지 못하고 수없이 만난 하느님 아버지, 자신을
하느님 아들이라고 철썩같이 믿었던 예수의 그 천재적인 착각을
그러나 나는 도무지 미워할 수가 없어요. 하필 예수에게 병 치유의
기적이 수없이 일어나는데, 그렇잖아요, 골수에 박히는 믿음이 될
만하지 않았나요?

그런데 선생님, 진짜진짜 묻고 싶어요. 그게 정말 하느님의 기적
일까요? 성경의 사실성에 매우 보수적인 학자들도 기적에 가까운
예수의 병 치유 능력만큼은 인정을 합니다. 그러나 나는 그게 기적
이라고 보지 않아요. 이제부터 해드릴 이야기는 무진장 슬픈 이야
기에요. 선생님은 듣고 우실지도 모르겠어요. 그러지는 마세요, 다
지난 일이니까요!

스물세 살 여자애가 있었어요. 선생님! 그 애 얼굴에는 여드름
서너 개가 몇 년째 늘 있었어요. 거울을 볼 때마다 짜증을 내요. 그
런데 어느 날, 자고 일어났더니 여드름이 일곱 개로 늘어난 겁니다.
그날부터 방에 틀어박혀 이걸 우짜노, 뭘 발라야 하나, 피부과에 가
야 하나, 고민에 빠져요. 자다가도 벌떡 일어나 거울을 보아요. 두

달쯤이 지난 뒤, 어머니의 손에 잡혀 신경정신과로 가게 되죠. 의사
는 신체이형증이라고 하더니 항우울제를 처방합니다. 제 얼굴에
미친 듯 빠져 마침내 멀쩡한 눈코입이 삐뚤어져 보이는 정신병이
신체이형증이죠.

'독한 신약'이라고, 피부에 더 나쁜 영향을 줄 것이라고 여자애
는 항우울제를 뱀처럼 싫어합니다. 약도 효과가 없어요. 한약을 지
어먹어도 효과가 없고, 정신과 의사를 세 번이나 바꾸고 그러다 결
국…… 입원까지 하게 돼요. 한 달 입원, 그리고 집으로 돌아온 지
사흘째 되는 날, 늙은 어머니는 낮잠이 든 딸애 얼굴을 가만히 내려
다보았대요. 병을 앓은 1년새, 딸애 얼굴 피부가…… 벽돌이 되어
있더래요.

그날이 여자애의 마지막 날이었죠. 한숨 자고 일어나더니 정신
을 차렸어요. 오늘까지 나를 가장 걱정하고 사랑하셨던 우리 엄마,
내가 엄마 짐이 되면 안 되지. 달게 잔 잠으로 힘을 얻어 인근 아파
트 24층으로 올라가 허공으로 몸을 던져버려요. 그리운 선생님, 투
신자살로 생을 마감한 그 애는 내 여동생이었어요.

병을 앓는 1년새, 여드름 몇 개가 났을 뿐인, 실은 탱탱했던 처
녀의 얼굴을 벽돌로 만들어버린 것은 대체 무엇이었을까요. 한의
사든 정신과 의사든, 얼굴을 벽돌로 만드는 나쁜 약을 처방했을 리
없잖아요! 그런데 왜 벽돌이 되어버렸을까요. 오직 지 얼굴의 부정
적인 변화에 온 마음 온 정신을 쏟아부은, 얼굴 변화에 매일매일,
아니 시시각각 매달리게 되는 그 애의 불안하고 두려운, 무섭고도
불쌍한 마음이 그런 결과를 낳은 거예요. 물질적 변화까지 낳을 만
큼 마음의 힘이 이리 대단하다는 겁니다. 물(物)과 마음이 내통한
다는 거예요!

선생님, 동생을 잃고 나는 곰곰이 생각해봤어요. 죽은 동생이 2천 년 전 예수가 활약하던 시대에 살았다면, 하고요. 그때도 여자의 얼굴은 목숨처럼 소중했을 테지요. 근데 어느 날, 여드름이 일곱 개 생긴 것을 경악하며 볼 때, 여자애는 어떤 불안에 빠지게 될까요? 당시 민간 의학지식으로 원인 규명을 하고 뭔가 조치를 취했을까요? 천만에요. 자기가 지은 죄 때문이라고 생각해요. 어떤 이유가 되었건 하느님 벌을 받았다고 생각해버려요. 얼굴을 볼 때마다 불안과 공포에 휩싸이고, 소화도 안 되고, 밤잠도 못 자고, 몸 구석구석이 아픕니다. 그럴수록 얼굴은 벽돌이 되어가버려요.

자, 죄 탓으로 얼굴이 사나워졌다고, 또 다른 벌을 받게 되면 어쩌나, 극심한 공포에 빠져 사는 여자애의 집에 하느님 아들이라고 소문이 자자한 예수가 불려옵니다. 보는 순간, 부드러운 걸음걸이, 행동의 품위, 그 전체적 느낌이 신비로와요. 여자애는 예수가 진정 마지막 희망으로 보여요.

딸아, 네가 나를 믿느냐. 믿사옵니다. 네 믿음이 죄를 사하게 하였노라. 예수는 이리 말할 뿐이에요. 그런데 어떤 일이 벌어질까요? 예수의 말을 믿는 만큼 모든 것이 바뀌어요. 믿건대, 그날 밤 병을 앓은 지 1년 만에 처음으로 깊은 잠을 잤을 것이고, 얼굴의 온갖 트러블은 하루가 다르게 호전되어갈 것입니다. 이 병 나음의 이치는 과학입니까, 기적입니까, 문학입니까, 선생님, 대체 뭡니까!

어떤 한 사내가 있어요. 멀쩡하게 잘 걷던 사람이에요. 그런데 어느 날 아침에 일어나니 오른쪽 다리가 너무 무거워요. 다리 한쪽이 이다지 무겁게 느껴지는 것은 처음입니다. 다른 이유는 없습니다. 전날 오른쪽 다리를 무리하게 썼기 때문이고, 예전에도 다리가 약간 무겁게 느껴질 때가 있었지만, 그건 그 전날 약간 무리했기 때문이고 그런데 그날은 이상할 정도로 다리가 무거웠고 그건 다른 날보다 전날 더 무리했기 때문입니다! 그런데 사내는 그렇게 생각하지 않아요. 바로 겁을 먹습니다. 하느님 벌을 받았다고 생각해요. 자기가 무슨 죄를 지었나, 떨게 됩니다. 하루 종일 방 안에 들어앉아 다리 생각, 죄 생각을 합니다. 생각해보면, 지은 죄가 너무 많아요!

다리 생각, 죄 생각만 하다가 좀더 시간이 지나면 그는 걷지를 못하게 됩니다. 아니 걸을 수 있다는 생각조차 못 합니다. 하느님 벌을 받았고 벌이 다할 때까지 주저앉아 있어야 한다고, 하느님의 벌주심을 무시하고 걷다가는 넘어져 다리가 와장창 부러질 것이라고 생각합니다. 한 걸음 한 걸음에 큰 용기를 내야 하는, 걸음마를 처음 배우는 아이보다 그는 걸음을 더 무서워해요! 10년째 앉은뱅이 아닌 앉은뱅이로 그는 살아갈 수 있어요. 그런데 어느 날, 하느님 아들이 불려옵니다. 예수는 말합니다. 네 믿음이 죄를 사하게 하였노라. 너는 걸을 수 있다. 걸어도 된다. 걸어라! 사내는 걷게 되었을까요? 조금 비틀거리지만, 물론 걷게 됩니다.

선생님, 분노스럽지 않습니까. 예수 시대의 민중들은 태무식하였고 너무나도 우매하였어요. 뭘 제대로 아는 게 없었습니다. 그런데 죄만큼은 너무 잘 알았어요! 죄의식, 죄감성의 천재들이었어요!

민중의 그 바보천치 같은 무지를 그러나 나는 또 미워할 수 없어요. 분노할 뿐입니다! 당시 세상의 지배자들이 하느님이 내린다는 온갖 벌로 얼마나 협박하였으면, 이런 죄, 저런 죄, 죄, 죄, 죄, 죄! 하고 얼마나 세뇌를 시켰으면, 예수의 그 간단한 말에 정신과 건강을 되찾는 환자가 그리도 많았겠냐는 것입니다. 지금은 돈이 없어 또 일자리를 잃어 굶어죽지 않을까, 이게 가장 큰 공포지만, 예수

시절은 인간의 죄와 하느님의 벌이 초강력의 지배이데올로기였어요!

아, 그러나 나는 당시 바보천치 같은 민중을 도무지 미워 못 해요. 죄의식으로 죽을 지경까지 이르는 마음의 힘, 그것은 그만큼 그들이 순수하다는 것이거든요. 그 마음의 가난함과 순수함을 알아본 예수는 죄인들을 어리석다 하지 않고 사랑할 도리밖에 없었던 것 같아요. 도대체 당시의 순수한 민중을 빼고 예수라는 존재를 설명할 수가 없다! 이게 서남동 목사, 안병무 교수의 줄기찬 주장이잖아요.

선생님, 도대체 예수는 누구입니까. 민중에게 죄의식, 죄감성을 대량으로 불어넣어 지배세력 맘대로 세상을 통치하던 그 악랄한 시대에 사랑의 하느님을 확신하고 지천으로 발생하던 온갖 해괴한 정신병을 없애버리려고 온몸을 던졌던 용감하고 고마운 사람이었어요. 죄와 벌로 인간세상을 다스리는 악마 같은 존재를 하느님으로 떠받들고 있으니, 사랑의 아버지를 수없이 만난 예수는 얼마나 분노스러웠을까요.

병 나음의 기적은 이 이치뿐이에요. 다시 한 번 성경 보세요. 예수가 암 낫게 한 이야기가 있나요? 유전적으로 앉은뱅이로 태어난 사람이 정말 걸었나요? 뇌혈관이 혈전으로 콱 막혀 중풍이 온 사람이 갑자기 사지를 회복했나요? 예수가 기적을 일으키지 못한 병자도 수없이 많았죠. 제 고향 마을에서는 병 나음의 기적이 일어나지 않은 까닭이 뭐겠어요? 저 근본도 모르는 새끼가 몇 년 만에 나타나서, 하고 개무시를 했기 때문이죠. 죄의식으로 인한 정신병이어야 하고, 예수를 믿어야만 나아요!

폭설이 내리던 날, 선생님은 어떻게 죽음 저편으로 가셨나요. 선생님은 농담을 하셨다죠? 내가 하루에 담배를 얼마 피웠나, 누가 물으면, 다섯 가치만 피웠다고 해라, 아무리 시인이지만 의사로서 쪽팔리니까. 사모님한테 이 얘기를 듣고 나는 한참 웃었습니다. 시를 쓰고 있었고 자정께 가슴 통증이 왔고, 그런 농을 하며 아침이 오길 기다리다가 결국 참지 못하고 사모님이 구급차를 부르셨다구요…….

선생님을 떠올리면, 나는 언제나 웃고 말아요. 선생님과 나눴던 온갖 재미난 이야기가 생각나서예요. 아, 선생님한테 내가 있듯이, 내가 죽은 뒤, 선생님을 내가 생각하듯이 누군가 나를 생각해준다면, 어느 날 내가 죽어 없어진다는 것이 섭섭하지도 무섭지도 않을 것 같아요. 선생님이 내 안에서 늘 웃고 계시듯이 나도 누군가의 안에서 늘 웃고 있을 것 아닙니까. 죽는 날, 선생님처럼 농을 할 수 있는 큰사람이 되고 싶습니다.

잘 가세요, 또 뵈어요!

위쪽으로 흔들리면서 그림은 멀어졌고, 긴 이야기를 하는 새 나는 얼마간 차분해진 것 같았다. 아니 이야기를 하는 중에도 계속 걸었고, 차분함은 걸음의 효과일 것이다. 1시간 가까이 도심 거리를 걷는 것은 대학생 이후 처음인 것 같다. 실연한 사람만이 이렇게 걷지 어느 미친 놈이 버스 지하철 잘 굴러다니는데, 1시간 이상을 걷겠는가.

차분해진 것은 내 안의 흥분된 말이 소진된 때문인지도 몰랐다. 그러나 과연 그럴까. 세 번째 그림이 흔들리면서 내려와버리는 것이다. 이번에는 죽은 사람이 아니었다. 어딘가에서 취해 뻗어 있을 산돌! 그림 속의 그는 그러나 취하지 않았고, 눈이 꽤 빛나는 총명한 사람 같았다. 난 형이 그립지도 않은데, 왜 나타났수. 내 입에서 나오는 무슨 험한 소리를 듣겠다고! 말해줘? 독하게 말해봐? 다 들어줄 자신 있어? 아이, 시발, 내가 왜 그 여자를 사랑할 수 없냐구? 사랑할 수 없지! 죽어도 사랑 못 해!

산돌한테는 정말 욕부터 튀어나왔다. 어떤 심한 욕이 나오더라도 그러나 나는 두렵지 않았다. 형이 다 삼켜먹을 테니까. 욕도 쓰일 데가 있어서 존재하는 거야. 성령잉태를 절단내려면, 형, 욕이 좀 필요해!

아, 시발. 앞으로 수시로 욕이 나올 텐데, 형이 알아서 주워먹어요. 아무튼 박혁거세! 그놈이 알에서 태어났다구? 알에서 태어난 게 그 자의 웃기지도 않는 출생 이적이야? 아, 시발, 어머니 자궁이 어때서? 알 속은 자궁보다 더 미천한 태생 자리 아냐? 그게 뭐 자랑이라구!

무지한 백성들한테는 일단 뭐든 다르다는 게 중요했다구? 애초부터 우리랑 다른 존재, 태생부터 별천지의 사람이었구나, 이걸 강조하고 읊도록 하고 말도 못 붙이게 하려는 것이었다구? 그렇지, 종자 자체가 다르니까 넘보지 말란 소리 아냐. 체제전복, 권위도전, 용납하지 않겠다는 거 아냐. 지 엄마가 꾼 태몽이 왜 실제 사실로 둔갑하냐구!

박혁거세뿐이야? 하늘의 아들 환웅이 처녀로 변한 곰과 교미하여 단군을 낳았잖아. 똑같은 소리잖아. 종자가 다르니까 넘볼 생각 마라, 으하하하, 이 버러지 같은 백성놈들아!

옛적의 단군과 박혁거세만 그래? 고려를 세웠다는 왕건놈도 똑같아. 으하하, 왕건은 용왕의 자손이거든. 왕건 할아버지가 용왕의 딸과 결혼했거든! 부처 모습을 하고 나쁜 해를 저지르는 놈을 처치해달라고 용왕이 왕건 할아버지한테 부탁해. 왕건 할아버지가 화살을 쏘니까 부처는 여우로 변하고, 용왕이 고맙다고 깊은 우물 속에 사는 자기 딸이랑 혼인을 시키거든. 왕건을 높이다 못해 조상까지 신비화시켰다구!

형, 근데 이게 왕건이 시킨 짓일까? 『고려사』를 이렇게 써라, 그랬을까. 그렇지 않아. 밑엣놈들이 알아서 쓴 거야! 아니 왕건도 이미 죽고 없었고 그 자손들이 대대로 왕을 해쳐먹고 있는데, 『고려사』를 쓸 때 현실의 누구 왕, 왕건의 몇 대 자손 누구, 실은 그놈한테 아부하는 소리였다구. 현실의 왕 좋아라고 거짓말을 씨부려 썼단 말이야! 그럴 리가 있느냐, 누구도 야단치지 않고, 왕도 귀에 착 감겨서 그 소리가 잘 들려오고, 그냥 내버려둬서 지금까지 버젓이 기록으로 남아 있는 거야.

형, 그런데 몇천 몇백 년 전에만 그런 게 아냐. 최근까지도 그래! 아, 시발, 김일성이는 축지법을 쓰고 나뭇잎 타고 강을 건너고 총 한 방 안 쏘고 일본놈 수백 명을 죽였다고 하잖아. 그런 말도 안 되는 이야기를 퍼뜨린 게 누구야. 김일성 세력이겠지. 그런 전설 같은 이야기를 듣고, 조금만 참고 기다리자, 장군님 곧 오신다, 백성들이 식민지 현실을 인내할 수 있도록 도왔다구? 일본놈들이 김일성 이름만 들어도 벌벌 떨었다구? 그 나름의 긍정적인 효과가 있었대도 그러나 아무리 그래도 그건 거짓말이잖아! 거짓말은 거짓말이잖아!

그따위 거짓말로 신비화된 인물이 수령이 되었으니 그 나라 꼴이 잘될 수 있겠어? 텔레비전에서 안 봤어? 20살 남짓한 앳띤 처녀들이 군복을 입고 김일성 아들에게 로봇처럼 경례를 척척 하며 걸어가! 아, 시발! 하느님이 주신 아름다운 몸을 가지고 어떻게 그런 걸레 같은 동작을 취할 수 있지? 군복 속의 처녀들의 몸이 나는 너무 불쌍해! 거짓말은 거짓말이야! 도대체 왜들 그래? 왜 절대화, 신격화를 시키는 거야. 그런 거 없이는 우리 인간은 살 수 없는 거야? 뭐라도 하나 근사하게 숭고하게 만들어놓고, 절하고 기도하고, 도대체 이런 거지근성은 어디서 나오는 거야?

형, 남들 욕하지 말고 지금 우리는 또 그런 짓 안 해? 아주아주 뭣 같은 짓 하잖아. 그래, 형이 내게 진짜 더러운 말 하나 가르쳐줬었잖아. 신문사에서는 다 통하는 말이라고, 이 땅 언론은 '빨아주는 기사'를 많이 쓴다고! 재벌, 대기업 편드는 신문들이 특히 그렇다고, 기업이 무슨 혁신적인 제품을 개발했거나 시장 점유율이 얼마 올랐다거나, 그런 기업 찾아가 탐방기사 쓸 때, 그거 다 빨아주는 기사라고, 그런 기사 크게 나오면 기업 총수놈은 헤벌레 하겠지! 천만 원이 넘는 돈 내고 신문에다 전면광고를 척척 발라주겠지!

한국언론사에 최고로 좆 빨아주는 기사 1등은, 형이 손꼽았잖아. 대머리 장군이 쿠데타 성공시키고 국가보위입법위원회 위원장으로 정치판에 나섰을 때, 전국의 신문들이 관상이 어떻니, 그 새끼가 얼마나 통 큰 대장부인지, 육군사관학교 다닐 때 수문장을 했다느니 시시콜콜 빨아줬잖아! 아, 시발, 기자 새끼들만 그랬나? 권력을 얼마나 흠모했으면 시인이라는 새끼가, 아, 그 새끼는 이름도 불러주기 싫어, 시인이름 이전의 그 새끼 본명이 딱이야, 이름하여 서방주라는 새끼가 퇴임하는 독재자에게 뭐라 하며 빨아줬지? 한강을 넓고 깊고 맑게 만드신 이여, 이 겨레의 영원한 찬양을 두고두고 받으소서, 이 민족기상의 모범이 되신 분이여……. 시인이 독재자 좆이나 실컷 빨았어! 독재자는 기분 째지도록 좋았겠지! 형, 글 쓰는 사람들이 이럼 되겠어? 빨아주는 글 쓰는 건 지 정신, 지 자존심을 팔아먹는 짓이고, 민족혼을 흐트러뜨리는 짓이잖아.

형, 까놓고 얘기해보자구. 예수가 지 입으로 마리아가 성령으로

지를 잉태해 낳았다고 한 적 있나. 하느님은 내 아버지라고 했지 정말 그렇게 태어났다고 했어? 지가 태어날 때를 어떻게 기억해? 그런 말 진짜 했다면, 제자들에게 살짝이라도 말했다면, 왜 직접인용으로 성경에 기록되지 않았겠냐구. 예수 스스로 그런 말 한 적 없어! 그럼 대체 성령잉태는 뭐야. 마태, 아니 마태 죽고 난 뒤의 어떤 미친 새끼가 성령잉태 이야기를 써갈겨 넣은 거야? 예수 좆 빠는 소리를 왜 집어넣은 거냐구!

수천 년 동안, 세계 곳곳 수십억 명의 사람들이 하루도 쉬지 않고 빨아대서 퉁퉁 불어 있는 예수 좆이 형은 안 보여? 예수가 그걸 원하겠냐고! 이건 예수 고문하는 짓이야! 예수 인권침해야! 이런 끔찍한 사태를 낳은 장본인이 대체 누구야?

예수의 존재, 예수의 사랑이 절대화되면 될수록 자기 죄가 가벼워지는 바울로, 그리고 그 후예들이 그 짓을 했지. 근데 그게 예수를 높이는 소리야? 그 새끼들이 진심으로 예수를 높이려고 그랬나? 십자가에서 이미 죽고 없는데, 죽고 없는 예수를 어떻게 빨아? 예수 이름으로 교회 세우고 세력 확장하려는 교회 지도자 놈들 좆 빠는 소리였지!

이 세상 어떤 숭고한 혁명도 일주일이면 타락한다! 버트란트 러셀의 참 멋진 말이야! 형, 그런 거야? 예수의 십자가 혁명도 일주일 만에 타락해버린 거야?

바울로도 죽고 없어. 당시 교회 지도자들도 죽고 없어. 그런데 지금도 좆 빨아대는 소리가 곳곳에서 들려. 대체 누구 좋아라고 하는 소리야? 바울로 후예들이 이 땅에까지 쳐들어와 극성을 부리고, 예수를 신격화시켜 돈 벌고 권세 누리고 자식한테까지 교회 물려주는 놈들, 목사 새끼들이지! 우리 예수님은 성령으로 나셨어요, 지금 누가 이런 소리 하고 돌아다니면, 그거 목사 좆 빨아주는 소리 아냐? 저 기특한 소리 하는 것 보니, 아이고 사랑스런 어린 양, 내일도 헌금 들고 교회 나오겠구나! 착하도다, 착하도다! 으하하하!

형, 이러니 내가 그 여자를 사랑할 수 있겠어? 예수님은 남녀관계 없이 났다고 하는데, 내 앞에서 예수 좆을 빨고 바울로 좆을 빨고 목사 새끼 좆을 빨고 있는데, 정신을 내놓고 아주 우물우물거리는데, 내가 어떻게 그년을 사랑하겠냐구!

내가 하고 싶은 소리는 하나야…….

제발 그만 빨아. 사람 좀 미치게 하지 마.

아, 시발, 형! 종교란 게 뭐야. 도대체! 도대체! 왜 생겨난 거야? 진짜 처음에는, 기독교, 아니 그리스도교, 이게 어떤 힘을 받고 일어섰겠어? 우리 여동생 이야기, 형은 알잖아. 내가 어느 한날 울면서 해줬잖아. 형, 도대체 그리스도교가 최초에 밑바닥의 어떤 힘을 받고 나왔겠어. 몰라? 알아? 아, 아…….

그거…… 어머니들 마음속에서야.

피부병 고치고 앉은뱅이 고치고 중풍 고치고, 실은 다 정신병이었지만, 그런데 형, 생각해봐. 그 환자들, 어머니가 있었잖아. 우리 어머니 같은 어머니 왜 없었겠어? 이러다 죽는다고, 내 딸 꼭 살리겠다고 우리 엄마가 얼마나 애태웠겠어? 그 꼴, 옆에서 눈 뜨고 못 봐. 우리는 여동생보다 엄마가 먼저 죽을까봐 걱정이었지! 늙은 어머니가 당신 수명 파먹어가며 간호를 했는데도 그 딸년, 죽어버렸어!

형, 그런데 예수가 우리집에 와서 여동생 살렸다고 생각해봐. 누구도 치료 못 하고 죽어가는 딸, 예수가 제정신으로 돌려놓은 거야. 잠깐 와서 딸 살려놓고, 외려 잘 믿는 순수한 여동생의 마음씨 칭찬

316

하고 아무 대가도 받지 않고 돌아가는 예수가 어머니한테는 어떤 사람으로 보였을까?

예수의 가르침도 물론 들었지! 하나같이 아름답고 옳은 얘기, 이 세상 사람들이, 특히 권세 있고 돈 있는 사람들이 이 분 이야기 좀 들었으면, 이 분 가르치는 대로 살았으면, 아니 이 분이 이 나라 왕이 되었으면, 이런 간절한 비원 왜 안 가졌을까. 딸 살린 것만 해도 평생 은인인데, 어머니가 예수를 어찌 잊을 수 있겠어? 마음 깊이 늘 품고 있지.

그런데 형, 어느 날, 그 분이 채찍 맞고 생살에 못이 박힌 채 십자가에서 죽었다…… 이 소식 들었어봐. 우리 어머니 마음이 어땠겠어? 비통, 비통, 비통 그 자체지. 그뿐일까! 이 세상 뒤집어져야 한다고, 하느님 나라 반드시 와야 한다고 눈에 보이는 게 없었을 거 아니야. 하늘나라로 가신 그 분 생각, 세월이 흐를수록 그 그리움은 또 어떻고! 그런 어머니들이 그때 한둘이었어? 수백 수천 명이었을 거라구. 그 어머니들의 슬픔, 그리움, 하늘나라 소망인 거야. 그 마음들이 종교가 돼버리는 거야.

어머니들의 슬픔, 그리움, 소망을

도륙해먹은 놈들이 있어.

지금도 해쳐먹고 사는 놈들이 있어!

그림 속의 산돌은…… 어느새 엄청 취한 채, 이런다. 니가 무슨 말 하는지 하나도 모르겠다, 책은 다음달 말에 나온다. 절대 사지 마라, 내가 한 권 줄게, 아니 다섯 권 줄게, 하고 홀렁홀렁 허공 속으로 멀어져갔다.

어느덧 시청이 코앞이었다. 나는 더 걸을 수 없었다. 돌이켜보니 너무 지독한 욕을 해버렸다. 손이 덜덜 떨리는 것 같았다. 과열된 뇌에 발은 걷기로 계속 반응했는데, 손이 할 일이 없었다. 지나가는 사람을 두들겨 팰 수도 없고, 이제라도 덜덜 떨리는 것이다.

택시가 수만 대나 지나다니고 있었다. 그 중 단 한 대를 나는 골라 탔다. 택시는 시청 앞 대로를 시원스럽게 달렸고, 연산역에 이르러서는 주춤했다. 연산로터리를 통과하자 다시 속력을 내더니 연산터널 쪽으로 빠르게 올랐다.

터널은 짧고 환했다.

다석 류영모의 말이 생각났다. 나는 그만 무서워졌다. 다석이 니 같은 생각 안 해봤을 거 같애? 거짓말이라고 하면서도 이왕 적혀 있는 예수의 이적 이야기, 내버려두는 것도 괜찮다, 이렇게 한 까닭이 뭐겠어?

기독교인 한 아주머니가 생각났다. 서울의 한 유명 의대교수가 비타민 씨 하루 6천mg을 먹으라고, 비타민 씨 한 알은 1천mg, 매 끼니마다 두 알씩 먹으라고, 소위 '비타민 씨 메가도스 요법' 전도사로 나섰고, 몸이 한때 안 좋았을 때 그의 홈페이지에 들어가 사람들의 복용후기를 읽은 적이 있는데, 한 아주머니가 끼니마다 '이건 예수님이 내게 주신 선물이야' 하고 먹는다는 것이었다. 그녀는 투석요법 없이 살 수 없는 신장병 환자였는데, 일주일에 두 번 받던 투석이 그 후 한 번으로 줄었다고 했다. 네가 뇌까린 말들은 그 아주머니 마음을 죽이는 소리야!

교리는 다 필요 없다! 모든 신앙은 각자의 마음속에 결국엔 저마다 독특한 개인신앙으로 살아 움직인다. 신앙이 왜 필요하냐고? 생로병사가 있기 때문이야! 아무리 교리화해도 천 사람한테 천 가지 개인신앙이 있기 마련이다. 누가 어떤 권리로 그걸 능멸한단 말이냐! 목사 좆을 빨고 있다고? 교회를 알고 영혼의 목숨을 살려낸 사

318

람들이 얼마나 많아? 이 세상에 발 놓을 곳 없다고 절망하다가 교회라는 전혀 다른 세상을 만나 안식을 얻은 사람들이 왜 없겠어? 너는 천벌 받을 소리를 뇌까린 거야!

아아, 정영태 선생님, 외출할 때 포켓에 늘 사탕을 넣고 다니셨지! 그리고 편지도 한 장. 갑자기 저혈당 쇼크가 올 때, 길거리에 쓰러져 의식을 잃게 되면 편지를 읽고 누군가 당신을 도울 수 있도록! 나는 당뇨병 환자입니다. 혈당 쇼크가 왔으니 입에 사탕을 넣어주세요. 니가 뇌까린 소리가 아무리 옳다 해도 바로 그 사탕을 빼앗는 짓이라구. 발작을 일으키고 쓰러진 선생님한테 누가 급히 사탕을 주려는데, 주지 말라고 할 수 있어! 당뇨병 근치를 시키는 게 아니라고 그 사탕이 무가치한 거야? 절대 그렇지 않아. 교회와 예수 성령잉태가 어떤 연약한 영혼에게는 그런 절대절명의 사탕이라구!

이 자식아, 너는 좋은 부모 만나 좋은 대학 나와 좋은 재능 살려니 하고 싶은 대로 하고 살지. 근데 사람이 다 너같이 대가리로만 사는 줄 알아? 어떤 이유로든 영혼의 쇼크를 받고, 또 조금의 충격에도 재발하는 사람들, 그들의 믿음을, 그 딱한 사랑을 왜 욕하냐구. 교회와 예수를 만나기까지 뇌가 푹푹 썩도록 아팠던 사람들, 너는 단 한 번이라도 그 사람들에게 애정어린 눈길을 준 적 있어! 니가 얼마나 끔찍한 소리들을 했는지 모르겠어? 내버려두는 것도 괜찮다는 다석의 말은 바로 그런 뜻이야.

"기사님, 차 좀 세워주세요."

"손님, 아직 다 안 왔는데요?"

"내리고 싶어요."

나는 벌을 받을 것 같았고, 교통사고가 날 것 같은 두려움에 빠졌다. 택시는 경상대학 입구에 멈춰섰다. 여기서부터 집까지 10분 정도 걸린다. 정신이 혼란스러워진 채 나는 걷기 시작했다. 교통사고는 일어나지 않았지만, 갑자기 심장이 멎는 건 아닐까? 교정을 지나 LG 아파트 앞에서 좌회전, 남동그린 아파트까지 가서 또 우회전, 이제 우리집 골목길이었다. 머릿속은 혼란의 도가니지만, 손목을 짚어보니 맥은…… 바르게 뛰고 있다.

골목길 입구 슈퍼마켓에 들러 나는 소주 한 병과 땅콩 캔을 샀다. 그리고 집 대문에 이르렀고, 나는 "아" 했다. 집에 왔다는 것이 안심이었다. 현관에 들어섰을 때, 거실에 놓인 눈 익은 사물들이 '걱정하지 마, 우리는 네 편이야' 말하고 있었다. 시계, 탁자, 소파, 형광등, 거울, 내가 받은 몇 개의 상패, 화분이 그랬다. 고마워, 고마워! 나는 그들에게 맞장구쳤다.

주방의 불을 켜고 소주잔과 김치그릇을 꺼내와 내 방 책상 앞에 앉았다. 그리고 나는…… 술을 마시기 시작했다.

첫잔을 마셨다. 땅콩을 우걱우걱 씹어 거의 즙을 만들어 삼켰다. 두 번째 잔은 단번에 털었다. 또 땅콩을 씹고, 김치 한쪽도 먹었다. 담배를 피워보았다. 맛이 좋다. 세 번째 잔에 소주를 따랐다. 잔을 보았다. 투명했고, 잔에 비치는 것은 방 안의 빛, 그리고 형체를 잃고 번져가는 사물들이었다. 잔에 쓰인 '참소주'라는 글자가 예뻤다. 나는 세 번째 잔도 단번에 털어넣었다.

앞선 두 번의 잔에서 느끼지 못한 짜릿함! 술이 위의 약한 부위를 적시면서 미세한 경련을 일으킨 것인데, 경련 후, 부드럽게 움직이는 위의 느낌이 좋았다. 위는 소화와 흡수의 천재. 술은 뇌의 감정적 복잡성을 단순화하는 데 영약. 술과 위와 뇌가 호응하기 시작했다. 나는 내 몸과 마음이 조금씩 변화되어가는 것을 느꼈다. 내 속에서 일어나기 시작한 놀라운 무엇을 나는 감지했다.

나는 막막했다. 외로웠다. 이 막대한 우주에 지금 나는, 지금 이 순간의 오직 이 나 하나뿐이라는 것을 절대적으로 깨달았다. 이 우주에 '나'라고 하는 내가 지금 이 나, 오직 이 하나뿐이라는 절대적이고 황홀한 외로움을 누구나 느낄 수 있다. 지금 내가 그러고 있듯이! 산돌 형, 톨스토이 선생님, 정영태 시인도 이 행복한 외로움을 달래줄 수 없다.

살아 있는 사람, 체온이 따뜻하게 있는 사람, 아, 지혜롭고 자애로운 여성, 생각과 말과 나이가 나랑 비슷한 여성, 그런 이가 옆에 있다면, 나는 내 모든 것을 잊고 그저 안기고 싶다. 그러나 그런 여성은, 지금 내 옆에, 절대적으로 없다. 이 절대적인 행복한 외로움! 그리고! 나는 내 마음의 칠판에 똑똑하게 쓰여지는 두 줄 문장을 보았다. 기적과 같은 일이 시작되었다. 나는 그 두 줄을 읽었다.

지금 내 마음을 이해할 이는 그대뿐이오.
오, 나의 예수여.

그러자 그림 하나가 둥실 떠올랐다. 난데없는…… 풍경화다. 오늘의 마지막 그림, 나는 그림을 빨아먹을 듯이 보기 시작했다.

사과나무 군락지가 있었다. 군락지가 그림을 가득 채우고 있었다. 나무마다 수백 개 열매가 달려 있는데, 인간 종은 아직 세상에 나타나기 전이다! 종자개량 전의 나무라서 당연히 열매 크기가 작았다. 계란보다 조금 더 크다. 나무는 열매와 더불어 살아 있었다. 한몸이었다. 어미와 자식들이었다. 그 위로 가을 하느님이 오신다! 사과가 우두두 소리를 냈다. 아니 가지에서 떨어지는 순간, 사과 알들이 명랑하게 외쳤다. 자, 흙으로 돌아가기 작전 시—작!

메마른 공기가 땅에 떨어진 열매로부터 습기를 빼앗기 시작했다. 껍질이 쭈그러들었다. 균열이 생겼다. 균과 벌레가 침범하기 시작했다. 사과의 한쪽 부위가 허물어져 녹고, 다른 쪽은 아직 힘겹게 균과 벌레와 싸우고 있었다. 그러나 사과는 전체적으로 균과 벌레에 장악되고, 그 모양이 구멍 뚫린 스펀지처럼 되어갔다.

군락지 아래 땅바닥에서 수천수만 개의 사과 알들에게 이런 일이 벌어지고 있었다. 썩은 내가 진동한다. 그 와중에도! 열매의 썩음에서 흘러나온 수만 수십만 개의 씨앗들이 땅 속을 파고들기 시작했다.

겨울 하느님이 오신다! 썩은 내는 조금 줄어들었다. 씨앗들은 땅 속에서 벌써부터 봄 하느님을 기다렸다. 물이 얼고, 눈 오고, 녹고……

자, 어서 빨리 봄 하느님! 따뜻한 바람이 사방에서 불더니 썩은 과육 잔해에서 약간 다른 냄새가 나기 시작했다. 언뜻 구수하고, 언뜻 시큼하고, 언뜻 퀴퀴한……. 어느새 과육 잔해는 적당한 거름 상태가 된 것이다. 품 넓은 땅이 가을, 겨울 그리고 봄까지 사과 알들이 썩어가면서 내어놓은 이롭지 않은 것들을 처리해준 것이다. 거의 80일이나 소요되어서…….

봄 하느님과 함께 사과나무 군락지에는…… 그러나 평화가 오지 않았다! 지옥이 펼쳐졌다. 땅 속의 씨앗들이 저마다 싹을 올리고 무시무시한 생존의 경쟁을 벌이기 시작했다. 형제끼리 먹고 먹히었다. 씨앗들을 낳았던 어미 나무도 싸움판에 당장 끼어들었다. 올라오는 것들을 제압했다. 햇빛을 주지 않으려고 기를 쓰고 가지마다 잎을 많이 냈다. 어미와 자식들이 악다구니로 죽고 죽이려 했다. 나는 차마 그 지옥도를 눈 뜨고 볼 수 없었다.

찢어버리려고 해도 허공의 캔버스는 실체가 없다. 실체가 없는데, 눈에 선하다. 이 그림의 화가는? 물론 나다. 그러면서 내가 아니다. 그러니까 그림은 나와 하느님의 서로를 향한 동시적인 계시다. 처음부터 그림을 다시 그리고 싶지만, 그간 공을 들여 그어넣은 선들에 나는 애착이 생겼다. 어떤 조치를 취해야 할까?

빠진 것은 새와 짐승! 나는 그들을 그려넣었다. 아니 그림 속에 풀어버렸다. 그리고 가을 하느님을 새로 불렀다. 높은 가지에 달린 사과는 새들이 쪼아먹고, 땅에 떨어진 사과는 기다리던 채식, 잡식 동물이 주워먹기 시작한다. 새는 씨앗까지 먹어치운 뒤 멀리 날아가 똥을 눴다. 똥에는 사과 씨앗이 들어 있었다. 새의 내장을 통과하며 소화액을 뒤집어썼던 씨앗의 껍질은 제법 부드러워져 있었다. 씨앗을 품고 떨어진 새의 똥은 씨앗에게 영양 만점의 거름이었다. 적당한 흙 위에 잘 떨어진 새똥 속의 씨앗은 겨울 내내 똥의 집 안에서 포근히 기다리다가 봄이 오면 바로 싹을 틔워낼 것이다.

사과를 주워먹었던 짐승들은 또 저마다 돌아다니며 똥을 눴다. 새는 허공에서 조금 무책임하게 똥을 찍 쌀 때가 있지만, 짐승은 똥 눌 자리가 어딘가를 새보다 잘 알았다. 습기가 있고 햇볕이 드는 열린 공간, 똥 눌 자세를 취할 수 있는 트인 곳의 흙에 똥을 눴다. 새와 짐승이 존재하지 않았을 때, 열매들은 흙으로 돌아가기 작전 시—작! 하고 80여 일 동안 온갖 더러운 냄새를 풍기고 썩어가다가 또 봄이 오면 목불인견의 참혹한 풍경을 연출했지만, 새와 짐승이 할 일을 하자 열매들은 8시간 만에! 봄이 오기만을 기다려도 되는 최고의 상태, 똥이 되어버렸다. 새와 짐승이 돌아다니자 그림이 깔끔해졌다.

생명체가 똥을 만들어내는 속도가 이리도 빠르구나!

독이 있는 것이 아니라면, 또 플라스틱이나 돌이 아니라면, 생것을 몸 속에 넣고 몇 시간 만에 똥으로 내놓는 새와 짐승들은 이 세계를 깨끗하게 하여주는 고귀한 똥의 천재들이었다. 나무도 그들을 반가워하고 사랑한다. 자, 이제 그림 감상은 끝났는가? 아니다. 새로운 이야기가 시작된다. 나는 다시 흥미진진해졌다.

눈앞의 그림에서 사과나무 군락지가 위쪽 구석으로 이동하더니 그 크기가 작아졌다. 그림의 비어진 중앙에 문득 마을이 나타났다. 수십 가호로 작은 마을인데, 내가 어릴 때 살았던 시골 동네 같기도 했다. 흙으로 된 담이 있고, 초가가 있다. 마을 한가운데에 있는 마당 너른 집의 사립문 앞에 사람들이 서 있었다. 처음 보는 얼굴들이다. 그런데 나는 한 사람만은 쉽게 알아보았다. 그는 나의 예수다.

외모에서 나이를 종잡기 힘들다. 젊은이 같으면서 또 중년 같으면서 늙은이는 확실히 아니다. 그는 분명 서른 몇 살이다. 그림에서 아무런 소리가 들리지 않았고, 그러나 움직임은 있었다. 치렁치렁한 옷을 입은 예수가 팔을 들어보였다가 천천히 내리고 있었다. 주위 사람들은 그의 동작 하나하나를 주시하고 있었다. 그가 무슨 가벼운 농담이나 집 주인한테 덕담을 하였는지 다들 환하게 웃기 시작했다. 나는 그를 계속 바라보았다. 그리고 이상한 감정이 차오르기 시작했다.

아, 그대가…… 그리워.

내 감정의 이름은 그리움이었다. 나는 나 자신에 놀랐다. 그가 그리웠다. 2천 년 전 그는 태어났고, 살다 죽었고, 나는 2천 년 후 그가 살았던 이 지구별에서 태어났고, 아직 살아 있다. 우리는 한 번도 직접 만난 적 없었지만, 그는 내가 잘 아는 사람이었다. 나를 아끼고 사랑하던 막내 삼촌이 5년 전에 죽고, 어느덧 잊고 잘 지내다가 문득 삼촌이 떠오르고 사무치게 그리워지듯이, 그림 속의 2천 년 전 그가 나는 육친적으로 그리웠다. 그리워서 미칠 것 같았고, 미칠 것 같은 이 그리움이 나는 너무 좋았다.

이런 그리움은 처음 겪는 것이었다.

이 사람…… 십자가에서 죽게 될 것을 지금은 몰라!

그의 참혹한 죽음을 알고 있는 나는 마음이 저렸다. 그러나 저림 은 잠깐이었다. 그리운 행복감을 꺾지 못하였다. 나는 그의 이름을 신음처럼 불렀으나, 오 예수여, 몇 번 외쳤으나, 그림 속의 그는 내 목소리를 전혀 듣지 못하였다. 그래도 나는 계속 그를 불렀다.

그런 중, 뒤로 붉은빛이 번져 나오는 것을 나는 보았다. 노을이 드리워지기 시작한 것이다. 사람들은 저마다 자기자리에 서 있는 데, 사람들의 팔과 다리, 머리카락은 개미가 움직이듯이 미세하게 떨리는데, 유독 그는 천천히 걷기 시작하였다. 그의 오른손에는 간 장종지 같은 게 들려 있었다. 사람들 속을 빠져나온 그는 집의 돌담 을 돌아걸었고, 사람들의 시선이 닿지 않는 지점부터 걸음을 빨리 하더니 뒷산으로 올라갔다.

그는 어느 큰 키의 참나무 아래에 이르렀다. 그는 그 아래에 주 저앉았다. 치렁치렁한 옷이 낙엽 위에 얹혔고, 그가 옷자락을 당겨 올렸다. 나는 옷을 뚫고 그의 맨살을 볼 수 있었다. 그는 허연 엉덩 이를 까고 앉았고, 허벅지는 위로, 무릎은 앞으로 되었고, 무릎에서 꺾인 정강이와 발은 땅 위에서 그의 몸 전체를 팽팽하게 떠받쳤다. 그의 몸 속에 흐르는 피는 머리와 항문으로 양분되어 몰렸고, 그의 얼굴은 붉어졌고, 그리고 엉덩이 사이로 똥이 밀려나오기 시작했 다.

색이 좋다!

특별한 색은 아니고, 그냥 똥색, 그래도 색이 좋다!

그는 몸끝 항문 근육을 사용하여 똥줄기를 한 번 잘랐고, 그 다음 똥이 또 밀려나오기 시작했다. 똥은 쌍둥이처럼 잘 포개어지고 있었다.

예수는 똥의 씨를 항문 안에 조금 남긴 채 두 번째 똥줄기도 끊었다. 항문은 천천히 숨을 쉬는 듯이 꿈틀거리다가 조용히 닫혔고, 앞으로 뻗은 그의 성기가 비로소 물을 뿜어냈다. 그는 손으로 오줌의 방향을 조정하였다.

예수가 눈 똥을 향하여 벌레들이 침을 흘리며 몰려들었고, 균들도 활개를 쳤다. 그는 종지에 담은 물을 손가락에 부어 씻은 뒤 중지를 항문에 가져갔다. 손가락에 똥가루가 묻어났다. 그는 종지의 물을 손가락에 부어 손가락끼리 비벼 씻고 다시 손가락을 항문으로 가져갔다. 이 행위를 세 번 했다. 그는 종지의 남은 물을 모두 써서 손가락을 씻었다. 그리고 일어나 옷을 추스른 뒤 뒷산에서 내려와 다시 사람들 속으로 돌아갔다. 처음 그림과 똑같이 되었다.

나는 애잔해졌고 따스한 사랑을 느꼈다. 똥 누는 예수가 내 미래의 아기처럼 예뻐 보였다. 지상의 모든 생명체는 물질 교류가 원활하게 되도록, 동물은 동물대로 식물은 식물대로 제 할 일을 하고, 그리고 예수 역시도 한 고귀한 생명체로서 물질 교류의 아름다운 일익을 맡아 똥 누는 일을 매일매일 성실하게 행할 뿐이었다. 봄 여름 가을 겨울 하느님을 즐겁게 순종하는 일을 누구든 거역할 리 없고, 어떤 생명체든 거역하다간 죽음을 일찍 부를 뿐이다.

나는 소주를 다 마셨다. 눈앞의 그림이 곧 통째로 움직이기 시작했다. 원을 그리며 돌다가 조금씩 작아지더니 하나의 선, 아니 실오라기 같은 빛 한 줄만을 여운처럼 남겼다. 그 빛줄은 너무도 약하여 방 안의 강한 불빛 속에 이내 삼켜졌다.

나는 책상에서 일어났다. 그리고 방안에 잠시 홀로 섰다. 나는 예수가 삼십 몇 년 평생 누었던 똥을 방 안에 불러모았다. 방이 똥으로 넘쳐났다. 똥더미 속에서 나는 미소를 지었다. 그대의 이름은 똥습예수, 똥구멍에 늘 습기찬 건강한 나의 예수. 나도 그대만큼 열심히 똥 눌 거야! 최소 칠십 년은 누라고 세상에 내보냈더니, 반도 못 누고 그대가 죽었을 때, 하느님이 얼마나 실망하신 줄 알기나 해! 그대보다 나는 훨씬 오래 살 거고, 두 배 세 배로 많은 똥을 눌 거야!

이제 나는 침대 방으로 가면 된다. 곧바로 잠들 수 있을 것 같았다. 방문을 열고 거실로 나갔을 때, 안방 문이 열렸다. 빨간 내복을 입은 어머니가 소변을 보러 나온 것이다.

"언제 들어왔노?"

"아, 한 시간 전에요."

"술냄새 나는데?"

"조금 마셨어요."

"얼굴 멀쩡한 걸 보니, 오늘은 진짜 조금 마신 모양이네?"

"아버지는 주무시고요?"

"니 아버지는 옛날부터 일찍 자고 새벽 일─찍! 일어나는 사람 아이가."

"예, 그냥 한 번 물어봤어요."

어머니가 화장실을 들어갔고, 나는 거실에 계속 서 있었다. 아가씨를…… 만났는데, 잘 안 됐어요. 조금만 참으세요. 꼭 참한 며느리 데리고 올게요. 엄마랑 오순도순 잘 지내줄 여자가 분명 있을 거예요. 물론 엄마한테 며느리 붙여주겠다고 내가 여자를 찾는 건 아니고요. 아이를 낳고 사랑하며 살고 싶어서예요. 아버지가 되지 않으면, 진짜 인생을 알기가 참 힘들어요. 엄마의 즐거움은 덤일 뿐이에요.

아, 어머니, 성경 읽어드리는 것은 훗날로 미뤄야겠어요. 러시아 문학 전공한 선배한테 물어 톨스토이 통합 복음서를 구해볼까 해요. 선생님이 쓴 것도 마음에 안 들면, 진짜 쓸데없는 소리 다 뽑아버리고 어머니한테 맞춰 내가 예수 이야기를 새로 쓸게요. 지금의 복음은, 시인 아닌 놈들이 거짓말을 너무 많이 보태놨어요. 거짓말 칠갑이지만, 그래도 감동적이죠. 시인만이 쓸 수 있는 구절들이 거짓말 속에서도 빛을 잃지 않고 있는 때문이죠. 아, 그런데 어머니 당신한테는…… 어쩌면 예수의 죽음 같은 건 필요가 없을지 모르겠어요. 비극에서 교훈을 얻는 인간의 어리석은 역사가 언제나 끝이 날까요. 어머니가 화장실에서 나왔다.

"와 방에 안 들어가고 있노."

어머니의 늘 추운 몸을 감싸고 있는 빨간 내복이 갑자기 너무 고맙게 느껴졌다. 내가 아무리 어머니를 사랑하여도 어머니 몸을 24시간 저 내복처럼 따뜻하게 해주고 있을 수 없다. 나는 덥썩 안아버렸다.

"엄마, 왜 나는 나이가 들어갈수록 엄마가 좋을까요. 옛날에는 엄마가 이렇게 좋은 줄 몰랐거든요."

"이놈 시끼가 안 취한 줄 알았는데……. 빨리 자라. 헛소리 말고."

"어머니가 나를 낳아주셔서 너무 고맙습니다."

"니 아버지 노력도 있다. 아버지한테도 감사할 줄 알아라."

"예, 알겠습니다!"

"들어간다, 아들아."

"잘 주무세요."

나는 방으로 들어가 불을 켰고, 옷을 벗은 뒤 다시 불을 껐다. 침대에 몸을 뉘었고, 그리고 검은 천장을 보며 생각했다. 이왕 있는 거 그냥 놔두자, 다석 선생이 그런 말을 할 때는…… 마음이 약해졌기 때문이야. 내가 당뇨병 환자의 사탕을 빼앗으려고 했니? 그건 사탕이라고, 사탕인 줄 알고 먹으라고 한 것뿐이야. 쇼크가 올 때 사탕을 먹어야지, 사탕이 쇼크를 없앴다고 당뇨병 환자가 아침저녁 수십 알씩 사탕을 먹어서야 되겠어?

나는 검은 천장을 향해 외쳐올렸다.

온몸에 인이 박힌 늙은 예수쟁이들은 어쩔 수 없다 해도, 이 세상의 주인이 될 미래세대를 생각해봐. 건강한 정신의 길로 안내할 책임이 우리한테 있잖아. 어떻게 그런 다석 같은 엘리트주의적인 말을 할 수 있어. 톨스토이 선생님이 옳았어! 다 뽑아버려려야 해!

나는 힘차게 외쳤다. 산은 산이고, 물은 물이다!

거짓말은 거짓말이고, 빠는 거는 빠는 거다!

나는 하느님이 매일 선물해주시는 하염없는 무념무상의 세계로 빠져들었다.

16. 땅바닥이 안 아파요

팝콘 사건을 겪고, 여자를 마음에서 끊어버리고 나는 격정적인 귀가를 했고, 그리고 똥습예수를 만났고, 첫 하룻밤을 잤지요. 이튿날, 그 여자는 정말 내게서 깨끗이 지워져버렸을까요. 자고 일어났는데, 지갑을 집에 두고 그녀가 택시를 탔던 날, 내가 택시비를 치러주고 돌아섰을 때, 여자의 얼굴에서 뿜어져 나오던 빛, 그 예쁜 빛이 갑자기 가슴 아프게 떠오른다면, 어찌해야 할까요. 즉 미련이 생긴다면, 어떤 이유에서든 그 생기는 미련을 내가 어쩌겠습니까. 생겨나는 그것을 막을 수가 없어요. 즉 다가와 마음을 태워버리는 정열도 신비하지만, 미련도 신비하고, 한 정열이 식고 물러가주는 것 역시 신비한 일이라는 것입니다. 길을 잃고 잘못 찾아들었던 그날의 빛 같은 건 의미 있게 떠오르지도 않았어요. 그러나 잠깐의 그 빛을 추모합니다.

나는 노력한 게 없어요. 내 말은, 내가 주체적으로 그녀를 끊어낸 것이 아닌 것 같다는 말입니다. 애써 반복적으로 결심하고 노력하지 않았는데, 팝콘 사건 이후 그녀가 그냥 내 인생에서 스스로 사라져버리더라는 것입니다. 마음의 움직임을 논리적으로 따질 것 없이 즉 언어와 논리를 초월하여 인연이 마침내 다해버린 듯이 떠나가버리는 것입니다. 그러니까 남녀의 모든 이별은 결심의 문제가 아닌 것 같아요. 그냥 감정의 신비로운 움직임입니다. 인간감정의 세계를 우리는 진정으로 알지 못하고, 불가지한 상태에서 시간 속에서 그 변화를 지켜보면서 받아들이는 수밖에 없어요. 그냥 신비롭게 떠나가는 것을 나는 참 잘 받아들였어요.

질질 끌지 않고 화끈하게 헤어질 수 있어서 다행이지 않나요? 계속 얼굴 붉히고 누가 옳니 그르니, 누가 맞니 틀리니 한다면, 당신에게 쓰는 이 편지의 꼴이 어떻게 되겠어요.

여자와 결별한 지 벌써 한 달 가량 흘렀는데, 이제 슬슬 이 편지도 마무리해야 할 때가 된 것 같네요. 그런데 하나 고백하자면, 처음 이 편지를 시작할 때부터 계획한 마지막 이야기가 있었거든요. 편지를 쓰는 동안 벌어지는 일들을 쫓아가며 있는 그대로 쓰겠다고 하였지만, 이 편지의 마무리는 준비한 그 이야기를 하려고 애초부터 결심했던 것입니다. 이건 뭔가 앞뒤가 맞지 않는 고백이지만, 그러려니, 하고 넘어가주시길 바랍니다.

그런데 마지막 이야기를 하기 앞서, 어젯밤 돌연히 일어났던 작은 해프닝부터 말해야 할 것 같아요. 내 안에도 똬리 틀고 있는 '거지근성'이 폭발해버렸거든요. 그 의미를 같이 생각해보고 싶어요.

사흘 연속으로 나는 네다섯 시간밖에 잠을 자지 못했어요. 왜냐구요? 이 편지의 퇴고(推敲)를 집중적으로 한다고요! 무조건 외출해야 한다고 생각했어요. 백양산에 올라 땀을 흘리고 저녁에 누구든 불러내 술을 마실 작정이었죠. 술에 취해서라도 제발 잠을 푹 자고 싶었어요.

점심 직전 집을 나섰고, 우선 맛있는 것을 먹자고 생각했습니다. 20분쯤 걸으니까 망미역이 나왔어요. 역 근처에 삼계탕집이 있더 군요. 1만 원짜리 삼계탕이 '메인' 인데, 점심용으로 '옻닭국 옻밥' 을 팔고 있었어요. 5천 원이었습니다. 작업복을 입은 노동자들이 닭국을 먹고 있었고, 나도 시켰습니다. 뚝배기에는 닭 반 마리가 잘려 나왔고, 검은 색깔을 띤 밥이 꼬들꼬들하였습니다. 오전에 육체를 써서 일한 노동자들은 맛있게 먹는데, 왜 이리 뜨거워? 나는 좀 그랬습니다. 온도가 너무 높아도 맛이 죽잖아요. 맛난 점심은 실패하고 식당을 나왔습니다.

백양산에 가려면, 서면역에 가서 버스로 갈아타고 어린이대공원까지 가야 해요. 나는 전철역으로 내려갔어요. 플랫폼으로 이동하다가 아는 형님이 생각났습니다. '형' 이나 '선배' 는 많지만, '형님' 이라고 부르는 사람은 내게 무척 드뭅니다. 그 형님과 안 지 3-4년이 된 것 같은데, 아, 이 형님도…… 귀농학교에서 만난 분입니다. 나의 동기였죠. '동생, 동생' 하고 나를 부르길래 나도 모르게 '형님' 이라 하게 된…… 아, 마롱이라고 불리게 되는 갓난 강아지를 준 분이 바로 이 형님이에요!

— 오, 동생. 오랜만이다.

"어디십니까?"

— 사무실이지.

"바쁘세요?"

— 두어 달, 아주 바빴지. 이제 쪼끔 숨 돌리고 있다.

"지금 어딜 가는 길인데, 서면을 지나칠 거거든요. 형님 생각이 나서……. 잠깐 들러도 될까요?"

─ 동생. 그래라.

"30분 안에 도착합니다!"

─ 기다릴게!

서면역에 갔습니다. 역에서 형님의 사무실까지는 15분쯤 걸어가는데, 가는 길은 훤합니다. 굴다리가 있고, 지나면 신호등이 있고, 건너에 메가마트와 마트 주차장을 에둘러 골목길로 가면 형님 사무실이 있는 '협동종합상사'가 나옵니다. 굴다리 앞에 이르렀을 때였어요. 꽃집이 눈에 들어오대요. 밖에 내어놓은 식물들이 12월 추위 속에서 싱싱해 보였습니다. 들어가니 주인이 큰 화분을 놓고 전지를 하고 있었어요.

"나이는…… 오십대 초반이고, 사업하시는 분인데, 어떤 걸 드리면 좋을까요? 너무 비싸면 안 되고, 2만 원대가 적당해요. 골라주시는 걸로 할게요."

"3만 원대라면 좋은데" 하고 둘러보더니 "이거다" 합니다. 언뜻 고추모종 같아 보였어요.

"홍콩야자라고 해요."

잎에 먼지가 앉아 있습니다.

"씻겨주실 거죠?"

"당연히. 여보, 이거 손 좀 봐라."

밖에 있던 주인의 아내가 들어왔습니다. 분무기가 뿜는 깨알보다 작은 물방울로 잎을 두드려주자 홍콩야자가 제법 볼 만해졌습니다. 그런데 솔직히 나는 홍콩야자보다 화분 흙 위에 깐 잔돌과 돌 사이에 난 붙박이풀이 더 마음에 들대요.

"이 풀 이름은 뭐예요?"

"홍옥이라고 해요. 야생초예요."

"꽃에는 꽃말이 있고, 이 나무…… 나무말은 뭐예요?"

주인이 딴말을 했습니다.

"홍콩야자는 공기정화예요. 공기정화 하라고 두는 거예요."

그런데 공기정화…… 듣고 보니 멋진 말이었어요. 사람이 마시고 폐혈관을 흐르는 피로 녹여 몸 속에 들이는 것이 공기죠. 공기정화는 곧 피를 정화한다는 것입니다. 피를 정화함은 정신과 마음을 정화한다는 것입니다. 검은 비닐봉지에 화분을 담아 꽃집을 나왔습니다.

기분이 좋았습니다. '기다릴게!' 하는 형님의 흔쾌한 대답을 들을 때부터 그랬어요. 늘 빈손으로 놀러가다가 오늘은 선물이라고 뭘 하나 사서 들었다는 것, 이런 마음을 낸 것이 기분을 더 좋게 합니다. 굴다리와 신호등, 메가마트, 주차장과 골목길, 이제 협동종합상사 간판이 보입니다. 함석으로 된 커다란 대문이 활짝 열려 있습니다.

매장에서 일하는 아저씨가 개와 함께 있습니다. 인사하고, "깜디야!" 했습니다. 마롱의 엄마입니다. 깜디는 털이 까맣습니다. 마롱은 누렇고요. 아름답고 무책임한 사랑을 한 마롱의 아빠 털이 누랬던 모양이죠? 두어 달 만에 왔지만, 나를 기억합니다. 무릎께로 타오르려 하고, 손을 내밀자 몸을 착 엎드린 채 꼬리를 흔드는 것이 어쩜 이리도 마롱과 똑같은지요.

"이 녀석, 나한테서 지 새끼 냄새가 나는 모양이지?"

언젠가 마롱을 데리고 왔을 때! 깜디는 깨물어주겠다고 몹시 좋아했는데, 마롱은 죽을 듯이 기겁을 했습니다. 지 어미를 몰라보는 것입니다. 그때…… 참 우울했었어요…….

깜디를 한참 쓰다듬어주고 나는 매장에 들어섰어요. 수십만 개의 주방용품이 그득합니다. 부산·경남 일대에서 제일 넓은 매장을 가졌다는 협동종합상사예요. 형님은 이 업체 사장이죠. 사무실에서 형수님이 나오셨어요. 인사! 그런데 손에 든 것은 뭘꼬? 할 것입니다. 형님한테 드릴 것이므로 "안에 계시지요?" 묻기만 했습니다. "기다리고 있어요." 사무실 문을 턱턱 미는데, 형님이 "당겨, 당겨" 합니다. 오랜만에 와서 문을 미는지 당기는지 잠깐 헷갈렸습니다. 우리는 반갑게 악수했습니다.

"무슨 이런 것을……"

봉지 속을 들여다봅니다.

"이거…… 홍콩 머시긴데?"

식물도 알고 있었습니다.

"홍콩야자라고 하던데요."

"아, 맞다. 홍콩야자."

"솔직히 나무는 별로 마음에 안 들고, 밑에 이거, 홍옥이래요. 사과 이름이랑 같은데, 나는 이게 예쁘고 잔돌 깔린 것도 예쁘대요. 나무가 우째 고추모종 같지 않습니까?"

형님이 하하 웃습니다.

"홍콩야자 큰 것만 봤지 이렇게 작은 것은 처음이다. 아, 예쁘다!"

형수님이 들어와 구경합니다.

"조덕만 씨가 뭐 좋다고 이런 선물을 해요?"

좀 촌스럽지만, 형님 이름이 그렇습니다.

"나무말이 공기정화래요. 사무실에 두시라고, 오가는 손님들도 한 번씩 보시라고."

화분은 옆으로 치우고 형수님이 커피를 두 잔 타왔고, 곧 매장으로 나가십니다. 형님과 나, 둘만이 앉았습니다.

"저번에 전화하니까 글 쓴다고 바쁘다더니, 이제 한가해진 모양
이지?"

"거의 끝나가요. 오늘은 무조건 쉰다, 하고 외출했죠."

"나도 두어 달 밤 11시, 12시까지 일했다. 어제까지 정말 무섭게
바빴는데, 오늘 딱 시간이 나대. 근데 희한하게 동생한테 전화가 왔
어. 어제 전화했으면 이 시간에 사무실에 안 있다. 밖으로, 밖으
로……."

나는 집 컴퓨터에 두고 온 편지 속의 이야기를 조금 꺼내놓았습
니다. 거짓말은 거짓말일 뿐이지 않느냐……. 형님이 약간 걱정을
했습니다. 내가 알기로, 일주일에 한두 번 교회에 나가는 형님입니
다. 이야기를 들려줍니다. 약 20년 전 경험한 일이라면서.

"그때는 봉고를 타고 동해안 국도를 따라 시장이 서는 데는 다
찾아댕기며 냄비 팔 때거든. 울산의 한 매장하고 제법 큰 계약을 했
어. 저 안쪽에 있던 생산라인을 걷어치운 지 십 년 됐지만, 그때는
우리가 유통 말고 자체 생산도 했거든. 계약서에 도장 찍고 저녁은
내가 사고 술은 업체 쪽에서 사고, 업체 사장이랑 형님 동생 하면서
기분이 되게 좋았지. 그 양반이 여관방을 잡아주고 방에까지 따라
와서 나랑 우리 직원들하고 맥주를 한 잔 더 했어. 근데 이런저런
얘기 끝에 어쩌다 교회, 예수 이야기가 나왔어. 우리 어머니가 교회
를 다녔지만, 나는 그런 거 질색이었지. 그 양반이 교회를 열심히
다니는 사람이었어. 내가 뭐라고 물었냐 하면, 예수님이 살아 있을
때는 성경에 기록된 언어와 다른 언어를 썼는데, 영어도 아니고 히
브리어도 아니고, 뭐라더라, 예수님이 쓰던 말이……."

"아람어 아닙니까?"

"맞다. 암튼 그 원어가 성경 언어와 다른데, 또 성경이 쓰여진 게 예수 사후 수십 년 지난 뒤인데, 실제 예수님 말과 어떻게 같고 어떻게 다른지…… 이런 질문을, 뭐, 비판하는 것도 아니고 그냥 궁금해서 물어봤거든."

"그런데요?"

"진짜 놀랬다. 그 양반이 조용히 듣기만 하더니 딱 하는 말이, 조 사장, 얘기 잘 들었시다, 마, 오늘 계약은 없었던 걸로 하입시다, 그라고는 방을 박차고 나가는 거라. 내가 사과를 할라 캐도 아예 얼굴을 안 볼라 캐."

"계약서 도장까지 찍었는데요?"

"매장에 물건을 들라준 것은 아니고, 도장 찍었다고 우리가 그 양반한테 손해배상을 할 거가, 그냥 파토난 거지. 그 일을 겪고 다시는 사업상 만나는 사람들한테 예수님이고 부처고, 기독교고 불교고 종교 쪽 이야기를 일절 안 한다 아이가."

'믿음'은 정말 그런 것 같아요. 누구도 함부로 건드려서는 안 되는 인간 정신의 마지막 성역이겠죠. 그런데…… 얘기를 듣다 보니 김성한이란 작가가 쓴 단편소설 「바비도」가 떠오르는 것은 이 무슨 고약한 심사일까요. 14세기 영국 교회세력은, 라틴어 성경만을 세상에 허락했고, 민중들은 라틴어를 알지 못했고, 봉제직공 바비도는 영어 성경을 읽는 비밀스런 독서회에 참여했다가 체포되는데, 이단행위를 했다는 죄목으로 화형 위기에 처하게 됩니다. 헨리 5세 왕이 '그게 이단행위였다고 한마디만 해라, 네 모든 죄를 사하겠다'고 최후통첩을 하는데, 바비도는 성경을 직접 읽으려 했을 뿐이라고 무죄를 주장하죠. 결국 바비도는 화형에 처해진다는 이야기입니다.

「바비도」는 거꾸로 읽을 필요가 있는 소설이에요. 즉 하느님을 마음으로 믿고 예수를 그리스도로 시인하면 모든 죄가 사해진다는 성경의 말이 한 사람의 목숨을 빼앗는 아주 악랄한 반대근거가 되기도 했다는 것입니다.

어쨌든 종교와 정치, 학문 등 그 어떤 분야에서든 한 사람을 '마지막 말'에 이르게 하고 그것을 수정하라고 하는 것은 할 짓이 못 됩니다. 그 '마지막 말'이 어떤 양심의 말이건 간에요.

그런데요, 생각해봅니다. 만약 최고 권력자가 내게 '예수의 성령잉태가 진실이라고 말하라'고 요구한다면, 요구를 따르지 않으면 목숨이 날아가게 생겼다면, 나는 어떻게 해야 할까요. 물론 나는 성령잉태가 진실이라고 할 것입니다. 내 '마지막 말'을 지키겠다고, 목숨까지 던져 세상이 통째로 구해진다면 모르되 그냥 내 한 목숨이 날아간다고 할 때, 악영향이 훨씬 클 뿐이기 때문입니다. 내가 억울하게 죽어버리면, 부모님, 내 자식들, 나를 사랑하는 친구들이 독심을 품고 세상에 복수하려고 할 것 아닙니까. 독심과 복수로는 결코 세상이 옳게 되지 않습니다. 나는 내 마지막 말을 버려 목숨을 부지하고 다음을 도모할 것입니다. 예수는 그러지 않았죠. 빌라도 앞에서 자신이 그리스도라는 것을 부인하지 못 했죠. 형님이 말했습니다.

"동생한테 그 양반 이야기를 한 것은, 동생의 글이 다른 누군가에게 원치 않는 상처를 줄 수 있고, 또 동생이 어떤 마음으로 썼는지 찬찬히 따져보지도 않고 동생을 미워할 수 있고, 이 세상 어딘가에서 누군가 동생을 미워하는 마음을 품고 있으면, 동생 인생에도 별로 좋지 않을 거라. 하느님이 주신 글 쓰는 재능으로 사람들을 행복하게 하는 게 작가지…… 아, 걱정이 되는데?"

"근데 형님은 내 글을 읽어도 날 미워할 것 같지 않은데요."

"동생하고 나 사이니까 그렇지."

"형님도 교회 나가시고, 예수 믿으시잖아요."

허허 웃습니다.

"나는 믿음이라고까지 할 거 있나. 완전 날나리 신잔데."

"주일 꼭 챙기시잖아요."

"그건 어머니 유언이라서 그렇지."

그리고 또 사연을 풀어냅니다.

"애아버지가 되고도 술을 먹고 계속 방황하니까, 교회에 나가라, 교회가 싫거든 성당에라도 가라, 마지막 소원이다, 어머니가 그러셨던 거지. 동생, 생각해봐라. 세상에 어느 어머니가 자식한테 나쁜 길로 인도하겠나. 자식을 누구보다 잘 알고 또 자식 잘 되라고 하는 소리거든. 내가 교회 안 나갈 재간이 있나. 형제들이 돌아가며 어머니 병실 지킬 때, 어느 일요일이 내가 병실 지키는 날이었는데, 어머니 다니시던 교회에 먼저 갔다가 병실로 갔어. 그래도 내 자존심에 교회 갔다 왔단 말은 안 했어. 나중에 교회 사람들이 병문안 와서 큰아들이 교회 왔더라, 그랬나봐. 그렇게 좋아하시더라네. 어머니 돌아가시고 교회에서 장례 같은 거 신경을 많이 썼고, 그건 참 고마웠고……. 그런 뒤에 마누라도 교회에 데리고 갔지. 근데 너무 싫어해. 그럼 성당에 가라 했지. 성당은 좀 다니더만 요즘엔 또 안 나가. 체질적으로 안 맞나봐. 딸들은 성당 가라고 했고 셋 다 성당에 다니지."

"아버지가 교회 가는데 왜 딸들은……"

기막힌 답이 나왔어요.

"교회는 우상숭배라고 조상 제사를 못 지내게 하잖아. 성당은 조금 자유롭잖아. 우리 민족의 아름다운 관습일 뿐이라면서. 딸들이 교회 다니면, 나중에 누구랑 연애해서 어떤 집안에 시집갈지 모르는데, 불교 집안이나 조상 제사 모시는 집에 가면 아주 골치라. 그래서 아예 처음부터 성당에 보냈지.”

아버지 마음이란 이런 것이구나, 나는 감탄했습니다.

“동생, 종교는 좋은 것이라. 내가 지금까지 쭉 지켜봐도 교회에는 나쁜 사람보다 좋은 사람이 더 많아. 또 성경에 ‘일하지 않는 자는 먹지 말라’ 이런 말을 철두철미하게 지키느라 쌔가 빠지게 일하는 사람 보면, 정말 대단하거든. 사업하다 보면, 연산동 유흥가로 몰려가 술자리를 할 때도 있는데, 젊은 여자를 옆에 앉히고 노래 몇 곡 부르는 정도가 아니라, 남자들이 놀려고만 하면 온갖 추잡한 짓을 다 하거든. 나도 하려고 하면 왜 못 해. 근데 교회를 나가니까 이럼 안 되지, 하고 어느 선에서 딱 정신을 차리게 되거든.”

“형님은 교회 말고 딸들 생각만 해도 선은 지키실 것 같고요. 암튼 저도요, 어머니가 유언으로 교회 가라고 한다면, 갈 것 같습니다. 그런데 우리 어머니는 전혀 그러실 것 같지 않고요. 또 교회도…… 어떤 교회를, 어떤 마음으로 가느냐, 이게 중요하겠죠. 성경을 신주단지처럼 모시고 세상 모든 일을 성경 구절에 맞추고 사는 아둔한 사람과 대화가 됩니까. 형님은 그렇지 않잖아요. 오픈 마인드가 돼 있잖아요.”

“어, 동생. 예수님이 성령으로 태어났다거나 물 위를 걸었다거나, 나도 의심이 되지. 근데 과학으로 설명 못 하는 일이 세상에 비일비재하고, 컴퓨터 하나만 봐도 그래. 내가 저 속을 아는 게 뭐 있노. 그런데도 저게 작동하고 나는 사용하거든. 예수님이 성령으로 태어난 이치를 모르는 것하고 컴퓨터 돌아가는 속을 모르는 것하고 그 모른다는 것이 얼마나 다른가, 싶기도 해. 몰라도 컴퓨터는 돌아가고 도대체 알 수 없지만 예수님은 그렇게 태어났고, 뭐, 이런 생각도 가능하지 않나 싶네.”

나는 씩 웃었습니다.

“좋은 말씀이에요. 형님의 인간적인 겸손함이라고 듣겠습니다.”

5시가 되어 사무실을 나왔습니다. 백양산에 가기는 틀렸습니다. 1시간 정도 이곳저곳을 다니다가 형님이 퇴근하는 시간에 다시 사무실로 갔지요. 오랜만에 같이 저녁을 먹기로 한 것입니다. 형수님까지 해서 우리 셋은 서면까지 걸어가 어느 돼지갈비집에 들어갔습니다.

술이 유난히 맛있었습니다. 동생이 사무실로 들어서는데, 홍콩야자를 보니까 기분이 너무너무 좋더라, 형님이 말했고, 우리 아버지가 내 7살 때 원고지를 한 뭉텅이 주면서 덕만아, 니는 커서 작가가 되어라, 그러셨거든. 냄비 파는 장사꾼이 되고 말았지만, 귀농학교에서 동생 처음 보고 글 쓰는 사람이라 카니까 그냥 정이 가는 기라, 하고 예전에 했던 말을 또 했습니다. 배운 게 깊지 못해 말도 조리 없고 재미도 없는데, 동생하고 있으면 나도 모르게 얘기가 재밌게 나오거든, 이런 말도 했습니다. 형님, 귀농학교 사람들과 처음 술자리 할 때, 그날 형님 얘기가 어중간하고 낯선 사람들 속에서 쑥스러워하시길래 엉뚱한 사람이다, 싶었는데, 그날 이후 우리가 오늘까지 스무 번 정도 만났나요? 그 첫날 빼고 형님이 경험한 세상 이야기를 듣는 게 나는 언제나 재미있었습니다! 이렇게 내가 말했죠. 그러니까 일종의 애정고백들을 한 것입니다. 이러고 앉았으니 술맛이 왜 안 좋겠습니까. 급기야 우리는 폭탄주까지 만들어 두 잔

석 잔을 건넸습니다.

6시 반부터 시작한 술자리, 9시가 되기 전 확실히 취하여 택시를 타고 귀가한 뒤 내일 오전 늦게까지 푹 자는 것이 나의 소망이었습니다. 그러니까 나는 앉을 때부터 취하려고 작정을 했던 것입니다. 바라건대, 침대에 이를 때까지는 의식이 아주 조금은 남아 있기를.

그러나 일이란 소망대로 되지 않습니다. 8시 반쯤에 나는 이미 의식을 잃어버렸어요. 기억의 회로가 닫혀버렸고, 이후 어떻게 말하고 행동했는지 나는 모릅니다.

그런데 한순간, 기억이 발생해버렸어요.

여기가 어딜까? 내 방 침대 속이 아니었어요. 나는 어느 길거리에 있었습니다. 여러 건물의 불빛이 쏟아지고 있었고, 나는 서 있지 않았습니다. 땅바닥에 무릎을 꿇고 앉아 있어요. 오른팔을 앞으로 쭉 뻗어 땅에다 손바닥을 대고 있었어요. 그리고 난데없는 이런 소리가 마구 터져 나오는 것이었어요.

"하느님! 잘못했습니다. 용서해주십시오! 다시는 그러지 않겠습니다. 잘못했습니다, 제가 너무 잘못했어요!"

나는 벌을 받은 것입니다. 하늘에서 불덩어리가 떨어졌고 내 오른손을 댕겨버린 것입니다. 손바닥이 녹아내릴 듯 뜨겁고 아팠어요. 땅바닥에라도 얼른 손을 댈 수밖에 없었지요. 겨울의 땅은 한껏 차가웠습니다. 나는 계속 절규를 했어요.

"하느님…… 아, 너무 아파요. 잘못했어요! 잘못했다니까요! 맞아요, 이 손으로, 이 오른손으로 썼어요. 다시는 그런 글 쓰지 않을게요. 두 달 동안 쓴 것, 집에 가서 당장 없애버릴게요. 아니 처음부터 완전히 새로 쓸게요. 무조건 잘못했습니다. 하느님, 용서해주십시오!"

마구마구 빌어대니까 땅바닥에 붙인 손이 어느 순간 아프지 않았어요. 살을 파고드는 듯한 뜨거움이 사라졌어요. 나는 손을 들어보았습니다. 손바닥은 깨끗했습니다. 그런데 다시 불이 당겨졌어요. 세상에 이런 뜨거움이 있을 수 있을까! 눈에 보이지도 않는 불! 나는 땅바닥에 또 손을 붙였습니다.

"잘못했습니다. 잘못했습니다. 잘못했습니다……"

그때 형님 목소리가 들려왔어요.

"동생, 왜 이라노? 대체 이기 무슨 일이고?"

"아, 형님, 손이 너무너무 뜨거워요. 아파 죽겠어요. 하느님, 잘못했습니다. 용서해주십시오!"

나는 빌고 또 빌었습니다. 손의 격심한 통증이 정말 무서웠는데, 그런데 순간! 이런 생각이 번개같이 떠오르대요. 나를 죽이려 하셨다면 불은 심장에 왔을 것이다. 앞으로 단 한 줄의 글도 쓰지 못하게 하려면 뇌에 왔을 것이다! 그러나 손이다! 불덩이를 쥔 듯 뜨겁지만 손가락은 움직여진다. 손의 실용적인 작동은 멀쩡하다. 반드시 원래대로 돌아갈 것이다. 그러니까 하느님은…… 지금 경고하고 계신 거다! 세상에 내보일 편지가 아니다, 너는 너무 시건방진 글을 썼다, 네 열정은 높이 산다, 이번 벌로 반성하고 나를 제대로 증거하라!

하느님이 나를 특별히 사랑하여 내리신 벌이다!

심리적 공포는 사라졌습니다. 조금만 더 견디면 갑작스럽게 통증이 왔듯이 갑작스럽게 사라질 것을 나는 확신했어요.

"그런데 하느님, 너무너무 아파요! 제발…… 이제 그만 좀 해요!"

잠깐 사라졌던 형님이 돌아왔습니다. 형수님 목소리도 들립니다. 그들은 얼음이 든 통에 내 손을 집어넣었어요. 그런데 얼음 속에 들어가면 손이 더욱 아파왔어요.

"얼음으로 안 돼요! 땅이에요, 땅이에요!"

나는 땅바닥에 다시 찰싹 손을 붙였습니다.

"땅바닥이 안 아파요! 땅바닥이 안 아파요!"

거대한 겨울 땅이 내 손바닥의 불을 식히려고 대기하고 있었다는 듯이 나는 느꼈어요. 그 땅의 기다림을 무시하면 안 되고 오직 땅바닥에 손을 붙이고 있어야 안심이 되는 것이었어요. 불은 하늘에서 왔고, 땅이 불을 끈다. 벌은 하늘에서 왔고 땅이 죄를 사한다. 형님이 말했어요.

"이러면 안 될 낀데. 균이 들어가면 덧나는데."

순간, 나는 무엇인가를 깨닫고 다시 의식을 잃어버렸습니다.

의식을 찾았을 때, 나는 내 방 침대에 누워 있었습니다. 고요한 아침이 되어 있었죠. 나는 손을 살펴보았습니다. 손가락 지문 부위마다 물집이 부풀어 있었고, 손바닥에는 5백 원짜리 동전만 한 큰 물집이 세 개나 잡혀 있었습니다. 기름을 칠한 듯이 손이 번질거렸습니다. 형수님이 연고를 발라주셨구나.

고깃집을 나오다가……

의식을 잃은 채 비틀비틀거리다가……

내가 화로 뚜껑을 짚었구나!

17. 물(物)이었던 것을 기억하는 마음

오후에 형님과 통화가 되었어요.

— 동생, 우째 됐노? 병원은 가봤더나?

"아니요……"

— 병원 가자 캐도 죽어도 안 갈라 카대. 고집을 부리대.

그건 기억이 나지 않습니다.

"형수님이 연고를 발랐습니까? 조치가 잘된 것 같습니다. 병원
은 안 가봐도 될 것 같아요."

— 마누라가 약국 찾느라고 혼났지. 얼음통 구하기도 힘들었고.

하느님! 하느님! 수없이 불러댄 것이 부끄러웠습니다. 형님에게
솔직하게 말했습니다. 술에 취해 의식을 잃은 상태라 화로를 짚은
줄 몰랐고 갑자기 무진장 손이 뜨거워 '어!' 하고 놀라면서 의식이
돌아왔고, 두 달 가까이 예수니 하느님이니 하며 건방진 글을 썼다
고 벌을 받은 것이라 생각했다고.

— 아하, 그래서 하느님을 불러댔구나.

"내가 화로 짚는 것을 형님은 보셨어요?"

— 못 봤지. 마누라도 못 봤어. 화장실 다녀와 보니깐 동생이 하느님, 잘못했습니다, 잘못했습니다, 캐싸면서 땅바닥에 주저앉아 있더라구. 그 꼴이 어찌나 우습던지.

"우습게 봐주셨다니, 고맙고 죄송합니다."

미친놈, 지랄한다고 하지 않으시고.

— 동생이 짚은 게 그냥 화로가 아니라 숯불을 통째 지피는 화덕이었어. 물을 뿌려보니까 팡팡팡 튀어. 그걸 맨손으로 짚었으니 얼마나 뜨거웠겠어. 그 집이 고깃집이면서도 술집이잖아. 손님들 술 먹고 정신없을 때가 많은데 그 뜨거운 걸 출입구에 놔두는 집이 어딨노? 텔레비전에 변호사들 나와갖고 판결내리는 것도 안 봤소? 방금 이 일과 비슷한 사건이 있었는데, 업주도 책임이 몇십 프로가 있다고 하오! 내가 주인한테 좀 따졌지.

형님은 사람 좋게 허허 웃고, 나도 비슬비슬 웃으며 전화를 끊었습니다.

죽음이랄까 하느님 벌이랄까, 어떤 일대 위기상황에 빠지면 인간은 얼마나 이기적인 존재가 되는지요. 벌이라 하더라도 하느님이 특별히 사랑해서 주는 것이라고 나는 생각하지 않았습니까. 세상에, 이 거대한 지구 땅덩어리가 팔십 억 인구 중 하나일 뿐인 나의 손을 식히려고 대기하고 있었다니, 이런 이기적인 생각이 어딨습니까. 벌이라 해도, 하느님의 특별한 선택, 소위 부르심, 이런 느낌이 유혹적인 것은 틀림없습니다. 벌은 잠깐이고 상이 엄청날 것이라는 욕심이 그 밑에 또아리 틀고 있거든요.

심신미약 상태에서 화로를 짚었을 뿐이라고 이튿날 나는 깨달았지만, 선택받음의 유혹에 다시 빠질 수도 있었어요. 왜 하필 화로

가 거기 있었지? 산에 가려고 했는데 왜 형님 생각이 났지? 형님도
두 달 동안 그렇게 바빴다는데 왜 하필 내가 전화한 날 여유가 생겨
났던 거지? 이런 식으로 하느님 선택받음이 아니냐고 할 수도 있는
것 아니겠습니까.

지하철 가판대에 놓인 어떤 책의 제목은, 온갖 병에 수십 년을
시달리며 살아온 한 기구한 여인이 저자였는데, 『이 모든 게 하나
님 뜻이었네요!』였습니다. 자기중심으로만 풀면, 하느님의 뜻이 아
닌 게 어디 있겠어요. 세상 만물의 이치와 인과관계 자체가 하느님
이기도 한데요. 그래서 어떤 인지철학자는 이렇게 서늘하게 꼬집
었지요. 사람은 모두 자기가 우주의 중심이라고 착각할 수밖에 없
다, 인간의 뇌 구조가 그렇게 돼 있다……. 다시 말하지만 급히 마
신 술로 나는 심신미약 상태에 빠졌고, 그렇다고 하더라도 내 안의
거지근성이 폭발한 그런 사건이었어요.

그런데요, 생각해보면, 언젠가는 맞게 되는 죽음이란 것은 사람
을 절대적인 심신미약 상태에 빠뜨리고, 때문에라도 인간은 절대
자를 찾게 되어 있고, 그런데 절대자는 인간의 언어를 초월하기에
예수라는, 예수 아닌 다른 누구일지라도 사람의 말을 하는 중간자
를 설정하지 않을 수 없는지도 모르겠어요. 그러니까 예수나 바울
로 한 사람의 잘못된 영향력이 아니라 인간이란 존재 자체에 지금
의 예수 또는 지금의 바울로 교리를 서슴없이 용인하게 하는 어떤
근원적인 심리구조가 있겠다는 것입니다. 그게 거지근성이라면 거
지근성이겠는데, 그런데 이 근성은 죽음의 시간 말고도 이미 삶 자
체에 뿌리내리고 있는 것 같아요. 이건 좀더 생각해봐야겠어요.

이런 인간의 근원적인 취약점까지 알고도, 그러나 명심해주세
요. 산은 산이고 물은 물이고, 거짓말은 거짓말, 빠는 것은 빠는 것

이에요.

이제 밖으로 나가봐야 해요. 동물병원에 개를 데려가야 합니다. 보기 싫게 털이 뭉친 지 오래됐는데, 더 추워지기 전에 깎아야지 지금 상태로는 마롱이가 겨울을 잘 날 수 없습니다. 이 편지도 데리고 갈게요. 이제 준비한 마지막 이야기를 하려고 하는 것이에요.

하늘이 푸르네요. 구름이 날렵하게 흐릅니다. 절기는 한겨울로 달려가고 있지만, 이른 봄처럼 쌀쌀하면서도 포근한 공기가 섞여 흘러요. 마롱은 오랜만의 외출에 신나합니다. 목이 꺾어져라 줄을 앞당겨 나서더니 연산경찰서 앞을 지나면서부터는 조금 차분해져 엉덩이를 간족거리며 발 네 개를 통통통 놀리며 잘 걸어갑니다. 목줄로 내가 방향을 잡아주고 있지만, 자기가 앞장서서 간다고, 가고 싶은 대로 간다고 자신감에 넘치는 개의 걸음이에요.

소방본부 앞에서 신호등을 건너 고물상을 지나고 대로변 상가를 100미터 정도 간 곳에 현대동물병원이 있습니다. 1층 우편취급소에 이르러 개는 엉덩이를 땅에 딱 붙이더니 움직이려 하지 않아요. 2층이 동물병원이지요.

"비싼 돈 들여 털 깎아주려고 하는데, 개거? 야, 안 올라가?"

힘을 줘서 팍팍 당깁니다. 꼼짝없이 올라야 한다는 것을 개도 깨닫습니다. 첫 계단에는 앞발을 억지로 올리지만, 이내 후다닥 합니다. 병원 문을 열고 들어서자 마롱은 다른 몇 마리의 개들과 낯선 공간에 지지 않겠다고 으르룽거립니다. 쪽지에 '마롱'이라고 쓰고 전화번호를 적었습니다. 2시간이면 털 깎기는 끝납니다. 내가 있으면 개가 주인 믿고 미용사의 가위에 반항하게 되므로 "수고하십시오" 하고 나는 병원을 나왔습니다.

엠피쓰리를 꺼내 이어폰을 귀에 꽂고 음악의 향연을 즐기며 나는 한참 걸었습니다. 그러다 아, 도시…… 하고 왠지 감탄하고 말았어요. 어떤 이들은 지구의 암덩어리라고 하지만, 부산귀농학교에 처음 발을 들일 때 나도 그런 식으로 생각했지만, 도시를 오로지 미워하며 어떻게 살 수 있을까요. 미워하는 것도 큰 하나의 작은 일면이어야 하지 큰 하나를 통째로 거부하다간 사람 몸에 탈부터 나고 말아요.

나는 지금 보도블록을 밟으며 걷고 있어요. 발이 밟고 가는 블록이 땅 속의 순결한 흙이었음을 압니다. 사람이 깊숙한 흙을 파헤쳐 단단한 블록으로 만들었습니다. 나는 한걸음씩 내딛으며, 다음 걸음걸음, 내 발바닥에 밟힐 2-3미터 전방의 블록을 눈으로 살피며 수십억 년 내내 햇빛을 보지 못한 채 캄캄하게 또 순결하게 있었던 흙의 우주적인 시간을 그 깊이를 그 무거운 기다림을 생각해봅니다. 나는 기다림의 흙이 하느님이라고 생각해봅니다. 흙의 하느님이 내 발에 밟히는 블록의 하느님으로 변전되어 있습니다.

어찌 흙과 단단한 블록만이 하느님이겠어요. 이 세계에 존재하는 모든 것이 하느님이고 하느님의 자기표현임을 의식적으로 또 무의식적으로 내가 알고 있다는 것을 나는 압니다.

만물 속의 우리들도 그래요. 사람도 하느님의 자기표현입니다. 우리의 생명에너지는 어디서 오나요? 하느님이 끊임없이 펌프질해줘서 내가 이렇게 말하고 생각하고 걷고 있는 것 아니겠어요. 태양 없이, 달 없이, 우주 없이 내가 어찌 존재합니까. 숨쉬고 먹고 마시지 않고 어찌 내가 있습니까. 하느님의 고귀한 생명에너지를 받아들여 내가 결정적으로 있어요. 우리 주위의 모든 것을 사용하여 하느님은 우리를 표현합니다.

누군가가 하느님의 생명에너지를 사용하여 만든 구두를 내가 신고, 또 누군가 역시 그렇게 만든 양말을 신고 나는 걷고 있어요. 봄 여름 가을 겨울 하느님을 섬기며 누군가 길러낸 생명 음식에서 에너지를 얻고, 그것을 걷는 에너지로 천재적으로 바꿔내며 나는 지금 걸어요. 나의 걸음걸음마다 하느님이 자기표현으로 내어놓은 만물 속의 하느님 성질이 고스란히 스미어 있어요. 우리는 어느 한 순간도 하느님의 덕을 입지 않고는 살 수가 없어요.

나는 내가 하느님 육체 속에 있다는 것을 알아요. 하느님 내장 속에 기생하여 살아가는, 나는 참 아름다운 대장균 한 마리에요. 수십 조 마리 중 이 우주에 단 하나뿐인 절대적인 한 마리에요. 나는 이러한 사실을 내 인생의 그 어느 때보다도 깊이 깨닫고 있어요.

소방본부 벤치로 갈까, 300원짜리 커피를 마실까, 하다가 오늘은 왠지 경상대학 쪽으로 가보려고 해요. 나는 대학 캠퍼스를 공원이라고 생각하길 좋아하는데, 츄리닝 차림으로 다녀도 누구 하나 뭐라지 않고 경비원 할아버지도 제지하지 않아요. 모든 공원이 그러하듯이 초록이 많고 벤치가 많아요. LG아파트 단지 윗쪽 언덕길을 넘는 도로가 있는데, 도로 중간에서 오른쪽으로 꺾이는 곳에 대학 후문이 있어요.

나는 후문 안에 막 들어섰습니다. 공원에 심어진 많은 나무 밑에는 낙엽들이 포그란히 쌓여 있네요. 바람이 불고, 낙엽들이 몸을 움직입니다. 나는 걸음을 멈추고 보았습니다.

낙엽들이 아스팔트 위를 발이 있는 듯 굴러서 가요. 츠츠츠, 소리를 냅니다. 길 중간에 멈춰선 나를 향해 오는 수백 개의 잎들. 나는 생각을 끊었어요. 눈을 빼앗기고 말았거든요.

나는 미소를 보았어요.

와글거리며 오는 잎들이 모두 미소를 짓고 있어요. 아이들이 미소를 짓고 있어요. 잎들 하나하나가 작은 아이였어요.

휩싸고 도는 바람을 감지하지 못할 만큼 나는 정신을 빼앗겼고, 잎들이 나를 똑바로 향한다고 착각했습니다. 나를 휘감아버릴 거예요. 내 몸에 잎이 달라붙고 나는 이상한 나무가 될 거예요. 그러나 잎들의 목표는 내가 아니었습니다. 내 발목을 스치고 지나더니 보도 너머 2차선 자동차 도로로 뛰어드네요. 잎들이 도로교통법을 일제히 어기고 있어요. 세상 사람들 누구도 그 집단 불법행위를 고발하지 않습니다!

잎들은 차도와 인도 경계턱에 부딪쳐 멈추기도 하고 방향을 틀어 도로 아래편으로 굴러가기도 합니다. 지난 가을 한 장의 낙엽을 들여다보며 그 모양새에 놀랐지만, 지금 이 순간, 교통법을 위반하는 낙엽들이 더욱 멋져 보여요. 왜 사람 눈에 저것들이 멋져 보이는지 이유를 설명할 수 없어요. 그냥 터무니없이 멋진 것을 어떡합니까!

나무가 여름 한 철 잘 쓰고 내다버린 것이 아닌가. 나무는 똥마저도 저리 멋지다. 봄 여름 가을 겨울, 나무는 늘 운치가 있다. 왜 인간은 이 비슷한 멋진 풍경을 단 한 번도 연출하지 못하고 살까.

순간 열등감에 빠졌습니다. 열등감은 어떤 정신의 밑바닥으로 나를 추락시켰고, 그러나 어떤 알 수 없는 힘을 받고 나는 튀어올랐어요. 그리고 외쳤습니다. 내가 나무만큼 멋진 존재라서 나무가 멋진 것을 알아보는 거야! 나무를 향한 비굴한 갈망이 아니라 내 속에 나무만큼 멋진 것이 있어 나무와 공명하는 것이야! 사람이 꽃보다 아름다운 게 아니라 또 꽃이 사람보다 아름다운 게 아니라 사람이 아름답고 꽃이 아름답고 나무가 아름답고 잎이 아름다운 거야! 저마다 다 아름다운 거야!

문득 나는 아름다움 앞에 서 있었습니다. 느닷없는 황홀감에 사로잡혔어요. 이런 시간 속에 있다 보면, 꼭 마지막 질문에 도달하게 되어요. 언제나 그래요. 왜 하필 하느님은 이런 아름다운 시공간을 펼쳐 자기표현을 하는 것일까. 왜 이 아름다운 '있음'이 있는 것일까. 결국 무로 돌아갈 것을 왜 이렇게 굳이 내어놓으셨을까.

하느님 보시기에 좋았더라, 이것은 하느님을 너무 인간화시켜버린 해명이라 사절하겠습니다. 하느님의 사랑, 이런 것도 아니죠. 왜냐, 하느님은 공평무사, 무사태평이기 때문입니다. 바닷속 지진이 일어나고 해일이 덮치고 해변에 사는 십만 명 이상 사람 생명을 일거에 앗아버린 것도 '가이아 하느님'의 무서운 일면이 아닌가요.

일면을 넘어서는 전체의 하느님, 인간의 언어와 논리로 애써 표현해볼 수는 있지만, 표현하는 순간, 그 어떤 기막힌 표현 수만 번을 하더라도 훌쩍 넘어서버리는 자리에 하느님은 있습니다. 사랑의 하느님도 아니고 죄와 벌의 하느님도 아니에요. 하느님은 그냥 모든 것입니다. 인식 가능한 모든 것에 하느님이 깃들어 있고, 인식을 넘어선 모든 것에도 하느님이 미리 자리를 차지하고 우리를 기다리고 있어요. 사랑의 하느님이라고 예수가 천명했지만, 그의 삶과 죽음 이후에도 화내고 벌주는 하느님이 끄떡없이 있어요. 사랑의 하느님, 이것이 예수의 한계였고 나는 그 한계마저 물론 사랑합니다.

내 말은 어떤 하느님을 선택할 것이냐가 아니에요. 하느님의 일면만을 보고 나의 하느님이라고 하지 않고 늘 새로운 면모의 하느님을 열심히 쫓아갈 따름입니다. 따라 배울 따름입니다. 공평무사, 천하태평은 지금 이 순간까지 내가 찾은 최선의 하느님 표현일 뿐입니다.

모든 것은 모든 것의 모든 것이다.

왜 이렇게 있는 것일까. 왜 이렇게 있어야만 하는 것일까. 찬란한 이 모양 이 꼴로 왜 내 앞에 있어야만 했던 것일까.

인간이 할 수 있는 정녕 마지막 질문이라 할까요. 아니면 인간만이 할 수 있는 가장 어리석은 질문이라고 할까요.

언젠가는 자기가 죽는다고, 나란 존재가 사라진다고, 이 세상에서 없어져버린다고, 하여 사람의 정신에 '없음' 이란 개념이 생겨난 것이고, 그 개념의 확실성을 믿고 이 세계의 '있음' 까지 의심하게 된 것이거든요. 물을 필요도 없는 '있음' 의 출처를 묻는 것이고, 이 있음도 나의 죽음처럼 없음의 시간에 다다르게 될 것이라고 사실상 인간의 분수를 넘어서는 악담들을 하게 되는 것이지요. 현대 물리학도 이 마지막 질문에 어리석은 여러 이야기를 내놓고 있지요.

어리석다고 하면서도, 내 눈앞에 문득 우주빅뱅의 순간이 떠오르는 것은 물리학의 그 이야기를 몇 조각 주워먹고 나도 어리석어졌기 때문일 거예요. 지금 나는 나를 비하하고 있는 게 아니에요. 용인할 수 있는 죄처럼 용인할 수 있는 어리석음도 나는 사랑하거든요. 어리석음 없이 깨달음도 없잖아요. 어리석음은 우리 인간의 매력 중 하나예요.

지금 나는 앞에서 흔들리고 있는 그림 한 점을 보고 있어요. 산돌의 말이 미치도록 맞네요. 그리운 것은, 알고 싶은 것은, 그림이 되어 떠올라요. 빅뱅과 함께 공간이 창출되고, 창출과 함께 일시에 퍼진 우주물질의 절망스런 혼재가 보여요. 아, 잘 보입니다. 나는 그림의 어리석고도 찬란한 의미를 알 것 같아요.

이제 우주 탄생의 비밀을 캐볼까요?

나는 그림을 향하여 외치기 시작했어요.

처음에 너는 공간이었다! 발 뻗을 자리를 보고 누우라고, 물질도 자리를 먼저 마련하는 것이 순서였다! 그런데…… 순간, 생명이 나 버렸지. 곧게 선을 긋는 것처럼, 공간에 시간줄 표시가 되었지. 그 선이 미세하게 흔들리기 시작했어. 즉 시간이 흐르기 시작한 것이야. 그 흔들림은 지금도 계속되고 있다! 시간과 공간은 생명 현상을 응원하였고, 우리 별이 오늘까지 있는 이유다!

나의 외침이 그런데 별로 마음에 들지 않았어요.

나는 다시 그림을 들여다봤어요.

아니다, 아니다…… 처음부터 공간과 시간과 생명이 함께 펼쳐졌다. 그런데 그때의 생명은, 우주 전체에 흐르고 있는 일렁임이었다. 가능성의 기운이었다. 그 기운은 그리움이 되어 우주에…… 자욱하였다! 그리움은 살아 움직이는 형체 한 점이 되었다. 그것이 생명 시작이다.

아, 아니다, 아니다, 새였던 것을 기억하는 새! 영국의 한 작가가 쓴 소설 제목이었지. 누구나 한 번 들으면 평생 잊을 수 없는 백만 불짜리 제목이지.

물이었던 것을 기억하는 마음.

마음이었던 것을 기억하는 물.

나는 그림을 뚫어져라 다시 봤어요. 그림의 의미가 새로 읽혀요.

구멍이었다! 구멍에서 모든 것이 나와 구멍으로 모든 것이 들어간다! 구멍을 통해 물(物)이 좌르르 쏟아져 나왔다. 그때 창출된 우주는 물뿐이었다. 그런데 물은, 한때 자신이 마음이었던 것을 기억하는 물이다. 마음이 물이 된 것이고, 물이 된 마음은, 아니 마음에서 된 물은, 떠나온 마음이 그리웠다. 물은 마음이 너무 그리워 다시 구멍으로 들어간다. 빨려간다. 구멍 속으로 들어간 물은 다시 구멍을 통해 마음이 되어 일거에 퍼졌다. 그러자 그 우주는 마음뿐이었다. 그런데 아, 마음도 자신이 한때 물이었던 것을 기억하는 마음이다. 물이 마음이 된 것이고, 마음이 된 물은, 아니 물에서 된 마음은, 떠나온 물이 그리웠다. 마음은 물이 그리워 다시 구멍으로 들어간다. 빨려간다. 구멍 속으로 들어간 마음은 다시 그 구멍을 통해 우주로 물이 되어 일거에 퍼져버렸다. 우주는 물뿐이었다!

이런 미치고 환장할 일이 있을까. 물은 물이 되어 마음이 그립고, 마음은 마음이 되어 물이 그립다. 구멍을 수없이 통과하며 억겁의 시간이 헛되이 흘러만 갔다. 그리워만 하였다!

그러다 어느 구멍 앞! 마음은 또는 물은 그리움의 역사를 단절시키기로 마음먹었다. 아니 물먹었다. 물과 마음은 하나의 하나, 같은 것이었다. 같은 것이 같이 있고 싶다. 어미와 자식이 한몸이 되기로 한 것이다.

자, 다시 어느 구멍 앞! 마음은 전적으로 물이 되지 않고 또 물은 전적으로 마음이 되지 않기 위해 구멍을 통과하면서 자기 마음 한 줌 자기 물 한 줌을 꼭 움켜쥐고 새로이 펼쳐졌다. 물과 마음이 어느 구멍 속에서 기막히게 믹서된 것이다. 드디어 한 우주에 물과 마음이 함께 있게 되었다. 믿을 수 있느냐, 우리가 사는 지금 우주가 그렇다.

물과 마음이 함께 있게 되었다고 생명이 곧장 시작되었느냐. 전혀 그렇지 않아! 마음은 우주 물질에 마냥 겉도는 형체 없는 일렁임이었다. 온 우주가 소망하였다. 결합하기를! 어느 별 어느 한 지점에서 결합하여 무엇, 아니 생명이 시작되기를, 물과 마음의 생명 소망이 구체적인 형체를 얻기를, 그 전대미문의 복음이 들려오기를, 이것은 물과 마음이 함께 된 초기 우리 우주의 초미의 관심사였다!

마음은 우주의 모든 물을 두드리고 다니며 일렁거리고 뒤채였다. 너무나도 오랜 그리움 끝에 한 우주에 있게 된 물과 마음이므로, 어느 곳에서든, 그리움을 기억하는 그리움은, 형체 있는 생명을 얻을 수밖에 없었다. 바로 그 시작, 그 현장이 지구별이다.

태양과 지구의 이루 말할 수 없이 절묘한 거리(距離).

적당한 덩치의 지구, 그 적당한 중력.

지구별의 어느 한 곳 어느 한 점, 생명이 한순간 태어난 그 한순간, 막막한 우주 한 곳에 생명이 처음 발을 붙인 그 순간, 우주 만방에 지구별의 이 소식은 그 한순간에 알려졌다. 왜, 그것은 온 우주의 초미의 관심사였기에. 고대하고 고대하던 희소식이었기에. 그야말로 복음이었기에.

지구별의 먼지같이 작은 생명, 그 이루어짐은 우주의 기쁨이자 자랑이었고, 우주 곳곳에 퍼져 있는 우주 마음은 일제히 지구별로 몰려들었다. 성공하였다, 저기, 저 작은 먼지 생명을 도와주자! 격려하자! 응원하자! 우주 곳곳에서 저마다 감행하였던 생명 시작의 무망한 노력을 멈추고 우주 마음은 지구별로 총집결하였다.

단 한 점이었던 작은 먼지 생명은 온 우주의 전폭적인 지지를 받으며 거침없이 표현을 얻어갔고, 수없는 선을 그리고 지우고, 다시 그리고 다시 지우며, 지금 이 순간에도 끝없이 그리고 있다. 내 삶도 바로 그런 선 하나다.

눈앞의 그림이 서서히 회전하더니 곧 크기가 작아져갔어요. 하나의 점이 되었고, 점은 실오라기 빛이 되더니 공원에 내리는 겨울 한낮의 거대한 햇빛 속으로 스미어들었어요. 내 마음의 빛이 몸 밖의 큰 빛에 녹아드는 것을 보니, 아, 그 빛이 곧 그 빛이군요.

아, 그런데 왜 내 마음의 빛은 아침처럼, 한낮의 태양처럼 늘 환할 수 없는 것일까요. 그러나 친구여, 나의 나여. 이 환한 것을 따라 배우라고, 너도 그럴 수 있다고 아침 해, 한낮 태양이 저리 환하게 있는 것이 아니냐. 빛이 아니라면 죽음이라고, 이 빛을 믿고 어떤 삶의 절망 속에서도 제발 살아달라고, 이 세상의 끝날까지 수고롭고 짐진 너의 편이라고.

빛을 죽이지 말라고, 빛을 강간하지 말라고, 이미 네가 빛이니 빛답게 행동하라고, 절대 죽지 않는다고, 없어진다고 착각하지 말라고, 모두가 빛 안에서 이루어지는 빛의 일이라고. 지구별에서 생명에 성공한 우주 마음, 우주 물, 나의 하느님.

그러나 아아, 모르겠다. 도대체 왜 그런 일이 생겨나야만 했단 말인가!

왜 그런 하느님이 있어야만 한다는 말인가!

나는 다시 막막하고 위험한 질문 앞에 섰어요. 아무리 생각해도 답은 '모르겠다' 입니다. 수차 경험해본 '모르겠다' 입니다. 그러나 오늘은 조금 다르네요. 에이, 모르겠다가 아니라 아아, 모르겠다입니다. 에이, 술이나 마시러 가자가 아니라 아아, 열심히 살아야겠다 입니다.

왜 이리 마음이 설렐까요. '아아, 모르겠다' 가 인간이 다다를 수 있는 가장 위대한 인식인 때문일까요. 생의 마지막 날, 아아, 모르겠다, 이제 그만 죽어야겠다 하고 죽음 앞에서도 나는 지금처럼 설렐 수 있을까요. 천둥처럼 누가 나를 바보야! 하고 부르네요.

빛을 알려고 하지 말고, 빛을 느껴!

그때 전화기가 몸을 흔들어요. 개를 데려가라는 동물병원의 문자메시지입니다. 굳은 듯 서 있었던 나는 이제 움직여야 해요.

사랑하는 당신이여, 편지를 마무리해야겠어요.

세상의 모든 글은 편지이고, 모든 편지가 연서가 되는 날을 소망합니다. 이 편지를 쓸 수 있도록 무한한 말을 주신 하느님께 감사의 기도를 올리지 않을 수 없네요. 여기 쓰인 말 하나하나가 빚인 줄을 당신은 아시나요? 나는 빚을 잘 사용하였나요? 우리 인생에 사랑이 가장 좋은 것이라면, 내 안의 사랑을 잘 담아냈나요? 빠진 것은 없을까요? 이 편지가 당신에게 잘 전달이 될까요?

이따위 걱정은 떨쳐버리고 나는 병원으로 가겠습니다. 낯선 공간에 놓여져 가윗날 소리에 시달린 개가 나를 보면 그만 오줌을 지릴 것입니다. 마롱이가 없었더라면, 편지를 시작할 수나 있었을까요? 세상의 모든 인연이 고마울 지경입니다.

아, 나는 정말 다 쓴 것일까요?

이렇게 끝나도 되는 것일까요?

두려워하지 않겠습니다. 세계의 마음을 전심전력으로 전하는 것이 나의 소망이었으니까요. 전심전력, 이 하나만은 틀림없이 하였습니다. 그리고 다시 말하지만, 이것은 편지입니다. 빠뜨린 게 있다면, 덧붙이면 됩니다. 편지는 추신이란 게 있잖아요.

사랑하는 우리, 총총.

18. 추신 하나 둘 셋

하나

이 편지는 당신에게 어떤 형태와 방법으로 전달되었나요? 백 몇십 장 A4 용지로 출력이 되어? 빠른우편 도장이 찍힌 채 우편봉투에 담겨서? 그렇지는 않았죠? 나는 이 편지가 책이 될 운명이라고 일찌감치 말했고, 책 만드는 일에 도사인 사람들에게 먼저 보냈죠. 서울의 한 출판사입니다. 그들이 수신인들을 잘 찾아줄 것이라고 믿었어요. 그런데 원본 그대로 출판이 되었을까요?

마태 서사시에 부분 삭제와 잡다한 문단의 첨가가 있었듯이 내 편지도 비슷한 일을 당할지 모르죠. 편집자가 그러려고 할 수 있습니다. 그런데 마태 서사시는 마태 사후(死後)에 조자 편집이 되 듯하고, 나는 엄연히 살아 있어요. 편집자가 어떤 이유에서든 그런 일을 하려 한다면 나는 저항할 것이고, 그러다 이 편지는 출판이 되지 못할 수도 있겠죠.

　다행히 나의 편집자는 어떤 압력행사 없이 '추신' 만을 요구해 왔어요. 편집자가 보낸 이메일의 한 구절을 인용합니다. "정연경 씨가 그래도 궁금해요. 그날 이후 그녀의 안부를 추신으로 알려줄 수 없나요?"

　내가 이 '18장' 을 쓰는 이유입니다.

　당신도 혹시 그녀의 안부가 궁금했나요? 결별 이후, 지금까지 두 달이 지나도록 물론 서로 아무런 연락이 없어요. 나는 이미 다른 인연을 소망하고 있거든요. 그러나 그녀를 떠올리면, 어쩐지 안타 깝고 씁쓸할 때는 있어요. 그건 이런 거죠.

　그래도 꽃단장을 하고 내 앞에 여러 번 앉아준 한 여성이었다는 것, 이것은 무조건 고마운 일 같아요. 그러나 내 성질과 신념과 오래된 문화적 취향과 말의 자유를 위하여…… 참 좋은 감정인 고마움을 아낌없이 지워버렸죠. 헤어지더라도 마지막에 서로 좋은 모습을 보여주었으면, 하면서 씁쓸해지죠. 그러나 그것은 각자가 노력하면 된다고 보아요. 그 전의 좋은 모습을 기억하는 선의를 가지기만 하면 될 것 같아요. 그 정도는 그녀도 잘 하리라고 봅니다.

　약간 위로가 되는 것이 나한테 귀한 물건이었던 『안나 카레니나』가 그녀에게 가 있다는 것입니다. 돌려주겠다는 말이 없고 돌려 달라는 말을 나도 하지 않았습니다. 괜한 연락거리가 되니까요. 그 책이 그녀의 소유가 되었으면 합니다. 그러니까 나는 이별의 선물도 주었던 셈이랄까요.

　마지막 날, 정신없이 쏘아대던 여자의 말들을 일상에서 떠올릴 일은 없어요. 나는 그녀의 말 세 개만 기억하려 해요.

　첫째, "맥주는 손잡이 있는 잔으로 마셔야 해요."

　둘째, "책 제목이 '안나' 가 아니라 '안나 카레니나' 네요."

셋째, "이 세상에서 성공한 사람들은 사람을 잘 알아요, 사람을 잘 알아야 사람을 이용해 성공할 수 있거든요."

모두 명료하고 멋진 말이었습니다. 성경에 기록된 말, 일테면 "진리가 너희를 자유케 하리라"는 예수의 말보다 더 값있는 말이라고 봅니다. 단어 하나 때문에 말의 값어치가 확 달라져버리는 건데요, "진리가 우리를 자유케 하리라" 지 아무리 예수라도 이렇게 말했어야 마땅하죠. 자기 입에서 예수의 말보다 더 멋진 말이 나올 수 있다는 것도 그 여자는 몰라요.

그런데요…… 한 번도 표현하지 않았던 나의 노여움 하나를 마지막으로 펼쳐봐도 될지 모르겠어요. 그녀, 아니 세상의 모든 예쁜 여자에게 일침을 놓고 싶어요.

마지막 날, 에스컬레이터를 텅텅 밟으며 1층까지 내려가면서 끝끝내 팝콘을 들어주지 않았던 것, 나는 왜 그래야만 했을까요? 한 번 '들어주기 싫다' 고 결정내린 이상 밀어붙여야만 하는 남자의 자존심? 그런 것도 있었고요, 이런 것도 있어요. 내가 그녀의 팝콘 컵을 끝까지 무시한 것에는 여동생의 죽음도 영향을 미치고 있었어요.

남자들은 소득 경쟁을 하고 여자들은 외모 경쟁을 한다고 하지요. 아무리 그렇다 해도! 좀 예쁘게 태어난 것들이 기를 쓰고 더 예뻐지려고, 더 꾸미려고, 더 잘 차려 입으려고 하면, 못나게 태어난 여자들은 도대체 어떻게 살란 말일까요. 여동생이 지 얼굴에 미쳐 있을 때, 동생이란 사람을 나도 새삼 새로 알았지만, 저게 여러 사람을 폭넓게 사귀고 세상의 복잡다단한 이치를 노력하여 습득해왔다면, 절대 저렇게 얼굴에만 미쳐 빠지지 않을 텐데! 5 · 18 민주화 항쟁을 이승만 대통령이 광주 사람들을 죽여서 생긴 사건이라고 알고 있는 동생이었으니……. 다 때늦은 통탄입니다.

어머니는 동생을 화장하고 재를 뿌리면서 '다음 세상에는 예쁜 탤런트로 태어나라' 고 한마디 하셨지만, 나는 나의 판단에 조금도 변함이 없습니다. 간, 위, 뇌, 신장, 손과 발 등 몸의 온갖 것에 비해서도 표나게 빨리 늙고 허망해지는 게 얼굴인데, 거기에 인생을 걸면 안 되잖아요. 여자는 팝콘을 들고 있는 것을 죽도록 못 견뎌 했지만, 이미 그 전에 여자가 미워졌기 때문에 끝까지 그것을 무시해 버렸지만, 어쨌거나 여자의 태를 위해 늦게나마 팝콘을 들어주는 것은 동생의 죽음 앞에서도 꺾지 않았던, 태나 얼굴은 진실로 중요한 것이 되어서는 안 된다는 나의 이빨 사려문 결의랄까 가치관을 꺾는 일이 되잖아요.

자, 다시 말하지만, 나는 다른 인연을 소망해요. '결혼하는 나이가 뭐 중요하노? 나이 오십 육십이 되더라도 자기 사람을 만나야지. 기다려봐라. 니 사람 있다, 반드시 나타난다!' 나를 사랑하는 한 친척어른이 해준 이런 고마운 격려에서 큰 힘을 얻어요.

'정연경 씨 안부' 를 알려달라고 편집자가 요구했지만, 말씀드렸듯이 나 또한 알지 못합니다. 추신은 이리 마감될 수밖에 없네요.

지혜나무가 잘 자라나기를.

그 나무의 잎들에 축복이 있기를.

이 세상 모든 사람들.

둘

'추신' 을 허락해준 편집자의 선의랄까 욕심을 이용하여 두 가지를 더 추가하려고 합니다. 이 결정은 편집자 허락 없이 작가가 알아서 해도 되는 것이겠지요?

이 편지의 '12장 살인과 강간' 을 잇는 이야기입니다. '죄의 왕' 살인에 대해 마지막까지 말해보려고 합니다. 도대체 사람을 죽인 사람을 우리는 어찌해야 할까? 이 이야기입니다.

사형제도로 해결하는 것은 살인 못지않은 나쁜 것임은 두말할 것 없습니다. 살인자에 대한 사실상의 보복적인 살인행위를 복잡한 국가 시스템으로 희석화시키는 것이 사형제도인데, 사형 집행인이라는 애꿎은 말단 공무원들만 신경정신과 치료를 받기 일쑤죠. 즉, 사형제도가 인간의 천부 자연법에도 맞지 않다는 것이거든요. 전 국민적으로 사형제도를 극복한 국가라면, 감히 타국에 전쟁 같은 것을 벌일 수 있을까요. 비상시에 자국민 학살도 불사하는 무서운 국가만이 사형제도를 운영합니다.

누군가 예수 이야기를 정말 제대로 새로 쓴다면, 우리의 미래 세대들은 그 이야기를 읽고 외치게 될 것입니다. "사형제도는 정말 나빠! 예수님 같은 분도 죽여버렸잖아!" 이런 건강한 인식의 시대가 도래하기를 소망합니다.

수많은 살인행위가 있죠. 다 똑같지 않죠. 교통사고도 있고 갖가지 안전사고도 있고 정당방위에 따른 살인도 있고요. 소위 흉악범, 살인을 저지르고도 뉘우치는 빛이 없는, 그럴 수밖에 없었다고 자기 합리화만 하는, 사람 종자의 끝까지 간 살인자의 인격을 나는 말하려고 해요. 그들을 이 세상에 어떤 식으로 살려두어야 할까요.

나는 이렇게 말할 수밖에 없어요.

우선 신체의 자유를 빼앗아야 합니다. 자유롭게 사람을 만나라고 거리를 활보하도록 해놨더니 니가 감히 사람을 죽여?

사람을 못 만나게 하기 위해선 살인자를 사방 벽에 가둬야 하죠.

그런데 단지 벽에 가두는 게 아니라 또 그냥 사람을 못 만나게 하는 게 아니라 사람의 모든 것과 못 만나게 해야 해요. 자기 몸 밖의 사람 냄새, 사람 목소리도 끊어버려야 합니다. 살인자는 그러니까 면회가 되지 않아요. 친족도 대통령도 면회가 안 됩니다. 복도를 울리는 사람 발소리도 들리지 않게 해야 합니다. 옥에 갇힌 순간부터 그를 사람의 모든 것과 절대적으로 단절시켜야 합니다.

세 끼 식사도 주지 말까요? 개인적으로 성철스님의 말 하나를 아주 좋아하는데, 이런 게 있어요. "밥은 영양실조가 걸리지 않을 만치 먹어라, 옷은 가릴 정도로 입어라, 공부는 밤이 새도록 해라." 살인자에게도 이 정도의 밥은 줘야 할 것 같네요. 그러나 밥을 주는 것도 사람이 아니라 기계가 하도록 해야 합니다.

빛은 주위 분간이 가능하도록 약하게 허용합니다. 살인자의 옥방에는 창문이 있어서도 안 됩니다. 사람의 모든 것과 단절되었으니 그는 창 밖의 하늘과 구름, 비, 바람과 대화를 하게 됩니다. 못하게 해야 합니다. 물론 읽을 수도 쓸 수도 없게 해야 하죠. 사람, 자연, 물건과 완전 단절된 상태에서 사방과 위아래 벽의 공간만이 살인자에게 주어집니다. 절대 고독이 찾아오겠죠?

자, 시간이 흐릅니다. 그는 어떻게 될까요? 미쳐버릴까요? 벽에 머리를 찧어 자해할까요? 그러지 못하도록 벽을 스펀지로 외면처리해야 합니다! 혀를 깨물지 못하도록 옥에 밀어넣을 때부터 입 안에 특수 장치를 씌워야 할지 모릅니다. 그는 뼈에 사무치도록 이 세상에서 자신이 버려진 것을 깨닫게 될 것입니다.

정말 정신병자가 되어버릴까? 아니라고 봅니다. 어느 정도 시간이 흘러야 하는지 그것은 살인자마다 다르겠지만, 그는 그리워 미칠 지경이 됩니다. 사람의 눈빛, 사람의 목소리, 사람의 발소리, 사람과 관계된 모든 것이 보고 싶고 맡고 싶고 만지고 싶어 환장하게 됩니다. 그 누구라도 사람이기만 하다면, 사람의 무엇이든지 미치고 환장하도록 반가운 상태가 되어버려요. 발자국 소리만 들려와도, 아아, 사람 소리다! 하고 기뻐 날뛸 수 있는 상태까지 그를 몰아가야 합니다.

이게 가능하다면, 가능하기만 하다면, 꼭 그 정도의 상태가 되었을 때, 살인자 앞에 잘 훈련된 누군가가 나타나야 합니다. 그리고 분명히 알려줘야 합니다. 니가 죽였느냐. 개, 돼지를 죽였느냐. 미물도 함부로 죽여서는 안 되거늘 이토록이나 그리워하고 보고 싶어하는 사람을 니가 죽였다.

이런 이치에 따라 처절하게 깨닫도록 하고 또 그 이후의 단계를 하나하나 밟아, 정확한 용어는 아니겠지만, 살인자를 마침내 '교화' 시켰다고 해요. 그렇다고 한들 오랜 시간이 흐른 후, 살인자가 석방될 수 있을까요?

나는 아니라고 봅니다. 살인자는 평생 감옥에서 살아야 합니다. 인간이 저지를 수 있는 가장 큰 죄의 의미를 깨달은 만큼, 살인 외 온갖 잡죄를 짓고 들어온 사람들을 상대하여 살인을 저지른 뒤 평생 죄값을 치르고 있는 사람의 권능으로 그런 잡죄조차도 다시는 저지르지 않도록, 바늘도둑이 소도둑 된다고, 마음의 간음이 쌓여 실제 간음을 낳는다고, 잡죄가 쌓여 살인죄까지 낳는다고 온 마음으로 온 지혜로 호소하는 감옥의 선배로 그는 평생 살아야 합니다.

그러니까, 결국 내 말은, 살인은 이유여하를 막론하고 무조건 저지르면 안 되는 짓이란 것입니다. 무조건 일어나서는 안 되는 일이고, 절대로 일어나지 않도록 온 세상이 힘과 지혜를 기울여야 하는 문제입니다.

살인자 출신인 바울로가 흡사 러시아 혁명기의 레닌처럼 카리스마적인 탁월한 역량으로 교회를 조직하고 세계전도에 나섰고 그내내 갖은 고생을 하였다고 하지만, 사람 만나는 자유를 누렸다는 것 자체가 내 입장에서는 언어도단이라고 생각합니다. 그는 예수와 하느님을 알고 난 뒤 자청하여 옥으로 들어가 앉았어야 할 사람입니다. 광주 학살로 정권을 잡은 독재자가 문득 회개하여 '광주시민은 위대하다!' 하고 전국을 돌아다닌다면 그 꼴이 어떻겠어요. 그건 광주 희생자의 동지와 후예들이 해야 할 일이고, 독재자는 자청해서 옥에 들어가야죠. 지금도 잔병 없이 건강한 늙은 독재자가 임종 무렵 임종 호르몬이 나올 때, 광주 원혼들이 눈에 핏발을 세우고 나타날까요? 한때 자기를 잘 빨아주던 서방주가 나타나 그의 죽음마저 찬미해줄까요? 아마 둘 다 나타났다가 서방주는 광주 원혼들에게 흠씬 얻어터지겠죠.

바울로는 평생토록 예수와 하느님을 제대로 만나지 못한 사람입니다. 그가 만난 예수는, 죄책감의 바닥에서 괴로워할 때 우주적으로 신비한 우리 몸이 일시적으로 그를 구하기 위해 뿜어낸 자기 호르몬의 황홀이었을 뿐입니다.

셋

마지막 추신이네요. 앞서 내가 『잃어버린 예수』를 격찬하는 듯이 써버려서 마음에 걸려요. 독후감이라면 독후감이 됩니다. 아니 나는 150쪽 정도 읽고 책을 덮어버렸어요. 다시 펼치게 되지 않을지 모르겠어요. 책이 그다지 마음에 들지 않았다는 것입니다. 이 이야기를 하겠어요.

우선 예수, 성경, 기독교에 관한 저자의 박학다식. 내게 도움이 되면서도 왠지 마음에 들지 않았어요. 예수님의 고난에 온전히 동참합시다, 목사들이 흔히 말합니다. 깊이 동참하여 그 비극성에 몸 서리치고 불의에 대한 정확한 분노를 얻게 된다면, 그래서 삶의 뜻을 새로 세워 세상을 산다면, 사실상 그게 예수의 정신적 부활이지요. 온전한 동참, 좋은 말이라고 생각합니다.

그런데 성경 지식이 많다고, 예수의 삶과 죽음을 오래 고민해왔다고 '온전한 동참'이 되는 것은 아니죠. 또 말 그대로 '온전한 동참'이라면, 단 한 번이면 족합니다. 그 한 번은 평생 마음속에 남을 것입니다.

온전한 동참, 그 한 번을 경험하였다면, 그 온전한 한 번을 다시 반복할 수도 없습니다. 왜냐하면 이미 '온전한' 것이었기 때문에 한 번이면 되지, 아니 한 번으로 끝나버리는 것이지 두 번 세 번 반복할 수 있는 것이라면 그것은 온전성에 대한 모독이 됩니다. 두 번 세 번으로 깊어진다고요? 그건 그 한 번의 동참이 온전하지 못했다는 것을 말해줄 뿐입니다. 온전하지 못한 어설픈 동참이 목마름을 남기고 주변 지식이라도 찾게 합니다. 저자의 박학다식이 나는 그런 것으로 의심되었습니다.

누구든지 제발 딱 한 번 온전한 동참을 하십시오. 그리고 예수의 고난 같은 것은 깨끗이 잊어버리세요. 실로 온전한 동참이 이루어졌다면, 당장 주위 이웃들의 고통이 하늘처럼 크게 보일 것입니다. 하느님이 주신 생명에너지를 써서 그 숱한 문제와 고통을 풀어가는 일이 급선무가 될 것입니다. 이웃사랑의 실천에도 막대한 지식이 필요하죠. 믿건대 예수와 기독교 주변 지식을 공부하고 있을 시간이 없습니다.

두 번째, 내가 독서를 중단한 까닭은 100쪽 정도를 넘어가면서 저자가 '영생' '영원'을 말하기 시작한다는 것입니다. 저자는 바울로 식의 예수 육체 부활을 부정하면서 요한복음에 흐르고 있다는 '영혼의 영생', 이런 것을 강조하려고 합니다. 저자는 사람의 영혼이 영원할 것임을 소망하는 것 같아요. '나'라는 것이 분명 이리 있다가 사라져버린다는 것을 두려워하고 있어요. '죽음의 공포는 사실상 근거가 없는 공포이다. 태어남이 자연스럽듯이 죽음도 자연스럽다'고 했던 정영태 시인의 말을 저자에게 우선 전해드리고 싶네요.

대학 시절에 나는 톨스토이 선생님의 『인생독본』을 더러 읽었어요. 의식, 영혼이 사라지는 듯한 경험을 누구나 매일 한다고 선생님은 말하였습니다. 그게 잠이랍니다. 칠십 평생이라고 할 때 사람은 2만 번 이상 잠을 잡니다. 하느님이 지칠 줄도 모르고 그야말로 매일같이 잠이라는 이름의 죽음 연습을 시켜주는데, 왜 죽음이 두렵냐고 톨스토이 선생님은 말하셨어요. '내일 일어날 것을 알기 때문에 잠이 두렵지 않다'고 잠과 죽음의 다른 점을 선생님은 물론 덧붙였고요.

나는 다르게 말해보려 합니다. 『잃어버린 예수』에서 영혼, 영원, 영생, 이런 말들을 빈번히 만나게 되다가 나는 사람이란 존재가 '영원'을 입에 올리는 것 자체가 싫어지기 시작했어요. 칠십 평생을 지긋지긋하게 내가 있었는데, 그 정도 오래 있어봤으면 나라는 것이 없어지는 것, 왜, 그게 뭐 어때서? 그렇게 오래 틀림없이 있어봤으면서도 사람이 '영원'까지 바라는 것은 뭔가 염치없는 짓이 아닌가, 이런 생각이 드는 거예요.

생의 행복감에 미쳐 '나를 낳아주셔서 고맙습니다' 하며 어머니 아버지를 껴안아본 사람이라면, 영원까지 바랄 일이 없을 것 같아요. 아니, 사람이란 게 영원을 요구할 만큼 그리 대단한 존재일까요. 불교에서는 흘러가는 강물 위의 거품 하나라고 인생을 말하지 않습니까. 아, 불가의 그 말 그 뉘앙스도 물론 나는 싫어해요. 빛을 받아 세계를 반영하는 물거품은, 누가 손을 대면, 후 불기만 해도 사라져버리는 연약한 것이지만, 우주의 물리 법칙을 총동원하여 하느님이 심혈을 기울여 이뤄낸 것입니다. 거품 하나에도 하느님은 얼마나 최선을 다하는데요. 부질없다뇨, 완벽한 거품입니다.

'인생은 누구나 한 번쯤은 꼭 살아볼 만한 것', 이 말이 가장 정확한 답 같아요. 어느 남자스님의 말입니다. 이 말 어디에도 영원은 없습니다. 칠십 팔십을 살다가 영원히 사라지는, 인간이란 원래 그런 존재입니다. 그러니 살아 있을 때 잘해야겠지요?

살면서 행복의 극치를 맛보지 못한 자가 영원을 말하고, 영원을 말하는 삶은 지금 이 하느님의 세계 안에서 불행하다는 것입니다. 그러면 안 되죠. 죽은 뒤의 다음 세상에서가 아니라 지금 이 세상에서 우리는 이루어야 하고, 살아 있을 때 이미 영원해야 한다는 것입니다. 우리가 그런 삶을 산다면, 자기가 없어진다는 죽음마저 거의 설레이는 기분으로 기다리게 될지 모릅니다.

죽음 이후 영원을 이야기하는 것도 일종의 거지근성입니다. 자기 안에 이미 깃든 하느님성을 몰라보고 자기 밖의 하느님에 목매다는 일이죠. 우주가 거창하게 우리 머리 위에 있으니까 뭔가 대단한 게 있어 보입니까. 우주는 영원성을 폭발시키며 살아 있는 우리 안에 이미 들어와 있어요.

거지근성, 이딴 게 대체 어디서 오는 것일까요. 이참에 이야기해볼까 합니다. 거지근성도 물론 하느님이 주신 것, 아니 하느님을 살못 새기년 이 근성이 기승을 부리죠. 서시근성의 출발은 예수의 말에서 힌트를 얻을 수 있습니다. 다시 인용하지만, 공중의 새를 보라, 심지도 않고 거두지도 않고 창고에 모아들이지도 않는데 너희 천부께서 기르신다, 들의 백합화가 어떻게 자라는가 생각하여 보라, 수고도 아니하고 길쌈도 아니 하느니라, 오늘 있다가 내일 아궁이에 던지우는 들풀도 하느님이 이렇게 입히신다, 바로 이 말입니다.

우리가 노력 없이 수고 없이 받아쳐먹기만 하니까 거지근성이 생겨나는 것입니다. 어머니 자궁에 잉태가 되어 열 달 후 사람 꼴을 하고 나올 때, 우리가 어머니 뱃속에서 한 노력이 무엇입니까. 아기가 자라나도록 어머니가 한 노력은 또 무엇입니까. 아무리 노력해도 노력의 결과로 아기가 결정적으로 자랍니까? 사실상 저절로 자라지 않습니까. 우리 모두는 하느님이 선사해주신 생명력을 거저 입고 자랐어요.

노력 없이도 이미 너무나 많은 것을 취하고 산다는 것을 알아야 하고 그러나 아무리 알아도 우리는 다 알지 못합니다. 이게 거지근성의 발원지점입니다.

하느님의 사랑이라고 한다면, 그 사랑이 무한하여 거지근성이 생겨납니다. 이 근성을 없애려면 어떻게 해야겠습니까. 하느님만큼 열심히 하는 수밖에 없어요. 더 좋은 사람, 더 좋은 세상이 되도록 매일매일 거의 완전한 노력을 다하며 사는 수밖에 없어요. 우리가 하느님한테 빌어먹고 사는 거지임을 잊지 않으면서도 최대한 의연하게 사는 수밖에 없어요. 아무튼 거지근성이 생길 만치 하느님이 이리 하염없이 베풀어주는데, 그걸 뼈저리게 깨달으면 영원 이야기는 입에 꺼낼 수 없습니다. 염치없는 소리니까요.

마지막으로 독서를 중단한 까닭은 저자가 예수를 너무 흠모하고 있어서예요. '예수님'이란 제목의 시가 책의 첫 페이지에 나와요. 저자의 작품으로 짐작됩니다.

사랑하고 싶은 님
높이고 싶은 님
따르고 싶은 님

님을 만나 기쁨을 알았고
님을 만나 참나를 알았고
님을 만나 하느님을 알았고

님이 아픔을 잊게 하였고
님이 슬픔을 이기게 하였고
님이 죽음을 없이 하였고

머리에 이고 싶은 님
가슴에 품고 싶은 님
마음에 받들고 싶은 님

시를 읽고 딱 드는 느낌은 이랬어요. 바울로 비판하겠다고 책을 쓰셨으면서 기독교 눈치를 엄청 살피시는구나. 이적 기사로 예수를 높이는 것은 아니지만 어쨌거나 예수를 월등히 높여놓고 시작하는구나.

자연법칙에 위배되는 기적 같은 걸 일으키지 않아도 우리 삶의 한 지표로 삼기에 예수는 여러 모로 귀감이 되는 인물임에 틀림없습니다. 그러나 예수를 마냥 높일 것이 아니라 예수가 바란 대로 그를 대하는 것이 나는 가장 좋다고 봅니다. 광신자들은 성경을 읽거나 목사 설교를 듣다가 자기가 원하는 한 구절, '이웃을 네 몸처럼 사랑하라' '내가 너희를 사랑하노니' 이런 말을 보고 또 듣게 되면, 울부짖거나 머리를 마구 흔들게 된다고 하는데, 그러니까 자기가 보고 싶고 듣고 싶은 것만 보려 하고 들으려 한다는 것인데, 내가 지금 그런 우를 범하는 것인지 모르지만, 그러나 말해봅니다.

요한복음 15장에 묘사된 예수는 이렇습니다. 죽기 전날 밤의 예수예요. 혼신의 힘을 다해 제자들에게 하느님 나라를 이야기한 뒤, 마지막에 이런 말을 합니다. 이제 너희도 하느님 나라를 다 알게 되었다, 내 계명은 내가 너희를 사랑한 것 같이 너희도 서로 사랑하라, 이것이다, 사람이 친구를 위하여 자기 목숨을 버리면 이보다 더 큰 사랑이 없으니, 너희가 내가 말하는 대로 행하면 곧 나의 친구라, 이제부터는 너희를 종이라 하지 아니한다, 종은 주인이 하는 일을 알지 못하기 때문이다.

즉, 주인과 종이 아니요 스승과 제자도 아니요 예수의 계명을 행하면, 마음 깊이 받아들이면, 전심전력으로 노력하면, 자기는 우리 친구라는 것입니다.

나는 친구를 사랑하고 싶고 우정의 표현을 편하게 하고 싶고 너나들이 하고 싶지 책의 저자처럼 친구 예수를 한없이 높이고 싶지 않습니다.

생각해봅니다. 내가 예수와 친구해주는 것은 나의 큰 선심입니다. 왜냐하면 내가 예수보다 훨씬 나이가 많기 때문입니다.

하느님이 누구입니까. 재활용의 하느님 아닙니까. 지구별이 생거난 이래 지구 밖의 물질이 대량으로 온 적이 있습니까. 지구 나이가 46억 살이면, 46억 년 전에 생긴 지구상의 최초 물질을 가지고 46억 동안, 지금 이 순간까지도 끝없이 재활용을 하는 이가 하느님이죠. 우리 몸도 실은 46억 년 된 재료들로 이뤄져 있어요. 진짜 오래된 몸이죠.

우리의 정신도 비슷해요. 마음은 46억 년 된 게 틀림없지만, 정신이라고 하는 것은 비교적 최근의 것인데, 선조로부터 알짜배기로 물려받은 것을 바탕으로 새로운 역사경험을 계속 보태나가는 것이 정신이죠. 정신의 뇌도 물질의 표현이고, 46억 년 된 뇌입니다. 그러니 예수 나이가 총체적으로 46억 살이었다면, 나는 46억 2천 살이 아닙니까. 2천 살이나 더 많은데 2천 살이나 어린 예수한테 친구 해주겠다고 하는 것이 어찌 나의 선심이 아닙니까.

예수를 이적 기사로 높일 수도 있지만, 그런 것 없이도 이상하고 불편한 존재로 만들어버릴 수 있어요. 『잃어버린 예수』에서 자꾸 그런 기미가 보여 나는 못마땅했던 것입니다.

물론…… 부모에게 너무 심하게 불효했던 사람, 또는 자식을 일찍 잃은 부모라면, '영원, 영생'이 절실하겠지요. '영원, 영생'을 꿈꾸는 것이 인간의 천부권리 중 하나라고 죽어도 믿는 사람에게는 『잃어버린 예수』가 도움이 될지 모르겠네요.

생각건대, 하나가 오래 궁금했습니다. 나는 왜 예수를 깨끗이 마음속에서 떠나보내지 못하나? 이미 알 만치 안 것 같은데…….

단 하나의 이유는 이렇습니다. 어쨌거나 그가 고매한 인격, 뛰어난 감성의 소유자였고 말과 행동이 거의 완전히 일치한 아름다운 사람이었는데, 하느님을 향한 그의 순수함은 정녕 찬탄스러운데, 그런 사람이 생살에 못이 박히는 십자가 참형으로 죽어갔다는 것이 너무 불쌍해 그를 계속 붙들고 있는 것 같았어요. 예수를 좀 알게 된 사람은 누구나 십자가 참형을 떠올리다가 온몸에 소름이 돋을 때가 있을 거예요. 나도 물론 그랬던 적이 많았고요.

그러나 이제 나는 그러고 싶지 않아요. 문득 맑은 눈으로 지금 세상을 보았거든요. 사람 위에 사람 없고 사람 밑에 사람 없죠. 누구 말대로 십자가 죽음이 예수의 결단이었다면, 예수는 그다지 불쌍한 사람이 아니기도 합니다. 심청은 연애도 못 해보고 눈먼 아버지 봉양만 하다가 바다의 진노를 달래는 희생제물이 되어 죽었지만, 심청이라는 처녀에 비하면, 예수는 서른 몇 살까지 살면서 연애도 하였고 가난한 사람들의 병을 고치는 등 사실상 보람 있는 삶을 만끽하였던 사나이였어요. 심청이 예수보다 훨씬 불쌍해요!

예수보다 불쌍하게 죽는 사람이 지금도 너무 많아요. 사람 위에 사람 없고 사람 밑에 사람 없다고 다시 진심으로 믿는다면, 교통사고로 죽는 사람, 특히 사랑하는 아이들이 있는 아버지 어머니, 1초만의 즉사면 또 모르겠으나 창자가 나오고 팔이 부러지고 피가 콸콸 흐르고, 그런데 30분 정도 정신이 살아 있어 자기가 죽는 것을 바라봐야 하는 경우라면, 예수의 참형보다 훨씬 불쌍한 죽음입니다. 지금 세상에 비일비재한 불쌍함의 극치 같은 죽음을 놔두고 2천 년 전의 예수 죽음을 잊지 못하고 계속 전율하는 것도 염치없는 짓이 아닌가, 나는 이런 생각을 하게 되네요.

아무튼 예수는, 내 마음 내 말을 알고 행하면 나의 친구라고 하였습니다. 예수와 맺는 최고의 관계, 예수 스스로도 가장 간절히 원하는 것은 그와 친구가 되어주는 일입니다. 친구가 다른 친구를 마냥 높여버리면 친구가 될 수 없어요. 나는 너의 친구라는 예수의 말이 스스로를 겸손케 하는 말이 아니라 예수의 진심, 그리고 우리를 향한 그의 당당한 요구였다고 나는 생각합니다.

자, 이제 진짜 끝낼 때가 되었어요. 이 추신 이후 추신이 또 붙는다면, 편집자가 추가 요구를 했기 때문이겠지만 그럴 일은 없을 것 같습니다.

끝나기를 기다리고만 있었다는 듯이 마롱이 짖기 시작합니다.

너의 다른 이름을 부른다, 친구.

"친구. 이제 진짜 다 썼다!"

개가 날뛰기 시작합니다.

"그동안 너무 무심했지? 미안하다, 46억 2천 살 나의 동갑내기야. 옥상에 올라가자니까 그렇게 좋아?"

생명체가 누는 똥이 어떤 의미인지 모르고도 나는 개가 똥 누는 모습에 반해버리곤 했습니다. 이제 마롱의 똥도 빛의 존재임을 압니다. 옥상에 올라가 하느님 나라에서 하느님 개가 하느님 똥을 눌 텐데, 나는 어떤 빛나는 느낌을 받게 될까요.

그런데 롱아. 니가 눈 똥을 왜 나는 비닐봉지에 주워담고 내려와 양변기에 버려야 하니? 꼬박꼬박 모아둔 정화조의 몇십 톤 엄청난 똥물은 땅으로 가지 않고 왜 바다로 간대니? 똥 누는 것의 의미가 아니라 똥을 어디다 누고 살아야 하는지 그 어디의 문제, 실천의 문제가 더 중요한 것이 아닐까? 나는 이런 생각을 하게 될 것 같습니다.

바다에 버려지더라도 눌 똥은 눠야지.

자, 옥상에 가자.

똥 누러 가자.

친구.

남자와 여자, 그리고 예수

이 경 (한국국제대학교 교양학부 교수)

1. 남자와 여자, 그리고 예수

『빛』은 남자와 여자 그리고 종교에 대한 소설이다. 그럼에도 불구하고 이 소설은 순애보가 아니며 순교의 서사가 되지도 못한다. 웰 메이드의 미학 또한 소설의 것이 아니다. 소설은 호감으로 시작된 남녀관계가 종교라는 장애에 부딪쳐 비호감으로 바뀌었다는 간단한 서사를 네버엔딩의 징한 편지로 담아낸다.

종교는 일상을 규정하지만 대개의 인간은 일상에 가하는 종교의 간섭에 저항한다. 일상과 종교의 경계를 준수함으로써 종교는 일상의 영역 밖에 위치하게 된다. 성/속, 주일/평일, 일상/예배, 교회/집이라는 분할은 이와 같은 분리를 제도화한다. 이에 따라 사랑에 빠진 남녀는 사랑할 때와 믿을 때 각기 다른 코드를 따른다.

하지만 소설 속의 남녀는 이 같은 분리를 용납하지 않는다. 종교는 사랑을, 사랑은 종교를 마치 자객처럼 감추고 있다. 짙은 연애의 가능성에도 불구하고 서로 사랑하지 못하는 것은 이 때문이다. 이들에 있어서 사랑은 일상을 바탕으로 생성되는 사건이며 모든 사건은 일상으로 녹아든다. 이들이 욕망하는 것은 제도화된 분리에 종속되지 않고 성과 속, 기도와 일상을 자유롭게 횡단하는 사랑이다. 여기서 일상과 종교 그리고 사랑은 필요에 따라 합체하는 조립식이 아니라 유기적으로 연결되어 움직이는 전일적인 것으로 인식된다.

연애에 대한 이들의 무능력은 서로 다른 배후로 인해 각기 다른 일상을 살아가야 한다는 사실에 기인한다. 이천 년 묵은 종교의 하중을 견디지 못하여 제대로 시작하지도 못한 연애는 마침내 금이 가고 만다. 해서 이 소설은 사랑을 시작하지도 못했음에도 연애소설일 수 있으며 믿음을 선언하지 않았지만 믿음에 관한 소설일 수 있는 것이다.

여자와 '나' 사이에 놓인 종교라는 장애물에 대한 증오로 서사는 시작되지만 정작 나의 귀환지점은 그녀가 아니라 종교이다. 소설은 종교, 나, 그녀를 고정점으로 한 삼각구도를 이루지만 이들의 사실관계는 그리 단순하지 않다. 종교 때문에 균열이 시작되어 마침내 결렬되고 만 관계이지만, 정작 나와 종교 사이를 가로막는 것은 그녀 자신이기 때문이다. 사랑을 방해하는 종교보다 나와 종교 사이를 가로막는 그녀라는 장애가 훨씬 생생하게 부각된다. 그녀와 헤어진 뒤에라야 나는 마음놓고 예수를 불러낼 수 있게 된다. 그것도 아랫도리를 살짝 내린 모습의 예수라는 남자를 말이다.

이 점에서 소설은 연애의 서사이기보다는 믿음의 서사에 가깝다. 연애로 서사의 문은 열리기 시작하지만 그 문을 박차고 나와 뜨겁게 맞닥뜨린 존재는 예수이다. 저자의 다른 글들이 항용 그러하듯, 소설은 떠나온 곳으로 돌아가지 않는다. 『발바닥, 내 발바닥』의 작가는 소설 안에서도 부지런히 길을 내어 수미상반의 서사를 완성하는 것이다.

이제, 똑같이 '마롱'이라는 이름을 부르며 시작되고 종결되지만 수미상관을 이루지 못하는 서사의 궤적을 따라 가보기로 한다.

2. 네 사랑의 시작은 미미하였으나

『빛』에서 제시되는 37살 노총각·노처녀의 만남은 호감관계일 때보다 비호감상황일 때 훨씬 흥미롭다. 비호감관계일 때라야 서로의 개성이 살아나고 본질적 인식차이가 노정되기 때문이다. 정연경이라는 여성인물의 경우는 더욱 그러하다.

'최고의 데이트' 혹은 '빛'의 현현으로 묘사된 호감상황은 매우 단순하고 평면적으로 제시된다. 거의 작중화자 혼자만의 독백이 장악하고 있기에 입체적 대화적 울림이 없다.

이런 여자를 내 옆에서 걷게 해주셔서 감사합니다. 나의 말값을 이렇게 높게 쳐주는 여성은 처음입니다. 나의 하느님!

호감의 내용은 한마디로 얼굴이 예쁘고 스타일이 좋은 정연경이라는 여성은 성격까지도 사려 깊어서 그녀와의 데이트는 최고였다는 것이다. "천하의 외모라고 할지라도 외모를 넘어서는, 아니 외모에서 자유로운 그 무엇이 있어야" 한다는 여성관의 진실은 술 취해 손을 잡아버린 실수를 덮어준 마음 씀씀이에 대한 감탄이다. 외모를 중시하지만 외모와 모성이 충돌할 때는 여지없이 모성을 택하는 화자 조경태가, 나이에 비해 어려 보이는 연경을 "밖은 싱싱하고 속

378

은 익은” 과일로 비유하는 것은 당연하다. 남/여는 보는 자/보이는 자, 실수하는 자/덮어주는 자, 그리고 먹는 자/먹히는 자에 배치된다. 이 같은 배치는 책을 쓰는 남자/그것을 읽는 여자, 정신과 세계관이 목숨 같은 남자/태와 모양이 목숨 같은 여자로 확대 재생산된다. 나아가, ‘사람에 대한 배려는 해도 여자에 대한 배려는 안 한다’는 언급에서처럼 여성과 사람을 동일화함으로써 여성의 타자적 위치를 안일하게 간과해버리기도 한다. 남녀의 호감상황은 이와 같은 빗금들을 허용하는 한에서 유지되는 허약한 것이다.

하지만 비호감상황으로 접어들면 서사는 단연 입체성을 획득한다. ‘최고의 데이트’는 갈등의 전 단계에 지나지 않는다. 갈등의 내용은 한없이 미미하고 어긋남의 실질 또한 사소하기 그지없지만 문제는 일상이 단순한 배경이 아니라는 데 있다. 남자는 손을 잡다가 실패하고 여자는 팔을 끼다가 거절당한다. 여자는 10여 분 늦게 오는 것으로 ‘시발년’이라는 욕을 덮어쓰며, 남자는 오랫동안 걷게 하거나 팝콘을 오래 들고 있게 해 여자를 화나게 한다. 여자가 착용한 선글라스, 부츠, 귀걸이 등도 둘 사이를 불편하게 하는 불편한 장치로서 충분하다. 이처럼 사소한 갈등으로 점철되는 것이 이들의 일상이지만 여기서의 일상은 종교, 세계관, 사랑이 함께 숨쉬는 모든 것이기에 아무리 사소하다 할지라도 사소하지 않다.

이는 우리의 너그러움과 뚜렷이 차별되는 지점인데, 우리가 항용 그럴 수도 있다며 넘어가는 것에는 각자의 세계 속으로의 분리를 인정하고 내버려두는 체념과 포기가 깔려 있다. 이와 달리 체념에 멈추지 않는 소설의 태도는 충실의 다른 표현일 수 있으며 소소한 균열에도 전율하는 무시무시한 크기의 열정이기도 하다. 사랑한다면 조경태처럼 쩨쩨해질 수밖에 없는 일면이 있는 것이다. 나아가 갈등은 인물들에게 살을 붙이고 피를 통하게 하는 역할을 한다. 주로 대화를 통해 형상화된 인물들은 이토록 사소한 갈등에 의해서 오히려 인간적 면모를 획득한다. 문제의 실핏줄 하나하나를 놓치지 않는 갈등 속에서 남녀는 생동하는 인간의 동력을 확보하는 것이다.

남/여의 문제는 하느님에 대한 시각 차이에 의해 극대화된다. '나'와 그녀 사이에 숨어 있는 종교는 이들 관계를 결정하는 부재 원인이다. 종교라는 레이더는 이들 사이에 끼어든 제3의 인물 역할을 담당한다.

내가 그녀의 선약, 아니 성경공부, 아니 성경을 제쳤습니다. 아니 어쩌면 예수를 제쳐버렸는지 모릅니다.

남, 여, 그리고 종교의 삼각관계 안에서 관계가 구성된다. 하느님에 대한 예수의 짝사랑이라는 '나'의 해석에 대한 그녀의 거부는 애초에는 아주 사소한 것이었다. 하지만 이 부정은 만남을 거듭할수록 거대한 뿌리를 형성하게 된다.

그녀는 입이 작고 귀가 큰 사람이다. 잘 듣는 귀가 얼마나 고마운 존재인지 물론 나는 잘 안다. 내 이야기를 재밌다고만 하면, 모든 것이 용서되는 사람이 바로 나다. 그렇지만, 그럼에도 아쉬웠다. 아니 아쉬움을 넘어 나는…… 그녀의 입이 무섭다.

정연경에게 하느님과 기독교 교리, 그리고 교회 다니는 사람은 동일계열체이지만 '나'에게는 그렇지 않다는 것이 문제의 출발점이다. 그녀가 하나님의 예언으로 읽는 구약을 나는 이스라엘 민족의 이야기로 읽으며, 성경이 쉽고 재미있는 나와 달리 그녀에게 그것은 공부의 대상이다. 그녀는 예수를 통하지 않고 하나님을 만나는 것을 교만으로 규정하고 나는 모든 것을 예수로만 통해야 한다는 기독교도들의 교만을 증오한다.

가장 본질적인 차이는 성령체험에 대한 반응이다. 그녀 앞에 현현한 십자가와 '내가 니 죄 때문에 안 죽었나' 는 목소리는 부인할 수 없는 진실의 출발이지만 유사한 체험을 한 나는 그것을 내쳐야 하는 환영으로 정리한다. "왜 하필 내게 들렸을까"라는 의심에서 시작하여 "내가 나 자신에게 소리친 것"으로 결론을 낸다. 하느님 만나고 열심히 교회 나가게 된 그녀와 하느님 만나니 세상일 돕느라 교회 나갈 시간이 없다는 나 사이에는 돌이킬 수 없는 거리가 자리잡게 된 것이다. 이와 같은 거리는 일상을 파고든다.

사랑으로 열지 못하는 영역이 있는 한 늘 잠재태로서 불화의 씨앗은 자리 잡는다. 잠재적 불씨들은 문어를 기점으로 그 전모를 드러내고 만다.

"갇혀 있는 놈들이라 시들시들할 줄 알았는데, 생명력이 굉장하잖아요. 근데…… 지금 이렇게 먹고 있잖아요."

그녀의 표정이 당장에 굳어졌다.

"음식이잖아요."

"방금까지 살아 있었잖아요."

"방금까지 경태 씨도 먹었잖아요."

여자의 전화로 다시 시작된 만남은 서로를 더 가깝게 끌어당기지만 종교 또한 그만큼 더 바싹 다가선다. 공감의 기쁨에 넘치거나 흥에 겨워 팔짱을 낄 때, 심지어는 문어를 먹을 때조차 종교는 그들의 배후이기를 포기하는 법이 없다.

남녀는 함께 문어를 먹고 있으나 이들이 먹는 것은 동일한 문어가 아니다. 남자는 생명이었던 문어를 먹고 여자는 음식인 문어를 먹는다. 음식이라는 여자의 판단 배후에는 다른 생명체를 먹을 자격을 인간에게 부여한 기독교의 교리가 있고 생명으로 보는 '나' 의 배후에는 '모든 것의 모든 것' 인 하느님이 자리한다. 다른 하느님은 이처럼 늦은 밤 남녀가 마주 앉은 술집의 술상 위에까지 좌정해 차이를 압박한다. 때문에 이 장면은 실오라기 하나 벗지 않았으나 간음에 값하는 배신의 현장이 될 수 있다.

일용하는 양식에 대한 인식은 일상 전반을 지배하기에 이렇게 갈라진 틈은 좀체 메우기 어렵다. 문어가 갈라놓은 틈을 타고 두 사람의 관계는 돌이킬 수 없는 결별로 치닫는다. 드러난 갈등은 길을 놓쳤다든지 혹은 누가 팝콘을 드는가 하는 문제이지만 그 배후에는 일상을 규정하는 각기 다른 시선이 자리하고 있는 것이다. 이는 '태와 모양이 목숨 같은 여자/정신과 세계관이 목숨 같은 남자' 라는 차이에서 비롯되기보다는 종교적 시선이 갈라놓은 틈을 타고 일상의 문제들이 서랍에서 와르르 쏟아져버린 것으로 이해되어야 한다. 처음엔 한 조각에 불과했던 작은 차이의 퍼즐이 아귀를 다 맞추어 그들은 마침내 결별한다. '담배생각이 안 날 정도로' 이상형에 가까운 여자였지만 사랑으로 열 수 없는 방 하나를 매트릭스 삼고 있는 그녀를 그는 끝내 받아들이지 못한 것이다.

남/여의 만남에 종교의 문제는 빠진 적이 없다. 종교가 숨어 있는 한 평화는 유지되고 종교의 머리카락이라도 보이면 갈등은 불가피한 것이 된다. 여기서 갈등은 구체적으로는 바울로 교리와의 갈등을 의미한다. 연경의 입을 통해서 말하고 있는 주체는 사실상 같이 성경공부 하는 남자들이고 그들의 뒤에는 기독교 즉 바울로 의 교리가 자리한다. 이 점에서 그녀는 인간이 아니라 관념에 가깝 다. 결별 이후에도 되풀이 복기되는 것은 기독교 교리의 문제이지 정연경이라는 인물 자체에 대한 그리움은 아니라는 점은 그 뚜렷 한 방증이다. 즉, 연경은 기독교 교리의 복화술사이자 대리인에 지 나지 않는 것이다.

대리인과의 관계를 끝낸 후 주인담론과 맞대면을 하는 것은 당연 한 수순이지만 나와 예수, 혹은 하느님은 직통하는 관계임이 드러남 으로써 이제 예수는 방해자의 위치에서 그리움의 대상으로 전이된 다. 따라서 문제의 초점 또한 사랑에서 종교적 진실로 이동한다.

3. 그 믿음의 끝은 창대하리라

연애로 직진하지 못하는 서사는 종교를 장애로 간주하지만 정 작 장애의 역할을 하는 것은 그녀, 정연경이며 그녀의 배후를 차지 하는 바울로 교리이다. 모든 곳에 임하는 '나'의 하느님은 그녀 앞 에서 자취를 감출 수밖에 없기 때문이다. '여자의 알몸보다 진실의 유혹에 더 강하게 끌리는 나'는 본질적으로 종교와 가깝다. 나와 그녀 사이를 방해하는 예수에 대한 감정이 '질투가 아니라 뭔가 훨 씬 웅장한 정신적 충격'인 것은 이와 같은 구도에 기인한다. 해서 소설은 종교가 방해꾼으로 존재하는 사랑의 삼각구도라기보다는 나와 예수의 만남에 그녀가 개입된 이자구도에 가깝다.

이제 주적의 실체가 분명해진 만큼 바울로 교리는 제일 먼저 척결되어야 한다.

우리들의 노력은 이제 방향을 전환해야 합니다. 살인, 강간을 어떻게 용서할 것이냐가 아니라 예수도 용서할 수 없는 그 죄를 어떻게 하면 박멸할 수 있을까, 애초에 그런 죄가 발생할 수 없는 세상을 어떻게 만드느냐로 향해야 해요.

바울로는 죄와 벌 그리고 용서라는 트랙을 잘 활용한 자이다. 소설에 의하면 바울로는 예수를 만나기 전 기독교탄압을 일삼다가 눈이 머는 벌을 받았고, 그 순간 번개처럼 회개하여 전도사업으로 일관한 그의 생에 토대를 두고 교리를 정초했으며 그 결과 "살인과 강간에 특효인 터무니없이 극단적인 교리"를 내놓았다고 한다. 하지만 소설은 밀란 쿤데라의 말을 빌려 바울로의 용서를 인정하지 않는다. 단지 운명에 무지한 죄밖에 없었던 오이디푸스도 눈을 찔러 스스로 단죄한 것처럼, 모르고 지은 바울로의 죄 또한 쉽게 용서되어서는 안 된다는 것이다.

이처럼 소설은 기독교의 죄와 벌, 그리고 사랑에 대해 비판적이다. 이 모든 것은 사람을 선택된 자의 교만으로 유도하기 때문이다. 소설은 이와 같은 선택받음의 유혹을 시험에 든 화자의 고백를 통해 생생하게 제시한다. 죄와 벌 그리고 용서라는 시스템은 선택받은 자의 나르시즘으로 귀결되는데 이를 소설은 거지근성으로 명명한다.

지금 경고하고 계신 거다! 세상에 내보일 편지가 아니다, 너는 너무 시건방진 글을 썼다.

그는 술에 억병으로 취해 화덕을 짚은 사실을 잊고 그것을 기독교를 부정하는 글을 쓴 죄에 대한 하느님의 벌이라고 착각한다. 나아가 차가운 땅에 손을 대어 뜨거움이 식자 그것을 하느님이 자신을 특별히 사랑하여 내린 용서의 증거로 오인한다. 이를 소설은 '내 안의 거지근성이 폭발한 사건'이라 정리한다. 따라서 소설은 선택받음에 의해 덕을 보려는 거지근성을 척결하고 위로부터의 구원이 아닌 인간끼리 행하는 옆으로의 구원을 제안한다. 그러기 위해서는 살인과 강간이라는 돌이킬 수 없는 죄를 제외한 모든 죄에서 원죄의 무게를 덜어내어야 한다고 주장한다. 성경에 대한 어머니의 무지를 오히려 성경에 의해 오염되지 않는 결과로 이해하는 것도 이런 맥락에서이다. "죄하고도 좀 친해져야 한다"는 언술이 요약하듯, 죄가 없으면 구원도 없기에 지나친 죄의식을 벗어버리자는 것이다.

이와 같은 주장의 배경에는 인간에 대한 신뢰가 깔려 있다. 사람 예수를 반자연적 괴물로 만든 단순극치의 구원을 부정한 것처럼 그는 영생 또한 꿈꾸지 않는다.

죽은 뒤의 다음 세상에서가 아니라 지금 이 세상에서 우리는 이루어야 하고, 살아 있을 때 이미 영원해야 한다는 것입니다.

즉, 그는 죄도 구원도 모두 지금 이곳의 인간을 출발점으로 삼자고 제안하며 나아가 이미 존재하고 있는 죄의 구원과 용서가 아니라 죄 자체의 박멸을 지향한다. 이 점에서 그가 도달한 것은 일종의 범신론이지만 이는 인간의 몸과 생활에 밀착한 범신론이다. 그의 하느님은 사람이 사랑하고 밥 먹고 잠자는 바로 그 자리에 임한다. '하느님의 성기'라는 과격한 수사 또한 이런 맥락에 위치한다. 하느님은 형이상학적 관념과 순결 속에서만 존재하는 것이 아니라 이 세상의 형이하학 한가운데에서도 변함없이 임해 있는 존재이다. 즉 그의 하느님은 이미 완성된 전지전능의 절대자가 아니라 최선을 다하는 존재일 뿐이기에 우리 또한 최선을 다하는 한, 그에 가까이 갈 수 있다는 것이다.

따라서 그가 하느님을 만나는 데는 별다른 장치가 필요 없다. 숨 쉴 힘만 있어도 하느님을 느낄 수 있는 것이다. 강아지 한 마리 그리고 옥상이라는 배경까지 있으면 금상첨화다.

단 한 번의 창조, 숨을 불어넣은 하느님의 그 행위가 지금 이 순간에도 반복되고 있는 것이다. 어느 신학자의 말처럼 "하느님은 지금도 창조 중"이다.

걷는다는 것은 뇌를 발바닥까지 내려보내는 일입니다.

소설은 매일 자는 잠, 늘 이루어지는 소화 및 배설작용, 뇌의 피몰림 등 우리 몸의 작용 모두를 46억 2000년 동안 재활용되어온 하느님의 선물로 간주한다. 잠은 의식이 다하지 못한 분별지를 행사하는 것으로, 위와 장은 소화흡수와 배설을 청탁분별하는 특수한 능력의 담지체로 이해한다. 우리의 뇌 또한 명령을 담당하는 일자(一者)이기보다는 액체상태로 인식된다. 뇌를 액체상태로 이해하기에, '뇌가 온몸이 되는' 몸의 사건이 가능해진다. 그가 세상 속의 유한한 존재인 자신을 긍정하고 그의 일상이 늘 생기에 넘치는 것도 이 때문이다. 그의 종교는 성/속으로 분리되지 않으며 몸과 일상은 모두 진리의 영역 속에 포괄된다.

예수와의 만남 또한 이처럼 생활에 토대를 둔 몸의 이해방식 안에 존재한다. 그는 애초에 성령잉태를 믿지 않으며 최후의 부활 또한 신뢰하지 않는다.

"마리아가 성령으로 예수를 잉태했다고 해도, 근데 그게 뭐 중요하노. 성령으로 생겨난 예수도 마리아 뱃속에서 열 달 동안 엄마 영양분을 빼앗아먹으며 자라야 했다. 열 달이 지난 뒤 양수로 몸이 번질거리는 상태로 자궁을 열고 응애! 하고 나왔다. 중요한 건 그거거든. (……)"

나는 예수가 삼십 몇 년 평생 누었던 똥을 방 안에 불러모았다. 방이 똥으로 넘쳐났다.

소설은 '마리아의 뱃속에서 열 달 동안 자라야 했고 자궁을 열고 양수 번질거리는 몸으로 밀려나올 수밖에 없었다'는 사실을 중시한다. 뿐만 아니라 하느님을 발견하게 된 것도 육친의 아버지를 모른다는 예수의 부성콤플렉스에 기인한다고 주장한다. 예수의 종말서사 또한 부활보다는 하느님 아버지에 대한 예수의 원망에 초점을 맞춘다. "어찌하여 나를 버리셨나이까"라는 예수의 인간적 반응, 아니 정확하게 말하면 마지막까지 믿음을 포기하지 않았던 질긴 사랑의 결기를 좇을 뿐이다.

이와 같은 사람예수를 향한 의지가 극단화된 것이 똥눕예수와의 대면이다. 그가 예수를 불러내게 되는 가장 중요한 전제는 '내 옆에 절대적으로 없는' 그녀이다. 그녀의 절대적 부재는 예수에 대한 그리움으로 이어지고 '그리운 것은 그림이 되어' 그의 앞에 펼쳐진 것이다. 겨우 손을 잡으려 하였던 나의 시도는 실수로 처리되었고 겨우 팔짱을 끼려 하였던 그녀의 시도는 나의 거부로 인해 철회되었는 데 비해 나와 예수의 관계는 이보다 더 적나라할 수 없을 만큼 내밀하고 직접적인 것으로 드러난다. 이때 가장 애잔하고 따스한 사랑으로 다가오는 것은 똥 누는 예수의 모습이다. 육체 안에 있지만 육체 외부가 되어야 하므로 안과 밖의 경계를 허무는 똥에서 예수와 세계의 경계는 무너지며 나와 예수의 경계 또한 무너진다. 이와 같은 소통의 가능성이야말로 "물질교류의 아름다운 일익"의 효과일 것이다. 내가 "예수가 삼십 평생 누었던 똥을 방에 불러모은 것"은 이 때문이다. 나의 결심의 내용이 "그대만큼 열심히 똥 눌 거야"인 것도 예수처럼 최선을 다해 하느님을 지향하겠다는 의지에 다름 아니다. 엘리아데의 말처럼 성은 속의 세계에서 자신을 드러내기에 모든 속의 대상에는 성스러움이 숨어 있다. 성과 속의 변증법은 똥 누는 예수로 실현된다. 속죄의 십자가가 없고 구원의 언질도 없으며 순교의 피비린내 또한 없지만 똥과 양수 그리고 잉태의 점액질이 낭자한 이 경계오염의 현장은 종신서원의 몫을 감당하기에 충분한 것이다.

4. 끝내 끝나지 못하는

떠나온 곳으로 돌아가지 않는 것은 김곰치 글쓰기의 오랜 내력이다. 『엄마와 함께 칼국수를』은 '나'에게서 어머니에게로 이동하며, 『발바닥, 내 발바닥』은 근대의 상처를 짚으며 다른 세계로의 이동을 압박하고 있고, 『빛』역시 사랑을 떠나 종교로 귀환하고 있는 중이다.

소설 속의 연애는 말로 이루어지지만, 종교는 온몸으로 실현되기에 그것은 생의 한가운데를 차지할 수밖에 없다. 『빛』이 좀처럼 종결되지 못하는 것도 몸과 일상으로 견인되는 종교를 다루기 때문이다. 작렬하는 연애도 없고 순교처럼 극적인 장치도 없는 서사를 이보다 더 자세할 수는 없이 묘사하고도 남은 말이 너무 많은 소설은 차마 끝을 내지 못한다. 추신이 꼬리를 무는 것은 이 때문이며 소설이 편지형식을 택한 것 또한 이런 맥락에서 이해된다. 사랑과 종교라는 종신화두를 묘사하기에는 끝이 열려 있는 편지형식이 적절하기 때문이다.

편지를 통해 독자의 삶 속으로 뛰어들고 있는 말의 액션은 작가의 엔딩으로 제어되지 않는다. 글이 책이 되고 다시 그 책이 독자에게로 뛰어드는 이 물활(物活)의 현장은 서사의 영역 바깥의 일이다. 따라서 그의 소설쓰기는 끝나지 않는다. 이렇게 끝나도 되는 것인가 의심하며 돌아볼 수밖에 없는 것은 글쓰기가 생명활동 그 자체이기 때문이다. 차마 떨치지 못하고 늘 뒤돌아보는, 터미네이터가 못 되는 소설의 미련이 이 소설이 가지는 형식의 윤리이다. 미학의 완결성보다는 삶을 중시하는 윤리의 자장 속에서 소설은 더 많은 빛을 품을 수 있으며, 우리 또한 끝내 끝나지 못하는 소설의 미련을 기꺼이 껴안을 수 있는 것이다.

하느님, 힘내세요

봄 여름 가을 겨울 하느님을 생각한다.
봄 가을,
계절의 약자(弱者)를 생각한다.

사람의 집단적 활동으로 타락해가는 하느님을
생각한다.

하느님은 전지전능하지 않다. 하느님 역시
최선을 다하는 존재일 뿐이다.

스스로 돕는 능력이 사람에게 있고
이러한 사람의 능력으로
병들어가고
오염되어가는 하느님을 도울 때다.

하느님, 힘내세요, 우리가 있잖아요!
할 때이다.

어느 밤 술에 취해 귀가해 방바닥에 길게 뻗었다.
새벽에 잠에서 깼다. 개가 내 곁에 와
꼬리를 흔들었다.
내가 밖에서 살인을 하고 들어왔어도
이리 반기겠구나.

인간들은
인간들끼리 참 잘해야 한다는
생각을 많이 했다.

봄 여름 가을 겨울을 위시하여
눈먼 하느님들이 많이 생각났다.

2008년 6월 어느 날

김곰치

빛

첫판 1쇄 펴낸날 2008년 7월 21일
  4쇄 펴낸날 2010년 4월 6일

지은이 김곰치
펴낸이 강수걸
펴낸곳 산지니
등록 2005년 2월 7일 제14-49호
주소 부산광역시 연제구 거제1동 1493-2 효정빌딩 601호
전화 051-504-7070 | 팩스 051-507-7543
sanzini@sanzinibook.com
www.sanzinibook.com
편집 김은경 · 권경옥 | 디자인·제작 권문경
인쇄 대정인쇄

ⓒ김곰치, 2008
ISBN 978-89-92235-44-0 03810

값 12,000원

* 이 책은 한국문화예술위원회가 선정한 우수문학도서로 기획재정부복권위원회의
  복권기금을 지원받아 무료로 제공합니다. (참조 : www.for-munhak.or.kr)

* 이 도서의 국립중앙도서관 출판시도서목록(CIP)은 e-CIP 홈페이지
  (http://www.nl.go.kr/cip.php)에서 이용하실 수 있습니다.(CIP 제어번호 : 2008002118)